축소지향의 일본인

이어령 전집
05

축소지향의 일본인

베스트셀러 컬렉션 5
문화론_일본문화론 100년의 10대 고전 선정

이어령 지음

21세기북스

상상력과 흥의 근원에 관한 깊은 탐구

박보균 | 문화체육관광부 장관

이어령 초대 문화부 장관이 작고하신 지 1년이 지났습니다. 그러나 그의 언어는 여전히 우리 곁에 남아 새로운 것을 볼 수 있는 창조적 통찰과 지혜를 주고 있습니다. 이 스물네 권의 전집은 그가 평생을 걸쳐 집대성한 언어의 힘을 보여줍니다. 특히 '한국문화론' 컬렉션에는 지금 전 세계가 갈채를 보내는 K컬처의 바탕인 한국인의 핏속에 흐르는 상상력과 흥의 근원에 관한 깊은 탐구가 담겨 있습니다.

선생은 우리 시대를 대표하는 지성이자 언어의 승부사셨습니다. 그는 "국가 간 경쟁에서 군사력, 정치력 그리고 문화력 중에서 언어의 힘, 언력言力이 중요한 시대"라며 문화의 힘, 언어의 힘을 강조했습니다. 제가 기자 시절 리더십의 언어를 주목하고 추적하는 데도 선생의 말씀이 주효하게 작용했습니다. 문체부 장관 지명을 받고 처음 떠올린 것도 이어령 선생의 말씀이었습니다. 그 개념을 발전시키고 제 방식의 언어로 다듬어 새 정부의 문화정책 방향을 '문화매력국가'로 설정했습니다. 문화의 힘은 경제력이나 군사력같이 상대방을 압도하고 누르는 것이 아닙니다. 문화는 스며들고 상대방의 마음을 잡고 훔치는 것입니다. 그래야 문화의 힘이 오래갑니다. 선생께서 말씀하신 "매력으로 스며들어야만 상대방의 마음을 잡을 수 있다"라는 말에서도 힌트를 얻었습니다. 그 가치를 윤석열 정부의 문화정책에 주입해 펼쳐나가고 있습니다.

선생께서는 뛰어난 문인이자 논객이었고, 교육자, 행정가였습니다. 선생은 인식과 사고思考의 기성질서를 대담한 파격으로 재구성했습니다. 그는 "현실에서 눈뜨고 꾸는 꿈은 오직 문학적 상상력, 미지를 향한 호기심"뿐이었다고 말했습니다. 그는 마지막까지 왕성한 호기심으로 지知를 탐구하고 실천하는 삶을 사셨으며 진정한 학문적 통섭을 이룬 지식인이었습니다. 인문학 전반을 아우르는 방대한 지적 스펙트럼과 탁월한 필력은 그가 남긴 160여 권의 저작물로 남아 있습니다. 이 전집은 비교적 초기작인 1960~1980년대 글들을 많이 품고 있습니다. 선생께서 젊은 시절 걸어오신 왕성한 탐구와 언어의 발자취를 따라가다 보면 지적 풍요와 함께 삶에 대한 진지한 고찰을 마주할 것입니다. 이 전집이 독자들, 특히 대한민국 젊은 세대에게 문화 전반을 아우르는 교과서이자 삶의 지표가 되어줄 것으로 확신합니다.

100년 한국을 깨운 '이어령학'의 대전大全

이근배 | 시인, 대한민국예술원 회원

여기 빛의 붓 한 자루의 대역사大役事가 있습니다. 저 나라 잃고 말과 글도 빼앗기던 항일기抗日期 한복판에서 하늘이 내린 붓을 쥐고 태어난 한국의 아들이 있습니다. 어려서부터 책 읽기와 글쓰기로 한국은 어떤 나라이며 한국인은 누구인가에 대한 깊고 먼 천착穿鑿을 하였습니다. 「우상의 파괴」로 한국 문단 미망迷妄의 껍데기를 깨고 『흙 속에 저 바람 속에』로 이어령의 붓 길은 옛날과 오늘, 동양과 서양을 넘나들며 한국을 넘어 인류를 향한 거침없는 지성의 새 문법을 만들기 시작했습니다.

서울올림픽의 마당을 가로지르던 굴렁쇠는 아직도 세계인의 눈 속에 분단 한국의 자유, 평화의 글자로 새겨지고 있으며 디지로그, 지성에서 영성으로, 생명 자본주의…… 등은 세계의 지성들에 앞장서 한국의 미래, 인류의 미래를 위한 문명의 먹거리를 경작해냈습니다.

빛의 붓 한 자루가 수확한 '이어령학'을 집대성한 이 대전大全은 오늘과 내일을 사는 모든 이들이 한번은 기어코 넘어야 할 높은 산이며 건너야 할 깊은 강입니다. 옷깃을 여미며 추천의 글을 올립니다.

시대의 언어를 창조한 위대한 상상력

'이어령 전집' 발간에 부쳐

권영민 | 문학평론가, 서울대학교 명예교수

이어령 선생은 언제나 시대를 앞서가는 예지의 힘을 모두에게 보여주었다. 선생은 한국전쟁이 끝난 뒤 불모의 문단에 서서 이념적 잣대에 휘둘리던 문학을 위해 저항의 정신을 내세웠다. 어떤 경우에라도 문학의 언어는 자유가 되어야 한다는 신념으로 문단의 고정된 가치와 우상을 파괴하는 일에도 주저함 없이 앞장섰다.

선생은 한국의 역사와 한국인의 삶의 현장을 섬세하게 살피고 그 속에서 슬기로움과 아름다움을 찾아내어 문화의 이름으로 그 가치를 빛내는 일을 선도했다. '디지로그'와 '생명자본주의' 같은 새로운 말을 만들어 다가오는 시대의 변화를 내다보는 통찰력을 보여준 것도 선생이었다. 선생은 문화의 개념과 가치의 중요성을 일깨우고 그 새로운 방향을 제시하면서 삶의 현실을 따스하게 보살펴야 하는 지성의 역할을 가르쳤다.

이어령 선생이 자랑해온 우리 언어와 창조의 힘, 우리 문화와 자유의 가치 그리고 우리 모두의 상생과 생명의 의미는 이제 한국문화사의 빛나는 기록이 되었다. 새롭게 엮어낸 '이어령 전집'은 시대의 언어를 창조한 위대한 상상력의 보고다.

일러두기

- '이어령 전집'은 문학사상사에서 2002년부터 2006년 사이에 출간한 '이어령 라이브러리' 시리즈를 정본으로 삼았다.
- 『시 다시 읽기』는 문학사상사에서 1995년에 출간한 단행본을 정본으로 삼았다.
- 『공간의 기호학』은 민음사에서 2000년에 출간한 단행본을 정본으로 삼았다.
- 『문화 코드』는 문학사상사에서 2006년에 출간한 단행본을 정본으로 삼았다.
- '이어령 라이브러리' 및 단행본에서 한자로 표기했던 것은 가능한 한 한글로 옮겨 적었다.
- '이어령 라이브러리'에서 오자로 표기했던 것은 바로잡았고, 옛 말투는 현대 문법에 맞지 않더라도 가능한 한 그대로 살렸다.
- 원어 병기는 첨자로 달았다.
- 인물의 영문 풀네임은 가독성을 위해 되도록 생략했고, 의미가 통하지 않을 경우 선별적으로 달았다.
- 인용문은 크기만 줄이고 서체는 그대로 두었다.
- 전집을 통틀어 괄호와 따옴표의 사용은 아래와 같다.
    『　』: 장편소설, 단행본, 단편소설이지만 같은 제목의 단편소설집이 출간된 경우
    「　」: 단편소설, 단행본에 포함된 장, 논문
    《　》: 신문, 잡지 등의 매체명
    〈　〉: 신문 기사, 잡지 기사, 영화, 연극, 그림, 음악, 기타 글, 작품 등
    '　': 시리즈명, 강조
- 표제지 일러스트는 소설가 김승옥이 그린 이어령 캐리커처.

차례

- **쥘부채** 일본인의 축소지향이 가장 단순하고 직접적인 형태로 나타난 것
  이 쥘부채이다.
- **호쿠사이[北齋]의 〈파도〉** 감정은 무너지는 파도에 삼켜진다. 우리가 그 용
  솟음치는 움직임 속에 들어가 높아지는 파도와 그 중력 속에 긴장감을 느
  끼고, 물마루[波頭]가 하얗게 부서질 때 우리 자신이 이질적인 무엇인가에
  노여움의 손톱을 뻗는 느낌을 갖는다.

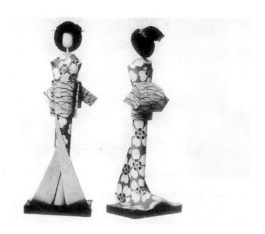

- **아네사마 인형(색종이 인형)** 일본의 미니어처 축소법을 가장 잘 나타내고 있는 것으로, 거의 일본 전역에 퍼져 있는 민간전승의 향토 인형. 민중의 성격을 가장 잘 반영하고 있는 것으로 아네사마 인형을 꼽을 수 있다.
- **고케시 인형** 인간의 모습에서 수족手足을 생략해버린 목각 인형.

- **세이론 벤토** 1978년도 조사에 의하면, 철도역에서 파는 도시락의 종류
  만 1,800여 종이나 된다고 한다.
- **상자 속의 상자들**

- **미니어처** 축소지향 문화에서 가장 흔히 볼 수 있다.

- **가미다나 불단佛壇** 신神도 텔레비전처럼 방 안에 놓고 보는 것이 일본인들이다.
- **다실 정원茶室庭園**
- **검도**

- **가부키[歌舞伎] 무대** 배우들이 관객석인 개울을 끼고 양안兩岸 - 양쪽의 하나미치[花道] - 에서 대화를 주고받게 되므로 관객석은 어느새 무대 자체로 바뀐다.
- **오미코시[御神輿]** 동네 신사를 더욱 축소해 운반할 수 있게 만든 것.

- **노멘**[能面] 개개의 표정이 사라져 무표정한 것이 되어버린 가면. 그러나 표정이 없어진 것이 아니라, 희로애락이 어느 표정에도 통할 수 있는 중간 표정中間表情이다.

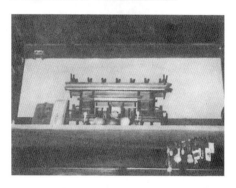

- **가미다나**[神棚]
- **료안지**[龍安寺]**의 세키테이**[石庭] 불과 50여 평의 토지에 대자연을 죄어 넣기 위해서는 실로 소아미[相阿彌]〈〈료안지의 세키테이〉의 작가〉에게 있어서 이 방법밖에 다른 것이 또 어디 있었겠는가?

- **가문**家紋
- **다실**茶室

- **워드 프로세서** 키보드, 기억 장치 그리고 프린터가 부착된 일본어 워드 프로세서.

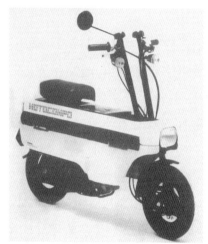

- **전자계산기** 두께가 1밀리미터 미만인 얇은 전자계산기.
- **TV 겸용 라디오** 크기가 손바닥만 하다.
- **모터스쿠터** 핸들과 의자를 접을 수 있다(길이 1.1m).

무엇이든 무엇이든 작은 것은 모두 다 아름답다.

　　　　　　　　　　　　　　　　—『마쿠라노소시(枕草子)』중에서

　일본에 지배당했던 우리 과거의 어두운 이야기는 잘 알면서도 우리를 괴롭혔던 그들이 누구인지는 잘 모르는 사람들, 특히 그런 젊은이들을 위해 이 작은 책자를 바친다. 이 책을 읽는 젊은이들이 지적 용기와 함께 일본인을 떳떳이 바라보는 시선을 가질 수 있게 되기를 빈다.

　이 책은 일본에서 간행되었던, 저자의 『縮み志向の日本人』(東京, 學生社, 1982)을 번역하여 펴낸 것이다. 본 저서는 'SMALLER IS BETTER'라는 제명으로 고단샤 인터내셔널講談社インターナショナル에서 영역英譯 출판(1984), 미국의 Harper&Row사에서 공급하고 있으며, 문고판은 고단샤 문고로 수록 간행되고 있다. 또한 'SMALLER IS BETTER−Miniaturisation et productivité japonaises'라는 제명으로 프랑스의 MASSON출판사에서 불역佛譯 출판되었다(1988).

I

일본 문화론의 출발점

환상의 옷을 입은 일본론

어린이의 시선으로 보는 일본

나는 지금 희끗희끗한 새치가 돋기 시작한 대학교수로서 혹은 시력 0.2의 근시 안경을 낀 문예 평론가로서 일본을 논하려는 게 아니다. 그보다는 우선 초등학교 어린 시절로 돌아가 일본의 모습을 보고 생각하려고 한다. 서가에 꽂힌 책들, 그중에서도 일본에 관한 많은 책들은 잠시 덮어두기로 하자. 대신 작은 어깨에 메었던 멜빵 가방 속의 흰 공책과 몽당연필 한 자루를 준비해두고 싶은 것이다. 더욱이 빠뜨릴 수 없는 것은 말랑말랑하고 잘 지워지는 지우개일는지 모른다.

단순히 알레고리로 하는 소리가 아니다. 실제로 내 일본어와 그 지식의 대부분은 식민지 통치를 받던 초등학교 교실에서 배운 것들이다. 그런데 문제는 왜 내가 굳이 그 어린 시절로 돌아가 일본에 대해 말하려 하는가에 있다.

이 당돌하고도 무모한 모험을 하는 이유는 그 유명한 안데르센의 동화 『벌거벗은 임금님』이 용기를 주었기 때문이다. 어른들은 군중이 만들어낸 환상의 옷을 통해서만 임금님을 바라본다. 남들이 모두 떠들어대니까 임금님이 벌거벗은 것을 뻔히 알면서도 오히려 잘못은 자기 자신에게 있다고 생각하고 잠자코 있다. 임금님의 모습을 보이는 그대로 알몸으로 본 것은 아이들의 눈이고, 동시에 그 사실을 큰 소리로 말한 것은 아이들의 입이었다.

지금까지 일본에 대해 쓰인 글들은 프랑스의 패션 잡지처럼 수많은 유행을 낳기도 했다. 그 필진은 일본인·외국인 할 것 없이 저명한 학자, 예술가, 평론가를 비롯하여 관광 여비를 위해 쓴 여행자에 이르기까지 실로 천차만별이다. 일본에 하루 머무는 외국인은 아키하바라[秋葉原][1]에 가서 전자 제품을 사고, 일주일 머물면 후지[富士] 산을 보러 가고, 한 달 넘어 체류하면 일본론을 쓴다고 할 정도니 전쟁 전에는 그만두더라도 전후 일본에서 나온 일본론 저술이 1천 권 이상이라 해도 이상할 게 없다.

'국화와 칼[菊と刀]', '아마에[甘え의 구조', '종적[縱的]인 사회' 등 그 책 제목에서 유행어가 된 것도 있고, 거꾸로 '일본주식회사日本株式會社', '이코노믹 애니멀' 등 떠돌아다니던 유행어가 책의 주제로 둔갑하는 일도 적지 않다.

---

1) 도쿄[東京]에 있는 전자 상가. 텔레비전, 비디오 등 가전제품을 시중 가격의 2, 3할 정도까지 싸게 살 수 있다.

일본에서 일본론의 베스트셀러가 된다는 것은 오미코시[御神輿][2]가 된다는 뜻이기도 하다. 곧 사람들이 모여들어 그것을 둘러메고 '마쓰리'를 벌이기 때문이다. 그 유행어들은 신문의 표제로 쓰이기도 하고 잡지 권두 좌담회의 제목이 되기도 한다. 방송에서는 독창성이 빈약한 시사 해설자에게 감초처럼 쓰이는 말이 되고, 이따금 술자리에서는 안주 대신 오르기도 한다. 글 쓴 사람의 입장에서 보면 제법 엄숙한 강단 용어가 어느 틈에 대중가요의 한 구절처럼 거리의 골목길을 왕래한다. 이런 상황에서 일본인 스스로 자국 문화의 알몸을 보고 만진다는 것은 거의 불가능하다. 자신도 모르는 사이에 '군중과 유행이 만들어낸 환상의 옷'에 빠져들기 때문이다. 그래서 때 묻지 않은 눈으로 나는 차라리 초등학교 어린이가 되어, 일본 문화의 맨살을 보고 이야기해보자는 작은 결심을 하게 된 것이다.

탈아시아주의의 고정관념

일본인이 쓴 것이든 외국인이 쓴 것이든 지금까지 일본론에 입

---

2) 축제 때 신이 내려와서 신체神體 혹은 그 영靈이 탄다고 하는 가마. 모양은 사각형, 육각형, 팔각형이고 대부분 목재로 만들어지고 있다. 지금도 축제 중에 이 가마를 메는 광경을 볼 수 있다.

혀졌던 '환상의 옷'이란 대체 무엇인가? 그리고 그 허구를 벗겨낸 어린애의 눈이란 도대체 무엇일까? 그것을 알아보기 위해서는 우선 '마쓰리' 때의 오미코시의 하나가 된 『아마에甘え의 구조』[3]를 예로 드는 것이 좋을 것 같다.

도이 다케로[土居健郎] 씨의 이 책은 '일본인론'의 정체를 밝혀내는 데 있어서도 그대로 지나칠 수 없는 명저이기 때문이다. 내가 이 책에 흥미를 느낀 것은 그 내용보다도 오히려 일본인 특유의 심리를 파헤치려 한 그의 발상법과 논리의 전개 방식이 매우 일본적이라는 이유 때문이기도 하다.

도이 씨는 "일본인 심리에 특이한 것이 있다면 그것은 일본어의 특이성과 밀접한 관계가 있을 것"이라고 그 방법론을 명확하게 제시하고 있다. 그래서 그가 소중하게 얻어낸 것은 다마테바코[玉手箱][4]가 소위 일본어 특유의 어휘라고 확신한 '아마에甘え'라는 말이었다. 그러나 과연 '아마에'라는 말이 일본어만 있는가. 그것이 증명되지 않으면 다마테바코에게서 나오는 것은 헛된 연기뿐일 것이다.

---

3) 동경대학 교수인 도이 다케로가 쓴 일본인론. 100만 부를 넘는 스테디셀러가 되었다.
4) 설화의 주인공. 우라시마타로[浦島太郎]가 용궁에서 가지고 돌아왔다는 상자. 다마테바코는 거북 등에 업혀 용궁에 가서 3년 동안 호화롭게 생활하다가, 이별에 즈음해서 용녀龍女로부터 상사를 받아 고향으로 돌아온다. 다마테바코는, 어떤 일이 있어도 그 상자를 열지 말라는 부탁을 어겨, 상자 속에서 피어오르는 흰 연기와 함께 노인이 된다.

그런데 대단히 미안한 일이지만 '아마에'라는 말은 일본 말에만 있지 않다. 점보 비행기를 타고 시가 한 대 피우는 동안이면 금세 날아갈 수 있는 바로 이웃 나라에 자갈처럼 흔하게 깔려 있는 말인 것이다.

한국어에는 '아마에'란 말보다 더 세분화된, '어리광'과 '응석'이라는 말이 있다. 그것도 한자어나 외래어에서 온 것이 아니라 한국의 토박이말인 것이다. 일본어의 '아마엔보'는 한국어의 '응석받이', '아마에루'는 '응석 부리다'이다. '아마야카스'는 '응석 받다', '아마에루요스甘える様子'는 '어리광'이다. 의미만이 아니라, "응석을 받아주어서는 안 된다"라든가, "어리광을 받아 길러서 애가 저렇게 되었다"라는 말이 한국에서 육아 문제의 커다란 쟁점을 이루고 있어 '아마에'는 일본보다 한국인의 정신 구조와 더 깊은 관련이 있는지 모른다.

그런데 왜 도이 씨 같은 훌륭한 학자가 이웃 나라의 말을 주시해보지도 않고 그런 단안을 내린 것일까? 설마하니 객관적인 논거 없이 자신의 생각을 곧 확신해버리는 것이 바로 일본인 특유의 '아마에'라는 사실을 스스로 증명해 보이려고 한 것은 아닐 것이다. 그 분명한 사유는 도이 교수만이 아니라 메이지[明治] 유신[5] 이

---

5) 1868년 에도 막부[江戶幕府]의 붕괴를 거쳐 메이지 신정부 성립에 이르는 일련의 통일국가 형성에의 정치 개혁 과정.

래 번져간 전 일본인의 탈아시아적 사고에서 찾는 것이 옳을지 모른다. 도이 씨가 '아마에'를 일본 특유의 어휘라고 '확신'한 것은 일본어에 능통한 영국 부인과의 대화에서였다고 한다. 그는 그 발견을 극적인 것이었다고 표현하기까지 했다. 그 부인은 영어로 얘기하고 있었는데, 환자인 자기 자녀의 어린 시절을 얘기하다가 갑자기 일본어로 "고노코와 아마리 아마에마센데시타(이 아이는 별로 응석을 부리지 않았습니다)"라고 했다.

어째서 '아마에'란 말만 일본어로 했느냐고 물으니까, 영어에는 그런 뜻의 말이 없기 때문이라고 대답했다는 것이다. 그래서 도이 씨는 무릎을 친 것이다. 말하자면 그것이 '아마에'가 일본에만 있는 독특한 어휘라는 확신을 갖게 된 계기이다.

영어에는 없으니까 곧 일본어에만 있는 것이라는 이 희한한 논리는 영어는 곧 서양이고, 서양은 곧 세계라는 일본인의 환각 증세에서 생겨난 것이다. 그것은 메이지 개화 이래 일본인의 머릿속에 자신들도 모르게 깊숙이 못 박혀 있는 고정관념이다. 그렇지 않다면 영어에 없으니 곧 그 말이 일본에만 있는 특성이라고 주장할 수 있겠는가?

『아마에의 구조』처럼 일본인이 지금까지 써온 일본론, 일본인론에는 일본의 특성을 구미歐美와의 단순 비교를 통해서 고찰한 것들이 많다. 좀 더 넓은 시야에서 쓰인 것이라 해도 백인(유럽) 문화와의 비교 수준에서 벗어나지 못하고 있는 것들이다. 도이 씨가 그 책에서 영국 부인 대신 프랑스나 독일 여성을 생각해볼 만한 가능성은 충분히 있다. 그러나 그 자리를 한국 부인으로 바꿔놓고 생각해보는 경우란 거의 기대할 수 없을 것이다.

'아마에'가 일본 특유의 말인가 아닌가를 따지기 위해서는 서구의 언어보다도 먼저 일본어와 가장 유사성이 많은 한국어부터 조사해보는 것이 정상적인 사고이다. 그런데도 그것이 일본인에게는 그렇게도 어려운 일인 것이다.

일본인만 해초를 먹는가

일본인이 일본 특유의 정신 구조라고 지적하고 있는 것 중에 실은 한국이나 동양 일반의 보편적 특성에 해당하는 사항이 많은 것도 그 때문이다. 복잡한 예를 들 필요도 없다.

일본 문화에 대해 해박하기로 이름난 히구치 기요유키[樋口清之] 씨는 "세계 문명국 중에서 해초를 먹는 것은 일본뿐입니다"라고 자신 있게 말하고 있다. 그렇다면 한때 일본에서 수입 규제를 둘러싸고 그처럼 시끄러웠던 한국 김은 해초가 아니란 말인가(하긴 한국은 문명국이 아니라고 한다면 그뿐이겠지만). 한국에까지 갈 필요 없이 일본의 야키니쿠(한국 음식점) 집에만 가도, 미역국 메뉴를 구경할 수 있을 것이다.

또 우메사오 다다오[梅掉忠夫] 씨 등 저명한 일본인 5명의 공저인

『일본인의 마음』에서는 "인간의 배설물을 농작물에 주는 유기물
有機物 사이클-인분을 비료로 사용하는 놀라운 발견"은 일본 특
유의 지혜라고 목청을 높이고 있다. 이를테면 그 '고도의 농업 기
술'은 다른 민족에게서는 찾아볼 수 없는 일본인 특유의 발견이
라는 것이다.

그러나 참으로 놀라운 발견은 다른 데 있다. 눈먼 장님이라도
한국의 어느 시골길에서 단 10분만 서 있으면, 그 경탄해 마지않
는다는 유기물 사이클이 '일본 민족 특유'의 고도의 농업 기술이
아니라는 것을 냄새 하나만으로 알 수 있을 것이다. 그런데도 왜
그것이 일본 특유의 것이라고들 확신하게 되었을까?

'아마에'의 경우와 마찬가지로, 구미 사회에 없는 것은 모두 일
본 특유의 것으로 단정해버리는 습관적 사고 때문이다. 인분 비
료의 일본론 창시자들은 그 영국 부인의 말을 받아들이듯 일본인
은 야채에 인분을 뿌려 먹는다고 씌어 있다는 프랑스 교과서를
유력한 근거로 삼고 있다.

아무튼 나는 그다지 향기롭지 못한 '인분'을 놓고 그들과 공을
다툴 생각은 털끝만큼도 없다. 명예롭지 못한 '아마에'란 말이나,
대수로울 것이 없는 김과 미역 등의 해초류 점유권을 놓고 특정
학자의 명예에 상처를 내는 일이 이 글을 쓰는 목적은 아니다.

다만 내가 하고 싶은 말은, 지금까지 서양인들이나 일본인들이
쓴 일본론이라는 것이 때로는 일본과 별로 관계없는 것들이 많다

는 점이다. 그리고 그러한 '환상의 옷'을 입은 일본 문화의 모습은 서양과 일본만을 비교한 도식에서 연유된 것임을 분명히 밝혀 두는 것뿐이다. 서양 문화의 대립 개념이 일본 문화일 수 없다는 것은 상식이다. 일본을 포함한 아시아의 황색 인종은 가능하나 특정 민족의 좁은 개념을 거기에 대응시킬 수는 없다.

마찬가지로 구미 문화권에 어떤 특성이 있다면 그것은 동양 문화권과 상대적인 의미에서 연관되어야 할 것이다. 그런데도 그것을 직접 일본과 비교한다면, 동북아시아권의 본래 보편적인 특성이 일본만의 것으로 오해되는 탈논리의 비상벨이 울리게 되는 것이다.

포크와 젓가락

한국을 모르는 일본 학자들

한 나라의 피와 문화는 요술 지팡이로 하룻밤에 만들어지는 마법의 성이 아니다. 일본인이라고 그것을 모를 리 없다. 그런데도 일본인들이 자기 문화에 가장 오랜 세월을 두고 영향을 끼쳐온 중국이나 한국을 통해 자기 특성을 찾아보려고 노력한 흔적은 극히 드물다.

일본적 사고방식의 특성을 동양 불교 문화의 맥락에서 찾아내려고 한 나카무라 하지메[中村元] 씨도 한국 불교에 대해서는 입을 다물고 있다. 15세기에 슈호[周鳳]라는 중이 쓴 『선린국보기善隣國寶記』라는 책명만 해도 백제로부터 불교의 삼보三寶가 전해진 데서 비롯된 것이라 했는데도, 어쩐 일인지 그의 저서 속에는 중국, 인도는 나와도 한국 불교에 대한 언급이 별로 없다. 일본에 불교를 전파한 한국 불교, 오늘도 수십 수백만 명의 학생들이 수학여행 때마다 우러러보는 백제 관음[6]의 고향, 한국 불교를 말이다.

최근 일본의 일부 전문 학자들 사이에서는 일본 역사의 원류를 찾기 위해서 한국 고대사나 언어에 관심을 보이는 사람이 늘어가기 시작했으나, 일반적인 일본인론 저서에는 아시아를 벗어나 구미와 연관 짓거나 스스로를 아시아의 대표로 여기는, 1세기 전의 목쉰 구호가 지금도 여전하다.

이런 현상은 서양 사람들이 쓴 일본론에서도 찾을 수 있다. 가령 한국이나 중국을 전혀 모르고 있는 서양 사람이 일본인의 식사 광경을 보았다고 하자. 그러면 그들은 뭐라고 말할 것인가. 포크 대신 젓가락을 사용하고, 빵 대신 밥을 먹고, 접시가 아닌 밥공기에 음식을 담아 먹는 것 등이 일본만의 풍습이라고 믿을 것이다.

실제로 유럽 최고 지식인의 한 사람이었던 롤랑 바르트의 일본론에도 그런 생각이 엿보인다. 그는 『기호記號의 제국帝國』에서 '일본 요리의 가치를 만들어내는 유일한 요소'를 '끈적끈적하면서도 퍼석퍼석한 익힌 쌀'에서 구하고 있는 것이다.

하나의 '파편이자 딱딱한 응고물'인 '익힌 쌀'을 더욱 특징짓기

---

6) 나라[奈良]의 법륭사法隆寺 금당金堂에 있는 아스카[飛鳥] 시대의 장신목조채색長身木彫彩色 관세음보살입상觀世音菩薩立像. 백제로부터 일본에 건네져 만들어진 것이라고도 혹은 백제로부터 전래된 것이라고도 한다.

위해 든 예가 바로 '젓가락 두 가닥으로 한 번 찔러 부스러뜨릴 때의 광경'이다. 즉 젓가락이 일본 고유의 것인 양 씌어 있다.

그러나 한국인이 일본인의 식사 광경을 보았다면 어떨까. 밥이나 젓가락은 하나도 신기하지 않을 것이다. 다만 밥을 밥공기에 덜어 먹는 것만이 이상스럽게 느껴질 것이다. 그러니까 한국인에게 있어서 일본의 특성은 밥을 밥공기에 덜어 먹는 것일 뿐, 결코 밥과 젓가락에 있는 것이 아니다. 말하자면, 일본의 특성을 좀 더 치밀하게 밝힐 수 있는 것은 서양인이 아니라 한국인의 시선이라고 할 수 있다.

그런데 서양인의 식사법은 잘 알면서도 한국인이나 중국인이 젓가락을 사용해 밥을 먹는다는 사실을 모르는 일본인이 있다면 어떨까. 결과적으로는 서양인과 똑같이 젓가락과 밥을 일본만의 특성이라고 착각하게 될 것이다.

일본인이 쓴 일본론이 서양인이 쓴 것과 별다른 차이가 없는 것도 그 때문이다. '아마에'에 해당하는 말이 알파벳으로 적힌 영어에 없다는 것은 잘 알면서도 한글로 적힌 한국어에 '아마에'가 있다는 사실은 모른다. 링컨이나 칸트에 대해 공부하는 일본인은 많아도 세종대왕이나 이퇴계李退溪를 아는 사람은 극소수이기 때문이다.

그러므로 일본의 참모습을 발견하기 위해서는 같은 알타이계의 언어로 이야기하고, 유불선儒佛仙 삼교三教의 비슷한 종교를 믿고 살았으며, 같은 한자와 붓으로 문화를 적어온 사람들,『고지키[古事記]』,『니혼쇼키[日本書紀]』를 한 장만 넘겨봐도 알 수 있듯이 옛날 일본 문화에 커다란 발자국을 남긴 한국인과 비교해보아야 한다는 상식이 오랫동안 일본인에게 통용되지 않았던 것이다.

과연 일본은 '종적縱的 사회'인가

루이스 프로이스[7)]의『일구日歐 문화 비교론』에는 일본 어린이의 풍속에 대해 언급한 대목이 나온다. 그 기록을 보면 일본 아동의 특성으로 지적된 24항목 가운데 참으로 일본적인 것은 다섯 손가락을 꼽기 어렵다. 젓가락질을 비롯하여 읽기를 먼저 배우고 그다음 쓰기를 배운다는 것, 어린 소녀가 늘 애기를 업고 다닌다는 것 등은 한국과 조금도 다르지 않다. 한국을 모르는 프로이스로서는 어느 것이 과연 일본인만의 특성인지 식별하기 힘들 것이다. 그런데 첨보제트기 시대가 되었어도 이런 사정은 별로 달라진 것 같지 않다. 일본이 경제 대국이 된 것은 일본인의 단결력에 의한 것이며, 그 획일주의적 공동체 의식을 낳은 것은 애를 업어 키우는 일본의 육아법에서 생겨난 것이라는 설이 지금도 꾸준히

7) 포르투갈의 예수교(1540년, 신교의 세력에 대항하고 로마 구교의 발전을 꾀하기 위해 만들어진 종단)의 선교사(1532~1597). 1563년 내일來日해 각지에서 포교 활동을 벌였다.

발표되고 있기 때문이다(애를 업어 키우는 한국은 그런 설이 있음에도 아직 경제
대국이 되지 못한 것이 유감스럽지만).

그리고 좀 더 수준 높은 문화론이라 해도 프로이스의 그런 관
점은 루스 베네딕트에게로 이어지고 있다. 더 추상적이기 때문에
전문가가 아니면 언뜻 식별하기가 어렵다는 점만 다를 뿐이다.
일본 문화론의 고전이 된 베네딕트의 대표작『국화와 칼』에는
'인정'과 '의리'라든가 '수치'의 문화 그리고 체면을 존중하는 육
아법에 이르기까지 오히려 유교 문화, 한국의 특성이라고 볼 수
있는 요소가 모두 일본 것으로 등록되어 있다.

일본 문화의 뿌리와 그 수원지를 잊어버린 일본에서는 젓가락
이 일본적이라는 논법과 비슷한『아마에甘え의 구조』와『종적縱的
인 사회』가 나왔다. 종적인 사회 구조에서 자주 언급되는 장유長
幼의 서열 의식을 일본의 독특한 경어법에서 구하는 사람도 있으
나, 사실 경어의 본고장은 한국이다. 중국에 경어가 별로 없다는
사실만 가지고 그것으로 나카무라[中村元] 씨는 일본 불교 의식의
특성으로 삼으려 했지만, 한국의 경어법은 일본과는 비교도 안
될 만큼 세밀하고 복잡하게 발달되어 있다. 영어나 중국어와 비
교해볼 때 분명히 일본은 경어를 사용하는 나라일지 모른다. 그
러나 "밥 처먹어라"에서 "수라를 드시옵소서"에 이르기까지, 수
많은 말의 계단이 있는 한국어를 생각하면, 경어가 일본의 특성
이라고 주장하던 사람의 말문은 막혀버리고 말 것이다.

그런 관점에서 보면 이자야 벤다산[8]이 일본인인가 유태인인가 하는 것처럼 어리석은 논쟁도 없을 것 같다. 어느 쪽이든 상관없는 일이기 때문이다. 『일본인과 유태인』을 쓴 저자가 양고기[遊牧]와 쌀[農耕]을 대응시켜 일본의 특성을 설명하고 있는 한 어느 쪽이든 쌍방의 사고방식에는 그다지 큰 차이가 없을 것이다.

일본인이 서양인과는 다른 관점에서 일본의 특성을 발견하려 한다면 한국이나 동양의 다른 여러 나라의 문화에 대해 서양 사람 이상의 지식을 가지고 있어야만 할 것이다. 그래서 일본인이 한국 사회를 자세히 연구했다면 일찍이 한국 동네에는 젊은이 집단이 마을의 지배권을 장악하는 '와카슈주쿠[若衆宿]' 같은 체제가 없었다는 사실을 알게 될 것이고, 그렇게 되면 일본인의 인간 관계가 종적縱的인 것보다 오히려 횡적橫的인 데 보다 강한 특성을 지닌 사회라고 주장하게 될 것이다. 일본이 연령 서열을 존중하는 종적인 사회라는 것은 어디까지나 서양 사회와의 비교일 뿐 동북아시아 문화권과 견주어보면 정반대의 결론에 도달하게 될지 모른다.

한국어를 좀 알고 있었다면 도이[土居] 교수는 '아마에'보다도

---

8) 베스트셀러 『일본인과 유태인』의 저자. 간행 당시, 저자가 진짜 유태인인지 일본인으로서 필명筆名을 사용한 것인지를 둘러싸고 화제가 되었다. 현재는 평론가인 야마모토 시치헤이[山本七平]라고 알려져 있다.

독립심을 강조한 일본어의 '다이조부[大丈夫]'나 '하다카잇칸[裸一貫]'이라는 독특한 말들에 주목했을지 모른다. 왜냐하면 같은 한자를 사용하고 있으나 한국에서는 '괜찮다'의 뜻으로는 '大丈夫'라는 한자를 쓰지 않기 때문이다. '大丈夫'가 '남자' 이외의 뜻으로는 쓰이지 않는다. 또 '하다카잇칸'이라는 말도 한국어에는 없다(비슷한 것으로 '○○ 두 쪽' 운운하는 표현이 있으나 그것은 긍정적인 뜻이 아니다).

일본은 중국이나 한국과 같이 한자 문화권에 속하고, 또 유불선(일본에서는 신도神道) 삼교가 공존하는 거의 같은 종교 생활을 하는데, 그리고 유사한 언어를 사용하고 밥을 먹는 벼농사 문화의 생활 양식을 가지고 있는데 어째서 혼자서만 근대화에 앞장설 수 있었나? 어째서 일본만이 홀로 공업 경제국으로 구미 문화와 같은 대열에 낄 수 있게 되었는가?

이것이 서양 사람의 질문이며, 동시에 일본인으로 본다면 탈아시아적인 자부의 목소리이다. 그렇다면 일본의 특성은 서양 사람과의 차이점보다는 같은 동양인인 한국인이나 중국인과의 차이점에서 파악되어야 하는 게 아닐까? 관심은 바로 그 점에 있으면서도 막상은 한국과 중국을 포함한 동북아시아의 일반적 특성을 한 보자기에 싸잡아 일본의 특성으로 내놓고 있는 것이다.

서양인과 한국인의 시각

메이지[明治] 초기의 일본에 온 독일인 페르츠[9] 박사는 벼락이 떨어졌는데도 유유히 담배를 피우며 앉아 있는 요코하마[橫浜] 부두의 일본 뱃사람에 대해서 기록하고 있다. 그는 그 광경을 보고 일본인은 침착하고 태연한 국민이라고 경탄했다.

서양 사람의 눈에는 일본인이 동양적인 느긋한 기질의 소유자로 보였는지도 모른다. 그러나 보다 대륙적이고 유교적 기질을 지닌 한국인의 눈에는 그와 정반대로 보인다. 18세기 말 일본을 여행한 정조正組 때의 관리 서유소徐有素의『연행잡록燕行雜錄』에는 "일본인의 성정은 매우 조급하고 경박하며 자신에게 이익이 있으면 뱁새처럼 굴고…… 도량이 넓은 사람은 한 사람도 없다"라고 되어 있다.

현대에도 마찬가지이다. 미국 시인 길버트는 다실茶室 뜰에 꼬불꼬불 박아놓은 '도비이시(징검돌)'를 보고 일본인은 세계에서 가장 자연미를 사랑하는 심미적 국민이라고 칭찬했다. 집 문에서 방까지 최단 거리로 가려면 직선이어야 한다는 서구인과 달리 일본인은 구불구불한 비기능적인 길을 만들어 여러 시각에서 정원을 감상하려 했기 때문이라는 것이다. 그러나 한국 사람의 눈에는 그 길이 결코 자연스럽게 보이지 않는다. 반대로 인공적이고

---

9) 독일의 외과의外科醫. 1876~1906년까지 일본에 머물며 독일 의학을 일본에 전했다.

획일적인 것으로 비치는 것이다. 자연과 융합하며 살려는 한국인의 눈에는 '도비이시'라는 인공적인 길을 만들어놓은 것 자체가 부자연스럽게 느껴진다. 사람은 제각기 보폭이 다르고 걸음걸이가 다른 법이다. 그런데 미리 돌을 놓아 똑같은 보폭, 똑같은 방향으로 걷게 한 것은 획일적이고 부자유스러운 인공적 발상이다. 아피아 가도Via Appia[10]처럼 길을 직선화한 인공적 문화 속에서 자란 서양 시인에게는 '도비이시'가 자연미의 결정結晶으로 보일지 모르나, 걸으면 저절로 길이 생긴다는 의식을 갖고 자라난 한국 시인에게는 그야말로 인공미로밖에는 보이지 않는 것이다.

성급하게 말하자면 일본과 일본인론은 한국인의 관점 혹은 한국의 문화 풍속과의 비교를 통해 쓰일 때 보다 그 본질에 접근할 수 있다는 이야기이다. 그리고 또 일본이 한국을 잊고 있다는 것, 한국을 잘 모른다는 것은 한국인이 아니라 일본인 자신의 불행이라는 것이다.

한국을 모르고 일본의 참모습을 보기는 힘들 것이다. 서양 문화의 태양만을 바라보고 살아가는 해바라기 문화에서는 벌거벗은 임금님(일본 문화)의 맨 모습이 보일 리가 없다. 물론 일본에 대한 무지는 한국인에게도 있을 것이다. 식민지 36년 운운하며 외치는 일본론은 웅변대회 그 이상의 수준을 넘지 못하는 것이 많다. 그

10) 고대 로마와 브린디시움(지금의 브린디시) 사이의 도로.

리고 나도 그런 일본론자 중의 하나일지도 모른다.

그러나 일본인이 즐기는 사소설적私小說的 발상에 의하면, 내 일본 체험은 일본론을 쓰기에 아주 적합한 여건을 지니고 있다는 점을 부정할 수 없다.

철들기 전 일장기와 노기[乃木][11] 대장의 초상화가 걸린 식민지 교실에서 세뇌받은 것은 한국과 일본은 한 몸이라는 내선일체內鮮一體의 사상이었다. 그 때문에 한국인이라는 민족의식조차도 변변히 갖지 못한 채 유년 시절을 보낸 것이다. 그러나 같은 문화라고 강요당한 일본 문화 가운데는 끝까지 동화될 수 없는 어떤 낯선 요소들이 달라붙어 있었다. 아직 민족의식을 지니지 못한 초등학교 학생의 경험으로도 분명 이것은 내 것과는 다르다고 느낀, 일본 문화에 대한 이질감. 그 어린아이의 눈으로 바라본 일본 문화의 원풍경을 따라가면 안데르센 동화 속의 그 어린이가 발견한, 벌거벗은 일본 문화의 알몸을 보게 될지도 모른다. 매우 일본적인 '확신'일지 모르겠지만.

---

11) 노기 마레스키[乃木希典]. 메이지 시대의 군인, 육군 대장.

작은 거인들

난쟁이 문화와 장수 문화

회색빛 식민지 교실에서 글을 익히기 시작한 어린이의 눈에 제일 먼저 비친 일본의 모습이란 어떤 것이었을까? 그건 어린아이이기 때문에 모리나가[森永] 캐러멜이나 오사마[王樣] 크레용의 상표 그림 같은 것이었는지도 모른다. 그러나 그와 같이 실재하는 것들은 일본의 인상이라기보다는 서양 냄새가 나는, 단순한 하나의 과자이며, 하나의 크레용에 지나지 않는다.

어린이란 현대 문명 속에서 살아가는 작은 원시인이기도 하기 때문이다. 그래서 신화적인 촉각을 가지고 있으며, 그것으로 이 세상을 내다본다. 내가 제일 먼저 만난 일본인도 벽에 걸린 노기[乃木] 대장이나 조회 시간마다 국민 선서를 선창하는 대머리 일본인 교장 선생이 아니었음은 물론이다. 내가 호기심을 갖고 인사한 최초의 일본인들은 옛날이야기의 주인공인 잇슨보시[一寸法

師]12)와 모모타로[桃太郎]12)였다. 그리고 긴타로[金太郎]12), 우시와카마루[牛若丸]13)와 대나무에서 나온 엄지손가락만 한 가구야히메12)였다. 그들에게 공통된 특징이 있다면 그것은 모두 '작은 거인'들이라는 점이었다.

그들을 만나기 위해서는 바늘이 칼이 되고 밥공기가 배[舟]가 되며, 젓가락이 노가 되는, 그 작고 작은 세계로 들어가야만 한다. 그렇다고 잇슨보시가 개구리의 먹이가 될 만큼 약한 존재는 아니다. 작기 때문에 오히려 거대한 도깨비에게도 들키지 않고 마음대로 공격할 수가 있다. 그래서 잇슨보시나 복숭아 속에서 나왔다는 모모타로는 거대한 도깨비를 물리치고 보물을 빼앗는다.

학교에서 일본어로 들은 이야기가 아니라 몇백 년 전부터 시골 사투리로 전해 내려온 한국의 옛날이야기에는 '고비토[小人]'가 자기보다 큰 어른이나 힘센 도깨비를 이기는 얘기가 흔치 않다. 잇슨보시와 같이 축소된 인간의 얘기는 한두 개 있다 할지라도 그처럼 널리 퍼져서 사랑을 받지는 않았다. 엄밀하게 말하면, '고비토'라는 말 자체가 한국말에는 없는 것이다(난쟁이는 꼽추처럼 불구자이지만, 고비토는 원래 작은 인간이다).

---

12) 설화나 옛날이야기에 나오는 주인공들.
13) 가마쿠라 막부[鎌倉幕府](1192~1334) 시대를 열었던 미나모토노 요시토모[源賴朝]의 동생, 미나모토노 요시쓰네[源義經]의 어릴 때 이름.

한국의 옛날이야기에 나오는 영웅들은 겨드랑이에 비늘이 돋친 장수[丘人]이며 미륵바위이다. 또 맞으면 맞을수록 커지는 달걀귀신은 있어도 맞을수록 점점 작아지는 『아다마뎃카치 시리스보미 고조[小僧]』[14] 같은 얘기는 없다. 같은 계통의 설화라도 일본 것은 다르다. 『시타키리 스즈메[舌切り雀]』[15]와 『흥부전』이 그것이다. 『흥부전』에서는 제비 다리를 꺾어 실로 감아주지만 『시타키리 스즈메』에서는 그것이 참새의 혓바닥으로 바뀌어 있다. 다리를 꺾는 것과 혓바닥을 자른다는 것은 그 잔인성이나 상상력에 있어 비교가 되지 않는다. 보일까 말까 한 참새 혓바닥을 꺼내 그것을 가위로 잘라내고 붙인다는 것은 분명 한국적인 정서에 맞는 이야기는 아니다.

'왕'과 '마메'의 접두사

옛날이야기에만 국한된 것이 아니다. 한국어에는 확대하는 접두사는 있어도 축소하는 접두사는 없다. 한국어의 '왕'은 영어의 '킹사이즈'의 '킹'에 해당하는 것으로, 어느 말 위에 붙이면 보통 이상으로 커진다. '왕대포'라면 아마 일본인 관광객도 잘 알 것이

---

14) 머리를 맞으면 맞을수록 몸이 점점 작아지는 사내의 이야기.
15) 『모모타로[桃太郎]』 등과 함께 전하는 일본 5대 옛날이야기의 하나.

다. 그것은 술집에서 사용하는 큰 잔을 의미한다. '왕눈'은 큰 눈이고, '왕벌'은 큰 벌을 뜻한다.

그러나 반대로 일본어에서는 확대보다 축소의 뜻으로 사용하는 접두사가 많다. 그중 하나로, 곧잘 쓰이는 '마메[豆]'라는 말이 있다. 또 '히나[雛]'라는 것도 있다. 콩을 뜻하는 '마메' 자가 붙기만 하면 무엇이든지 작게 축소되어 잇슨보시[一寸法師]가 되어버리는 것이다. 잇슨보시를 '마메타로[豆太郎]', '마메스케[豆助]'라고도 하듯이 '마메혼[豆本]', '마메지도샤[豆自動車]', '마메닌교[豆人形]', '마메자라[豆皿]'라고 하면 모두 보통 것보다 작게 축소된 책이요, 자동차요, 인형이요, 접시인 것이다.

시대가 바뀌어 양초가 램프로 램프가 전구로 바뀌어도 '마메'만은 여전히 그 위에 붙어 다녀 '마메로소쿠(작은 양초)', '마메램프(작은 램프)', '마메덴큐(작은 전구)'가 된다.

'히나'도 원래 '히요코(병아리)'라는 뜻인데 '히나닌교[雛人形]', '히나가타[雛形]', '히나기쿠[雛菊]' 등 축소어의 기능을 한다.

어렸을 때부터 우리 것이 아니라 일본 것이라는 느낌이 드는 것들에는, 옛날이야기이든 말이든, 물건이든 간에 반드시 '잇슨보시'의 그림자를 볼 수 있었다. 에도[江戸] 시대에 일본 서민층에는 봉당 구멍에 떨어진 콩알을 쫓아 작은 별세계別世界로 들어가는 마메바나시[豆話]가 유행했다고 한다. 그것처럼 우리가 일본 말의 '마메'를 쫓아 일본 문화 속으로 들어가 보면 우주와 이 세상

모든 것을 수십 분의 일로 줄여놓은 딴 세상을 만나게 된다. 사람을 수십 분의 일로 줄인 '히나' 인형과 거목을 손가락만 하게 줄여놓은 분재盆栽와 같은 마이크로의 세계이다.

일본에서는 무엇인가를 만든다는 뜻으로 '사이쿠[細工]'란 말을 쓴다. 한자의 뜻대로 하면 작고 가늘게[細] 만든다[工]는 뜻이다.

그런데 일본인은 세공품이 아니라도 무엇이든 만드는 것이면 다 '사이쿠[細工]'라고 한다. 일본인의 의식 속에는 무엇을 만든다는 것은 곧, 무엇을 축소해 세공한다는 뜻인 것이다. 그것도 시원치 않아서 앞에 '小' 자를 더 붙여 '고자이쿠[小細工]'라고도 한다. '마메', '히나'의 접두사 하나만으로는 성이 차지 않아서 손바닥에 들어가는 소형 책을 '히나마메혼[雛豆本]'이라고 겹쳐 부르는 것과 마찬가지이다. 작은 것이 좋은 것이다. 큰 것보다 세공細工이 좋은 것이다. 그러므로 체면이 말이 아닌 것을 일본어로 '부사이쿠[不細工]'라고 하지 않는가. 큰 것을 작게 줄인 것은 그냥 작은 것과는 달리 원형보다 더 사랑스러운 것, 좀 더 힘센 것이 된다는 것을 의미한다.

일본의 특성이 사물을 확대해서 크게 벌리기보다 작고 섬세하게 축소하는 데 있다는 그 인상이 어린 가슴속에 와닿은 것은 일본의 일상용품들이 한국 것에 비해 3분의 1 정도밖에 되지 않는다는 사실 때문이기도 했다. 세 끼 먹는 밥그릇부터가 그렇다. 한국의 사발은 일본의 밥공기에 비해 세 배쯤이나 크다. 밥상이 그렇고, 술잔이 그렇고, 부채 등도 거의 똑같은 비율을 나타내고 있다. 예부터 중국인과 한국인이 일본을 왜국, 일본인을 왜인이라고 부른 것이 왜소한 체구 때문에 그런 것만은 아닌 것 같다.

스위프트의 『걸리버 여행기』가 사무엘 퍼처스의 여행기와 독일인 켐퍼[16]의 『일본지』에서 힌트를 얻어 쓰인 게 아닌가 하는 재미있는 연구(존슨, 윌리엄스, 기타카키 공저共著)가 있는 것을 보아도, 유럽인에게도 일본이 소인국처럼 보이는 그 무엇이 있었던 것 같다.

풍토론적風土論的 사고의 한계

"그것은 섬나라이기 때문이다"라고 간단히 풍토론을 끄집어내는 사람도 있을지 모른다. 그러나 일본인의 의식 속에 자신의 나라가 섬나라로 인식되기 시작한 것은 세계 지도가 보급되고 서구 문명과 접촉한 이후일 것이다.

일본인의 특성을 '섬나라 근성'이라는 말로 처음 표현한 사람은, 메이지 유신 후 유럽을 순유하고 돌아온 구메 구니타케[久米邦武][17]라고 한다. 그에게 그 말은 오늘날과 같이 쩨쩨하고 작다는

---

16) 독일의 외과의, 박물학자. 1690년 네덜란드 배의 선의船醫로서 나가사키에 와서 3년간 머물렀다.

17) 국사학자國史學者. 1871년 이와쿠라 도모미[岩倉具視]를 수행해서 외유外遊.

뜻을 지닌 섬나라 근성이 아니라 넓은 바다로 나가는 넓은 마음을 가리키는 말이었다. 사실 일본이 좁은 나라, 바다로 둘러싸인 섬나라라고 감각적으로 느껴질 만큼 그 땅덩어리가 작은 것은 아니다. 대륙에 접해 있다고는 하나 세계 3위의 산악국이며 좁은 분지인 한국보다 더 널찍한 공간, 소위 지평선이 보이는 곤센겐야[根釧原野][18]와 무사시노[武藏野][19]의 들판을 가진 나라다.

섬나라라는 의식이 예부터 일본을 지배하고 있었다 하더라도 일본 문화에 나타난 '축소지향성'을 그리 간단하게 풍토론으로 처리해버릴 수는 없을 것이다. 같은 섬나라라도 영국의 문화 형태를 분석해보면 알 수 있을 것이다. 영국은 그들이 대륙이라고 부르고 있는 프랑스, 독일에 비해 사물의 스케일이나 사고방식이 결코 작다고 할 수 없다. '축소'가 아니라 오히려 '확대'의 문화를 지향하고 있는 것은 일곱 개의 대양을 지배한 섬나라 영국 쪽이다.

풍토적인 것만이 아니라 무엇인가 여러 원인들이, 그리고 의식 그 자체의 지향성에 '수축'적인 상상력이 있었다는 점을 항상 염두에 두고 이 문제를 생각해보지 않으면 안 될 것이다.

내가 어른이 된 다음에, 잇슨보시와 같은 고비토 얘기는 일본

---

18) 홋카이도[北海道]의 네무로[根室]와 구시로[釧路]에 걸친 광대한 들녘.
19) 도쿄 서부에 있었던 들판. 지금은 개발되고 주택이 들어서서 그 자취를 찾아볼 수 없다.

에만 있는 것이 아니라 세계 어느 곳에나 퍼져 있는 이야기이며, 구태여 찾아본다면 중국이나 한국에서도 한두 개쯤 찾아낼 수 있다는 것, 그리고 톰 프슨의 『설화 문학 색인說話文學索引』에 의하면 T 540-T 549의 이상 탄생 설화異常誕生說話의 하나로 분류된 얘기라는 것을 안 다음에도 오히려, 어린 시절 마음에 새겨진 잇슨보시의 그림자는 일본 문화 속에서 사라지기는커녕 더욱더 짙어져 가기만 했다.

서양의 고비토는 일본의 그것과 달라서 정령精靈과 관계가 있다라든지, 잇슨보시처럼 작아서 오히려 강하다는 역설과 달리 또 다른 기능을 지닌 존재라든가 하는 옹색한 비교보다는, 똑같은 '고비토 이야기'라도 그것이 일본의 경우처럼 과연 그렇게 사랑을 받고 있는가 혹은 그렇게 널리 퍼져 있는가 등을 따져보면 잇슨보시가 일본적 영웅이라는 것에 쉽게 수긍이 갈 것이다. 잇슨보시가 보다 일본적이라는 증거는 다름 아닌 이방의 여덟 살 먹은 어린이에게까지 알려졌다는 사실만으로 충분할 것이다.

'축소'의 문학적 상상력

하이쿠 17글자의 세계

일본인의 정신적 뿌리라고 할 수 있는 『고지키[古事記]』[20]나 『니혼쇼키[日本書紀]』[21]에도 잇슨보시(난쟁이) 같은 작은 신이 등장한다. 밥공기가 아닌 백렴 껍질로 된 배를 타고 새의 깃털로 옷을 지어 입은 작은 난쟁이가 조粟의 줄기에 매달렸다가 그것이 튕겨지는 바람에 영원한 나라로 건너갔다는 작은 신의 얘기가 그것이다. 두 책과 자주 비교되는 한국의 『삼국사기三國史記』와 『삼국유사三國遺事』에서는 결코 만나볼 수 없는 신들이다.

아니 '고비토' 얘기만이 아니다. 문학을 공부하기 시작했을 때 내 가슴에 싹튼 일본 문학의 특색도 바로 그 작은 거인이었다. 세계에서 가장 짧은 형식의 시를 만든 것이 다름 아닌 일본인이었

---

20) 나라[奈良](710~784) 시대 초에 만들어진 역사 신화의 서書.
21) 나라 시대 초에 만들어진 일본 최고最古의 관선 정사官選正史.

기 때문이다. 하이쿠[俳句][22]는 한국의 가장 짧은 시 형태인 '시조'에 비해 3분의 1의 길이밖에 되지 않는다. 그러므로 잇사[一茶][23]는 평생 떠돌이로 돌아다니면서도 머리맡 호롱불에 불붙이는 작은 종이 쏘시개에다 자신의 시를 써 모아둘 수 있었다. 겨우 17글자로 드넓은 우주 공간과 사계절의 시간을 표현한 하이쿠는 축소지향의 일본 문화에서 텍스트 구실을 한다. 형식만이 아니다. 이태백의 「백발삼천장白髮三千丈」처럼 중국 문학은 침소봉대針小棒大의 과장법이 많기로 유명하지만, 일본 문학의 수식에는 거꾸로 몽둥이를 바늘로 축소하는 표현이 많다. "모기가 흘린 눈물의 바다 위에, 배를 띄우고 노 젓는 사공의 가는 팔이여!"와 같은 광가狂歌 한 수만 보아도 알 수 있다. 형식도 짧지만 그 내용에 담긴 세계 역시 현미경으로도 보이지 않을 만큼 미세하다.

비록 병상이어도 잇사는 넓은 밤하늘을 그대로 바라보지 않았다. 찢어진 창호지 구멍을 통해 그 넓은 하늘과 은하수를 바라볼 때 비로소 하이쿠가 탄생한다. 그것이 바로 "아름답구나. 창호지 문구멍으로 내다본 밤하늘의 은하수여!"[24]라는 노래이다.

작은 잇슨보시 안에서 거대한 힘을 발견하려 했던 일본인들

---

22) 5·7·5의 17음으로 된 단시短詩.

23) 고바야시 잇사[小林一茶]. 에도 후기의 시인[俳人].

24) うつくしや障子の穴の天の川.

은 또 **빽빽**하고 치밀한 작은 것들 속에서 아름다움을 찾으려 했다. 일본의 가장 오래된 시집인 『만요슈[萬葉集]』[25]에서 가장 많이 읊어진 꽃은 싸리[萩] 꽃으로서 141수나 된다. 싸리는 중국에서나 한국에서는 좀처럼 시의 소재로 읊어지지 않았던 꽃이다. 한국의 무궁화나 중국의 모란[牡丹] 그리고 서양 사람들의 장미는 모두 꽃송이가 탐스럽다. 그러나 싸리꽃은 일본인이 좋아하는 가을의 일곱 가지 풀꽃[七草][26]이 모두 그런 것처럼 꽃 자체가 아주 작으면서 다닥다닥 붙어 있는 군집성을 띠고 있다. 벚꽃은 물론이고, 긴자[銀座]의 거리 이름이 되기도 하고 한때 여학생들이 애용한 편지지에 곧잘 등장하던 스스랑(은방울꽃) 그리고 도쿄에서 바, 스낵, 다방의 이름으로 가장 많이 사용되고 있다는 등藤꽃같이 일본인이 좋아하는 꽃은 대개 그 싸리꽃처럼 꽃 자체가 작고 치밀하게 뭉쳐 있는 형태를 하고 있다.

한국인은 그런 꽃을 좋아하지 않는다는 것을 일본에서 건너온 화투를 보면 알 것이다. 1월의 소나무에서 12월의 비까지 그 그림들은 한국인에게도 친숙한 것들이지만, 사흑싸리와 칠홍싸리만이 낯선 감을 준다.

---

25) 일본 최고最古의 가집歌集. 전 20권. 나라 시대 말에 엮어졌다.

26) 가을의 일곱 종류의 화초花草인 싸리, 참억새, 칡, 패랭이꽃, 마타리, 향등골나물, 나팔꽃. 나팔꽃 대신 도라지를 넣는 경우도 있다.

'미'를 나타내는 일본어의 어원을 살펴보아도 일본인은 작은 것, 치밀한 것을 '미'의 기준으로 삼았다는 것을 알 수 있다. '아름답다'의 일본 말인 '우쓰쿠시[美]'는 헤이안[平安] 시대 이전에는 '사랑[愛]'이라는 의미로 사용되었다. 『고지키』에 나오는 것은 모두 그런 의미이다. 고대의 일본어에서는 아름답다고 할 때 '구와시'라고 했다. 얼굴과 그 맵시가 아름다운 여성을 '구와시메[細女]', 『고지키』에서 '구와시메[久波志賣]'라고 한 것이 그것이다. 또 '메구와시'라고 하면 시각적으로 밀도가 높은 결정結晶을 이루고 있는 것을 의미한다고 이마미치 도모노부[今道友信][27] 교수는 말한다.[28]

'구와시'란 말은 어떤 정밀한 요소의 충실한 통합과 관계가 있을 것이다. '구와시모노'란 잔손이 여러 번 간 세공품細工品이거나 거기에서 뜻이 바뀌어 고상한 사람을 뜻하기도 하므로, 그것이 존재의 충실성을 나타낸 뜻임은 분명하다. 그리고 오노 스스무[大野晋][29] 씨는 『만요슈』권13의 짧은 장가長歌[30] 3·3·3·1의 노래를 해석할 때, "자잘한 나무가 번성해서 보면 볼수록 틈새가 없이 빽

---

27) 동경대학 교수, 미학자美學者.
28) 『동양의 미학美學』.
29) 학습원대학 교수, 언어학자.
30) 와카[和歌] 가운데 있는 것으로서 5·7조를 반복해서 연결하며 마지막을 7·7로 마무리한다. 『만요슈』에서 많이 보인다.

빽한 상태, 이것이 산의 구와시이며, 즉 산의 아름다움[美]"이라고
했다.

이런 식으로 말한다면 싸리꽃, 등꽃, 벚꽃 등의 꽃은 곧 '구와
시하나[花]'라 할 수 있다. 일본인에게 있어서 아름다운 것은 작고
치밀하고 응결된 결정체, 즉 '구와시'한 것이다('구와시'는 오늘날에는
자세한 것, 자상하다는 뜻으로 쓰인다).

소설에서도 같은 말을 할 수 있다. 장편소설보다는 짧고 간결
한 단편소설, 또 일본에만 있었던 양식인 '장掌편소설'에 일본 문
학의 한 특성이 있다.

다이쇼[大正]³¹⁾ 말경 오카다 사부로[岡田三郎], 다케노 도스케[武野
藤介] 등이 원고지 2, 3매의 초단편을 시도해본 발상이라든가, 노
벨상 수상 작가인 가와바타 야스나리[川端康成]³²⁾가 100편 이상의
장掌편소설을 쓴 것 등은 일본 아닌 다른 나라의 문학에서는 좀처
럼 찾아보기 힘든 현상일 것이다.

---

31) 일본 다이쇼 천황의 연호(1919~1926).
32) 소설가. 1968년 『설국雪國』으로 〈노벨문학상〉 수상(1899~1972).

난쟁이가 되고 싶은 꿈

유럽인의 꿈을 라블레[33])의 가르강튀아의 모습에서 찾을 수 있다면 일본인의 꿈은 우키요소시[浮世草紙][34])의 '마메에몬[豆右衛門]' 이야기 『혼단색유회남[魂胆色遊懷男]』에서 찾을 수 있다. 젖을 먹는데 1만 2913마리의 암소가 필요하고, 옷 한 벌 만드는 데 900오느(약 1,000미터)의 옷감이 필요했던 가르강튀아를 낳은 라블레의 허풍에는 거인이 되고 싶은 르네상스 서구인의 꿈이 숨어 있다.

신에게 억눌린 왜소한 인간에게 새로운 자신감과 능력을 불러일으키려고 한 이 근대인은, 노트르담의 종을 말방울로 매달고 천하를 달리는 그 거인 속에서 위대한 인간의 아침을 예고한 종달새였다.

'좀 더 커져라, 좀 더 커져라', 이 거대주의의 상징인 라블레의 꿈이 거의 같은 무렵 일본에 오면 '좀 더 작아져라, 좀 더 작아져라' 하는 소리로 바뀐다. 그것이 에지마야 기세키[江島屋其磧][35])의 소설이다. 물론 하나는 철학적 소설이고 다른 하나는 우키요소시의 대중 소설이다. 그러나 민중의 꿈을 반영한 허구적 인물이란

---

33) 프랑스의 작가(1483~1553). 르네상스 시기의 최대 걸작으로 꼽히는 『가르강튀아와 팡타그뤼엘』을 썼다.

34) 에도 시대에 일어난 풍속 소설風俗小說.

35) 에도 중기의 우키요소시[浮世草紙] 작가.

점에서는 조금도 다를 게 없다. 다만 다른 것은, 에지마야가 마메에몬을 통해 꿈꾼 것은 가르강튀아와는 정반대로 겨자씨만 한 '고비토'로 줄어든 사나이[豆男]라는 것이다.

이 주인공은 어머니가 말[馬]을 삼키는 태몽을 꾸고 낳았다는 가난뱅이 추남이다. 그런데 어느 날 오사카야마[逢坂山]36)에서 선녀를 만나 금단金丹 한 알과 비전서秘傳書를 얻는다. 그 약을 먹으면 게시닌교(작은 인형)만 한 사람으로 줄어들며, 그래서 사람의 품속으로 들어가면 그 사람의 영혼이 자기 것과 뒤바뀐다는 것이다.

그는 곧 큰 도회지로 가서 그 비약秘藥 덕택에 실컷 여색을 즐기게 되고 마지막에는 다이묘[大名]의 여인 처소로 스며 들어가게 된다. 그는 벌레로 오인받아 손톱 끝에 눌려 죽을 뻔하나 다행히 위기를 모면, 다이묘에게 인정받아 그곳에서 일하게 된다. 마메에몬은 바로 잇슨보시와 같은 '작은 거인'인 셈이다. '작은 것이 강하다'라는 극소주의極小主義의 역설적 신앙이 잘 묘사된 소설이다.

이 이야기가 작자 개인의 상상력에서 끝난 것이 아니라는 것은 이 책이 그 시대에 에도[江戸] 사람들에게 얼마나 인기가 있었던가를 보면 알 수 있다. 당시 이와 유사한 책이 뒤이어 쏟아져 나왔

---

36) 오쓰 시[大津市]의 서부 교토 부府와 시가 현滋賀縣의 경계에 있는 산. 예로부터 와카[和歌]로 자주 노래 불렸다.

고, '마메에몬'은 유행어가 되었으며 보통명사화하여 '마메오토코[豆男]'라는 말로 사전에까지 수록되었다. 그는 물구나무선 일본의 가르강튀아였던 것이다. 인간이 콩알만 하게 축소되는 이야기는 여성에게도 예외가 아니어서 『준쇼쿠에이카무스메[潤色榮花娘]』('오마메'라는 여성이 주인공)라는 얘기도 있다.

거인이 아니라 난쟁이가 되려는 일본 문학의 전통은 서양 문명을 안 근대에 와서도 그대로 이어진다. 일본 근대 문학의 원조라할 수 있는 나쓰메 소세키[夏目漱石]는 놀랍게도 "오랑캐꽃만 한 작은 사람으로 태어나고 싶어라"라는 하이쿠를 남기고 있다.

이 축소지향의 문화가 사람이 아니라 나무에 나타나면 거목을축소한 분재盆栽가 되고, 우주의 산하에 나타나면 그것을 축소한독특한 돌정원[石庭]이 된다. 그러한 상상력과 발상법이 현대에는트랜지스터로부터 시작하여 반도체를 낳는다.

그럼, 어차피 어린이 책가방에서 나온 일본론이니 이왕이면 이러한 일본인의 국민성을 다른 나라의 그것과 비교해 풍자한 다음과 같은 한 토막의 유머로 마무리해보자.

풍자-세계의 국민성 비교

우주인이 지구의 각 국민성을 테스트해보기 위해 지구인이 아직 본 일이 없는 물체를 하나 길 한복판에 떨어뜨린다. 그리고 그들은 하늘에 뜬 원반 속에 숨어서 그것을 줍는 지구인들의 반응을 지켜본다.

그때 그 물체를 줍는 순간 눈앞에 들이대고 이 구석 저 구석 살펴보는 사람이 있다면 그것은 아마도 프랑스인일 것이며, 반대로 귀로 가져가 흔들어보는 사람이 있다면 독일인임에 틀림없을 것이다.

미술과 패션의 천재들을 배출한 프랑스인은 눈(시각)으로 사물을 이해하려고 하는 데 비해 베토벤을 낳은 음악적인 민족, 독일 사람은 귀(청각)로 그것을 인식하려 할 것이기 때문이다. 그렇다면 투우의 나라 스페인 사람은 어떻게 할 것인가. 그들은 눈이나 귀로 가져가지 않고 집어 들자마자 두드려 빠개볼 것이다.

그러나 뛰고 나서 생각한다는 스페인 사람과 달리, 영국인들은 그 물체를 깨뜨리지는 않을 것이다. 소중히 집으로 가져가 며칠 동안 끈기 있게 이것저것에다 맞추어볼 것이다. 그리고 그것이 무엇인가를 각자 몸소 경험한 다음 가족 전원이 모여 엄숙하게 투표로 결정할 것이다.

중국인은 이 점에 있어서 영국인보다 훨씬 어른답고 한층 더 인내력이 강하다. 우선 그들은 물건을 줍기 전에 사방을 주의 깊게 살펴본다. 아무도 보지 않는다는 것을 확인한 다음에야 비로소 군자처럼 엄숙하게 집어 올려 소매 깊숙이 집어넣는다. 그것이 무엇인가는 문제되지 않는다. 우선 보존해두는 데 의미가 있는 것이다. 어차피 시간이 흘러가면 몇백 년 후라도 자연히 알게 될 테니까.

옛날 식민지 시대 일본의 착취로 배고픈 생활을 해온 한국인이라면 어떨까? 그렇다. 우선 그것을 혀로 핥아볼는지 모른다. 먹을 수 있는 것인지 알기 위해서이다.

여기서 동서를 대표하는 초강대국 미국과 러시아를 빠뜨릴 수 없다. 그러나 사실은 기대와는 딴판일 것이다. 그들은 아무런 반응도 보이지 않고 그냥 주울 뿐이다. 아무 표정도 없다. 도무지 귀찮게 머리를 짜낼 필요가 없다는 태도이다. 즉 미국인은 그것을 줍자마자 컴퓨터에 물어보면 될 것이라고, 러시아인은 비밀경찰(KGB)에 보고해버리면 그만이라고 생각할 것이기 때문이다.

이제 문제는 일본인이다. 그들은 눈앞에 놓고 뜯어보거나 귀에다 대고 흔들어보지 않을 것이다. 또 부숴서 분해해보거나 소매 속에 슬쩍 감추지 않고, 더구나 호기심이 많아서 컴퓨터나 KGB에 맡기지도 않을 것이다. 그렇다. 일본인은 그것을 집어 들자마자 재빨리 그것과 똑같은 것을 흉내 내어 만들어볼 것이다. 그것도 같은 크기로 만드는 것이 아니라 트랜지스터화하여 더욱 정교하게 수십분의 일로 축소해서 손아귀에 쏙 들어가도록 작게 만들 것이다. 그리고 그것을 가만히 들여다보고는 '나루호도(과연)' 하며 무릎을 칠 것이다.

II

축소지향의 여섯 가지 모형

이레코형[入籠型]

바다에서 게까지의 수축收縮

동해의 작은 섬 갯벌 흰 모래밭에

내 눈물에 젖어 게[蟹]와 노닐다.

[東海の小島の磯の白砂に / われ泣きぬれて / 蟹とたはむる]

이것은 일본 문학을 잘 모르는 한국인에게도 널리 알려져 있는
이시카와 다쿠보쿠[石川啄木][37]의 단가短歌[38]이다. 이 시를 에워싸
고 있는 고독감을 일본인 특유의 정서라고 할 수만은 없다. 그래
서 다쿠보쿠의 감상주의는 일본인보다 오히려 나라를 잃은 식민
지 시대의 한국인에게 크게 호소하는 힘이 있었는지도 모른다.

37) 메이지 시대의 가인歌人(1886~1912).
38) 5·7·5·7·7의 31음을 정형定型으로 하는 시.

그러나 이 단가는 여전히 현해탄만큼의 거리가 있으며 그 때문에 절대로 한국의 시가 될 수 없다는 느낌이 든다. 24자(31음)의 이 짧은 시에서는 일본 특유의 어휘나 민족적 차이를 느끼게 하는 어떤 특별한 역사적, 사회적 배경을 찾아볼 수 없다. 구태여 말하자면, 시의 무대가 섬나라의 풍토 지리적 특성을 간접적으로 나타냈다고나 할까. 그러나 작은 섬이 일본에만 있는 것은 아니다. 한국도 반도이기 때문에 한려 수도에서 보듯 섬이 무수히 깔려 있다. 그러니 조금도 일본 시의 무대만이라고는 할 수 없다.

그렇다면 도대체 무엇이 이 시를 일본적인 것으로 느끼게 했을까. 이미 말한 대로 그것은 어휘나 정서 때문이 아니라 그 시를 형성하고 있는 언어의 구조, 다시 말하면 형태상의 특성 때문이라 할 수 있다.

그 단서로, 다쿠보쿠의 이 시를 한국어로 번역할 때 가장 어려운 것은 조사 '노의(의)'가 연용連用되어 있다는 점이다. '東海の小島の磯の白砂に'의 첫머리를 보면 한자 말 사이에 'の' 자가 세 개 보인다. 이렇게 네 개의 명사가 소유격 조사 '노'만으로 연결되어 있는 기괴한 문장은 한국의 경우 시는 물론 산문에도 없다. 그러므로 이 단가를 한국어로 번역할 때는 그 구문 형식 자체를 바꾸지 않으면 안 된다. 직역하면 '동해의 작은 섬의 갯벌의 흰 모래밭에……'가 될 것이다. 이미 그것은 한국 문장이라고 할 수 없다.

지금까지 한국어와 일본어의 문장 형태는 거의 같으므로 별로 문제될 게 없다고 생각되어 왔다. 양국 언어는 어휘만 다른 것으로 여겨졌고, 언어 비교도 주로 이런 점에서 고찰되어 왔다. 즉 단어만 바꿔놓으면 일본어는 한국어가 되고 한국어는 일본어가 된다. 그래서 같은 외국어라 할지라도 영어와 같은 인구어印歐語나 중국어를 대할 때와는 그 느낌이 아주 다르다.

그러므로 다쿠보쿠의 시처럼 개개의 어휘보다는 그것을 잇는 구문상의 형태가 서로 다른 차이와 특성을 나타내고 있는 것에 대해 우리는 더 주목하지 않으면 안 될 것이다.

한때 일본어를 배우는 한국의 젊은 학생들 사이에 유행했던 농담을 들어봐도 알 수 있다. 일본 시계는 아무리 정교하게 만들어도 한국제 시계보다 항상 몇 분씩 늦는다는 것이다. 한국 시계는 '똑딱똑딱' 소리를 내고 가는데 일본 것은 '똑이노 딱이노 똑이노 딱이노' 하고 움직이기 때문이라는 것이다. 이 농담은 일본인이 한국말을 떠듬떠듬 말할 때 단어와 단어 사이에 불필요한 '노' 자를 자주 집어넣는다는 것을 직관적으로 파악한 데서 생겨난 것이다. 한국어와 일본어의 차이를 어휘보다도 형태적인 상이점으로 포착한, 놀랄 만한 대중의 직관력이다. 이를테면 한일 두 언어의 형태적 차이를 가장 단적으로 나타내는 것이 바로 이 '노'의 조사법이라 할 수 있다. 실제로 일본 사람들은 '노'라는 조사를 유난히 많이 쓰고 있다.

'별빛'을 '별의 빛[星の光]'이라 하고 '벌레 소리'를 '벌레의 소리'라고 하여 반드시 조사 '노'를 붙인다. 영어도 'light of moon'이아니라 'moon light'이지만 일본어로는 역시 '달의 빛[月の光]'이라고 한다.

'노'를 되풀이하는 축소의 문법

그러므로 리모트 컨트롤이라는 말이 일본으로 건너오면 즉시그 꼬리가 잘려 '리모컨'이 되어버리는 악명 높은 생략어의 왕국에서, 왜 빼버려도 좋을 '노'는 아무 데나 맹장처럼 붙이고 다니는 것인지 이상하기 짝이 없다.

소유격 조사를 되도록 생략하고 또 그것의 겹쳐 쓰기를 피하려는 것은 어느 민족 언어나 마찬가지이다. 한 어구에 'of'가 세 개나 연달아 나타나 있는 문장은 아무리 중학교의 초보 영작문 시간이라 할지라도 찾아볼 수 없을 것이다. 대부분의 명사를 열차와 같이 한데 연결시켜 복합어로 만들어버리는 독일어의 경우는 두말할 것도 없다. 일본처럼 비교적 'de(의)'를 연용하는 불어의 경우도 작가들은 그것을 피하려고 애쓴다. 그러므로 다쿠보쿠처럼 일부러 '노'를 겹쳐 쓰고도 명시가 되는 일은 상상하기 어렵다.

구구한 설명보다도 문장에 대단히 까다로웠던 플로베르의 일화 하나를 소개하는 것이 좋겠다. "플로베르는 일생을 통해 후회할 일을 하나 저지르고 말았다. 그것은 한 문장에 소유격을 두 개 중복해 사용한 점이다"라고 한 고티에의 말이 그것이다. 고티에가 지적한 것은 『보바리 부인』에 나오는 'Une couronne de fleure d'orange(오렌지의 꽃의 관冠)'이라는 구절이다.

플로베르가 아무리 'de'의 중복을 피하려 몸부림 쳐봐도 소용없었다. 영국의 서머싯 몸은 "영어였으면 그렇게 애먹지 않아도 되었을 텐데"라고 그 일화에 대해 한마디 덧붙였다. 'Where is the bag of doctor's wife?(의사 부인의 가방은 어디 있느냐?)' 이렇게 하면 'of'가 두 개 중복되는 꼴은 간단히 피할 수 있으나, 불어에는 's의 용법이 없기 때문에 할 수 없이 'Where is the bag of the wife of the doctor?' 식으로밖에 쓸 수 없다는 이야기이다.

그러나 '山手線'39)을 '야마노데센'으로 읽고 '기이쿠니야[紀伊國屋]'40)를 '이[伊]'는 빼면서도 '노' 자는 덧붙여 '기노쿠니야'라고 발음하는 일본인들은 서머싯 몸의 행운이나 플로베르의 불운에 대해 고개를 저을 것이다. 소유격 조사 '노'를 두 개는커녕 세 개씩 중복해서 사용한 다쿠보쿠는 플로베르처럼 한숨 쉬며 후회하기는커녕 오히려 일본어를 위해 축배를 들었을 일이다. 그의 시의

---

39) 도쿄 시내를 달리는 환상선環狀線의 전차 노선 이름.
40) 도쿄의 신주쿠(新宿)에 본점이 있는 대규모 서점.

성공은 단적으로 말해 '노'의 연용에 비밀이 있었기 때문이다.

눈물 한 방울로 축소된 바다

그 비밀이란 무엇일까. 복잡한 말을 간단히 줄여 생략어를 많이 사용하는 것이 일본인의 성향 중 하나이다. 세계에서 가장 짧은 시 형식인 하이쿠[俳句]를 만든 민족이 어째서 다른 언어가 한결같이 피하려는 '노(の)'만은 그리도 자주 쓰는 것일까.

언뜻 보면 모순된 현상처럼 느낄지 모르나 실은 그렇지 않다. '노'는 모든 생각과 형상을 축소하는 매개어의 역할을 하기 때문이다. 다쿠보쿠의 시가 24자밖에 안 되는 단가라는 점과 그가 '노'를 세 번이나 겹쳐 썼다는 점과는 어떤 필연적 연관성이 있는 것이다. 시를 그처럼 짧게 만드는 기능은 '노'의 연용에 의해 비로소 가능해지기 때문이다.

"동해의 작은 섬 갯벌 흰 모래밭에[東海の小島の磯の白砂に]"를 분석해보면 알 수 있을 것이다. 우선 무한히 넓은 '동해'가 '노の'에 의해 '작은 섬[小島]'으로 축소되고 그 섬은 또 갯벌[磯]로, 갯벌은 또 백사장[白砂]으로 차례차례 수축收縮되어 마지막에는 점點에 불과한 게[蟹] 잔등이로까지 응축되고 만다. 동해가 게 잔등이에서 끝난 것도 아니다. '내 눈물에 젖어'라고 했으므로 그 넓은 동해 바닷물은 결국 눈물 한 방울로 축소되어버리고 만 셈이다.

다쿠보쿠의 시는 그러고 보면 그냥 짧은 시가 아니라 동해로부터 시작되는 넓은 세계를 하코니와(상자 안에 만든 모형 정원)와 같이 축소한 시이다. 세 번이나 '노'를 반복한 일본 특유의 어법은 바로 축소 기법에서 비롯됐던 것이다. 그러므로 다쿠보쿠의 시적 본질은 표층적 의미로 나타난 눈물이나 혹은 게와 놀고 있는 마음이 아니라 '동해'를 '게'와 '한 방울의 눈물'로 수축시켜 간 그 축소지향의 의식 구조에서 찾아야 할 것이다. 또한 그 점이 바로 그 시가를 만들어내는 의식의 문법이기도 하다. 소재나 배경이 달라져도 다쿠보쿠의 이 축소지향의 시 형태는 변함이 없다.

봄의 눈이 긴자[銀座]의 뒷골목의 삼층의 벽돌집에, 포근하게 내린다.

[春の雪 / 銀座の裏の三階の煉瓦造に / やはらかに降る]

24자에서 22자로, 동해의 자연이 도시 한복판의 긴자[銀座]로 바뀌었어도 '노'의 '축소' 문법은 마찬가지다. 긴자는 뒷골목으로 점점 축소되어 드디어 게와 같이 벽돌집 지붕이 되었다. 연못에 돌을 던졌을 때 생기는 파문과 정반대의 운동이다. 바깥에서 중심을 향해 수축해 들어오는 물결을 따라, 언어(이미지)의 파문이 생긴다. 파문의 고리가 보다 작은 고리로 옮겨지는 그 수축 작용은 '노'가 폭발하는 힘에 의해 생겨나는 것이다. '노'의 그 폭발력은 바깥이 아니라 안으로 죄어드는 이상한 힘이다.

다쿠보쿠의 시만이 아니다. 부자연스러운 '노'의 중복이 일단 일본 문학에 들어서면 그 면류관을 벗고 찬연한 황금의 관으로 변하는 기적이 일어난다. 명번역가 우에다 빈[上田敏][41]이 번역한 베를렌의 「낙엽」이 그것이다. "가을날 바이올린의 탄식 몸에 스며들고[秋の日のヴィオリンのためいきの身にしみて]"라는 베를렌의 원시에는 'de'가 두 개밖에 없는데 역시譯詩에는 그 두 배인 네 개(마지막의 '노'는 주격으로 사용된 것이긴 하지만)가 등장한다. 그것이 아름다운 비음 효과鼻音效果의 음악성을 남김없이 전해준다. 따져보면 '노'를 겹쳐 쓰는 언어 생활은 일본 문화와 거의 같은 역사를 지니고 있는 전통이다. 덴치 덴노[天智天皇][42]의 와카[和歌][43]에서 이미 그 '노'의 연용이 등장하고 있다.

가장 오랜 형태에 속하는 『고지키[古事記]』에도 '노'의 축소지향성이 엿보인다. 유랴쿠 덴노[雄略天皇][44]가 느티나무[槻] 아래서 주연을 베풀고 있었을 때, 우네메[采女][45]가 바친 술잔에 나뭇잎이 떨어졌다. 천황이 우네메를 벌하려 할 때, 그녀는 하늘과 동국東國과 시골을 덮고 있는 느티나무의 모습을 노래한다.

---

41) 메이지 시대의 영문학자. 그가 엮은 『해조음海潮音』은 유럽 시를 번역한 시집이다.
42) 제38대 천황.
43) 秋の田のかりほのいほのとまをあらみわがころもでは露に濡れつつ.
44) 제21대 천황(418~479).
45) 고대에 상류 가정에서 선출해 봉사시킨 후궁 여관女官.

그 위의 가지의 가지 끝의 잎은 가운데 가지에 떨어져 닿고, 가운데 가지의 가지 끝의 잎은 아래 가지에 떨어져 닿고, 아래 가지의 가지 끝의 잎은…… 술잔에 떨어져버렸다.

[その上の枝の枝先の葉は, 中の枝に落ちて觸れ合い, 中の枝の枝先の葉は, 下の枝に落ちて觸れ合い, 下の枝の枝先の葉は,…… 酒盃に]

이를 듣고 천황은 그녀를 용서했다고 한다.

다쿠보쿠의 시가 수평적 운동의 수축이라면 『고지키』의 이 노래는 수직적 운동의 수축이다. 즉 하늘을 덮는 거목이 위에서 가운데로 가운데에서 아래로 떨어지는 이파리 하나와 작은 술잔으로 축소되어버렸다. 하늘은 술잔이 되고 느티나무의 거목은 잎사귀 한 잎으로 압축된 것이다.

한 점에 담으려는 우주

메를로퐁티의 훌륭한 비유와 같이 인간의 정신은 슬롯머신처럼 동전을 넣어야 움직이는 수동적인 기계가 아니다. 외계에 대해서 혹은 사물에 대해서 인간은 능동적으로 움직이는 의식의 지향성을 갖고 있다. 그것이 물질과 만나면 어떤 의미와 형태를 띠고 나타나게 된다.

문화도 마찬가지다. 기능이나 성질이 각기 다른 여러 가지 형태의 문화가 있지만, 그것을 자세히 뜯어보면 거기에서 일정한 의식의 지향성을 발견하게 된다. 그리고 개개 언어의 의미보다도 그 언어를 구성해 가는 하나의 기호 자체의 체계 속에서 의식의 어떤 지향성을 발견하게 된다.

그렇기 때문에 '노の'의 연용에서 일본 특유의 의식 구조의 한 단서를 찾아본다는 것은 결코 부자연스러운 일이 아니다. 그리고 이 '노'의 비밀을 파헤쳐가면 모든 세계를 축소해 생각하고, 축소해 표현하며, 축소해 운용하는 일본인의 문화적 지향성과 그 의식의 문법을 포착할 수 있을 것이다.

다쿠보쿠는 동해와 작은 섬과 갯벌과 흰 모래밭을 서로 떼어서 생각한 게 아니라 연관성 있는 유기체로 파악하여 그 세계 공간을 한 점에 담으려 한 것이다. 환경과 자기를 따로따로 흩어놓았다면 이 시는 절대로 24자의 짧은 시로 표현될 수 없었을 것이다. 동해는 동해, 섬은 섬, 그리고 갯벌과 흰 모래밭이 각각 다른 공간적 구도에 의해 묘사되지 않으면 안 되기 때문이다. 그러나 유기적인 일관성을 가지고 모든 공간을 둘러쌀 수 있기 때문에, 또 '고메루(속으로 집어넣다)' 할 수 있기 때문에 그것이 단일한 조직으로서 이어지는 것이다.

그러므로 다쿠보쿠의 시는 길지 않으며 또 길어질 수가 없다. 다쿠보쿠에게 동해는 너무 넓었다. 그가 동해를 가까이 인식할 수 있는 것은 바다가 자신을 둘러싸줄 때만이다. 그러므로 동해와 울면서 논다는 뜻은 자신의 작은 손으로 바다를 만질 수 있는 게가 되지 않으면 안 된다는 것이다. 그리하여 비로소 울면서 논다는 역설적인 대응을 하게 된다.

공간을 축소하는 기물器物

'노'의 중복으로 공간을 수축해 가는 시적 이미지가 실용적 기물에 나타나게 되면 이레코[入籠] 문화가 된다. 여기 상자가 하나 있다 치자. 그것을 '노'로 연결해보면 '상자의 상자의 상자의……'가 될 것이다. 그것은 상자 속에 상자가 들어 있고 그 안에 또 그보다 작은 상자가 들어가는 이레코 상자의 형식이다. 수십 개의 상자라도 점점 작게 만들어 차례대로 넣어가면, '상자 하나'에 모두 들일 수 있다. 상자뿐만이 아니다. 일본에는 크고 작은 여러 개의 솥을 한데 집어넣은 이레코 솥[入籠鍋]도 있고, 일곱 벌을 한 세트로 하는 이레코 화분[入籠鉢]도 있다.

이처럼 이레코는 공간을 축소하는 것으로, 많은 그릇이라 해도 넓은 자리를 차지하지 않고 작은 자리에 정리해둘 수가 있다. 그리고 들고 다닐 때도 편하다.

일본인은 예부터 무엇이든지 이레코식으로 축소해 간단하고 기능적인 도구를 만들어냈다. 열 자[尺]나 되는 긴 낚싯대라도 이레코형으로 만들면 한 자 길이의 짧은 대로 줄이고, 큰 배도 분해, 조립할 수 있도록 상자 모양의 이레코로 만들어 들고 다닐 수 있게 했다. 그것이 이레코 낚싯대이며 근세 일본의 군선이었던 이레코부네[入籠船]였다. 이렇게 '노'의 반복으로 이루어지는 축소 지향의 구조가 문장 표현으로 나타나면 짧고 아름다운 노래가 되고, 실용적 기물이 되면 가동적이고 간편한 이레코가 된다.

"서늘함이여, 바다를 이레코로 한 하코네 산[凉しさや海を入れこの 箱根山]"이라고 한 미노슈[美濃衆][46]의 노래는 시와 기물의 두 세계를 훌륭하게 합쳐놓은 좋은 예가 될 것이다.

---

46) 에도 시대에 미노[美濃](지금의 기후 현[岐阜縣])에 1만 석 이하의 영지領地를 가지고 다이묘[大名]에 준하는 격식을 받은 자.

쥘부채형

쥘부채의 발상發想

일본인의 축소지향성이 가장 단순하고 직접적 형태로 나타난 것이 쥘부채[摺扇]이다. 한자漢字를 보아도 알 수 있다. '선扇'이라는 한자는 원래는 부채가 아니라 널빤지[扉]를 가리키는 글자였다. 세계 어디서나 부채는 단선團扇 모양으로 되어 있었다. 부채의 역사는 모르긴 해도 아담과 이브 시대까지 거슬러 올라갈지도 모른다. 사람들은 넓은 나뭇잎을 따서 처음 부채질을 시작했을 테니까. 『고금주古今注』에 부채[五明扇]를 만든 것은 순舜 임금이며, 은대殷代에는 꿩 깃으로 만든 치미선雉尾扇이 있었다는 기록이 나온대도 별로 놀랄 일이 아니다. 전설은 믿지 않더라도 카이로박물관에 가면 기원전 14세기경 투탕카멘 왕묘에서 출토된 부채를 직접 볼 수 있다. 그러나 그것은 모두 평평한 그리고 접을 수 없는 고정형의 부채였다.

부채의 역사는 식물의 잎에서 새 깃털로, 그것이 다시 종이로 재료를 개혁함으로써 발전되어 왔다. 이미 중국 남북조 시대에는 품격 있는 예술품으로 널리 보급되었고, 한국에서는 『삼국사기三國史記』에 기록되어 있듯이 고려 이전에 이미 공작선孔雀扇과 같이 화려한 부채가 값비싼 선물로 등장했다.

그러므로 다른 문화와 마찬가지로 부채 역시 중국과 한국에서 일본으로 건너갔을 것이 뻔하다. 그런데 문제는 이 부채가 일본에 전해지자마자 접는 부채, '오리타타미[折疊み]'식 쥘부채가 만들어진 것이다.

솔직히 말해서, 세계의 발명품 가운데 일본인이 무엇인가 독창적으로 만들어낸 것은 거의 없다. 옛날에는 중국과 한국에서, 또 근대화 이후에는 서구로부터 문물을 받아들인 것이 일본 문화라는 사실은 이미 널리 알려진 사실이다. 그래서 일본 문화의 껍질을 하나씩 벗겨가면 양파와 같이 아무것도 남는 것이 없다는 말도 생겨났다.

그러나 쥘부채만은 양파 문화에서 벗어난 것이어서 일본인의 얼굴에 자못 시원한 바람을 보내주고 있다. 일본의 전설에는 진구 고고[神功皇后][47)가 삼한三韓 정벌 때 박쥐의 날개를 보고 처음으로 쥘부채를 만들었다고 하지만, 그런 황당무계한 설을 덮어두더라도 접는 부채를 제일 먼저 만든 것은 아무래도 일본인인 것 같

---

47) 주아이 덴노[仲哀天皇]의 황후(170~269).

다. 부채의 역사에서 코페르니쿠스의 출현이라고도 할 수 있는 쥘부채의 등장이 동양 문화의 수원지인 중국이나 서양 문화의 분화구인 그리스가 아닌 것만은 분명하다.

고려선高麗扇인가, 왜선倭扇인가?

동서양을 막론하고 부채의 역사에 관한 문헌을 펼쳐보면 부채의 바람은 신기하게도 역바람의 문화를 일으키고 있다. 『송사宋史』에는 일본의 중 기인喜因이 송宋에 와서 긴긴마키에센코[金銀蒔繪扇筥] 한 벌[一合], 히센[檜扇] 스무 개, 고모리센[蝙蝠扇] 두 개를 바쳤다는 기록이 있다.

송 태종 앞에서 일본 황실의 역사는 중국 삼황三皇보다 훨씬 오래되었다고 자랑한 국수주의자 기인. 그의 진상품 속에 쥘부채가 있었던 것은 한때 JAL 국제선의 외국인 승객에게 일본의 상징으로 쥘부채를 선물했던 것을 연상시킨다.

또 송의 희령熙寧 때 강소우江少虞는 하남 개봉현河南開封縣의 상국사相國寺에서, 일본 부채를 팔고 있는 것을 보고 그 신기한 쥘부채에 대해 상세한 기록을 남겼다(『황조류원皇朝類苑』). 명대明代 기록에는 "중국에는 예부터 쥘부채[摺扇]가 없었다"(『장동해집張東海集』)라고 명백하게 밝힌 것이 있는가 하면, 동남이東南夷의 사자使者가 그것을 가져왔다는 설도 남아 있다(『양산묵담兩山墨談』).

박지원朴趾源의 『열하일기熱河日記』에도 중국에는 처음부터 쥘부
채[摺疊扇]가 없었고, 모두 한국의 미선尾扇과 같은 보통 부채[團扇]
류였다고 적고 있다.

만리장성을 쌓은 중국인이나 피라미드를 만든 이집트인도 그
리고 파르테논을 세운 그리스인도 쥘부채의 그 바람은 몰랐던 것
이다. 유럽의 경우 쥘부채의 바람이 불기 시작한 것은 포르투갈
의 상인들이 중국과의 교역을 개척한 15세기경이었다. 그것도 유
럽 각국에서 쥘부채가 인기 상품으로 등장하여 사교계에서 바람
을 일으키게 된 것은 17세기 이후의 일이었다. 물론 그것은 모두
일본의 쥘부채였다.

19세기경 드가, 마네와 같은 프랑스 인상파 화가들이 자주 드
나들었던 파리의 카바레 '일본의 의자椅子'에서는 여급들이 기모
노[着物]를 입었으며 벽에는 쥘부채가 걸려 있었다. 물론 일본 문
화의 상징으로 부채 그림을 그린 인상파 화가의 그림은 오늘날에
도 널리 알려져 있다. 쥘부채에 관한 한 중국도 유럽도 모두 일본
의 후진국이었다.

다만 쥘부채가 일본의 발명품이라고 단언하는 일본 학자들의
마음속에 좀 걸리는 것이 있다면, 그것은 중국인들이 쥘부채를
예부터 왜선倭扇이라 하지 않고 고려선高麗扇이라고 불렀다는 사
실이다. 뿐만 아니라 중국 측 문헌에는 송, 명대에 쥘부채가 전해
진 것은 한국에서였고, 고려의 송선松扇이 그 시초라고 기록되어

있는 것이 많다.

그러나 일본 학자들은 쥘부채를 한국에 팔았다는 옛날 무역의 기록을 들추어 일본 부채가 고려 것으로 잘못 인식된 것이라고 주장하고 있다. 즉 일본의 쥘부채가 고려에 건너가 그것이 다시 중국으로 전해졌다는 주장이다. 이런 설에 대해서는 이론異論의 여지가 없지 않지만, 고려선이라 불린 쥘부채에는 한국 아닌 일본 풍물이 그려져 있는 물증도 있고 보면, 쥘부채의 영광만은 아무래도 일본인의 발명품인 것 같은 생각이 든다.

일본의 국보 제1호인 교류지[廣隆寺]의 반가사유상半跏思惟像처럼 한국에서 온 것들을 자기들 것이라고 왜곡하는 일본인 학자들의 주장이고 보면, 섣불리 믿을 것이 못 된다고 말할 사람이 있을지 모르겠다. 그러나 일본의 고대 문화가 모두 중국과 한국 것을 수입했거나 흉내 낸 것이라고 솔직히 실토하는 양심적인 일본인 학자의 글 속에서도 쥘부채만은 일본인의 발명품이라고 기록되어 있다.

설령 한국에서 먼저 만들어진 것이라 해도, 그것은 마치 미국인이 발명했지만 일본인이 개발하고 상품화하여 일본 문화의 대명사가 된 트랜지스터의 경우처럼, 쥘부채 역시 일본 문화의 상징물로 세계에 퍼져간 것만은 틀림없는 사실이다. 이를테면 쥘부채가 일본의 민족성을 여실히 반영하는 물건이라는 것은 그것을 처음 보았을 때 중국[宋]인들이 모두 비웃었다는 기록에서도 짐작

할 수 있다.

그것이 중국에서 널리 보급되기까지는 긴 시간이 걸렸고, 처음에는 겨우 기녀妓女들 사이에서나 애용되었다는 것이다. 대륙인의 눈에는 그것이 어린애 장난감으로밖에 보이지 않았던 모양이다. 대륙 기질의 중국인은 쩨쩨해 보이는 일본적인 그 '축소'지향에 거부감을 느꼈을 것이고, 그래서 남성보다는 섬세한 여성들, 그중에서도 기녀의 기호품이 되었다는 것은 쥘부채가 일본적 축소지향성의 산물이라는 심증을 굳혀준다.

쥘부채 발생설과 그 역사

얼음집에서 사는 에스키모 나라라면 몰라도 세계 어느 나라에나 부채는 있다. 그리고 부채 문화의 공통점은 보다 큰 부채를 만들어 더욱 시원한 바람을 일으키려는 욕망이었다. 그런데 유독 일본인만은 거꾸로 '그것을 작게 줄일 수는 없는가?' 하는 신기한 역전逆轉의 발상을 했던 것이다.

그런 발상은 어디에서 어떻게 생겨난 것인가? 일본 학자들은 그에 대해서 여러 가지 가설을 내세우고 있다.

'중국으로부터 종이부채가 수입되자 일본에서는 비로수(종려나무의 일종)의 잎으로 부채를 만들었다'는 설도 그중 하나이다. 지금 그것은 규슈[九州] 근처의 특산물로 되어 있지만, 비로수의 잎을 가로로 쥐면 접혀지게 된다. 거기서 힌트를 얻어 얇은 나무판을 모아 실로 꿰매어 폈다 접었다 하는 나무 부채[板扇] 히센[檜扇]이 발명되었다는 것이다. 그런가 하면 샤쿠[笏]에서 착상을 얻었다는 설도 있다. 쥘부채의 원형은 샤쿠와 모양이 비슷한 노송나무 판때기[檜板]를 재료로 한 히센이었기 때문이다. 더구나 샤쿠도 쥘부채처럼 조정朝廷에서 예기禮器로 사용되었던 물건이다. 또 판자를 많이 겹쳐 구멍을 뚫어 꿰맨 고악기古樂器 '하쿠[拍]'에서 그 착상을 얻었을 것이라는 추론도 있다.

그러나 문제는 과연 어느 설이 타당한가를 규명하는 데 있는 것이 아니다. 이런 가설은 만유인력 법칙의 발견이 사과의 낙하에서 비롯된 것이며, 증기 기관은 끓는 물의 수증기 때문에 주전자 뚜껑이 움직이는 데서 태어났다는 속설과 마찬가지로 별로 중요한 의미가 없는 것이다. 사과가 나무에서 떨어지는 것이나, 주전자 뚜껑이 움직이는 것은 뉴턴이나 와트 이전에도 수많은 사람들이 목격했다. 그러나 그것이 만유인력의 발견이나 증기 기관의 발명으로 발전되지는 않았다. 그런 현상 자체보다는 그것을 바라본 뉴턴이나 와트의 물리학적인 인식과 통찰력이 더 중요한 것이다. 말하자면 사과와 주전자 뚜껑에서 물리적 법칙을 끌어낸 의식의 지향성에 그 발견과 발명의 보다 큰 원인이 있는 것이다.

마찬가지로 그것이 종려나무건 샤쿠건 또는 하쿠건 간에 그런 외적인 사물보다는 무엇인가 큰 것을 작게 축소하려고 한 내적인 의식의 지향성에 눈을 돌려야 한다.

　간단히 말해 쥘부채는 보통의 부채를 접어서 축소한 것이다. 그 방식은 고정된 재료를 접어서 한 줌에 쥘 수 있는 모양으로 바꾼 것이다. 그래서 평평한 이차원적인 평면이 막대기[棒]와 같은 일차원의 선으로 변신해버린 것이다. 그렇게 축소하면 부채를 자기 품으로 끌어들여 밀착할 수 있다. 그러므로 부채를 쥘부채로 만든 발상은, 떨어져 있는 어떤 물건을 자기 품 안으로 끌어들이려는 욕망에서 비롯한 것이라 할 수 있다.

　　소매 안에 반쯤 감춰진 부채는
　　아직 떠오르지 않은 달처럼 보이는구나.

　　[袖の裡に半ば隱る扇こそ未だ出やらぬ月と見えけん]

　이렇게 노래한 에쿄 호시[惠慶法師]의 와카[和歌]에서처럼, 쥘부채란 소매 안에 집어넣을 수 있는 데 그 특징이 있다. 일반 부채가 달이라면 쥘부채는 '아직 떠오르지 않은' 숨겨진 달이다.

　시게쓰구[重次]의 하이쿠는 그런 기분을 더욱 선명하게 표현하고 있다.

　"해와 달을 손으로 쥐는구나, 수라선이여[日月を手にも握るや修羅扇]"가 그것이다. 에쿄의 '소매 안에 숨겨진 달'이 시게쓰구에 오면 직접 '손에 쥐는 달'이 되어버린다. 물론 여기서 말하는 일월日

月은 쥘부채에 그려진 해와 달을 두고 한 소리지만 시게쓰구가 우리에게 보여주고 있는 것은 그 넓은 세계, 즉 그렇게 멀리 떨어져 있는 추상적인 우주를 단숨에 끌어들여 자기 손아귀에 넣는 쥘부채의 그 욕망인 것이다.

쥘부채를 접는다는 것은 이렇게 세계를 축소하는 일이다. 넓게 펼쳐진 평면을 그대로 평면으로 놓아두지 않고 그것을 오므려 자기 손안으로 끌어들이려는 세계 수축收縮의 꿈이다. 이 같은 쥘부채형[扇型]의 축소지향은, 사물을 파악把握하는 인식론과 미학 그리고 실용성 등 세 개의 차원으로 나누어 관찰할 수 있다.

주먹밥 문화의 인식론

우선 쥘부채가 세계 인식世界認識의 도구로서 사용되었다는 것은, 그것이 단순히 부채질하는 실용품으로서만 사용된 것이 아니라는 역사적 사실을 생각해보면 쉽게 알 수 있다.

원래 쥘부채는 궁중에서 예물로 쓰기 위해 만들어진 것으로, 서민이 일용품으로 사용하게 된 것은 에도[江戸] 시대부터였다고 한다. 이러한 쥘부채의 역사를 보면, 간편함을 추구하는 단순한 실용적 기능보다는 세계를 인식하는 방법, 즉 그 상징성에 더 큰 의의가 있었음을 알 수 있다. 쥘부채가 종교 의식과 관련되어 나타난 것이 '가자지구사', '가자우구사', '가하타키'와 같은 이세고

덴센[伊勢御田扇]⁴⁸⁾이다.

그리고 나무로 만든 히센[檜扇]이건 종이로 만든 시센[紙扇]이건 종교 의식이 아니라도 흔히 예물禮物로서 사용되었다. 일본에서는 예부터 쥘부채를 공신들에게 하사했다는 고사가 있으며, 실제 그 용도에서도 부채질하기보다도 예복의 복장용품으로 사용된 것이 많았다고 전한다. 지금도 일본에서는 상대방에게 공경을 나타내는 예물로 선사되고 있다. 보통 단선團扇과는 달리 쥘부채가 이렇게 종교적 의식의 기구나 예물이 된 것은 상징성이 강하기 때문이다. 부채는 접는 것이므로 원래의 상태대로 펼 수도 있다. 폈다 접었다 하는 신축성은 세계와 운명이 열리고 닫히는 것을 암시한다.

또 부채질하는 행위는 손으로 무엇을 부르는 것과 같으므로 멀리 있는 초월적인 힘이나 행운을 불러들이는 것을 뜻한다.

종교 의식은 초월적인 세계를 상징적 형태로 바꿔 인식하려는 사고의 표현이기 때문에 세키슈센[石州扇]⁴⁹⁾은 다도茶道에, 하나다센[花田扇]은 장례 예구禮具로, 시센[枝扇]은 고대 승려에게 염주와 같은 역할을 한다.

---

48) 이세고[伊勢御]는 미에 현[三重縣]에 있는 이세진구[伊勢神宮]를 말한다. 논에 모를 심기 전에 그 의식으로 부채질을 할 때 쓰는 쥘부채.

49) 세키슈류[石州流]는 에도 시대의 다도茶道 유파의 하나.

쥘부채가 이처럼 종교 의례품宗敎儀禮品으로 사용된 것은 그것이 상징적 인식에 도움을 준 사고의 매체媒體였음을 의미하는 것이다. 그러므로 쥘부채형의 축소지향은 '마네쿠(부르다)', 히키요세루(끌어들이다)', '니기루(쥐다)' 등의 여러 속성屬性을 내포하고 있다. 일본인의 상상력은 자신이 외계를 향해서 혹은 초월超越의 세계를 향해서 나가는 확산 작용擴散作用보다 거꾸로 그것을 자기 안으로 불러 끌어들이려는 수축 작용의 경향이 더 짙다는 이야기가 될 것이다.

문학 작품에 나오는 '바람'의 이미지에서도 그런 경향을 느낄 수 있다. 바람은 보편적으로 어느 시대, 어느 나라를 막론하고 지나쳐 가버리는 것으로 되어 있다. 그 대표적인 예가 '바람과 함께 사라지다(Gone with the wind)'이다. 바람은 사라지는 것이다. 나로부터 여기로부터 저 먼 공간이나 시간으로 사라져가는 것이다. 그러나 일본에서는 바람도 저쪽 세계에서 찾아오는 것, 나에게 오는 것이다. 즉 '부르다', '끌어들이다'라는 이미지로 쓰이는 경우가 많다. 어느 연구가의 조사에 따르면 사라지는 바람이 아니라 이렇게 불어오는[風ぞ吹く] 형의 와카는 『신고킨슈[新古今集]』[50]에 40수 이상이나 된다.

일본 신화에는 쥘부채를 들고 넘어가려는 태양을 다시 불러올

---

50) 1205년에 편찬된 칙찬勅撰 와카집[和歌集].

린 권력자가 신의 노여움을 사서 몰락했다는 얘기가 있고, 실제 하이쿠에도 달을 끌어들이고 있는 이미지가 수없이 많이 등장한다.

중국의 이태백李太白처럼 한국인도 달을 사랑하여 많이 노래 부르고 있으나, 그 주된 이미지는 그것을 자기 쪽으로 불러들이기 보다는 자기가 달나라로 가려는 경향이 짙다. 달나라의 계수나무를 금도끼, 은도끼로 찍어내어 초가삼간 집을 지어놓고 양친 부모를 모셔다가 천년만년 살겠다고 하는 것이 그 전형적인 예이다.

그러나 일본 시인[俳人]들은 주로 달을 먼 데서 가까이로 불러 끌어들이는 쥘부채형[摺扇型]의 상상으로 노래 부르는 일이 많다. "도둑이 남겨놓고 간 창가의 달이여![盜人にとりのこされし窓の月]"라고 읊은 료칸[良寬][51]의 달은 마치 그것이 자기 품속에 있는 지갑처럼 그려지고 있다. 또 "붉은 달, 이것은 누구의 것이냐, 아이들아[赤い月これは誰のぢゃ子供達]" 하는 잇사[一茶]의 구에서는 달이 어린애 손안에 있는 장난감이다.

쥘부채형에서 볼 수 있는 일본인의 축소지향은 무엇인가를 끌어들여 손에 쥐는 구체적 인식의 방법을 나타낸다. 그것을 다른 말로 하면 '니기리메시(주먹밥) 문화'라고 할 수 있다. 음식을 손으

---

51) 에도 후기의 선승禪僧, 가인歌人(1757~1831).

로 쥐어 뭉치는 것처럼 일본인은 무엇이든 손안에 넣고 만져야 비로소 그 뜻을 알 수 있다. 그러지 않으면 직성이 풀리지 않는다.

오니기리(주먹밥)가 아니라 해도 일본인은 한국인과 달리 밥을 담은 공기를 손에 들고 먹는다. 손으로 만져가며 먹지 않으면 먹은 것 같지가 않은 모양이다. 그러나 한국에서는 거지가 아니면 밥그릇을 그렇게 손에 들고 먹지 않는다. 불상佛像도 합장하는 것만으로는 실감이 나지 않았던지 직접 손으로 만져가며 복을 비는 '데사스리호토케(손으로 만지는 부처)', '사스리아미다(만지는 미륵)' 같은 것이 있다. 같은 불교라 해도 한국에는 마음속으로 공경할 뿐, 손으로 만져가며 비는 그런 불상은 없다. 이런 특별한 예가 아니라도 이러한 촉감 숭배의 경향은 일본의 신도神道에서도 얼마든지 찾아볼 수 있다. 그들은 마음속에서 몰래 하는 것까지 손에 쥐듯이 에마[繪馬][52]에 일일이 써서 만질 수 있게 한다.

현대의 신神인 컴퓨터에도 마찬가지여서 '만져보면 알 것이다'라는 컴퓨터 광고가 등장한다. 그러므로 감정을 표현하는 일본 말에는 '데(손)'와 연결되어 있는 것들이 헤아릴 수 없이 많다. 무엇인가 반응이 생기는 것을 '데고타에'라고 하는데, 한국말로 직역하면 '손으로 오는 대답'이라는 뜻이 된다. 힘겨운 것을 '데고

---

52) 발원할 때 신사神社나 절에 봉납奉納하는 말 그림의 액자.

와이(손의 무서움)'라고 하며, 호된 것을 또 '데이타이(손 아프다)'라고 표현한다.

쥘부채를 접는 것은 그것을 손안에 접어 넣으려 하기 때문인 것이다. 즉 무엇이든 뭉쳐서 손에 쥐고자 하는 취향, 거기에서 생겨난 말이 '데고로', '데가루'이다. 한국말로는 '손쉽다'라는 말이지만, 원뜻대로 풀이하면 '손에 잡히기 쉽다', '손에 가볍다'라는 관용어이다. 일본인은 머리로 생각하기보다는 손으로 생각하고, 눈과 귀로 보고 듣기보다는 손으로 보고 듣는 민족이라고 해도 좋을 것이다. 추상적인 것은 잘 모른다. 쥘부채처럼 손에 잡혀야, 손에 대줘야 비로소 무릎을 치는 사람들이다. 그렇기 때문에 관념적인 것, 커다란 것, 이를테면 손에 잡히지 않는 것은 그야말로 '데니오에나이(손에 들어오지 않는 것이라는 뜻으로, 어쩔 도리가 없는 것을 이렇게 말한다)'인 것이고, '데니아마루(손에 넘쳐난다는 뜻으로, 힘겨운 것을 말한다)'인 셈이다.

쥘부채와 미학美學의 원형原型

쥘부채의 축소지향은 일본적 미학의 특성을 이루고 있다. 그것이 실용품이기 이전에 예술품으로서 존재 이유를 지니고 있음은 지루하게 설명할 필요가 없을 것이다. 단지 주목해야 할 것은 쥘부채에 그려진 그림과 글은 다른 족자에 그린 것이나 벽화壁畵와는 그 성질이 다르다는 점이다. 벽화는 보통 부채(우치와)의 그림과 같다.

그러나 쥘부채의 그것은 가동적可動的이다. 같은 글이나 그림이라도 그것은 접혀지기 때문이다. 그 그림은 언제나 마음만 먹으면 품고 다닐 수가 있다. 벽에 건 그림으로 만족하지 않고 소매 속에 넣고 다닐 수 있게 바꾼 것이 다름 아닌 쥘부채의 그림이다. 벽에 건 그림이 전축이라면 쥘부채의 그림은 들고 다니는 워크맨 같은 것이다. 그러므로 일본에서는 예부터 기모노에다 그림을 그려 입고 다니는 풍속이 있었다. 쥘부채는 휴대용의 움직이는 미술품인 셈이다. 그리고 보면 일본인들이 한국인에 비해 어째서 고정된 액자의 그림보다는 둘둘 말아서 휴대할 수 있는 두루마리나 에마키[繪卷][53] 같은 것을 좋아했는지 그 이유를 알 것 같다.

쥘부채의 좁은 부분에다 그림을 그리려면 그 대상이 꽃이건 산이건 간에 보다 작게, 보다 세세하게 훨씬 축소한 모양으로 그리지 않으면 안 된다. 그것을 접는 데 따라 그 축소된 그림은 더욱 작은 부분으로 쪼개진다. 쥘부채의 미학은 이렇게 미세한 분할성分割性에도 그 특색을 갖고 있다.

쥘부채를 만드는 과정도 마찬가지이다. 히센[檜扇]은 나무판을

---

53) 이야기 따위를 그림으로 나타내고, 순서를 따라가며 보도록 한 두루마리. 대개 설명 문을 번갈아 쓰고 있다.

종이처럼 얇게 깎지 않으면 안 된다. 공법 그 자체가 이미 섬세한 축소지향의 미학을 내포하고 있다.

쥘부채를 사용하는 면에서 보면 요곡謠曲[54]과 이어져 요선謠扇이 되고 춤과 일체가 되어 마이센[舞扇]이 된다. 특히 노[能][55]의 시마이센[仕舞扇]은 쥘부채 그 자체가 노 예술을 낳은 직접적 동기라고까지 말해진다. 폴 클로델의 표현을 빌리면 '노'에 있어서 부채란 "만발한 꽃, 손에 있는 불길, 사유의 지평, 영혼의 울림"인 것이다. 가부키[歌舞伎][56]도 부채를 필요로 한다. 즉 오기[伎]가 있는 곳에 회화가, 춤이, 극이 있는 것이다.

반원형半圓型의 쥘부채 형태 자체가 일본인에게는 미의 한 원형原型이라고 할 수 있을 것이다. 우연의 일치이지만 일본의 상징인 후지[富士] 산의 모양은 쥘부채를 거꾸로 세워놓은 것과 같다.

언제나 둥근 원이 접혀 들어가는 쥘부채는, 아무리 펼쳐도 그 원형이 축소의 운동과 긴장감을 나타낸다. 그것은 항상 중요한 한 개의 점, 이를테면 부챗살을 모은 사북의 점으로 집약된다. 긴장과 집약의 미, 그것이 쥘부채의 형태미인 셈이다.

---

54) 노가쿠[能樂]의 사장詞章, 또는 사장詞章을 노래하는 것.

55) 노가쿠. 무로마치[室町] 시대에 덴가쿠[田樂](옛날 모내기의 위안으로 행했던 무악舞樂) 등을 기저로 해서 제아미[世阿彌]에 의해 집대성된, 움직임이 적고 극도로 격식화된 극.

56) 에도 시대에 발달, 완성되었던 일본 특유의 연극.

뿐만 아니라 쥘부채의 모양은 서양의 원근법과는 반대로 끝이 넓기 때문에 역원근법逆遠近法으로 되어 있다. 그것이 일본인이 좋아하는 '스에히로(마지막이 트이고 좋아지는 것)'라는 말이며, 일본의 회화나 뜰에서 볼 수 있는 독특한 역원근법의 원형이라고 할 수 있다.

천 년 전의 트랜지스터 문화

그렇다고 쥘부채의 실용적 기능을 잊어서는 안 된다. 헤이안[平安][57] 말기, 교토[京都]에서는 쥘부채의 대량 생산 체제가 형성되었다. 쥘부채는 일본인의 사고방식이나 미학뿐 아니라 기능적 상품의 원조元朝이기도 하다.

명확하게 실증할 수는 없으나 '현재 상업하는 집을 무슨 무슨 옥屋이라고 하는 것은 원래 부채 장수[扇商]의 간판을 '屋'이라고 쓴 데 기인한다'[58]는 설을 인정한다면 일본 상품을 만들어 판 상업의 1번 타자는 부채 장수였을 것이다. 부채 장수는 종이부채를 만들기 시작한 다음부터는 일본 내뿐만 아니라 중국 대륙에까지

---

57) 헤이안 시대(704~1192).
58) 畑維龍의 『사방의 연[四方の硯]』.

시장을 넓혀갔다. 이 부채 무역상은 아시카가[足利]⁵⁹⁾ 시대까지 이어져, 중국인이 일본에서 수입한 쥘부채를 유럽에 수출하는 전달 무역까지 하게 되었다. 일본 상품이 세계 시장을 석권하는 데 성공한 최초의, 영예의 트로피는 쥘부채가 차지해야 될 것이다.

그래서 일본에는 영어의 '팬fan'이 일본의 '센[扇]'에서 비롯된 것이라고 어이없이 주장하는 학자들도 있다. 상식적으로 생각해봐도 일본의 쥘부채는 몰라도 일반 부채라면 유럽에도 그 이전부터 있었을 것이다. 그러니 명칭이 없었을 리가 없다. 영어의 '팬'은 라틴어의 'vannus'에서 온 것이며, 그것은 곡식을 까불어서 돌과 먼지를 가려내는 데 쓰는 일종의 키를 가리키는 명칭이었다.

복잡하게 어원을 캐는 일은 잠시 덮어두기로 하자. 여기에서는 다만 영어의 '팬'까지 일본 말에서 온 것이라고 주장될 만큼 쥘부채가 세계 시장을 석권한 일본 상품이었다는 점에 대해서만 주목하면 된다.

무엇보다도 궁금한 것은 일본의 쥘부채가 어떻게 해서 세계 시장을 정복하게 되었는가 하는 점이다. 분명한 것은, 쥘부채는 일반 부채보다 콤팩트Compact하기 때문에 휴대에 편리했고 첫인상이 매우 신기해 보여서 상품적 가치가 있었다는 것이다. 즉 쥘부

---

59) 무로마치 시대(1338~1573).

채는 실용적 기능에 유희적인 요소까지 겸하고 있었다. 축소해서 보다 작고 간편하게 만든 상품, '나루호도(과연)'라고 감탄의 소리를 지르게끔 신기하게 제품을 만드는 재주, 이것이 옛날이나 지금이나 변하지 않는 일본 상품의 특성이라 해도 과언이 아니다. 쥘부채의 축소가 실용성(상품)과 맺어지면, 간편성이 특징으로 나타난다. 그리고 쥘부채는 철선鐵扇[60]이 되어 피스톨 같은 기능을 가진 무기가 되기도 한다.

'고메루(속으로 집어넣다)'의 지향력이 이레코[入籠] 문화를 만든 것처럼 '오리타타무(꺾어 접다)'의 지향성이 쥘부채를 비롯하여 여러 가지 접는 상품을 만들어냈다.

일본인은 무엇이나 꺾어 접으려고 했기 때문에 방과 방 사이의 벽을 접는 후스마(방문)[61]를 만들었다. 또 일본의 초롱[提灯]은 중국이나 한국 것과 비슷하지만 접을 수 있다는 점에서 그 특색을 나타내고 있다. 초롱 역시 중국과 한국에서 일본으로 건너간 것이다. 그러나 일단 일본으로 들어가는 순간 부채가 쥘부채로 변하듯 아무리 큰 초롱이라도 납작하게 접혀져 종이 한 장이 되어버린다.

---

60) 무사가 사용했던 살이 쇠로 된 부채.
61) 일본식의 방이나 반침의 칸막이 등에 사용하는, 종이·천 따위를 바른 문. 장지. 미닫이문.

시대가 바뀌어도 무엇을 접어 축소하려는 의식은 조금도 쇠퇴하지 않는다. 다이쇼[大正][62] 시대에 독일로부터 슬라이드식 우산이 일본으로 들어갔다. 마치 중국이나 한국 것이 일본으로 들어갔을 때처럼 그 우산의 운명도 1950년대에 이르면 영락없이 꺾이고 접혀서 축소되어버리고 만다. 최초로 접는 우산이 만들어진 것이다. 그러고는 쥘부채나 잇슨보시[一寸法師]처럼 소형화된 이 영웅(우산)은 서양으로 역수출된다.

1980년대에 들어서면 더욱더 축소되어, 이제는 삼단으로 꺾는 우산이 만들어져 불과 18센티미터밖에 안 되는 세계 최단의 기록으로 호주머니 속으로 들어가고 만다. 인간은 개구리가 아니기 때문에 비를 맞아서 결코 기분이 좋을 리 없다. 우산이 없는 나라는 세계 어느 곳에도 없을 것이다. 그러나 그것을 접어 '오리타타미(꺾어 접는)' 우산으로 만들 생각을 한 것은 일본인밖에 없다는 사실은 무엇을 의미하는 것일까?

실크해트와 함께 신사의 상징이 된 검은 박쥐우산을 지팡이처럼 짚고 다니는 영국에서는 절대로 그런 우산은 창안될 수 없는 일이다.

무엇이든 손아귀에 들어가도록 '데고로', '데가루'하게 만들려는 생각, 작은 것이 오히려 큰 것보다 더 기능적이라는 아이디어,

---

62) 다이쇼[大正] 시대(1912~1926).

이 축소지향의 상품들이 전후에는 일본 상품의 대명사였던 트랜지스터 라디오로 나타난다.

중국에서 수입해 온 종이부채를 보고, 그것을 다만 축소하는 아이디어 하나로 역수출 상품을 만들었던 쥘부채의 그 바람은 오늘도 그칠 줄 모르고 계속해서 불고 있는 것이다. 그리고 보면 일본의 트랜지스터 문화는 이미 천 년 전 헤이안[平安] 시대부터 있었다고 해야 할 것이다.

보다 간편하게 축소한 일본의 카메라와 전자 제품들의 무역 바람이 바로 옛날 부채 상인들이 일으킨 그 바람이 아니고 무엇이겠는가?

중국과 유럽의 문화에 압도되던 때라 할지라도, 무엇인가를 축소해 손에 잡히도록 작게 개발하는 기술에서만은 단연 앞서 있던 것이 다름 아닌 일본 문화의 본체였다.

일본 부채가 공급 과잉으로 중국 시장에서 점점 팔리지 않게 되자 일본의 부채 상인들은 양민을 칼로 위협해서 그것을 사게 했다. 결국 부채 상인이 약탈자로 변한 것이 그 악명 높은 왜구倭寇의 시초였다는 일본 학자의 증언을 들어보면 그것도 요즈음 한창 시끄러운 무역 마찰의 일종이 아니었던가 싶어 씁쓸한 미소를 감출 수 없다. 중국의 『황조류원皇朝類苑』에 왜구를 쥘부채에 비유하여 매도罵倒하는 '왜선행倭扇行'의 기록이 있는 것만 보더라도 부채 장수가 왜구의 시초가 되었다는 말은 거짓이 아닌 것 같다.

이와 같이 쥘부채의 상품적 특성과 그 역사를 자세히 고찰해 보면 결코 일본 사람들이 영탄조로 잘 부르는 노래, "옛날의 그 빛은 지금 어디로 갔나"[63]는 아닌 것 같다.

---

63) 昔の光今いずこ. 메이지 시대의 시인인 도이 반스이[土井晚翠]의 시에 곡을 붙인「고죠 노츠키[荒城の月]」의 일부분.

아네사마 인형형 人形型

미니어처 문화와 인형

축소지향의 문화에서 가장 흔히 볼 수 있는 것은 미니어처이다. 실물을 그대로 축소하거나 변형해 작은 모형으로 만드는 것이다. 물론 이 '축소'형에서도 일본인은 다른 어느 민족에게도 자리를 양보하지 않는다.

마이크로의 세계 기록을 보아도 알 수 있다. 세계에서 가장 작은 비행기의 모형은 전체 길이 1.6밀리미터, 날개 폭 1밀리미터로 파리보다도 작은데, 제대로 부속품이 붙어 있어서 훌륭하게 날 수 있다고 한다. 미국 컬럼비아 시에서 열린 세계종이비행기 대회(1970)에서 최우수상[64]을 획득했으므로 결코 거짓은 아니다. 이 초미니 비행기는 다름 아닌 메이드 인 재팬이었다.

세계 최소의 오토바이 기록에서도 일본인이 영광을 안았다. 전

---

64) 시가 현[滋賀縣] 다케와카[竹若弘祠] 씨 수상.

체 길이 17.5센티미터, 무게 1.7킬로그램, 의자 바퀴를 이용한 타이어의 지름은 5센티미터이며 모형 비행기용의 가솔린 엔진을 배터리로 시동한다. 이것을 만든 도쿄의 하세가와[長谷川修土] 씨는 이 오토바이를 타고 10미터나 달렸다고 한다.

미니어처를 만들려면 무엇보다도 치밀하고 섬세해야 하는데, 예부터 일본인은 쌀알에 글자를 써넣는 경기를 해왔었다. 이 미니 문자올림픽의 금메달리스트는 쌀 한 톨에 600자, 깨알 하나에 160자, 콩에 3,000자를 쓴 요시다[吉田伍堂] 씨이다. 쓰는 기술에서 새기는 기술로 발전하여 쌀 한 톨에 46자를, 그것도 1분 동안에 새긴다는 믿기 어려운 얘기도 있다. 그래서 확대경으로 보아야 하는 세자 예술품細字藝術品만 2만 점 정도 모아서 전시하고 있는 마이크로 미술관이 일본에 있는 것도 결코 이상하지 않다.

그러나 개인의 기록을 늘어놓는 것만으로 미니어처의 축소지향 문화가 일본적이라고 단정할 수는 없다. 어느 나라나 이와 같은 리스트에 서너 개쯤 예를 나열하는 것은 어렵지 않기 때문이다. 그것이 다른 민족과 비교해 분명히 일본적이라고 하기 위해서는 하나의 기준이 있어야 한다. 그러려면 특수한 개인이나 개별적인 미니어처보다 민중 문화의 보편적인 한 현상으로 나타나 있는 것을 비교 대상으로 삼아야 한다. 그것이 바로 인형이다.

원시 종교에서는 인형이 부적이나 풍작豊作의 주술물呪術物로 사용되었기 때문에 어느 나라에나 인형이 없는 문화는 없을 것이다. 그러나 그것이 종교적 주술 효과뿐만 아니라 완상玩賞이나 완구玩具의 심미적 기능을 띠고 본격적인 인형 문화를 형성한 나라는 적어도 동양 문화권에서는 일본밖에 없을 것이다. 일본이 생활 문화 면에서 중국이나 한국과 현격한 차이를 보이는 특성 중의 하나도 다름 아닌 이 인형 문화이다.

같은 종교 의식이라도 한국이나 중국에서는 옛날이나 지금이나 미니어처의 박물관 같은 히나마쓰리ひな祭り[65]는 없다. 일본에 불교를 전한 한국에도 그리고 중국에도 '인형의 절[京都의 寶鏡寺]'이라는 것은 없다. '닌교시[人形師]'라는 인형 만드는 직업을 가진 사람의 명칭이나 '닌교초[人形町]'라는 동 이름도 없다.

오히려 한국에서는 인형에 대해 일종의 터부 같은 게 있어서 개화 이전에는 아이들이 인형을 가지고 노는 것은 생각지도 못했으나, 일본에서는 헤이안[平安] 시대에 이미 인형 놀이가 있었다. 『겐지모노가타리[源氏物語]』[66]에는 "금년부터라도 좀 어른답게 노시지요. 열 살 이상 된 분이 인형 놀이를 하는 것은 채신없는 일이라고들 합니다"라는 대목이 나온다. 인형 놀이에 열중하고 있는 무라사키 노가미[67]를 나무라는 장면이다.

---

65) 3월 3일을 여자아이를 위한 명절로 지내는 행사. 작은 인형들을 늘어놓는다.
66) 헤이안 시대의 장편소설. 무라사키 시키부[紫式部]의 작품.
67) 『겐지모노가타리』의 주인공. 히카루겐지(光源氏)에게 총애를 받았던 재원才媛의 한 사람.

그러고 보면 무라사키 시키부[紫式部]의 라이벌 세이쇼 나곤[淸少納言][68]의 글에 인형이 빠질 리 없다. 일본인의 작은 것에 대한 애착심의 증언서이며 또 그 목록집이기도 한 『마쿠라노소시[枕草子]』의 "무엇이든 무엇이든 작은 것은 모두 다 아름답다[なにもなにも、小さきものは、皆うつくし]"라고 쓰인 한 절을 직접 읽어보기로 하자.

작은 것은 모두 아름답다

"아름다운 것들. 외에 그린 어린애 얼굴. 참새 새끼가 쨱쨱거리며 팔짝팔짝 뛰어온다. 두세 살 먹은 어린애, 아장아장 걷다가 아주 작은 티끌이 있는 것을 재빨리 발견해서 고개를 갸웃거린다. 손으로 집어 어른에게 보인다. 얼마나 아름다운가. (…) 인형의 작은 세간들, 연꽃잎 작은 것을 연못에서 집어 올린 것. 접시꽃의 아주 작은 것, 무엇이든지 작은 것은 모두 아름답다."

또 병아리, 물새알, 유리 항아리 등이 나오는데 그중에서 인간이 만든 작은 것은 '인형들의 세간과 유리 항아리'뿐이다.

'우쓰쿠시(아름답다)'라는 일본어 자체에서 인형 문화의 미니어처 지향성을 볼 수 있다. 한자의 '美'는 '羊' 자에 '大'를 합한 글자이다. 맛있는 고기를 먹을 수 있는 큰 양羊, 즉 중국에서는 커다란

---

68) 헤이안 중기의 여류 문학가. 무라사키 시키부와 쌍벽을 이루었다.

것, 풍만한 것이 아름다운 것이다. 미를 나타내는 한국어 '아름답다'도 분명치는 않으나 아람처럼 충실한 것, 팽창한 것 등과 연관이 있는 것 같다. 그러나 일본어 '우쓰쿠시'라는 말은 『마쿠라노소시』의 한 절에 있는 그 작은 것에 대한 사랑, 가련한 것에 대한 자애심, 즉 귀엽다는 의미에서 나온 말이다. 그러므로 어째서 일본만이 아시아에서 인형의 나라가 되었는지는 아름답다는 말뜻만 풀이해봐도 알 만하다.

완상 인형은 역사만 오래된 것이 아니다. 그 종류도 하늘의 별만큼 많다. 발가벗은 고쇼닌교[御所人形], 의상을 입힌 우키요닌교[浮世人形], 20명이나 30명의 많은 수를 한 벌로 한 기메코미닌교[きめこみ人形], 나무를 파서 채색한 나라닌교[奈良人形], 종이나 비단 헝겊으로 만든 가미비나[紙びな], 하코니와[모형 뜰]에 쓰인 조그만 게시닌교[芥子人形] 등 한이 없다. 그 소재에 있어서나 만드는 법에 있어서나 일본의 인형 문화는, 동양은 물론 서양의 어느 나라에게도 그 자리를 넘겨줄 염려는 없을 것이다.

그리고 일본 인형은 거대하거나 등신대等身大인 것보다는 '히나ひな'나 '게시[芥子]'와 같이 정교한 것에 특징이 있기 때문에 미니어처의 전형이라 해도 좋다.

그러나 이 인형 중에서도 일본의 미니어처 축소법을 가장 잘 나타내고 있는 것은 아네사마닌교(색종이 인형)가 아닌가 싶다. 특히 그것은 에도아네사마[江戶姉さま]만이 아니라 거의 일본 전역에 퍼

져 있는 민간전승의 향토 인형이므로 민중의 성격을 가장 잘 반영하고 있다고 볼 수 있다.

한국에도 풀로 만든 각시 인형이란 것이 있다. 그러나 인형으로서의 모습을 갖추지 못한 채 아이들의 소꿉 도구로 끝나고 말았다.

손과 발을 생략한 인형

아네사마姉さま 인형은 큰 것을 작게 축소해 가는 단순한 형태의 미니어처가 아니라는 점에서도 일본적 특이성을 드러낸다. 소재가 풀이건 종이건 간에, 또 지방에 따라 그 형태가 달라져도 아네사마닌교가 아네사마닌교다운 연유는 손과 발이 생략되어 있다는 점 때문이다. 즉 그 인형이 보여주는 축소의 양식은 손과 발을 생략하는 간결화에서 구할 수 있다. 인간의 형태를 깎고 또 깎아 단순하게 만들어가면 아네사마 인형같이 머리의 둥근 부분과 몸의 직선이 남을 것이다. 그것의 아름다움은 단순한 축소에서 온 것이 아니라 형태의 생략에 있다.

인간의 모습에서 수족手足을 생략해버리는, 이런 축소의 형태는 목각 인형인 고케시닌교에서도 찾아볼 수 있다. 고케시닌교는 동북東北 지방[69]에 있는 온천장의 토산품으로 역사는 그다지 길지

---

69) 아오모리 현[靑森縣], 미야키 현[宮城縣] 등 혼슈[本州]의 북동부에 있는 지방.

않다. 아네사마 인형과는 무관하게 독자적으로 나무 공기나 쟁반을 만들던 기지야[木地屋]에 의해 만들어졌다는 말이 있다. '고케시こけし'라는 명칭도 확실치는 않으나 '고게스[木削子]', 즉 나무를 깎아서 만든 인형이라는 뜻으로 추측된다. 그렇다면 '아네사마'도 '고케시'도 '떼내다', '깎는다'고 하는 축소지향적 공통 방법에서 나온 것이라고 볼 수 있다. 복잡한 사물을 단순화하고 간소화하는 데서 그 아름다움과 기능을 돋보이게 하려는 일본인의 마음을 읽을 수 있다.

일본인이 '다루마'[70]를 좋아하는 것도 이런 측면에서 분석해보면 그것을 단순히 선사상禪思想의 영향만으로 풀이하기에는 부족한 것이다. '다루마' 상에 수족이 없는 것은 면벽面壁 9년이라는 좌선坐禪의 전설에서 비롯된 것이지만, 그런 연유보다도 그러한 단순 형태를 더 좋아했기 때문일 것이다. '다루마'를 장식물로 애호한 것도 역시 아네사마 인형이나 고케시(목각) 인형처럼 손발이 없는 인체의 생략 형태에 속하는 것이기 때문이다. 일본의 에비스[惠比須][71] 신이나 호테이[布袋][72] 등의 칠복신[73]을 보면 그 모습이

---

70) 오뚝이 같은 모양을 한 달마達磨 상.
71) 상가商家의 수호신으로 오른손에 낚싯대, 왼손에는 비를 들고 있다.
72) 배가 뚱뚱하고 항상 자루를 들고 있는 칠복신七福神의 하나.
73) 칠인七人의 복덕福德 신神.

하나같이 구형球型에 가깝다.

사무라이만이 칼로 잘라버린 것이 아니다. 일본인은 사무라이가 아니더라도 복잡한 것, 쓸데없는 것을 대담하게 잘라버리려고 한다. 그러므로 수족이 생략된 아네사마 인형의 미학은 일본 문화의 도처에서 찾을 수 있다. 세계의 국기 중에서 가장 단순한 일장기, 또 최소한의 선과 선으로만 이어 만든 도리[鳥居]74)의 구조 등이 그것이다. 형태뿐만 아니라 언어의 관습이나 문학의 특성으로도 생략하고 깎아내는 간결의 미학을 찾아낼 수 있다.

일본의 가나 문자와 한글

일본인이 가나[假名]를 만든 발상법도 아네사마 인형과 다를 것이 없다. 자기 나라 문자가 생기기 전에 한자를 사용했다는 조건은 일본과 한국이 다를 게 없다. 그러나 그 한자 문화권에서 제 나라의 문자를 만들어낸 발상법에는 현저한 차이가 있다.

'한글'은 한자와는 전혀 관계없이 자음과 모음을 조립해서 만든 독자적인 고유 체계의 표음 문자이다. 그러나 일본은 한자를 본보기로 하고 그것을 간소화하여 가나 문자를 만들어냈다. 말하자면 아네사마 인형같이 한자의 수족을 떼어내서 단순화하여 만

---

74) 신사神社로 들어가는 입구에 세워서 신역神域을 나타내는 일종의 문.

들어낸 것이 アイウエオ(아이우에오)라는 글자인 것이다. 즉 '阿' 자에서 '可'를 떼어내어 'ア(아)' 자를 만들고, '伊'에서 '尹'을 삭제해서 'イ(이)' 자를 만든 것이 일본 글자이다. 히라가나 역시 마찬가지이다. '安' 자를 풀어서 단순화한 것이 'あ(아)'이다. 그러므로 일본의 문자들은 한글처럼 독창적인 글자가 아니라 한자를 생략해서 변형한 축소지향의 산물이다.

축소지향이란 이미 만들어진 문화가 아니라 문화를 만들어 가는 상상력의 작용을 의미한다. 그러므로 아네사마형의 축소 형태는 당연히 언어 형태와 같은 추상적인 분야에서도 나타날 수 있다.

인간의 형태로부터 수족을 떼어내어 단순화하는 것처럼, 일본의 언어 사용 경향을 잘 관찰해보면 머리만 남기고 나머지는 모두 생략해버리는 축소어縮小語가 많다는 것을 알 수 있다. 그것이 자주 화제에 오르는 '도모 문화'이다. '도모どうも'란 말은 엄격히 말해서 독립적으로는 쓰일 수 없는 수식어이다. '참으로', '대단히', '매우'와 같은 부사이기 때문에 그 수식을 받아주는 실체가 없을 때에는 모자가 머리 행세를 하고 장갑이 손의 구실을 하는 것 같은 기현상이 벌어진다.

그런데도 일본인은 본체의 의미는 모두 잘라내버리고 '도모' 만 남겨 사용하고 있다. 외국인에게는 참으로 이해하기 힘든 일이다. 일본 사람들은 어디에서든 만나면 떡방아를 찧듯이 허리를 구부리며 '도모!', '도모!'란 말을 연발한다. 대체 '도모'란 무슨 인사인가? '도모 아리가토(대단히 고맙습니다)', '도모 기노도쿠데스(매우 안됐습니다)', '도모 메데타이(대단히 축하한다)', '도모 게시카란(아주 괘씸하다)' 등등 '도모'는 그다음에 붙는 말에 의해 그 의미가 천차만별로 바뀌게 되는데도 일본인들은 아무 데서나 '도모'만으로 통한다. 그래서 결혼식장에서도 '도모'이며, 장례식장에서도 '도모'이다. 잠깐 상상해보기로 하자.

'도모'는 영어의 'very'에 해당하므로 일본식으로라면 'Thank you very much'라고 해야 할 때 그저 'very'라고만 하는 격이다. '매우', 'very'라고만 하는 미국인이나, 얼굴을 마주 보고 '대단히', '대단히' 하는 한국 사람이 있다면 생각만 해도 웃음이 터져 나올 것이다. 대체 '대단히' 어쨌다는 건가.

그러나 일본인들에겐 밑도 끝도 없는 이 말이 잘들 통하는 것이다. 말을 잘라먹는 버릇이 일본어의 특성이기 때문이다. 일본 사람들의 인사말을 분석해보면 모두가 '도모'식이라는 것을 알 수 있다. 점심 인사는 '곤니치와'이고, 저녁 인사는 '곤방와'이다. 직역하면 '오늘은'이요, '오늘 밤'인데, 이것 역시 진짜 뜻은 전부 생략하고 윗머리만 남긴 축소어이다.

원래는 '오늘은(곤니치와) 참 날씨가 좋군요', '오늘 밤은(곤방와) 좋은 밤이군요'인데 긴 말이 귀찮아서 '도모' 때와 마찬가지로 진짜 뜻을 지니고 있는 뒷말을 모두 떼어버리고 만 것이다. 얼굴은 간데없고 모자만 남은 격이다.

그것은 일본인의 성격이라기보다 현대 문명의 속도가 빨라지고 있기 때문이 아니겠냐고 말하는 사람도 있을지 모르겠다. 그러나 실은 옛날 에도 시대부터 있었던 현상이다. 당시의 '도모' 문화는 더 짧아서 '모もう'였던 것이다.

"평화로운 성城의 하루는 어린 몸종의 기묘한 '모, 모' 소리로 시작된다. 그것은 성 안채[本丸表御殿][75]의 깊숙한 곳에서 시작되어 '모, 모' 하고 넓은 성내에 메아리처럼 퍼져간다. 그렇다고 그것이 소 울음소리를 내는 자명종 소리라고 생각해서는 안 된다. 도노사마(성주)가 '모 오메자메테 고자루(벌써 기침하셨다)'라고 외치는 몸종들의 독특한 약어略語였다."[76]

'모'란 말은 '벌써'라는 뜻인데, 이것 역시 '깨셨습니다'의 본뜻이 사라져버리고 '벌써'라는 수식어만 남은 것이다.

이 경우를 보더라도 수식어만 남기고 그것을 받는 본체를 떼어버리는 이상한 일본의 축소어 방식은 어제오늘에 생긴 버릇이 아니라는 것을 알 수 있다. 무엇보다도 외국어가 일본으로 들어가면 그것이 거의 예외 없이 반이나 3분의 1로 줄어들고 만다는 사실에서 언어의 축소지향성이 분명해진다. '트레이싱 페이퍼trac-

---

75) 일본 고유의 성곽의 일부로 가장 중요한 곳. 보통 성주가 산다.
76) 이나가키 후미오[稻垣史生]의 『일본의 성城』.

ing paper'가 '도레페ㅏㄹㅔㅍ'가 되고, '테이프 리코더tape recorder'는 '데레코ㅏㄹㄱ'가 된다. 이렇게 손발이 잘린 외래어는 일본어처럼 이미지 체인지image change, 아니 그것도 일본식으로 말하면 '이 메첸'을 하게 된다. 이런 약어略語는 전쟁 전부터 쓰여서 모가(모던 걸)·모보(모던 보이)라는 말이 유행되었고, 전쟁 후에 학생 운동이 한 창이었을 때에는 논포리(논폴리틱스)[77], 안그라(언더그라운드)[78], 또 레 스카(레몬스쿼시)에 이르기까지 예를 들면 한이 없다.

인형의 머리와 집약적인 효과

아네사마 인형은 떼어내고 깎아내는 생략형 축소지향뿐만 아 니라 한 곳에 힘을 집중시키는 집약성도 지니고 있다. 팔다리는 생략되어 있지만, 머리는 매우 치밀하게 아주 사소한 것까지 재 현되어 있다. 이런 의미에서 본다면 아네사마 인형은 머리에 포 인트를 둔 인형이다.

일본의 축소 문화는 반드시 집약의 중심점을 갖고 있는 것이 특징이다. 한편으로는 생략하고 한편으로는 강조한다. 이러한 축 약법縮約法의 양면성을 유감없이 표현하고 있는 아네사마 인형에

---

77) 정치적 무관심파. nonpolitics의 약어.
78) 소수의 애호가만을 대상으로 하는 전위예술前衛藝術. underground의 약어.

있어서 가장 공을 들인 부분은 바로 머리이다.

머리 모양은 아주 복잡하게 세분된다. 그 분류에 따라 수십 종의 다른 인형이 탄생하는 것이다. 머리 만드는 법도 앞머리[前髪], 양쪽에 붙이는 머리[兩髪], 뒤쪽 부분에 붙이는 다보를 각각 따로 만들어 차례로 붙여간다. 또 헤어스타일도 여러 가지다. 시마다[島田], 모모와레桃割れ, 가쓰야마오바코勝山おばこ, 다루마가에시だるま返し 등 수십 종의 마게(가발 종류의 하나)를 만들어 머리 뒤에 붙인다.

그리고 붙이는 위치에 따라 인형 전체의 분위기가 달라진다. 즉 시마다의 경우 좀 위쪽으로 올려 붙이면 젊어 보이고, 약간 아래쪽으로 내려 붙이면 늙수그레한 멋이 생겨난다.

머리 장식품은 미니어처의 쇼윈도이다. 정교하게 만들어진 하나간자시(꽃 비녀)에는 핀셋으로도 집어서 붙이기 어려운 노랑, 빨강, 분홍의 섬세한 꽃이 만개한다. 또 머리빗인 고가이[笄], 단도인 나카마키[中卷], 종이인 다케나가[丈長] 등 모두가 환상 같은 마이크로의 세계를 펼쳐낸다.

일본어도 이와 비슷하다. 인형에서 수족을 떼듯이 세계에 유례없는 생략어를 구사하면서도 말할 때마다 높임말의 '오[御]'를 붙여 쓴다. 명사뿐 아니라 행동을 나타내는 동사에까지 '오'를 반복해 붙이는 경어는 수족이 없는 아네사마 인형의 하나간자시와 같은 섬세함을 연상시킨다. 그러므로 토일릿을 '도이레トイレ'로 생략하여 영어 사전의 족보에도 없는 기형아를 탄생시키고서도 애써 줄여놓은 그 말에 이번에는 또 '오ぉ'를 붙여 '오토이레ぉトィレ'란 말을 만든 슬픈 일본어도 가끔 눈에 띄는 것이다.

아네사마 인형형型에 담긴 축소의 제3요소로는, 약간 다른 얘기인데, 표면과 이면을 바꾼 함축성을 들 수 있을 것이다. 그것이 다른 인형들과 또 세계 어느 나라 인형들과도 다른 특색을 지니게 하는 것으로, 이 미니어처는 전시展示 방식이 정반대이다.

'아네사마[姉樣]는 뒷모습이 앞으로 보이게 해야 된다'는 원칙이 있다. 즉 인형의 뒷모습이 앞모습의 얼굴보다도 더 중시된다. 인형뿐 아니라 일본 여성의 의상 풍속도 그렇다. 와후쿠(기모노)는 앞보다 뒷면을 치장하는 데 특색을 지니고 있다. 세계의 의상은 모두 얼굴이 있는 앞면을 중시하고 있기 때문에 액세서리나 벨트의 디자인도 모두 앞을 장식하도록 되어 있다. 그러나 일본만은 마치 훈장을 등 뒤에 찬 것처럼 '오다이코 무스비'라 하여 등 뒤에 가장 화려하고 값비싼 띠를 매고 다닌다. 험담 좋아하는 외국인들은 그것을 보고, '일본 여성은 항시 베개를 등에 준비하고 다니는 에로티시즘'이라고도 한다. 띠만이 아니라 머리 모양이라든가, 깃을 쭉 빼서 목덜미를 드러나 보이게 하는 것이라든가, 그 의상의 디자인은 모두 배면미背面美를 강조하는 데 있음을 알 수 있다. 그래서 일본 그림에는 뒤를 돌아다보고 있는 미녀도[見返り 美人圖]가 많은 것이다.

아네사마 인형도 이 미학을 반영한 것으로, 모든 인형이 얼굴을 생명으로 하고 있는데 유독 이 인형만은 뒷모습이 정면으로 보이도록 되어 있는 것이다.

여기에 일본 미학의 비밀이 있다고 해도 과언이 아니다. 같은 불상佛像이라도 인도, 동남아시아, 중국, 한국 등에는 뒷면이 없는 부조浮彫가 많은데 일본 것은 거의 모두가 입체적인 '마루보리[丸彫]'이다.

또 일본 사무라이[武士]의 검법도 아네사마적이다. 적이 앞에만 있는 것이 아니라 뒤에도 있어서 훌륭한 사무라이는 등에도 눈을 가지고 있지 않으면 안 된다는 말로도 알 수 있다. 뒤에서 몰래 찌르려고 해도 적에게 틈을 주지 않도록 기량을 닦지 않으면 안 된다는 교훈이다. 서양의 펜싱은 앞으로 맞서서 하는 대면적인 검법이지만, 일본은 앞뒤의 360도로 돌아가며 싸우는 검법이다.

결국 뒷모습을 보이고 얼굴을 감추는 아네사마형 축소지향이 추구하는 것은, '닫혀진 뒷모습'으로 '열린 앞의 얼굴'을 바라볼 수 있게 하는 함축미이다. 얼굴은, 말하고 움직이고 끊임없이 어떤 명확한 메시지를 세상에 내놓는다. 그러나 곱게 빗겨져 쓰마미구시(빗)로 장식된 뒷모습의 머리는 침묵하고 주저하고, 끊임없이 암호와 같은 의미에 싸여 어둠 속에 묻힌다. 그러므로 '뒷모습을 앞으로 하는' 아네사마 인형은 오히려 침묵으로 말하는 세계를, 정靜으로 동動의 세계를, 어둠에서 광명을 나타내는 역설의 미

학인 셈이다. 이를테면 "안개 늦가을 비 후지[富士] 산을 못 보는 날이, 더욱 좋아라[霧しぐれふじを見ぬ日ぞおもしろき]"의 경지이다. 바쇼[芭蕉]⁷⁹⁾는 안개비에 가린 후지 산을 상상을 통해 바라보는 데서 더욱 즐거움을 느낀다. 또 "바라보면 꽃도 단풍도 없다[見渡せば花も紅葉もなかりけり]"라고 한 데이카[定歌]⁸⁰⁾는 꽃도 단풍도 다 떨어진 공허한 늦가을을 노래함으로써 오히려 보이지 않는 꽃과 단풍을 실제 이상의 것으로 감상하려 했다.

떼어내는 단순성, 집약하는 섬세성, 뒷모습으로 앞을 나타내는 함축성含蓄性 등 아네사마 인형의 세 가지 축소지향성이 언어로 나타나게 되면 생략법의 '도모 문화'가 되기도 하고, 바쇼의 하이쿠[俳句]를 만들어내기도 한다. 행동을 극도로 압축하고 생략하여 단지 가면[能面]에 손가락 하나를 살짝 갖다 대는 것만으로 통곡하고 우는 표현이 되는 노[能]의 예술이 되는가 하면, 많은 잎과 꽃들을 극한점까지 잘라버려 몇 개의 잎과 꽃 한 송이 속에 대자연을 담는 이치린 자시一輪ざし의 꽃꽂이 문화가 되기도 하는 것이다.

---

79) 마쓰오 바쇼[松尾芭蕉]. 에도 전기의 시인[俳人](1644~1694).
80) 후지와라 사다이에[藤原定家]. 가마쿠라 초기의 가인歌人(1162~1241).

도시락형

1,800종류의 도시락 왕국

프랑스 사람은 자기네 미각이 얼마나 섬세하고 개성적인가를 자랑하려 할 때 으레 치즈의 종류가 1,000종 이상이나 된다는 것을 강조한다. 그렇다면 그것에 필적하는 일본 음식은 무엇일까? 두부라고 할는지. 모멘고시[81], 기누고시[82]를 비롯하여 요세모노[83]의 호두, 깨, 달걀, 이소[磯] 두부 등등 그 종류가 많기는 해도 치즈에 는 가당치도 않다.

또 그러한 종류는 어디까지나 일부에 국한된 것이어서 일상적으로 먹는 보편적인 음식의 예로서는 적당치 않을 것이다. 절인

---

81) 무명으로 걸러서 만든 두부.
82) 명주로 걸러서 만든 두부.
83) 다져서 으깬 생선 살에 마의 가루, 밀가루, 달걀 따위를 섞어 우무로 굳힌 것.

배추 종류나 나베모노[84]를 찾아보면 꽤 종류가 있긴 하겠으나 그 것보다는 비교의 발상법을 바꾸는 것이 좋을 것이다.

일본에는 도시락 종류가 많다. 1978년도 조사에 의하면 에키벤[85]의 종류만 1,800종류나 된다고 한다. 달걀말이[卵燒], 어묵, 생선을 기차역 도시락의 '산슈노진기[三種神器]'라고 하는데, 이 세 가지를 기본으로 하여 만든 보통 도시락이 700종, 나머지 1,100종류의 특수 도시락이 현재 성업 중이다.

관광 안내서에는 일본 전국의 역 도시락 지도까지 있는데, 좀 더 도시락 문화를 연구하고 싶다면 일본 요리의 메카인 교토[京都]에 들러 직접 시식해보는 것이 좋을 것이다. 무코즈키[向月] 도시락, 엔게쓰[円月] 도시락, 한게쓰[半月] 도시락 등 달 시리즈가 있는가 하면 리큐[利休] 도시락, 고에쓰미즈자시[光悅水指] 도시락 등 인물 시리즈가 있고, 한편으로는 대나무 도시락, 차상자[茶箱] 도시락, 나무통[手桶] 도시락, 버들상자[柳箱] 도시락 등 도시락통 시리즈가 버티고 있다. 열 손가락으로는 도저히 다 셀 수 없을 정도로 명물이 줄을 잇고 나타난다.

'도시락' 하면 애처愛妻 도시락처럼 샐러리맨의 성실한 화이트칼라 문화를 연상하는 사람도 많겠지만, 그 기원은 16세기의 아

---

84) 여러 가지 재료를 냄비에 넣고 식탁에서 끓이면서 먹는 것.
85) 철도역에서 파는 도시락.

즈치[安土]·모모야마[桃山] 시대[86]까지 거슬러 올라간다. 그야말로 축소 문화를 대표하는 음식임을 알 수 있다.

요컨대 도시락이란 밥상을 아주 작은 상자 모양으로 축소한 것에 지나지 않는다. 일본의 사무라이[武士]가 혼도[本刀]와 그것을 축소한 와키자시(허리에 차는 호신용의 작은 칼)의 두 칼을 차고 다닌 것처럼 일본인은 밥상과 그것을 축소한 도시락, 이 두 가지로 생활해왔다고 할 수 있다.

도시락의 기원이나 그 어원에는 여러 가지 설이 있지만, 그중에서 가장 유력한 것은 오다 노부나가[織田信長]가 전쟁터에서 병사들에게 식량을 균일하게 나누어주기 위해 고안했다는 것과, 에도[江戶] 중기 때 시바이(연극)의 막간에 먹은 것이 시초라는 것이다. 어느 쪽이든 그 기원의 공통점은 음식물을 보다 좁은 공간에 담아 간단하게 운반하려는 필요성에서 생겨난 것이라는 점이다.

우리가 주의 깊게 관찰해야 할 것은 거기에 담긴 음식 맛보다도, 밥상을 보다 작은 상자로 축소하여 가동적可動的인 음식으로 만든 일본인의 발상법이며, 그 기능적인 구조일 것이다.

신사神社도 오미코시[御神輿]로 축소해 어깨에 메고 다니는 일본인들이니 밥상쯤 축소하는 것은 다반사이다. 무엇인가를 쥘부채와 같이 또 이레코같이 손으로 들고 다니는 것은 원숭이가 나무

---

86) 오다 노부나가[織田信長]와 도요토미 히데요시[豊臣秀吉]가 정권을 잡던 시대(1573~1600).

에 오르고 두더지가 땅을 파는 것같이 일본인에겐 당연한 성품인 것이다. '벤토(도시락)'란 말은 "준비하여[辨] 쓰기에 편하도록 맞춘다[當]는 뜻에서 생겨난 것"[87]이라는 에도 시대의 『류테이키[柳亭記]』에 실린 어원설을 그대로 믿는다면, 일본 문화 전체가 도시락주의 문화라고 해도 좋을 것이다. 도시락통을 '고추[行廚]'라고도 부른 것을 보면, 번거롭게 어원을 찾을 필요도 없이 일본인은 주방[廚房] 자체를 축소해 가지고 다니려 한 편의주의자라는 것을 알 수 있다.

일본인이 방정맞게 공깃밥을 손에 들고 먹을 때, 한국인은 점잖게 밥상에 사발을 놓고, 그것도 고봉高捧으로 담은 밥을 푸짐하게 떠먹었다. 닥닥 긁어 먹는 야박한 문화가 아니라 비록 가난했을망정 몇 숟갈쯤 먹고 남겨놓아야 마음이 풀리는 넉넉한 문화였다. 똑같은 밥 문화라도 한국과 일본이 그렇게 달랐듯이, 도시락에서도 밥 문화의 구조는 아주 대조적이다.

'도시락'이라는 말부터가 해방 후의 왜말 추방 운동 때 일본어의 '벤토'를 억지로 한국말로 뜯어 고친 것이다. 말하자면 도시락 문화는 한국 생활에 배어 있는 풍습이 아니었다. 일제 때 '벤토'가 들어와 일반화되던 때도 민중들의 문화 속에 토착화될 수가 없었다. 지금도 그렇지만 시골 농사꾼들이 들일을 할 때는 도시

---

87) 辨へてのその用に當てる.

락이 아니라 광주리에, 상에서 먹는 그대로 음식을 차려 아낙네들이 이어 나르는 것을 생각해보면 알 것이다. 먹는 음식을 작은 상자 안에 구겨 넣고 다니는 축소지향적 의식이 옹색하게 느껴졌기 때문에 한국에서는 도시락 문화가 발달될 수 없었다.

국물 없는 음식이 의미하는 것

이런 도시락 문화를 가능하게끔 한 것은 일본의 음식물이 상자 안에 차곡차곡 채우기에 편한 건더기 위주의 마른 음식이었기 때문이기도 하다.

한국의 김치와 가장 비슷하다는 일본의 오신코와, 일본의 깍두기라 할 수 있는 다쿠안(단무지)을 비교해보아도 알 수 있다. 한국 것에 비해 그것들은 모두가 국물이 없이 보송보송하다. 그러나 김치와 깍두기는 건더기를 건져내도 김칫국물, 깍두기 국물이 괴어 있다.

또 같은 국물류인 한국의 국과 일본의 시루(汁)를 비교해보면, 시루는 '쓰유(이슬)'라고도 하듯이 이름 그대로 국물 중심으로 되어 있다. 국 건더기는 얼마 없는 것이다. 그러나 한국의 미역국이나 콩나물국에는 일본의 몇 배나 되는 건더기가 들어 있다.

일본 음식물은 고체와 액체 두 가지로 분명하게 나뉘지만, 한국에서는 건더기가 있는 데는 국물이, 국물이 있는 데는 건더기가 섞여 있다. 국물 없는 것을 싫어했던, 말하자면 빡빡한 것을 좋아하지 않은 한국인의 성향을 반영하고 있기 때문이다. 한국인의 가장 심한 욕 중 하나는 '국물도 없다'는 말이다. 이것과 저것으로 분명히 분류된 것보다 그 한계가 애매한 중간 영역을 찾으려는 것이 한국 문화의 특성이다.

그러므로 식사하는 것도 일본인은 젓가락만 쓰는 데 비해 한국인은 젓가락을 쓰는 도수만큼 숟가락도 많이 쓴다. 포크와 나이프로 식사하는 서구인은 손톱으로 먹이를 찢어 먹는 고양이 같고, 젓가락으로 조그만 건더기를 쪼아 먹는 일본인은 아무래도 참새처럼 보인다. 롤랑 바르트가 지적한 바와 같이 젓가락은 새의 부리이며, 포크는 육식 동물의 발톱이다. 그렇다면 국물과 건더기를 함께 먹는 한국인은 뻐끔뻐끔 물과 함께 먹이를 입에 넣는 금붕어와 같다고 할 수 있다.

얘기가 좀 빗나갔으나 음식물과 그 국민 의식의 지향성에는 기묘한 상관관계가 있다. 한국인의 관점에서 본다면 도시락 문화를 낳은 일본 문화는 '국물 없는 문화'에 속한다. 그리고 '준비하여 쓰기에 편하도록 맞추는' 빈틈없고 기동적인 도시락주의가 오히려 경박해 보이는지도 모른다(지금도 한국에서는 도시락 먹는 것을 품위가 없는 것으로 창피하게 여기는 사람이 많다).

한국인들은, 일본 사람들처럼 음식물을 쇼윈도의 샘플로 진열하는 데 거부감을 느낀다. 대소의 덩어리 형태로 구성된 일본 음식과 달리 설렁탕같이 일정한 형태감 없이 국물 속에 들어 있는 한국 음식은 플라스틱으로 만들어 진열해봤자 별 효과도 없다.

한마디로 말해 음식물의 형태로 보나 그에 대한 감각으로 보나 한국에서 도시락 문화는 기대하기 어렵다. 역시 도시락은 일본인에 의한 일본인을 위한 일본인의 식사 양식이다.

'쓰메루'라는 동사의 세계

도시락형 축소지향의 특색은 대체 무엇인가? 그것은 넓고 큰 밥상을 몇 분의 일로 축소해 호카이[行器]나 와리고[破籠] 같은 조그만 그릇 속에 음식물을 담는다는 데 있다. 따라서 이 경우 '축소하다'와 '쓰메루(꽉 죄어서 채우다)'는 동의어가 된다. 그러므로 '축소'에는 '쓰메루詰める'라는 또 하나의 중요한 지향성이 있음을 알게 된다.

언뜻 보기에는 아무렇지도 않은 말 같으나 일본인들이 잘 쓰는 이 '쓰메루'라는 평범한 말이야말로 갖가지 일본 문화를 길러낸 아메바라고 할 수 있다. '벤토[辨當]'와 오리즈메(꺾어서 빡빡하게 채우다)는 동의어로 사용되나, 이것은 반드시 음식물에만 국한된 개념이 아니다. 일본인은 무엇을 보면 곧 쥘부채와 같이 접어버리거나, 이레코처럼 한곳에 차곡차곡 끼워 넣거나, 아네사마 인형처럼 수족을 떼내어 단순화하려고 하듯이, 퍼져 있는 것을 보면 무엇이든 좁은 곳에 **빽빽**하게 채워 넣으려 한다.

　그러므로 '쓰메루'라는 말은 일본인이 그들 문화의 특성으로 내세우고 있는 '아마에(응석 부리다)'와는 비교도 안 될 만큼 다양하고 풍부한 의미를 함축하고 있다.

　우리와는 달리 일본인들은 사람들이 모이는 것도 '쓰메아우이 詰め合ぅぃ'라고 한다. 이 말은 그저 모이는 게 아니라 좁은 장소에 많은 사람이 꽉 들어찬 느낌을 준다. 어느 장소에 고정적으로 배치하여 근무하는 것도 '쓰메루'라고 하며, 그 장소를 '쓰메쇼(대기장소)'라고 한다. 또 연극이나 소설에서 긴장감을 나타내는 클라이맥스를 '오즈메大詰め'라고도 한다.

　도시락 문화와 마찬가지로 한국에는 '쓰메루'에 꼭 들어맞는 말이 없다. 억지로 맞추자면 빈 곳에 무엇을 넣는 '채우다'라는 말 정도가 해당된다. 그러나 원래 '채우다'는 일본어로 '이레루', '미다스'이고, '쓰메루'는 일정한 틀 속에 죄고 다져서 **빽빽**하게 끼워 넣는 것으로 '채우다'와는 근본적으로 그 강도가 다른 말이다. 일본에서는 1,000자 안의 상용 한자에 들어가 있는 '힐詰' 자가 한국에서는 '힐책詰責한다'와 같은 말 이외에는 별로 잘 쓰이지 않는 생소한 글자이다.

　그러므로 '간쓰메[缶詰]'를 한국어로는 '통조림'이라고 하여 '쓰메루' 대신 '조리다'라는 말로 바꿔놓고 있다.

　'쓰메루'라는 것은 퍼져 있는 것들을, 산재해 있는 것들을 일정한 공간에 치밀하게 밀집시켜놓는 것이다. 그래서 공간을 줄인다. 이러한 형태의 축소지향에서 우리는 오늘의 트랜지스터를 비롯하여 수많은 전자 제품을 개발한 일본인적 발상을 읽을 수 있는 것이다.

그러나 '쓰메루'는 물체만이 아니라 정신 면에서도 그와 동일하게 작용하고 있다. 일본인은 사람을 칭찬할 때 곧잘 '싯카리시테이루'라는 표현을 쓴다. 그것은 정신이 '하리쓰메테이루張り詰めている', 즉 정신이 팽팽하게 채워져 있다는 뜻이다. 음식을 채우면 도시락이 되고 마음을 채우면 '착실한 사람'이 된다. 과연, 도시락을 들고 출근하는 소시민들은 정신도 아주 착실한 '도시락 사나이'일 것이다.

그러므로 일본인은 그저 '미루(보다)', '오모우(생각하다)', '이키오스루(숨 쉬다)'가 아니라 무엇인가를 좀 더 진지하게 열심히 하려는 경우에는 반드시 거기에 '쓰메루'를 붙이지 않으면 안 된다. 그래서 '보다'는 미루에서 '미쓰메루'가 되고, '생각하다'는 '오모'에서 '오모이쓰메루' 또 '숨을 죽이다'는 '이키오쓰메루'가 되는 것이다.

그리고 보면 정말 일본인의 기술과 정신은 '쓰메루' 하는 데 있는 것 같다. 일본 말에서 '시시한 것', '보잘것없는 것'을 의미하는 '쓰마라나이'란 말은 '쓰메루' 할 수 없다는 뜻(채워지지 않는 것)에서 비롯된 말이다. '쓰마라나이(시시한 것)'의 원의原意를 따지지 않는다 하더라도 실제로 동네 집단의 틀에 '쓰메루' 할 수 없는 사람은 '무라하치부'[88]라 하여 따돌림을 받고, 회사의 울타리 속에 '쓰메루' 할 수 없는 사원은 '마도기와'[89]족이 되어버린다. 형식상으로는 개인을 존중하는 민주주의의 나라지만, 조금만 그 내용을 따져 들어가면 지금도 일본인의 사원 교육은 옛날 군국 시대처럼 정신이나 지식을 '쓰메코미(주입)'식으로 주입시키고 있는 수가 많다. 선禪의 깨달음 역시 정신을 자꾸 '쓰메루' 해가다가 더이상 '쓰메루' 할 수 없어 독 안에 든 쥐처럼 극한 상태가 되었을 때 비로소 득도하게 되는 것이다.

자아의 고유성과 개개인의 다양성 위에 세운 것이 서구 민주주의다. 그러나 일본인은 개인을 집단이라는 틀 속에 '쓰메루(이것이 일본인 특유의 단결력이라는 것이지만)' 해서 그 힘을 발휘한다. 그들이 온 국민을 한 묶음으로 하여 일억총평론가一億總評論家니 일억총백치一億總白痴니 하는 표현을 잘 쓰는 것도 그런 '쓰메루' 문화의 한 단면이다. 1억 인구를 마치 한 사람인 것처럼 축소해, 도시락통 같은 하나의 틀 안에 '쓰메루' 하는 전체주의적 사고방식은 이상하

88) 마을의 법도를 어긴 사람과 그 가족에 대해서 마을 사람 전체가 교제를 하지 않고 따돌리는 것을 말한다(단, 장례식과 화재가 났을 때는 예외로 한다).
89) 회사에서 눈 밖에 난 사람은 창가에 앉혀놓고 일을 주지 않기 때문에 생겨난 말. 직역하면, 창가족窓邊族.

게도 동양에서는 유일하게 자유 민주주의의 모범이라고 일컬어 지는 일본인들 쪽에 많은 것이다.

화자和字와 국훈國訓의 일본식 한자

무엇인가를 '쓰메루' 할 때에는 동질의 것으로만은 안 될 때가 많다. 같이 '쓰메루' 할 수 없는 것들을 혹은 부피가 있어 '쓰메루'할 수 없는 것을 '쓰메루' 하기 때문에 그 축소 문화의 기술이 생겨나게 되는 것이다. 무엇을 '쓰메루' 하려고 할 때는 무엇보다도 지나치게 논리적이거나 원리 원칙에 치우쳐서는 안 될 것이다. 논리나 원칙이란 무엇을 따로따로 가르고 칸막이를 해서 분할하는 힘이기 때문이다.

일본 글자의 알파벳 노래인 이로하우타いろは歌[90]를 한번 들어보자. 내가 전에 일본어를 배울 때 제일 놀란 것이 바로 이 '이로하' 노래였다. 세계 어느 나라가 자기네 고유의 글자를 모두 사용해 더군다나 그 글자가 중복되지 않게 해서 한 편의 시로 '쓰메코무(가득 채우다)' 한 적이 있는가. 일본인은 여러 문화 형태에서 이 '쓰메루' 하는 뛰어난 재주를 보여주고 있다. 16세기에 가노 에이

---

90) 헤이안 시대 중기에 일본의 가나 47글자를 각각 한 번씩만 사용해서 만든 7·5조의 노래.

토쿠[狩野永德]⁹¹⁾라는 화가가 '라쿠추라쿠가이즈[洛中洛外圖]' 병풍屏風을 그린 솜씨 하나만 두고 생각해봐도 알 수 있다. 그는 교토[京都]의 전체 생활공간과 춘하추동 사계절의 시간 모두를 병풍 속에 '쓰메루' 해놓은 것이다. 그 병풍 그림에는 돋보기로 들여다봐야 보일 정도의 점경 인물點景人物들이 있는데, 모든 계급과 온갖 직업, 아즈치·모모야마 시대 사람뿐만 아니라 포르투갈인 등 남만인南蠻人까지 남김없이 망라되어 있다. 한 도시와 시대를 좁은 병풍 속에 그려 넣은 축소 문화의 꽃인 것이다.

불교도 일본에 들어오면 그 방대하고 잡다하며 추상적인 경전이 '나무묘호렌게쿄[南無妙法蓮華經]'⁹²⁾라는 단 7개의 글자로 줄여져 그것만 외우면 극락왕생極樂往生한다는 축소지향적 종교로 바뀐다.

아네사마[姉樣] 인형형의 축소 방식으로 한자를 간소화해 일부분의 모양만 따서 일본의 가나[假名]가 만들어졌음은 이미 앞에서 지적한 바 있다. 그러면 이 '도시락형'의 축소법인 '쓰메루'에서 생겨난 한자는 어떤 것일까? 그것은 바로 『강희자전康熙字典』에도 없는 와지[和字]⁹³⁾라는 일본식 한자이다. '俤', '働', '凪' 등이

---

91) 아즈치[安土]·모모야마[桃山] 시대의 화가.

92) 일련종日蓮宗으로 법화경法華經의 위대한 덕을 찬미하고 거기에 귀의한다는 뜻의 말.

93) 일본에서 만들어진 한자.

그 예이다. 아우[弟]는 형의 모습을 지니고 있으므로 '人'과 '弟'를 붙여서 일본적인 섬세한 감상주의를 불어넣은 기억 속의 모습인 '俤' 자, 국제적 경제 마찰을 불러일으킨 일본인의 부지런한 속성이 '일'이라는 의미의 '働' 자, 바람이 잠잠해지기를 바라는 섬나라 사람의 기원을 교묘하게 뜯어 맞춘 '凪(바람이 멎고 물결이 잔잔해진다는 뜻)'라는 글자가 모두 일본인들이 만든 한자들이다. 한국에서는 모두 그 예를 찾아볼 수 없는 글자들이다.

짐승을 뜻하는 '개사슴록[犭]' 변에 일본 화폐인 '엔円'을 붙여 '이코노믹 애니멀'이라는 뜻의 '狎'를 새로운 한자로 만든 어느 외국인의 풍자처럼, 한국인은 파자破字 등 장난으로 한자를 뜯어 맞춰 놀이를 하는 일은 있었으나 정통성, 원리 원칙, 엄숙주의의 문화 풍토에서는 그 같은 글자들이 공용 문자로 감히 등록된 적이 없었다.

원리를 따지지 않는 편법주의가 '쓰메루' 문화의 한 특성이기 때문에 일본인은 일자일음一字一音의 원칙을 깨고 한자 하나를 놓고도 음音으로도 읽고[音讀] 훈訓으로도 읽는다[訓讀]. 그래도 모자라 고음古音과 신음新音을 다 같이 써서 심지어는 '일본'이라는 나라 이름까지도 '닛폰'이라 읽기도 하고 '니혼'이라 읽기도 한다.

거기에 또 한자 자체의 본래 의미까지 바꾸어버리는 국훈國訓이라는 것도 만들어냈다. '偲'라는 한자는 서로 비난한다는 뜻인데, 일본 사람들은 그 글자가 '人' 자와 '思' 자의 합자이기 때문에 오히려 사람을 생각한다는 '시노부(그리워하다)'의 의미로 바꿔버렸던 것이다.

이런 극단적인 예는 놔두고라도 '春'이라 써놓고 '춘'이라 읽지 않고 '하루'라고도 발음하는 일본인의 그 훈독은 한국인에게는 매우 신기하게 느껴진다. 그것은 꼭 영어 'Spring'을 '스프링'이라 읽지 않고 그대로 '봄[春]'이라고 읽는 것과 다를 바 없다. 이렇게 한 글자에 여러 음을 한꺼번에 '쓰메루' 해놓은 것도 축소지향의 문화에서만 있을 수 있는 현상이다.

무원칙의 팔방미인

적赤, 녹綠, 황黃, 청靑을 모두 섞으면 쥐색이 된다. 이것이 일본 특유의 그 유명한 리큐네즈미利休ねずみ다. '와비'[94]의 미학이 만들어낸 이 쥐색은 모든 모순된 삶의 현상과 그 의미를 '쓰메루' 하는 축소 문화의 상징이라 할 수 있다. 그리고 리큐네즈미의 색깔은 불교와 신도神道와 유교가 사이좋게 손잡고 합창하는 일본의 화和의 상징이라고 말하는 사람들도 있다. 하지만 이 화의 정신을 곧 일본적인 것이라고 규정할 수는 없다. 화엄사상華嚴思想이나 신라 원효元曉의 원융 회통圓融會通의 중심 테마가 바로 그것이기 때

---

94) 간결함이 지니는 멋. 일본의 미적 이념美的理念의 하나.

문이다.

일본의 리큐네즈미는 '융합'이라는 측면보다는 이질적인 것을 '쓰메루' 하려는 축소지향적인 의식의 산물이라고 하는 편이 적합할지 모른다. 즉 자국 문화든 외래 문화든 간에 무엇이든 마구 '쓰메루' 하는 문화, 말하자면 일본어인 '가라[空]'와 영어의 '오케스트레이션'을 합쳐서 '가라오케ヵヲォヶ'라는 말을 만들어낸 그 신기하고 신기한 일본인의 문화 말이다.

라디오와 카세트의 두 기능을 한 곳에 '쓰메루' 해서 '라지카세'라는 기발한 상품을 개발한(그것을 일본인들은 '마루치(multiple)'라고 부르고 있지만) 아이디어가 모두 그런 정신에서 나온 것이다. '채우는 법, 짝 맞추는 재능'은 팔방미인의 무원칙성 때문에 이따금 폴 보네[95]의 다음과 같은 비난도 듣게 된다.

"일본인의 위장은 모나리자와 라면을 동시에 소화할 수 있는 기능을 가지고 있다. 슈퍼마켓에서 물건을 사고, 라면을 먹으며 텔레비전의 퀴즈 프로를 보고, 껌을 씹으며 미야코 하루미[96]에 열광하고, 골프 연습을 하고, 그리고 마티스와 피카소를 논하고 사르트르의 책을 사 가지고 온다. 루브르미술관은 일본의 단체 여행자로 혼잡을 이루는데 파리의 일류 호텔의 룸서비스 보이는

---

95) 프랑스 사람. 『이상한 나라 일본』의 저자.
96) 일본에서 엔카[演歌]로 인기 있는 가수.

즉석 라면에 쓸 끓는 물을 주문 받고 쩔쩔매는 것이다."

이런 것이 외교 정책으로 나타나면 이른바 자유 진영도 공산 진영도 다 좋다는 전방 외교술全方外交術이 된다.

문고본과 콘사이스

'쓰메詰め'의 축소형이 책의 모형으로 나타나면 성냥갑만 한 마메혼[豆本]이 된다. 물론 마메혼이 일본에만 있는 것은 아니다. 그러나 마메혼만 모아놓은 도서관[静岡·青森]이 여러 곳에 있는 나라 그리고 해마다 마메혼의 목록을 마메혼으로 간행하는 나라, 말하자면 마메혼에 대해 그렇게 관심이 많은 나라는 아마도 일본을 제외하고는 구경할 수 없을 것이다. 한국에는 '마메혼'에 해당하는 말조차 없다.

그런 콩알만 한 극단적인 소책자가 아니더라도 문고본 역시 큰 책을 축소한 책이라 할 수 있다. 서재에서 정장본正裝本을 읽는 것을 식탁에서 식사하는 것이라고 한다면, 전차나 야외 벤치에서 문고본을 읽는 것은 도시락을 먹는 것과 같다. 그리고 보면 도시락의 왕국이 문고본의 왕국이 되지 않을 리 있겠는가. 육체의 영양은 도시락으로, 정신의 영양은 문고본으로 섭취하는 것이 일본인들이다. 일본의 문고본 붐은 세계적이다.

한국에서는 지금도 문고본이 인기가 없는 편이다. 그러나 일본에서는 이미 반세기 전부터, 그들이 모방했던 독일의 레클람문고 文庫보다도 한발 더 앞서 유행을 가져왔다. 구미에서 포켓판이 나오고 그것이 대중에 보급되기 시작한 것은 제2차 세계 대전 후인데, 일본에서는 이와나미서점[岩波書店][97]이 본격적인 문고판을 내기 전에 이미 아카기총서叢書라는 것을 발행하고 있었다. 그 값은 10전錢, 크기는 이와나미문고만 한 것으로 '아무리 큰 책이라도 한 권 안에 축소해 넣는 방법'으로 대단한 인기를 불러일으켰다.

그러나 본격적인 문고본 성황이 일기 시작한 것은 1927년이었다. 그해 7월 10일 도쿄[東京] 《아사히[朝日]신문》 제1면 제자題字 옆에 반 페이지 크기로 "동서고금의 전적典籍"이라는 표어와 "진리는 만인에 의해 탐구될 것을 스스로 원하고⋯⋯"[98]라는 선언문과 함께 이와나미문고의 광고가 게재되었던 것이다. 같은 날 제2면의 머리기사로 실렸던 주네브 해군 군축 회의는 그 후 8월 4일 실패로 끝나버렸지만, '군축軍縮' 아닌 이와나미의 '책축冊縮·文庫本'은 대성공이었고, 계속해서 그 광고는 각 신문의 제1면을 장식했다.

'책이란 권위가 있어야 한다. 그것은 구둣주걱이 아니므로 호

---

97) 문고본을 맨 처음 낸 일본의 유명한 출판사.
98) 이와나미문고를 발간할 당시에 나온 '독자에게 바친다'의 첫머리 문구. 지금도 이와나미문고의 권말卷末에 붙어 있다.

주머니 속에 넣고 다니는 편리함보다 품위가 있어야 한다. 장중하게 서가에 진열함으로써 보다 큰 의미를 부여할 수 있다.'

이런 생각은 '데고로·데가루주의主義(간편주의)'의 일본에서는 별로 큰 문제가 되지 않았던 것이다. 이와 비슷한 것으로 학생들 사이에 선풍적인 베스트셀러였던 산세이도[三省堂][99]의 콘사이스 사전이 있다. 소사전의 대명사가 된 '콘사이스'라는 명칭부터가 그렇지만, 그것은 대사전을 완벽하게 축소해놓은 소사전이다. 인디언지를 사용하여 손안에 꼭 들어갈 수 있게 만든 이 사전은 그냥 작은 것이 아니라 대사전에 필적할 만한 단어 수가 그 작은 사전 속에 빽빽하게 들어 차 있다. 그 사전 자체가 일본 '축소 문화'의 사전이라고도 할 만한 것이다.

나 자신은, 'I am a boy'를 배우기 시작하는 중학생 손에 반드시 그 산세이도 콘사이스가 쥐어져 있던 세대에 속한다. 그것은 단어를 찾는다는 실용성보다도 다량의 영어 단어가 한 손에 들어 있다는 안도감에서 오는 심리적 효과가 더 컸다. 마치 갓난아이가 젖을 빨지 않을 때도 엄마 젖을 손으로 꼭 쥐고 있는 것처럼.

쌀밥까지 가타카나[假名]로 '라이스ライス'라고 쓰고 있는, 외래어의 천국 일본이지만, 혹은 텔레비전의 광고 방송에서도 소비자

99) 일본에 있는 큰 출판사 중 하나로 책방도 겸하고 있다. 도쿄와 간다[神田]에 있는 산세이도서점[三省堂書店]이 유명하다.

에게 "부인 데리샤스가 아니고 데리-셔스예요"[100] 하고 발음 강의를 하는 나라 일본이지만, 웬일인지 외국어를 별로 잘 못하는 나라로 평가되는 이 기현상은 아무래도 그 훌륭한 콘사이스 덕분이 아닌가도 싶다.

낯선 외국어를 배우는 것은 해도海圖에 없는 바다를 항해하는 것과 같은 것이므로 '확대'지향이라 할 수 있다. 외국어에 약한 건 당연한 것인지도 모른다.

외국어를 배우는 방법에서, 확대지향이 아니라 축소해 손에 넣으려는 경향이 강한 일본인들은 결국 콘사이스 영어로 끝나고 말 때가 많다. 좀 더 현대적인 사람은 마이크로 카세트 테이프의 영어(이것만 있으면 괜찮을 것이라는 그 심리로)로 졸업하기도 하지만……

작은 책 속에 '동서고금의 전적典籍'을 모두 집어넣었다는 축소 문화의 책 문고본과 수만의 단어를 한 줌의 작은 사전에 빠짐없이 채워놓은 축소지향의 사전, 콘사이스. 그것을 손에 드는 것만으로도 일단 교양을 얻은 것 같은 기분이 들기 때문에 문고본과 콘사이스는 일본인의 미니 지식을 키운 작은 두 수레바퀴였는지도 모른다.

---

100) 다케무라 겐이치[竹村健一]란 평론가가 소스 광고에서 말하는 대사.

노멘형[能面型]

스톱 모션의 파도

호쿠사이[北齋][101]가 그린 바다 경치에는 보통 동양화와 다른 점이 있다(화보 참조). 그 파도를 보는 순간, 사람들은 눈을 크게 뜨고 숨을 죽이며 감탄의 소리를 지르지 않을 수 없을 것이다.

"감정은 무너지는 파도에 삼켜진다. 우리는 그 용솟음치는 움직임 속에 들어가 높아지는 파도와 그 중력 속에 긴장감을 느끼고, 물마루[波頭]가 하얗게 부서질 때 우리 자신이 이질적인 무엇인가에 노여움의 손톱을 뻗는 느낌을 갖는다."(『예술의 의미』)

이렇게 평한 허버트 리드의 말은 거짓이 아니다. 그러나 이 그림의 파도를 보고 왜 그런 느낌이 솟구치는지는 이 평만으로 납득하기에 부족한 느낌이 든다.

---

101)   가쓰시카 호쿠사이[葛飾北齋]. 에도 시대의 우키요에[浮世繪] 화가(1760~1849). 〈부옥 36경 富嶽三十六景〉 중 〈가나가와 난바다 속[神奈川沖浪裏]〉은 그 대표작.

사람들은 여기에 여러 가지 그럴듯한 이유를 붙일 수 있을 것이다. 노한 파도에 바싹 다가선 대담한 구도라든가, 일차원의 선으로 파도의 삼차원적인 볼륨을 나타낸 것이라든가 혹은 멀리 보이는 후지[富士] 산의 부동성不動性과 파도 사이로 빨려 들어가는 뱃머리의 대비라든가……. 그러나 나에게 그것을 한마디로 설명하라고 한다면, '호쿠사이는 스톱 모션으로 파도를 그렸기 때문'이라고 말할 것이다.

파도는 끊임없이 움직인다. 한순간이라도 그 움직임을 멈춘다면 이미 그것은 파도가 아니다. 파도는 꽃이나 나무가 아니며 더구나 산과 같은 사물이 아니다. 그것은 움직임 그 자체인 것이다.

그런데도 호쿠사이는 거칠고 광적인 그 움직임을 순간의 사물로서 우리에게 제시해놓았다. 마치 그 정밀성을 세계에 자랑하는 일본제 카메라가 에도 시대부터 있었던 것처럼 그는 2,000분의 1초의 셔터로 움직이는 파도를 찍은 것이다. 그래서 파도의 스톱모션 혹은 슬로 모션과 같은 효과가 나타난다.

그러므로 부서지는 거친 파도의 흰 비말飛沫이 그 그림에서는 하나하나 얼어붙은 점이 되어 공간을 가득 채우고 있는 것이다. 수평선으로 퍼져가는 파도의 무한한 확산과 그 연속적인 시간은 커다란 하나의 파도로, 한순간의 움직임으로 축소되었다.

원래 파도는 '확대지향'을 나타내는 대표적인 이미지이다. 그래서 움츠러드는 것보다는 환상의 먼 세계에서, 그리고 확산하는 생명에서 아름다움을 구했던, 보들레르를 비롯한 서구의 낭만주의 문학가들은 파도를 핵심적인 이미지로 삼아왔다.

그러나 호쿠사이의 파도는 확대의 공간을 거부하고 있다. 그 막막한 연속체와 확산적인 움직임을 축소의 세계로 바꿔버렸다. 그래서 파도라기보다 연산連山의 협곡峽谷을 보는 느낌을 준다. 그런데도 거기에는 바다의 광활함과 격한 움직임이 내포되어 있다. 말하자면 영화에서 빠른 움직임을 그대로 찍은 동작보다 슬로 모션으로 찍은 동작이 훨씬 스피드감이나 박력감을 주는 것과 같은 효과이다.

영화나 텔레비전에서 자주 쓰이는 고속 촬영 기법은 누가 어디서 착상한 것일까 하는 영국의 우스갯소리가 생각난다. 그것은, 인색한 스코틀랜드인이 레스토랑에서 식사를 하고 난 뒤 돈 내기가 아까워 미적거리며 카운터까지 걸어가는 동작에서 단서를 얻었다는 것이다. 그러나 스톱 모션이나 슬로 모션의 카메라 워크는 그런 농담보다 영화나 텔레비전이 나오기 훨씬 이전에 호쿠사이의 우키요에[浮世繪][102]와 노가쿠샤[能樂者][103]가 발명한 움직임이라고 하는 편이 옳을는지 모른다. 왜냐하면 스톱 모션이나 슬로 모션은 '움직임을 축소한 미학'이기 때문이다. 그리고 그러한 미

---

102) 에도 시대에 생긴 풍속화로서 창녀나 연극 배우를 닮은 얼굴 따위를 제재題材로 한 것.
103) 일본의 대표적 가면 음악극을 하는 사람.

학은 축소지향의 일본 문화에서는 옛날부터 있어왔다.

지금까지 우리가 보아온 축소형은 주로 공간적인 것이었으나, 파도를 스톱 모션으로 나타낸 호쿠사이류의, 혹은 노[能]의 그 느릿느릿한 몸짓은 행동의 시간적인 축소이다.

600년 가까운 세월 동안 다듬고 다듬어진 노의 양식에서는 한두 발짝 앞으로 나가는 것만으로 새로운 세상을 향해 내닫는 결의를 나타내고, 뒤로 한 발 물러나는 것으로 세상이 무너지는 절망감을 나타낸다고 한다. 극도의 움직임을 표현하기 위해 오히려 가만히 서서 움직이지 않는, '가마에(자세를 취하다)'라는 노의 동작도 있다. 말하자면 그저 한 위치에 가만히 서 있는 것으로서 움직임을 나타내는 연기이다. 그것을 어느 비평가는 '아주 빠른 속도로 회전하고 있는 팽이가 정지한 것처럼 보이는 것'과 같은 이치라고 설명한다.

'가마에'라는 동사가 뜻하는 자세

호쿠사이는 모든 파도의 움직임을, 모든 파도의 연속성이라는 그 시간을 하나의 형태, 하나의 순간으로 축소했다. 그 그림을 인간의 생활 장소로 옮겨 오면 '가마에構え'의 모습이 된다. 검도나 유도의 기본 자세 같은.

어렵게 생각할 필요는 없다. 일본에서는 궁도弓道, 화도華道, 다도茶道 등 '도道'가 붙어 있는 것이면 무엇이든지 '가마에'로부터 출발한다. '가마에'란 모든 동작, 앞으로 일어날 혹은 이미 있었던 모든 움직임을 하나의 자세로 '축소한 형태'이다. 거기서 시작해 거기에서 끝나는 구조를 가진 찰나의 움직임이다. 그러므로 하나하나의 동작을 나타내는 스타일이나 폼form과는 전혀 다른 뜻이다. 한국말에는 '가마에'를 뜻하는 말 자체가 없다. 물론 '자세姿勢'와 비슷한 말이지만 '가마에'는 그렇게 정태적靜態的인 것은 아니다. '자세'란 말은 일본어에서도 한자 그대로 쓰이고 있다. 그런데도 그 말과는 달리 '가마에'란 토착어가 있는 것을 보면 그것은 일본 특유의 것이라는 증거이다. 호쿠사이가 그린 파도는 '파도의 가마에'라 해도 될 것이다. 움직이고 있는 한 순간의 정지靜止이므로.

그래서 일본인들이 곧잘 쓰는 말 중에서 '게이코[稽古]'[104]는 이 '가마에'를 익히는 연습이라고 해도 과언이 아니다. 나카무라 하지메[中村元] 씨는 일본 불교의 특수성의 하나로 즉신성불卽身成佛 사상, 즉 마음이 깨닫는 것이 아니라 몸이 깨친다는 것을 주창한 도겐[道元][105]의 말을 인용한다.

"마음의 염려지견念慮知見을 모두 버리고 그저 똑바로 앉으면

---

104) 기술이나 교양을 배워 익혀가는 것.
105) 가마쿠라 시대의 인물. 선종[禪宗]의 일파, 조동종[曹同宗]의 시조(1200~1253).

도道와 가까워지느니라. 그럴진대 도를 얻는 것은 올바른 몸으로 얻는 것이니라. 그럼으로써 앉는 법만을 익혀 행할 것을 권하는 바이다."

앉는 것을 중시한 이 말은 곧 '가마에'를 선禪의 중심에 두었다는 의미이다.

궁도도 마찬가지다. 앉는 '가마에'만 제대로 되면 저절로 깨닫게 된다는 도겐의 가르침처럼 일본의 궁도는 화살이 표적에 맞지 않아도 상관하지 않는다. 다만 활을 든 '가마에'가 잘되었는가만을 문제 삼는다. '가마에'가 잘되어 있으면 언제고 화살은 저절로 맞게 마련이라는 생각이다.

현대는 야구에서 그것을 볼 수 있다. 『국화와 배트』[106]를 쓴 화이팅의 비평에 의하면, 미국에서는 대부분의 선수가 폼이나 스타일 따위에는 상관하지 않고 좋은 공을 때리는 데에만 신경을 쓴다. 그러나 일본에서는 좋은 야구 선수란 자기 자신의 신체의 움직임을 언제나 올바른 폼에 합치시키는 자를 뜻한다. 그것만 완성되면 다른 것은 자연히 따라온다는 것이다. 화이팅 씨는 그 글에서 폼, 스타일이란 말을 쓰고 있지만, 그것을 순수한 일본 말로 표현한다면 바로 '가마에'가 되는 것이다. 일본인들은 외국에서 들여온 야구도 옛날의 활쏘기와 다름없는 '가마에' 중심의 것으

---

106) 일본의 프로 야구를 통해서 본 일본인론.

로 만들어버린다.

애기가 좀 빗나가는 것이기는 하나, 무가武家 사회의 전통을 지닌 일본 문화는 누가 뭐라 해도 칼[刀]의 문화이다. 일본도日本刀가 장식물이 된 오늘날에도, 일본 말 속에는 여전히 그 칼과 연관된 숙어가 시퍼렇게 살아 있다.

배신을 '우라기리裏切り'라고 하는데, 그것은 뒤에서 칼로 찌른다는 뜻이다. 한국에서는 생선 토막이라 하지만, 일본에서는 칼로 벤 '기리미[切身]'라 하고, 뭔가 산뜻한 맛을 칼로 베는 감각에 비교해 '기레아지[切味]'107)라고 한다. '깃테(우표)', '기리메[切目]', '기리모리[切盛]'108) 등 칼로 자른다는 '절切' 자가 붙어 다니는 말은 삼태기에 쓸어 담을 정도로 흔하다. 그리고 옆에서 돕는 것을 '스케다치[助太刀]'라 하는데 문자 그대로 표현하면 사람을 자르는 긴 칼[大刀]로 도와준다는 말이다. 진지하다는 뜻으로 쓰이는 '신켄[眞劍]'이란 말은 원래 나무칼이 아닌 '진짜 칼'이라는 뜻이었다. 진짜 칼로 싸우면 진지해지지 않을 수 없기 때문이다. 텔레비전 프로를 봐도 '에도[江戶]를 자르다[斬]', '어둠[闇]을 자르다[斬]' 등의 시대극은 물론 좌담회나 해설에서도 '○○를 자르다'라는 표현이 흔히 쓰인다. 일본에 와서 얼마 안 되었을 때 '동대생東大生을 자

---

107) 칼이 잘 드는 정도를 말한다.
108) 음식물을 알맞게 그릇에 담음. 어떤 일의 처리.

르다[斬]'라는 신문의 표제를 보고 깜짝 놀란 적이 있었다. 물론 동대생의 의식 조사에 관한 기사였다. 붓이 지배하는 선비의 나라 한국에서는 원고를 제 시간에 내는 것을 '마감'이라고 하지만, 칼이 지배하는 일본에서는 '시메키리締切り'라고 한다. 죄어서 자른다는 것이다.

얘기를 원위치로 돌리자. 일본 문화는 뭐니 뭐니 해도 칼[刀]의 문화라고 했다. 때문에 '가마에構え'의 전통은 역시 검도에서 찾는 것이 정석이다. '가마에'란 무엇인가. 검도 9단인 사토 사다오[佐藤貞雄] 사범의 저술[109]에서 직접 살펴보자.

"검도는 '가마에'에서부터 시작된다. 그래서 검도를 배우는 사람에게 우선 한마디로 당신은 아직 '가마에'를 모르고 있습니다"라고 말한다.

사토 사범은 '가마에' 자세를 취하는 것뿐만 아니라 반드시 기합氣合, 기쿠바리(신경을 씀)와 같은 정신력을 더한 경우에만 '미가마에루'라는 말을 쓸 수 있다고 말한다. 죽도竹刀가 아니라 진짜 칼[劍]을 쥐고 상대 앞에 서면 몸도 마음도 긴장한다. 그래서 저절로 '가마에'가 생겨난다. 즉 '가마에'란 정신을 집중하는 것이다.

또 사토 사범은 부모의 원수를 갚기 위해 칼을 전혀 쓸 줄 모르

---

109) 『나의 검도 수도[私の劍道修道]』.

는 효자 농부가 검술의 명인 미야모토 무사시[宮本武藏][110]에게 찾아온 이야기를 소개하고 있다. 무사시는 꼭 한 가지만 전수했는데, 그것이 기술이 아니라 올바른 '가마에'였다는 것이다.

무사시는 효자에게 부모의 원수를 만나면 바로 눈을 감으라고 전한다. 적의 살기를 느끼면 자세를 취했던 칼을 그냥 앞으로 내뻗기만 하면 된다는 것이다. 과연 효자를 만난 적은 빈틈없는 '가마에'에 초조해서 정신없이 장도[大刀]를 휘둘러 내리쳤다. 효자가 당했구나 하고 생각하는 순간 피를 흘리고 쓰러진 것은 바로 그 덤벼든 적이었다.

이 이야기만으로도 '가마에'가 검술의 모든 동작과 그 정신을 하나의 움직임으로 응축한 자세임을 알 수 있다. 그러므로 '가마에'만으로도 그 사람의 검도 솜씨와 품위를 알 수 있다고 사토 사범은 자신 있게 말한다.

무술이나 도道에서만이 아니다. 일상생활에서 개인이건 단체이건 '가마에'를 가지고 살아가는 것이 일본인들이다. 앞으로 일어날 것과 그에 대결해 가려는 태도, 상대방에게 마음을 주지 않고 무엇이든 겨루는 마음, 방심하지 않는 정신 집중이 모두 그것이다. 그것을 일본인은 '고코로가마에(마음가짐)'라고 한다. '가마에'에는 몸을 '가마에루' 하는 가시적인 '미身가마에'와 마음을

---

110) 에도 초기의 검호劍豪.

'가마에루' 하는 불가시적인 '고코로心가마에'가 있는 셈이다. 그 '가마에'가 있었기 때문에 패전 후의 일본인들은 폐허의 잿더미 속에서도 경제 대국이라는 금덩어리를 파내게 되었는지도 모른다.

노멘[能面]의 '중간 표정'론

'가마에'란 여러 가지 동작, 여러 가지 시간을 하나의 형태로 또 하나의 순간으로 축소한 것이라는 점을 다시 한 번 생각해보자. 그러면 감정의 '가마에'를 하나의 표정으로 축소하면 대체 어떤 얼굴이 될까 의문이 생길 것이다. 그 답은 노멘[能面][111]에 있다.

세계 어느 민족이나 가면은 있다. 일본의 가면[能面]이 그것들과 어떻게 다른가를 비교해보면 일본인의 특성을, 일본 문화의 얼굴을 볼 수 있을지도 모른다. 가면이란 그 민족의 심층에 있는 마음의 얼굴이므로 백인이라든가 황색 인종이라든가 하는 외면의 얼굴, 피부색으로 판단하기보다 가면으로 분석해보는 게 훨씬 효과적일 수 있다.

일본 가면의 특색은, 다른 축소 문화와 마찬가지로, 시대가 흐를수록 넓고 큰 것으로부터 점점 작아지고 좁아지면서 완성되어

---

111) 노가쿠[能樂]에 사용하는 가면.

간다는 데 있다. 기가쿠[伎樂]¹¹²⁾ 등에서는 과장되고 무표정한 것이 되어버렸다. 그러나 그것은 표정이 없어진 것이 아니라 희로애락의 어느 표정에도 통할 수 있는 중간 표정中間表情인 것이다(화보 참조).

다른 나라의 가면들은 특수 장치에 의해서 표정이 움직이거나 또는 등장인물의 성격에 따라 희로애락의 감정, 즉 화난 얼굴, 웃는 얼굴 등으로 표정이 분명하게 나뉘어 있다. 그러나 일본의 노멘, 특히 시테(주인공)가 되는 젊은 남녀의 가면은 검도의 '가마에' 같이 어떤 감정으로든 옮길 수 있도록 희로애락을 응축한 '중간 표정'을 나타내고 있다. 무엇보다도 가면의 입을 보면 알 수 있다. 노멘에서 입을 꽉 다문 것은 두 종류밖에 없다.

나머지는 입이 약간씩 벌려져 있다. 입을 크게 벌린 것과 꽉 다문 것의 꼭 중간 정도이다. 그러므로 이런 중간 표정은 '노멘 같은 얼굴'이라는 말이 있듯 무표정한 것처럼 보이나 그렇기 때문에 오히려 여러 가지 표정을 고정된 가면 속에 담을 수가 있는 것이다. 말하자면 '가마에'의 표정이다. 그러므로 같은 가면이라도 약간 아래로 숙이면 '구모루(흐리다)'라 하여 슬픈 표정이 되고, 약간 위로 치키면 '데루(개다)'라고 하여 기쁨을 나타내는 밝은 표정

---

112) 가면을 쓰고 음악에 맞춰 춤추는 고대의 무악舞樂. 인도·티베트 지방에서부터 백제를 거쳐 전해졌다고 한다.

이 된다.

얼어붙은 노멘의 표정 그러나 검도 명인의 '가마에'처럼 정지
静止 속에서도 수십 수백의 가능성을 지니고 있는 움직임, 그것이
바로 일본인의 얼굴이기도 하다.

노멘의 이와 같은 축소 형태는 노[能] 무대에서만 볼 수 있는 것
이 아니다. 얼굴의 방향을 약간 돌림으로써 완연히 달라지는 와
카메(여주인공)의 노멘은 길거리에서도 호텔의 로비에서도 국제 회
의장에서도 볼 수 있다.

만면에 미소를 띠고 떡방아 찧듯이 허리를 굽혀 인사하는 얼굴
에는 성실, 공손, 친절, 섬세 등 온갖 형용사가 씌어 있다. 그러나
그 긴 인사가 끝나고 일단 얼굴을 돌리면 '구모루', '데루' 정도가
아니다. 그 표정은 1초 전에 그런 인사를 주고받은 사람의 얼굴이
라고는 믿기 어려울 정도로 냉랭해져버린다.

『국화와 칼』을 쓴 베네딕트의 놀라움은 무엇이었던가! 가미가
제[神風] 특공대[113]의 얼굴만 보면, 일본은 전쟁에 항복했다 할지
라도 결코 미국 군대를 순순히 받아들이지 않을 것이라고 서양
사람들은 누구나 생각했다. 그러나 하루아침에 그들의 얼굴은 백
팔십도 바뀐다. 그들은 공손한 얼굴로 중세의 노예들처럼 승리자

---

113) 일본의 항공 부대로서 태평양 전쟁 때 상대 비행기에 스스로 부딪쳐 자살적인 공격
을 감행했다.

를 환영했으며, 길거리에 엎드려 존경을 표했다. 가미가제 특공대와 함께 또 한 번 세상을 놀라게 한 일본인의 두 얼굴, 노멘의 축소 문화를 몰랐던 구미인들이 그것을 이해하지 못했던 것은 당연하고 당연한 일이다.

호쿠사이의 파도 그림은 정지한 것이 아니다. '움직이는 조각'이라고 불리는 노의 몸짓은 '슬로'로 보여도 느린 게 아니다. 검도의 '가마에'는 그저 서 있는 것이 아니다. 노멘의 표정은 굳게 새겨져 있어도 그저 얼어붙은 무표정이 아니다. 그것은 일전성—轉性으로 변한다.

일순간에 파도는 굴러떨어지고 노[能]의 '스리아시(완만한 발길)'는 불꽃을 튀기고, 꼼짝도 않던 칼[劍]은 번개가 될 것이다. 그와 마찬가지로 노멘은 아주 작은 움직임으로 희로애락의 극과 극을 나타낸다.

이 '가마에'가 인간의 시선으로 옮겨지면 부동의 노멘 표정처럼 무엇인가를 뚫어지게 응시하는 일본 특유의 눈길이 된다.

자세히 보니 냉이꽃이 피어 있는 울타리인가.

[よく見れば齊 花笑く垣根かな]

꼬나보는 것과 물끄러미 보는 것

바쇼[芭蕉]의 이 하이쿠를 보면 시인에게도 칼을 찬 사무라이와 같은 '가마에'가 있음을 알 수 있다. 스즈키 다이세쓰[鈴木大拙][114]는 동서양의 사고방식을 규명하기 위해 이 하이쿠를 테니슨의 시 「갈라진 벽Crannied wall」과 비교한 일이 있다.

동서의 문화를 비교하는 데 불과 두 편의 짧은 시를 인용해 대비하는 그 방법 자체부터가 이미 일본적인 '축소지향'의 발상이지만, 그보다도 바쇼의 하이쿠는 동양적이라기보다는 일본적인 특성을 띠고 있다고 하는 편이 옳을 것이다.

일본 시를 대표하는 전통적인 양식이 '하이쿠'인 것같이 한국의 시를 대표하는 것이 '시조'라는 것을 만일 그가 알고 있었다면, 또 바쇼가 하이쿠를 상징하는 시인인 것처럼 윤선도尹善道가 시조의 대명사와 같은 존재임을 알고 있었다면, 아마 바쇼의 하이쿠를 들어 동양 정신을 대표하려는 만용은 보이지 않았을 것이다.

테니슨의 시와 바쇼의 그것이 다른 것만큼 혹은 그 이상으로 바쇼와 윤선도의 시는 같은 자리에 앉을 수가 없기 때문이다.

　　벽이 금 간 틈바귀에 꽃이 피었다.

---

114)　종교철학자(1870~1966).

틈바귀에서 너를 뽑아서

나는 여기에, 너의 뿌리까지 송두리째

내 손에 쥔다.

오오, 작은 꽃이여.

만일 나, 네가 무엇인가를

온통 뿌리까지 송두리째 모든 것을

알 수 있다면 비로소

나, 신과 사람이 무엇인가를 알리라.

스즈키 다이세쓰[鈴木大拙][115)]가 바쇼의 시와 대비한 이 테니슨의 시가 서구적인 느낌이 드는 것은 두말할 필요가 없다.

바쇼는 꽃을 뽑지는 않았다. 똑바로 잘 보기만 했다. 그러나 테니슨은 무참히 꽃을 뿌리째 뽑아버렸다. 꽃에게 있어 아주 소중한 뿌리를 그 흙으로부터 뽑아냈다.

테니슨이 행동적인 데 비해 바쇼는 정관적靜觀的이며 융합적融合的이다. 그리고 '……인가[かな]'라는 감탄사를 몸소 던지는 바쇼와 달리 테니슨은 '만일(if)'이라는 가정의 지성에 호소해 신과 인간의 비밀을 규정하려고 든다. 이것이 두 시를 비교하는 스즈키의 관점이다.

115) 일본의 불교학자이자 사상가.

그런데 여기 윤선도의 시가 등장하면 스즈키의 비교는 어찌 될 것인가.

> 앞개에 안개 걷고 뒷메에 해 비친다.
> 밤물은 거의 지고 낮물이 밀어온다.
> 강촌 온갖 꽃이 먼 빛이 더욱 좋다.

꽃을 보는 이 또 하나의 시선은, 테니슨은 물론 바쇼의 그것과도 다르다.

윤선도는 테니슨이 아니다. 꽃을 뿌리째 뽑아 해부학자처럼 관찰하려고 하지는 않는다. 그 점은 동양의 시인 바쇼와 다를 것이 없다. 그러나 그는 바쇼와 같이 '잘 들여다보려는' 입장에서도 꽃을 보려고 하지 않는다. 의식적으로 그런 것을 거부한다. 그러므로 "온갖 꽃이 먼 빛이 더욱 좋다"라고 표현한 것이다. 바쇼는 꽃에 가까이 가려고 한다. 똑바로 응시하려는 의지가 보인다. '잘 들여다보려는' 이 의식적인 시선이 강조되면, 끝내는 테니슨처럼 꽃을 뿌리째 뽑게 된다. 일본의 '꽃꽂이'가 바로 그런 것이다.

그러나 윤선도는 의식적으로 꽃을 보려는 의도를, 가까이 가려는 그 의지를 포기한다. 그의 입장에서 보면 테니슨도 바쇼도 똑같이 보일 것이다. 그들은 둘 다 꽃에 접근하려는 행동을 보이는데, 윤선도는 거기서 되도록 멀리 떨어지려고 한다. 자세히 보려고 하면 오히려 잘 안 보인다는 역설을 알고 있기 때문이다.

그래서 이 시인은 응시하지 않고 우두커니 멀리서 바라본다. 그때 꽃은 가장 아름다운 모습을 나타낸다. 즉, "먼 빛이 더욱 좋다"인 것이다. 인간의 관점을 될 수 있는 대로 배제할 때 자연은 있는 그대로의 모습을 나타낸다. 이것이야말로 서구인의 시선과는 다른 동양적인 관조觀照의 태도인 것이다.

바쇼도 동양의 시인이므로 처음에는 우두커니 바라보았을 것이다. 봄 경치, 시골 전체를 먼 빛으로 바라보았을 것이다. 이것이 잘 보려는 마음 이전의 상태이다. 그러나 그는 의미를 갖지 않은 채 봄의 경치를 바라보는 상태에 그냥 머무르려 하지 않는다. 가까이 가서 대상을 '잘 보려고' 한 순간 시가 탄생했다. 역시 그는 동양의 시인이 아니라 축소지향적인 일본의 시인이었기 때문이다.

'잘 보려는' 것은 '응시한다'는 뜻이다. 그것은 어느 대상을 '가마에테(자세를 취함)' 하고 보는 시선이다. 스즈키도 무의식적으로 그 특성을 느꼈던지 '잘 보려는'을 '똑바로 응시하는 시선[じっと見詰める視線]'이라고 해석하고 있다.

한국어에는 의태어나 의성어가 일본어보다 훨씬 풍부해도 '가마에'에 꼭 들어맞는 말이 없듯이 '짓토じっと'에 해당하는 의태어가 없다. 비교적 그것에 가까운 뜻으로 '물끄러미'란 말이 있지만, 그 말맛을 살펴보면 정반대라는 것을 알 수 있다. 윤선도의

시선은 우두커니 보면서도 동시에 정신을 바짝 차리고 어느 한 곳을 집중하고 있는 시선이기도 하다. '물끄러미'는 그런 모순성을 내포하고 있는 복잡한 시선이다.

'물끄러미 본다'는 것은 아무런 '가마에' 없이(계산 없이) 대상을 있는 그대로 바라보는 관조의 시선인 것이다.

결국 바쇼의 시는 일본인 특유의 '가마에의 시선', 꼬나보는 시선으로 꽃을 보고 있는 것이며, 그것은 '짓토じっと' 해보는 행동으로 나타난다. 아무리 자연을 사랑한다 해도 '똑바로 응시하는 그 시선' 앞에서는 꽃도 검객劍客 앞의 적과 같은 존재가 된다.

꽃 앞에서는 무장 해제를 해야 한다. 고양이가 쥐를 겨눌 때에만 '가마에'란 것이 필요하다. 엄마 품에 안기는 어린애에게 무슨 '가마에'가 필요하겠는가? 그러므로 윤선도는 꽃을 응시하지 않고 물끄러미 바라보았던 것이다. 어머니가 품에 안기는 아이를 물끄러미 바라보는 것처럼……

"일을 해도 일을 해도 아직 나의 생활 옹색하거니…… 짓토 손을 본다."[116]

다쿠보쿠[啄木]의 눈은 니힐리스트의 그 허무한 눈이 아니다. 그가 '짓토' 해 들여다보고 있는 한, 일본인이 애용하는 화양합성어

---

116) はたらけどはたらけど / 猶わが生活樂にならざり / じっと手を見る.

[和洋合成語], 간바리즘ガンバリズム[117]으로부터 그다지 멀지 않다.

'간바루がんばる'의 어원은 '눈을 팽팽하게 뜬다[眼張る]'라고 주장하는 학자도 있다. 그렇다면 일본인이 어디에서나 애용하는 '간바루'란 것도 눈을 크게 뜨고 응시한다는 뜻이 된다. 그러면 꽃도 손도 '짓토' 해 뚫어지게 바라보는 그 시인들에의 응원도 '바쇼 간바레(이겨라!)', '다쿠보쿠 간바레!'가 될 것이다. 시인이 별안간 운동 선수가 된 것 같아서 좀 부자연스럽지 않은가.

역시 시의 세계에서는 간바레ガンバレ란 말이 그다지 어울리지 않는 것 같다. 윤선도처럼 가마에를 풀고 물끄러미 꽃과 인생을 바라보는 그 시선은 아무래도 일본적인 것이 못 되는 모양이다.

117) '간바리'는 일본어, '이즘'은 영어로, 맹렬히 노력하는 주의라는 뜻.

문장형 紋章型

보는 문화와 듣는 문화

인간의 오관五官 중에서 가장 대표적인 것은 시각과 청각이다. 인간의 문화는 보는 것과 듣는 것에 의해서 만들어지고 있다. 그런데 이 두 감각을 비교해보면 시각은 축소지향성이, 청각은 확대지향성이 크다고 할 수 있다.

보는 것은 '쓰메루詰める' 할 수 있기 때문에 '미쓰메루(응시하다)'라는 말이 있게 된다. 하지만 듣는 것은 '기키쓰메루聞詰める'라고 하지 않는다. 음은 음파音波를 타고 퍼져간다. 공간과 시간 속에 확산되면서 그 소리는 멀리 사라져버린다. 그 음향이 퍼지는 물결을 응축할 수는 없다. 그러나 보는 것은 공간에 의해 쪼갤 수 있으며, 보는 이의 의지에 의해 선택하고 축소해 볼 수가 있다.

어느 누구보다도 일본적인 시인 잇사[一茶]가 넓은 밤하늘에 펼쳐진 은하수를 찢어진 창호지의 작은 문구멍으로 내다본 것은 이미 앞에서 설명한 대로이다. 그 좁은 창구멍에 의해 넓은 밤하늘과 은하수는 먼지처럼 축소되고, 그것을 바라보는 잇사의 시선에서는 하이쿠[俳句]가 탄생된다. 그것이 바로 "아름답구나, 창호지 구멍으로 내다본 은하수여!"라는 명구인 것이다.

그러나 소리는 귀로 막을 수는 있어도 축소할 수는 없다. 폭포수 소리를 창호지 구멍 틈으로 듣는다 해도 풀잎의 벌레 소리처럼은 되지 않는다.

그렇다. 축소 문화에 강한 일본 문화는 귀로 듣는 것보다는 역시 눈으로 보는 문화라 할 수 있다. 그래서 일본의 회화에 대해서는 아무리 칭찬해도 지나침이 없다고 말한 켐퍼도 음악에 대해서만은 입을 다물고 있다. 일본 예술 중에 회화가 가장 존중되고 있다고 평한 시볼트 역시도 음악에 대해서는 별로 볼 것이 없다고 고개를 젓는다.

일본 문학에서는 소리도 눈으로 보는 공감각적인 표현이 많은데, 그것 역시 시각 위주의 문화를 암시하는 예일 수 있다. "해 진 바다 갈매기 소리 어렴풋이 희구나[海くれて鴨の聲ほのかにしろし]"(芭蕉). "외양간에 모깃소리 어두운 늦더위[牛部屋に蚊の聲くらし殘署かな]"(蕪村)가 그것이다. 시인들은 곧잘 소리에 빛의 색칠을 하고 있다. 하이쿠의 대명사와도 같은 "옛 연못에 개구리 뛰어드는 물소리여[古池や蛙飛びこむ水の音]"도 소리를 눈으로(행위의 세계) 묘사한 수법이라는 점에서는 다를 게 없다.

하지만 아무리 졸졸 흐르는 도랑이라 해도, 그것은 확산의 이미지에 속한다. '물소리'를 영어로 직역하여 'sound of the water'라고 하면, 아무래도 물 흐르는 소리나 시냇물(running stream or brook)이 연상된다. 개구리가 물속에 '퐁당' 하고 뛰어드는 그 응축된 작은 소리의 느낌이 나지 않는다. 그래서 R. H. 블라이스는 일부러 '물소리'를 'plop!'라는 의성어로 바꿔버렸다(The old pond / A flog jumps in— / Plop!). 하지만 별로 잘된 번역이라고 할 수 없으니 딱한 일이다. '미즈노오토(물소리)'라는 일본어도 마찬가지다. 그것 역시 확산적인 느낌을 주는 말이다. 그러나 바쇼는 그것을 '옛 연못[古池]', '개구리', '뛰어들다' 등 세 개의 시각적 이미지로 한정함으로써 '퐁당' 하는 의성어를 쓰지 않고서도 훌륭히 응축된 소리를 만들어냈다. '옛 연못'은 시간을 시각적 공간으로 바꾼 배경이며, '개구리'는 주인공이며, '뛰어들다'는 행동이다. 소설이나 희곡을 지어낼 수 있는 서사 예술의 세 요소要素를 17자에 모두 담고 있다. 그러므로 이 시의 테마(이미지)인 '물소리'는 청각적 표현 이상의 뜻을 갖게 된다.

현대 하이쿠에서도 마찬가지다. 미즈하라 슈오시[水原秋櫻子][118]는 "유리 늪에 폭포 떨어져 유리가 되다[瑠璃沼に瀧落ちきたり瑠璃となる]"라고 읊었다. 폭포를 소리로 표현하지 않고 그 흰 폭포가 늪에 떨어져 유리색으로 변하는 시각적 변화를 묘사했다.

---

118) 다이쇼[大正] 말부터 쇼와[昭和]에 걸친 원로 시인(俳人).

수십 가지 의성어를 써서 '우르르 꽝꽝'이라고 요란스레 표현한 한국의 「유산가遊山歌」와 달리 조용하기만 하다. 이 시인은 폭포를 듣는 게 아니라 응시하고 있기 때문이다. 소리를 색으로 나타낸다는 것은 단순히 귀로 듣는 것을 눈으로 나타낸다는 얘기만이 아니다. 일본인은 애당초 언어와 같은 관념의 세계, 추상적인 그 이념까지도 시각적인 형태로 바꿔서 표현하는 경향이 있다.

『겐지모노가타리[源氏物語]』와 같은 소설을 에마키(두루마리 그림)의 그림으로 옮겨 오기도 하고, 그에 만족하지 않고 하이쿠를 그림으로 옮겨 하이가[俳畵]¹¹⁹⁾를 만들기도 한다.

언어를 회화로 옮긴다는 것은 추상적인 관념을 구상적인 사물로 응축한다는 뜻이다. 그런 의식의 지향이 있기 때문에 일본 불교가 경문이나 교리敎理 같은 이론보다는 가람伽藍이나 불상 혹은 호초니와[方丈庭] 같은 조형造形 중심의 불교가 되어버린 것이다.

윤리적인 면도 예외일 수 없다. 예의범절을 뜻하는 '시쓰케[身美]'라는 특이한 한자는 일본인이 만든 글자로, 일본인에게 한자를 가르쳐준 한국에서나 본고장 중국의 자전에서는 찾아볼 수 없다. 그도 그럴 것이 일본인들은 한국인이나 중국인처럼 예의를 추상적인 것으로 생각지 않고 구상적인 것으로 생각했기 때문에, 말하자면 정신이 아니라 몸을 아름답게 가꾸는 것으로 파악했기

---

119) 일본화日本畵의 하나. 하이쿠 아지[俳句味]가 있는 멋있는 담채화淡彩畵, 혹은 묵화墨畵.

때문에 새 한자를 만들지 않으면 안 되었던 것이다.

신身+미美, 즉 몸을 아름답게 가꾸는 것이 일본인의 예의요 범절인 셈이다. 마음 안에 있는 윤리까지도 사물처럼 가시화可視化한다. 윤리 문제가 회화적 문제가 되는 일본 문화의 그 특성을 잘 관찰해보면, 관념이나 이념의 세계를 하나의 가시적인 사물 형태로 응결시켜 파악하려는 또 하나의 축소지향 형태를 찾아낼 수가 있다. 그것이 동양 문화권에서는 일본에만 있었던 문장 문화紋章文化라는 것이다.

가문家紋의 기원과 한국의 족보

한국에서는 왕가王家에서도 문장紋章이란 것을 쓰지 않았다. 이조 왕가의 문장이 배꽃으로 되어 있으나, 그것은 구한말舊韓末(아마 일본의 영향일 것이다)의 일이었다. 중국에서도 용龍을 황제의 상징으로 삼기는 했으나 황실의 문장으로 사용된 적은 없었다.

그러나 일본은 그 역사로 보나 종류로 보나 도안圖案 자체로 보나 문장 문화가 유럽을 앞선다.

가문家紋의 기원을 처음으로 연구했다는 야마가 소코[山鹿素行][120]의 주장(『무가사기武家事記』)을 믿는다면 그것은 '쇼토쿠다이시

---

120) 에도 중기의 유학자, 병법가(1622~1685).

[聖德太子]'[121) 때부터 시작된 것이며, 집집마다 가문으로 사용된 것은 가마쿠라[鎌倉] 시대의 '요리토모[賴朝]'[122) 때부터의 일이다.

또 『신쇼[紳書]』에서 아라이 하쿠세키[新井白石][123)는, 원래 가문은 인세이[院政][124) 시대부터 가마쿠라 시대에 걸쳐 구게[公家]에서 기누가사[蓋]와 수레를 식별하기 위해 표시한 것이 그 문장紋章의 시작이며 그것이 나중에 가문이 되었다고 적고 있다.

그것이 자기편과 적을 구별하고 자기의 무구武具를 표시하기 위한 전쟁터의 산물이었건, 혹은 지금의 자동차 번호판과 같은 용도에서 생겨난 것이든, 또 그 기원 연대가 어떻든 간에 중요한 것은 왜 일본에는 귀족뿐만 아니라 상인, 농민까지 모두 가문이 있고 심지어 기생들까지도 그것을 사용했는가 하는 것이며, 그래서 전성기의 에도[江戸] 시대에는 문장이 1만 2000종에 달하는 붐을 일으켰는가라는 그 문화적 현상에 대한 해석인 것이다. 하오리 하카마의 일본 의상이 결혼식장에 갈 때 양복으로 바뀐 오늘날에도, 가문은 시퍼런 눈을 뜨고 넥타이에 붙어 다닌다. 이른바 결혼식장에 갈 때 매는 가문 넥타이가 그것이다.

---

121) 아스카 시대의 중심적인 인물(574~622).

122) 가마쿠라 막부幕府를 열었던 미나모토노 요리토모[源賴朝].

123) 에도 중기의 학자, 정치가(1657~1725).

124) 옛날 상황上皇이나 법황法皇이 천황天皇을 대신하여 그 거처인 원院에서 행한 정치. 사라카와[白河] 상황의 시대(1086)에 시작되었다.

일본 지사케[地酒][125] 반포협동조합頒布協同組合에서는 관혼상제에 쓸 수 있도록 664개의 가문을 라벨로 인쇄한 '가문의 술[家紋の酒]'을 발매하기도 한다. 그것으로 일본 전국 가문의 95퍼센트를 커버할 수 있다니, 현대에 있어서도 여전히 일본은 세계 제일의 가문 나라라 해도 과언이 아니다.

그런데도 아이러니한 것은 일본 학자들이 가문을 하나의 문화 현상으로 포착하고 그것을 분석해본 적은 별로 없다는 사실이다. 최근 와타나베 쇼이치[渡部昇一][126] 씨가 그것도 주간지의 「고어속해古語俗解」라는 에세이 연재에서 잠깐 언급했을 뿐이다.

"선진국을 선진국이게끔 만든 공통점은 근대화의 전 단계로서 발달한 봉건 제도가 있었다는 것이다……. 봉건 제도는 가계家系를 존중하는 제도다. 따라서 가문이 발달한다. 서유럽과 일본은 상호 영향 없이 가문을 발달시켰다. 지금 선진국이라고 불리는 나라가 어느 나라나 가문을 발달시킨 나라였던 것을 지적한 책을 아직 보지는 못했으나 사실은 그렇다."

그러나 와타나베 씨의 이 발언은 바람이 불면 통집[桶屋]이 돈을 번다는 식의 기괴한 논법을 연상시킨다. 선진국과 가문의 연관성은 그만두고라도 가계를 존중하는 제도로부터 가문이 생겼다고

---

125) 그 지방에서 만들어진 정종正宗.
126) 영문학자·평론가, 상지대학上智大學 교수.

하는 것은 논리의 비약이 이만저만이 아니다. 전통적인 유교국이었던 한국에서는 일본 이상으로 가계를 존중하는 문화였었는데도 가문은 없었다. 일본에서는 자기 기억에 있는 바로 윗대의 선조만 제사 지내지만, 한국에서는 몇 대 전 선조까지 거슬러 올라가 제사를 지낸다. 그런데도 한국이 만든 것은 문장紋章이 아니라 몇십 대 전 선조의 이름까지 정확하게 기록된 '족보族譜'였다.

그것은 가계를 존중하는 방법의 차이이지 존중하고 안 하고 하는 것과는 아무 상관이 없는 일이다.

오히려 그보다는 어째서 가계 존중의 방법이 일본에서는 '가문'으로 나타났고, 한국에서는 '족보'로 구현되었는가 하는 차이를 따져봄으로써 양국 문화의 특성을 찾아내는 것이 더 타당할 것이다.

가계를 관념적 시스템으로 나타낸 것이 족보이다. 식물이나 동물의 유형학 분류표처럼 도식화된 족보는 호적처럼 등록되고 보존되어 서가에 꽂을 수 있는 서책이 된다. 관념적 문자 존중의 문화적 산물이다. 선비 문화란 모두 그런 것이다.

그것에 비해 문장은 가계의 역사성과 그 집단을 감각적인 표상의 형태로 나타낸 것이다. 시스템이 아니라 도형성이다. 문장은 족보처럼 서가에 보존되는 서적의 문자가 아니라 깃발처럼 많은 사람 눈에 보이는 전시적 상징물이다.

족보 문화에서는 사람을 만났을 때 그 본관本貫을 묻고 이름의

항렬자行列字를 물어 그 사람의 가계와 혈통을 계보적으로 측정할
수 있으나, 가문 문화에서는 그렇지가 않다. 그것은 시간적이 아
니라 공간적이다. 일본인은 혈연관계가 전혀 없는 사람을 양자로
들여오기도 하고, 또 한집안이라도 성을 바꾸는 일이 많다. 형제
라도 제각기 성이 다른 예도 있다. 일본 여자는 시집가면 남편의
성을 따르나, 자기 집 문장만은 바꾸지 않는다.

　무엇보다도 문장은 족보와 달라서 관념으로 따지는 것이 아니
라 감각으로 보는 것이다. 문장은 관념 문화가 아니라 감각 문화
이다. 결국 추상적인 족보 문화는 '확대지향적'인 것인 데 비해,
구상적인 '문장 문화'는 '축소지향적'인 것이라 할 수 있다. 복잡
한 사물 형태가 극도로 단순화되어 선과 원 등으로 도안화된다.
문장이라는 그 형태 자체가 이미 '축소지향적' 문화라는 것을 알
수 있다.

　오동나무 잎을 단순화한 다이코[太閤][127]의 기리몬(오동 무늬)은 도
요토미[豊臣] 가家의 영광과 쇠멸의 빛을, 아오이몬(접시꽃 무늬)의 세
잎 접시꽃 무늬[三葉葵]는 도쿠가와[德川] 300년의 권위와 15대에
걸친 장군의 모습을, 금빛 국화[十六葉八重表菊]의 둥근 문장은 황실
의 신성神聖과 혹은 과거의 군국주의 일본 전체를 느끼게 한다.

---

127)　섭정이나 태정대신太政大臣의 높임말. 특히 도요토미 히데요시[豊臣秀吉]를 일컬을 때
가 많다.

문장은 옷을 비롯하여 문이나 건물, 술잔, 초롱에 이르기까지 온갖 것에 장식되어 있어 사람들의 뇌리에 새겨진다. 그 상징물은 조건 반사적인 반응을 일으킨다. 일본 텔레비전의 인기 시대극 〈미도 고몬[水戸黃門]〉[128]의 마지막 장면은 으레 접시꽃 문장이 찍힌 인로[印籠][129]가 등장하는 것으로 끝난다. 도쿠가와 가의 그 문장을 보자마자 사람들은 깜짝 놀라 '하! 하! 하!' 하고 땅에 엎드린다. 방울을 흔들면, 침을 흘리는 파블로프의 개들인 것이다.

그러므로 가문은 어느 가계를 설명한다기보다는 집 그 자체를 반영反映한다고 하는 편이 옳다. 그리고 보면 문장 문화에서는 실체實體보다도 문장 쪽이 오히려 주가 되는 주객전도의 현상이 생겨나기도 한다. 기독교의 십자가, 불교의 만卍 자를 봐도 알 수 있다. 그 종교의 교리나 역사, 조직 등은 관념적인 것이어서 손으로 만지듯 알 수 있는 것이 아니다. 그러나 그것을 문장 형태로 나타내면 쉽게 볼 수가 있고, 이념이 없어도 그 상징 조작만으로 사람들을 뭉치게 할 수가 있다. 십자가라는 구체적인 형태가 있기 때문에 순교자는 그것에 의지해 죽을 수도 있는 것이다.

세속적인 세계에서는 '나치'의 하겐크로츠[130]가 그런 역할을

---

128) 에도 초기의 미도[水戸] 번주藩主. 도쿠가와 미쓰쿠니[德川光國]의 이칭異稱.

129) 약 따위를 넣는 작은 함.

130) 철십 자 문장.

했다. 나치가 아니더라도, 정도의 차이는 있으나 국기와 애국심 관계 같은 것이 바로 그것이다. 근대 국가는 모두 깃발과 같은 상징 조작을 통해 국민을 규합하고 그 위세를 외국에 과시한다. 족보가 그 나라의 역사책이라면 문장은 그 나라의 국기이다.

이런 방법을 일본에서는 옛날부터 각 가계에서 사용해 왔다. 그래서 혈연적인 것이 아니더라도 자기가 속해 있는 '집[家]'에 대한 충성심과 일체감의 집단주의를 만들어낼 수 있었다.

가문이 운명 공동체적인 무가 사회武家社會의 명예의 상징이었던 것처럼, 절에서는 지몬[寺紋]을, 신사神社에서는 신몬[紳紋]을 사용했다. 뿐만 아니라 일본에서는 특수 집단이 있으면 으레 가문과 같은 상징물을 사용해 왔다.

일본 상인은 노렌을 소중히 한다

집안의 명예와 단결을 표시하는 가문이 노동자 세계에서는 '한텐[半纏]'이 된다. 한텐이라는 말은 망토처럼 위에 입는 상의上衣라는 의미의 포르투갈어에서 나왔다고 한다. 단순한 노동복이라기보다는 자기가 소속해 있는 집단을 공중에게 보이는 표지標識이다.

가계의 긍지나 혈연이 응결된 것이 가문이라 한다면, 공장인工匠人의 기술과 근성 그리고 책임이 상징되어 있는 것이 한텐이라

할 수 있다. 등에 커다랗게 염색된 조組의 상징 표시는 자신의 소속을 만인에게 보이고 다니는 것이므로 개인의 행동이라도 곧 그 조 전체에 영향을 주게 된다.

그러므로 한텐을 입고 있는 한, 개인은 그 개인의 얼굴보다도 집단의 얼굴에 구속된다. 그 집단의 얼굴이 자랑스러운 것이라면 한텐을 입은 개인의 얼굴도 자랑스러운 것이 된다. 장인匠人의 기술, 오랜 역사, 엄격한 책임 등이 한텐의 무늬에 새겨져 있다.

이와 같은 상징을 상가商家에서는 '노렌[暖簾]'이라고 한다. 한텐이 노동복이자 동시에 장인의 문장 역할을 한 것처럼, 노렌은 가게 앞에 걸어서 햇빛을 가리는 차양과 바람막이 구실을 하면서도 동시에 그 상가의 상징 표시가 되는 것이다. 상인은 자신의 신용과 친절을 '노렌에 걸고' 일한다. 상인은 가게가 불타버려도 노렌만은 건져서 군기軍旗와 같이 소중히 지킨다. 그것은 그저 때 묻은 낡은 헝겊 조각이 아니기 때문이다.

반대로 말하면 우리는 의복에 염색되어 있는 가문家紋의 무늬를 보고 곧 그 사람의 가계를, 즉 그 명예와 권위의 역사를 읽고, '한텐'을 입은 장인을 보고 그의 기술과 책임 의식을, 또 상점의 '노렌'을 보고 그 가게의 신용도를 판단하게 되는 것이다.

가문도 한텐도 집단의 추상적인 명예, 신용, 책임 등을 하나의 시각적 기호로 나타낸 '축소'의 한 양식이다. 관념이나 조직 등을 하나의 마이크로로 응축한 이 축소지향이 다름 아닌 일본의 역사와 사회 조직을 지배해 온 힘의 하나라고 할 수 있다.

개인은 '문장'에 의해 그 집단과의 일체감을 쉽게 얻게 되며, 사회 전체는 그 문장의 구별에 의해 집단적 질서를 유지해 간다.

현대의 문장은 미쓰비시[三菱]라든가 미쓰이[三井]와 같은 회사의 마크가 되어 회사원 각 개인이 깃에 달고 다니는 배지가 되었다. 그리고 그 집단에서 생산된 제품에 붙어 다니는 '소니'나 '내셔널' 등의 상표는 옛날의 그 아오이몬[葵紋]이요, 기리몬[桐紋]인 셈이다. 사무라이가 가문에 걸고 싸우듯이, 장인은 '한텐'에 걸고 일하며, 상인은 '노렌'에 걸고 신용을 지킨다. 그 전통이 현대 회사원에게 이르면 배지와 '트레이드 마크'에 격려되고 또 구속당하면서 일생을 살아가게 되는 것이다.

이 문장형紋章型 인생으로부터 좀처럼 빠져나갈 수 없는 것이 바로 일본인으로 태어난 운명이기도 하다. 번藩의 문장에 소속되어 한평생을 살지 않으면 사무라이는 로닌[浪人][131]의 신세가 되어 외톨박이[一匹狼]로 고난의 날을 보내게 된다.

일본인의 집단주의는 문장형에 그 성격이 있기 때문에 이념 추구라기보다는 맹목적인 집단 추구로 흐르는 수가 많다. 그것이 어떤 성격의 집단인가 하는 것보다 그 집단의 어디에 소속되어야 하는가가 더 중요한 일이 되기 때문에, 일본인은 어제의 적이라

---

131) 자기가 모시는 영주를 떠나 봉록封祿을 잃은 무사.

도 그 집단에 들어가면 충성을 다한다. 마치 상대편에서 잡은 말을 버리지 않고 자기 말로 쓰는 일본 장기의 특색과 똑같은 것이다.

그러므로 일본인은 생리적으로 혼자 있으면 견딜 수 없는 불안을 느낀다. 하나의 '틀[紋型]'이나 조직에 들어가 있으면 오히려 마음이 가라앉는다. 그래서 자유로운 여행까지도 관광 회사의 깃발 아래 모여 단체 행동을 하는 것이 일본인인 것이다. 그리고 그 문장이 나라 전체에서는 기旗가 되고, 사람으로서는 천황天皇이 된다. 일본의 천황제가 예로부터 정치의 중심보다도 일본 국민을 결합하는 살아 있는 상징으로 있어온 것은 누구나 다 아는 평범한 상식이다.

일본인은 왜 명함을 좋아하나

조지 랜버트 씨는 『홍모일본담의紅毛日本談義』라는 책에서 '메이시(명함)'와 '메시(밥)'를 잘못 발음해 명함을 맞추러 가서 볶음밥을 먹는 소동을 일으켰다는 거짓말 같은 경험담을 쓰고 있다. 그러나 그 얘기를 들으면 단순한 농담이 아니라 가슴에 와닿는 무엇이 있다.

일본인에게 있어 명함은 정말 '밥'과도 같은 것이기 때문이다. 밥으로 생명을 유지하며 명함으로 사회생활을 유지하기 때문에,

하루도 없어서는 안 될 것이 명함이요, 밥인 것이다.

내가 처음 일본에 가서 쥐구멍을 찾고 싶었던 실패담도 다름 아닌 그 명함 때문이었다. 물론 랜버트 씨같이 밥집에 들어가 명함 100장을 시킨 것은 아니다. 명함을 미리 준비해 가지 않은 탓으로 '처음 뵙겠습니다'라는 초면의 근엄한 인사가 그만 만신창이가 되어버렸다는 이야기이다. 명함집을 겨우 찾아 그것이 완성될 때까지 일주일 동안 실로 나는 '미장트로피슴[厭人症]'의 열병을 앓아야만 했던 것이다.

일본 사람들은 처음 사람을 만나도 명함을 보기 전까지는 그 얼굴을 안 본 것처럼 생각한다. 명함집의 선전 문구에 '명함은 당신의 얼굴'이라는 말이 있는데, 실로 진리이다.

여기에서 처음 만나는 일본인들의 인사 광경을 상상해보자. 거친 미국의 서부 개척자들은 모르는 사람을 만나면 우선 그 손이 허리에 찬 권총으로 가지만, 다정한 일본인의 손은 대뜸 윗옷 안 주머니로 향한다. 그리고 명함을 꺼내(그 시간이 너무 길면 감점을 당하게 된다) 정중하게 머리를 숙이고 그것을 상대방에게 건네준다. 명함을 받으면 그것을 한참 동안 들여다보지 않으면 안 된다(이번에는 반대로 그 시간이 너무 짧으면 감점이 된다). 사람 얼굴보다 그 사람을 축소한 명함의 얼굴을 더 자세히 봐야 한다. 아니 얼굴이라기보다 명함의 '가다(어깨)'를 봐야 한다. 이름 옆에 있는 이른바 '가타가키肩書き'라는 그 직함을 읽는 것이다. 그때의 표정이 외국인에게는 제일 어

려운 순간이다. 초면 의식儀式의 성공 여부는 상대방의 명함을 받고 직함을 읽는 그 표정, 무슨 중대한 사실이라도 발견한 듯 약간 놀라는 표정, 가볍게 무엇인가 수긍하는 것 같은 표정을 짓는 데 달려 있다(그 직함의 무게에 따라 끄덕이는 횟수를 조정하지 않으면 안 된다). 그리고 무엇보다 조심해야 할 것은 그 명함을 소중한 물건처럼 엄숙하게 호주머니에 넣어야 한다는 점이다.

만약 명함을 받는 순간 보지도 않고 구겨진 손수건처럼 마구 바지 주머니 같은 데 쑤셔 박는 사람들이 있다면 일단 일본에서 생활할 생각은 단념해야 한다. 일본인들은 사람의 얼굴을 봐도 그 사람을 모른다. 명함을 보고 나서야 비로소 아는 것이 문장紋章의 나라 일본인의 사고방식이다. 그러므로 사람을 별로 신용하지 않아도 그 사람의 에센스를 축소해놓은 명함만은 잘 믿는 풍토여서, 명함 사기 사건도 명함 장수만큼이나 많다고 한다.

물론 명함이 일본에만 있는 것은 아니다. 그것 역시 수입 문화이다. 일본인이 현재와 같은 명함을 사용하기 시작한 것은 약 1세기 전인 만엔[萬延] 원년[132], 파견 사절로 미국에 갔다 온 신미 마사오키[新見正興] 등이 처음 들여오고부터라는 말이 있다. 그러니 그 역사도 길지는 않다.

중국에서도 오래전부터 사용되었고, 서양에서는 루이 14세 때

---

132)   1860년을 가리킨다.

프랑스에서 사용되었으며, 루이 15세 때는 벌써 현재와 같은 동판 명함이 사교계에 나타났다고 한다. 그러나 그 역사가 문제가 아니라, 그것이 어떻게 활용되고 애용되는가에 따라 명함 문화를 평가하지 않으면 안 된다. 그리고 보면 명함의 기원국이라는 "프랑스가 제일 명함을 사용하지 않는 나라가 되고, 늦게 들어왔어도 그것을 제일 애용하고 있는 나라가 일본"(일본경영기술연구회 편, 『현대 비즈니스맨 작법』)이 된 셈이다.

이렇게 명함을 많이 쓰는 나라이기 때문에 당연히 명함의 과당경쟁이 벌어지는 것도 무리가 아니다. 그 많은 명함들 틈에서 살아남기 위해 눈물겨운 싸움을 벌이는 모습도 보인다. 이를테면 명함 뒤에 지하철 지도를 인쇄하는 아이디어 같은 것이 그것이다.

일본의 영향을 받아 한국인들도 명함을 많이 쓰고 있다. 그러나 그것은 주로 세일즈맨이나 접객업의 비즈니스 카드이다. 일반 사람들에게는 내가 일본에 가서 실수한 것처럼 인사를 나누는 것이 곧 명함 교환이라고 인식되어 있지 않다.

일본인의 명함 애호 역시 문장紋章의 전통으로 봐야 할 것이다. 말하자면 추상적인 확산의 세계를 구상적인 한 형태로 뭉쳐놓는 축소지향성의 산물인 것이다. 한 장의 명함으로 그 사람의 모든 것을 쥔 듯한 기분……. 그 사람이 속해 있는 집단과 그 안에서의 지위 혹은 그 주소와 전화번호 등 명함의 그 작은 종이에 축소된

한 인간의 삶이 손으로 만져진다. 그러므로 손으로 쥐어봐야 아는 일본인들은 사람끼리 만나도 서로 그 얼굴은 보지 않고 우선 명함부터 보게 되는 것이다.

축소지향과 동사의 문화론

지금까지 우리는 '축소지향'의 여섯 가지 각기 다른 모형을 살펴봤다. 그리고 일본 특유의 사물들로 그것을 각각 대표시켜 축소지향의 원형적原型的인 형태를 만들어보았다. 그러나 쥘부채나 아네사마[姉樣] 인형 같은 구체적인 물건들은 축소지향의 의식으로부터 탄생된 것이다. 그러므로 그것이 축소지향의 의식 자체일 수는 없다.

순수한 의미에서 축소지향성은 사물보다는 오히려 의식을 나타내는 몇 개의 동사로 요약될 수밖에 없다.

여태까지 일본 문화의 특성을 잡아낸 일본론들은 몇 가지의 심리적 용어─'아마에甘え', '아와레哀れ', '와비ゎび', '사비さび' 등, 몇 가지의 윤리적 용어─'기리[義理]', '하지[恥]', '부시도[武士道]', '와[和]', '마코토[誠]' 등, 몇 가지의 문화사회적 용어─'다테의 사회[タテの社會]', '농경 문화農耕文化', '무가 사회武家社會' 등에 집약하려 한 것이다.

문화를 문화의 다양성 그것 자체로서 취급하지 않고 몇 개의 단어 속에 모든 것을 축소해 집약하려 한 일본인들의 일본론 성황 자체가 바로 일본의 문화가 '축소지향적'이라는 사실을 증명하는 것인지도 모른다.

　일본론의 고전이 된 베네딕트의 『국화와 칼[刀]』은 내용보다도 그 제목 때문에 일본론의 고전이 되었다고 해도 뺨 맞을 소리는 아닐 것 같다. 일본을 대표하는 두 개의 대립적인 단어만으로, 무엇인가 일본 문화 전체가 잘 축소된 것 같고, 그들이 즐겨 먹는 오니기리(주먹밥)처럼 막막하게 흩어져 있는 것을 손으로 쥔 듯한 기분이 든다. 그래서 일본이란 무엇인가라는 문제에 대해 추상적 논리로 생각하기보다는 구체적인 사물로 확인해야 안도감이 생기는 일본인들에겐 안성맞춤의 제목이었던 것이다. 『국화와 칼』만이 아니다. 다른 나라에서는 그 유례를 찾아볼 수 없을 정도로 '국민론'이 유행하는 문화 풍토 자체가 자국을 한 묶음으로 요약해서 삼키고자 하는 일본인의 축소지향성을 반영하는 것이라 할 수 있다.

　그러나 어차피 하나의 용어로 집약할 필요성이 있다면(나도 그 필요성에 의해 쓰고 있는 것이지만) 명사보다는 동사로 해야 할 것이다. 명사형名詞形으로 하나의 문화를 잡아두려는 것은 너무나도 정태적靜態的이라고 할 수밖에 없다. 나비를 핀으로 꽂아서 만든 표본 상자와 다를 게 없다. 끊임없이 움직이고 변화하는 파도 같은 문화 형태를 그대로 포착하면서도 거기에서 일정한 구조의 불변수不變數

를 건져내려면, 명사가 아니라 동사여야 할 것이다.

　그리고 보면 지금까지 기술해 온 축소지향의 여섯 가지 모형을 적은 말이 모두 동사라는 사실은 우연한 것이 아니다.

　'지지메루(축소하다)'라는 말 자체가 역학적力學的인 운동을 나타낸 동사이다. 그것을 다시 세분화한 것이 이미 각 항에서 제시한 여러 축소 운동을 나타낸 동사들이다. 그것을 정리해서 열거해보면 '고메루込める', '오리타타무折疊む', '히키요세루引き寄せる', '니기루握る', '게즈루削る', '도루取る', '쓰메루詰める', '가마에루構える', '고라세루凝らせる' 등이다.

　그것들이 그 운동의 층위層位에 따라 언어나 물질 또는 정신 등의 각기 다른 문화 양상을 빚어낸다. 그리고 그 방향에 따라 인식이나 미학이나 실용적인 기능 등에서 다양하게 창조를 해가는 것이다.

　지루하고 장황한 것 같으나 하나만 예를 더 든다면 '도루取る'라는 간소화의 축소지향이 예술에 나타나면 하이쿠[俳句]가 되어 세계에서도 가장 간결한 시형詩形의 미학을 낳고, 경제적인 것이 되면 '국 한 가지 나물 한 가지[一汁一菜]'의 검소한 생활양식이 되며, 물건에 나타나면 자샤쿠[茶約][133]와 같이 복잡한 것을 되도록 간소한 형태로 만드는 미학이 된다.

133)　가루차를 떠내는 작은 숟가락.

그렇기 때문에 프랑스 학생에게 하이쿠를 가르쳐주면 시의 제목만 배우지 말고 이제는 좀 내용을 배우자고 말한다는 농담이 있다. 그리고 외국인에게 일본 전통 요리의 하나인 가이세키료리[會席料理]를 대접하면, 으레 '오도부루[前菜]'[134] 말고 본식本食은 언제 나오냐고 묻는다는 농담도 있다. 그것들은 바로 축소지향 문화가 언어의 구조에도, 음식의 구조에도 다 같은 패러다임으로 나타난다는 사실을 암시하는 예이다.

그러면 이 축소지향의 여섯 가지 운동이 어떻게 섞이고 변화되어 일본 문화를 만들어내는지 살펴보자.

---

134) '오르되브르'의 일본식 약어. 식욕을 돋우기 위해 식사 전에 나오는 간단한 요리.

Ⅲ
자연물에 나타난 축소 문화

밧줄과 수레바퀴

밧줄과 수레바퀴로 상징되는 자연관自然觀

일본인은 예부터 거대한 자연을 자기 집 안으로 끌어들이려는 욕심 많은 꿈을 꾸었던 것 같다. "다코이 산마루를 밧줄로 묶어두어 끌어도 끌어도 아니오니, 그 얼굴 아름다워도"라는 『만요슈[萬葉集]』의 「아즈마우타[東歌]」[135]를 들어봐도 알 수 있다.

밧줄로 산을 끌어온다는 그 시적 상상력을 실제 생활로 옮겨 놓은 것이 일본 특유의 정원 문화이다.

그러나 한국인은 일본인들처럼 자연을 자신에게로 끌어들이려 한 것보다는 직접 자연을 찾아가려는 성향이 보다 강했다고 할 수 있다.

산의 아름다움을 연인에 비교한 고려 때 시성詩聖 이규보李奎報

---

135) 『만요슈[萬葉集]』 권14와 『고킨와카슈[古今和歌集]』 권20에 있는, 도코쿠[東國] 방언으로 불렀던 와카[和歌]: "多胡の嶺に寄せ綱はへて寄すれどもあに來やしずしその顔よきに"

는 「아즈마우타」의 그 시인과 조금도 다를 바 없으나 그가 꿈꾼
것은 '밧줄'이 아니라 '수레바퀴'였다.

이규보는 「사륜정기四輪亭記」라는 글에서 집 근처의 산기슭을
자유롭게 다닐 수 있는 사방 여섯 자의 수레바퀴 달린 상상의 정
자亭子를 그리고 있다. 움직이는 정자를 설계해 그것을 종들에게
끌게 하면서 사랑하는 자연의 경관을 바라보며 가야금을 타고 싶
다는 꿈인 것이다.

이규보의 이런 꿈에서는 일본과 같은 '정원 문화'는 생기기 어
려울 것이다. 한국의 문인, 묵객墨客을 비롯하여 선승禪僧들은 모
두 그와 마찬가지로 자연을 자기 집으로 끌어들여 가두려 하지
않고 자기 집을 반대로 자연 쪽으로 운반하려고 했으므로 그에
필요한 것은 '밧줄'이 아니라 '수레바퀴'였다. 솟아오른 산, 굽이
쳐 흐르는 강, 자연의 산천 속에서 자기를 발견하는 것이 그들의
이상이었다. 그러므로 이규보의 '차륜정車輪亭'이 현실로는 사방
벽이 개방된 '정자亭子'의 모습으로 나타나게 된다.

한국의 선비들이 즐긴 것은 집 안의 정원이 아니라 '누각樓閣'
과 '정자'이다. 한국에는 아름다운 산과 강이 흐르는 곳이면 반드
시 그것들을 바라볼 수 있는 정자가 세워져 있다. 한국의 서정 시
인 김소월의 노래를 들어보자.

엄마야 누나야, 강변 살자.

뜰에는 반짝이는 금모래빛

뒷문 밖에는 갈잎의 노래

엄마야 누나야, 강변 살자.

　금모래빛과 갈잎의 소리가 자기 집을 바꾸려고 한다. "강변 살
자"라는 소망은 지금 집을 버리고 강변에 새집을 지으려는 소망
이다. 바꿔야 하는 것은 자연이 아니라 자기 집이다.

　그러므로 뜰을 만들더라도 자연을 가져다 집 안에 들여놓는 게
아니라 자연 그 자체에 집을 지은 것 같은(말하자면 깊은 산속에 암자를 지
은 것 같은) 느낌을 받게 한다.

　평론가 요시무라 데이지[吉村貞司]가 한국의 비원을 보고 다음과
같은 인상을 기록하고 있는 것을 보아도 알 수 있다.

　"나는 서울의 비원을 보고 있다. 낮은 구릉에 신록의 잡목이 알
맞게 무성했다. 나는 이 명원을 걸어 다니면서 뜰을 걷고 있음을
잊었다. 너무나도 구릉 그대로이며 자연림 그대로이다. 나에게는
정원 이전의 모습을 생각나게 했다. 산 그 자체는 아무리 경관이
좋아도 정원은 아니다. 그것이 일본인의 감각이다."(『침묵의 미』)

　비원에 대해, 또 한국의 정원에 대해 아마 이 이상의 찬사는 없
을 것이다. 왜냐하면 정원의 느낌을 들지 않게 하는 것, 자연 그
대로라는 착각을 갖게 하는 것, 그것이 다름 아닌 한국의 이상적
조원술이었기 때문이다.

일본의 정원 기술이 들어오기 전까지는 나무를 가위로 가지런히 자르는 일 따위는 없었다. 아주 극단적인 예를 들자면 비원의 뜰이 유명하다는 말을 듣고 온 일본 관광객이 비원 한가운데를 걸으면서 "그런데 그 유명한 정원은 대체 어디 있어요?"라고 물었다는 웃지 못할 이야기가 있다.

그러나 산봉우리를 밧줄로 매어 잡아당기려 한 일본인들은 실제 오미코시[御神輿] 대신 무게 2톤의 흙으로 쌓아 올린 후지[富士]산을 짊어지고 돌기도 하고[富士吉田의 火祭], 오카야마[岡山]의 고라쿠엔[後樂園]의 정원 돌[立石]에서 보듯이 높이 8미터, 둘레 23미터나 되는 세토나이카이[瀨戶內海]의 이누지마[犬島]에 있는 큰 바위를 90여 개로 쪼개서 뜰로 끌어다 옮겨놓기도 했다.

한국과 일본의 선불교禪佛敎와 그 차이

같은 선禪이라도 한국과 일본이 그렇게 다른 것도, 자연에 대한 태도에 그 원인의 하나가 있을지 모른다. 한국의 선승은 세속의 땅을 떠나는 데서부터 그 수도가 시작된다. 해남海南이라든지 지리산智異山을 돌아다니면서, 때로는 일지암一枝庵 같은 작은 암자를 만들어 기거하면서 선을 닦았던 조선조 후기의 초의艸衣 대사. 한국의 선승들은 모두가 초의 대사처럼 자연과 직접 대면함으로써 일체의 선적 경지禪的境地를 터득했던 것이다.

그러나 일본의 선승은 도시 한가운데 있으면서 자연을 자기들 마루 앞으로 끌어들였다. 그것이 선사禪寺의 방장方丈 뜰이다. 그들은 한국이나 중국의 선사禪師처럼 직접 대자연과 정면으로 부딪쳐서 우주를 생각하지 않고 돌과 모래로 응축된 정원 속의 자연을 보면서, 말하자면 모래가 되어버린 바다, 돌이 되어버린 산을 툇마루에서 바라보면서 영원을 보고 우주의 본체를 생각한 것이다.

같은 일본인이라도 가모노 초메이[鴨長明]136)는 이규보의 '바퀴 달린 정자'처럼 수레 두 대로 간단하게 나를 수 있는 조립식 암자를 지어 히노[日野]의 깊은 산속에서 살았다. 일본에 이런 은둔자만 있었다면, 료안지[龍安寺]137)나 다이도쿠지 다이센인[大德寺大仙院]138) 등의 세키테이[石庭]는 결코 만들어지지 않았을지도 모른다.

직접 자연에 들어가 자연 그 자체를 뜰로 삼으려고 한 한국의 '정자 문화'와, 자연을 집 안으로 끌어들여 축소된 자연을 통해 우주를 보려는 '정원 문화'는 결국 '밧줄'과 '수레바퀴'의 차이로 매듭지을 수 있다.

일본인은 "강산은 들일 곳이 없으니 둘러치고 보리라"라고 노

---

136) 가마쿠라 전기의 가인歌人, 문장가文章家(1153~1256). 저서에 『호초키[方丈記]』 등이 있다.
137) 교토[京都]에 있는 절. 정원은 소아미[相阿彌]가 만들었다고 전해지고 있다.
138) 교토에 있는 절로서 료안지[龍安寺]의 정원과 함께 세키테이[石庭]로 유명하다.

래한 조선조의 시조 시인과는 다르다. '역발산力拔山'과 같은 중국식 과장의 힘이 아니라도 자연을 응축할 수 있는 일본 특유의 상상력과 밧줄의 기법을 통해서 일본인은 산이나 바다를 좁은 뜰 안에 끌어들일 수 있다고 믿은 것이다.

거대한 자연을 그대로 한정된 뜰 안으로 끌어들이려면 그것을 축소하는 방법밖에는 없었을 것이다. 그렇기 때문에 일본의 정원 문화는 바로 이 '축소 문화'와 직결된다. 그리고 일본 정원의 양식이나 그 변화도 '축소 방식'의 차이라는 관점에서 이해되어야 한다.

우선 중국이나 한국에 가장 가까운, 즉 암자庵子 문화와 그다지 멀지 않은 조원술造園術부터 관찰해보기로 하자. 그것은 다름 아닌 유명한 일본의 차경 정원借景庭園이다.

차경借景의 논리와 엔쓰지[円通寺]의 정원

"국화를 따며 먼 남산을 본다"라고 노래한 도연명陶淵明의 시처럼 산을 마당의 배경으로 삼는 것은 흔히 있는 일이다. 바깥에 있는 자연을 정원으로 빌려 오는 차경借景은 일본에만 있는 것이 아니다. 한국은 물론 중국에서도 볼 수 있고, 영국식 풍경 정원에서도 발견할 수 있다.

그러나 무로마치[室町] 시대에 확립되었다는 일본의 차경은 '산을 빌리고, 물을 빌리고, 구름을 빌린다. 꽃이 필 때는 꽃을 빌리고 눈이 올 때는 눈을 빌린다'와 같은, 환경의 단순한 이용은 아니다. 일본의 차경이란 빌리는 경치가 정원의 주빈主賓이 되는 적극적인 조원술을 의미한다.

차경 정원으로 잘 알려져 있는 교토[京都] 교외의 엔쓰지[円通寺]를 구경해본 사람은 알 수 있을 것이다. 마당에서 보이는 히에이[比叡] 산[139]은 단순히 정원의 배경으로만 있는 것이 아니다. 또 정원은 도쿄 타워처럼 경치를 보기 위한 전망대의 역할만 하고 있는 것도 아니다. 그 높고 큰 히에이 산은 엔쓰지의 정원 그 자체로 존재한다. 이를테면 그 정원은 밧줄과 같은 것으로서 히에이 산을 묶어 팽팽하게 잡아당겨 뜰 안의 나무, 돌, 이끼와 유기적인 연관성을 이루고 있기 때문이다.

상식적으로 생각해봐도 차경 정원은 차경의 대상에 따라 그 미학과 구조가 결정될 수밖에 없다. 뜰에 심은 나무가 너무 크면 차경의 산이 가린다. 반대로 너무 낮으면 산과 뜰 사이의 중간 경치가 나타나 그 연결이 끊기고 만다. 차경에서 무엇보다 중요한 것은, 이렇게 가려져도 안 되고 지나치게 보여도 안 된다는 것이다.

그러므로 정원수庭園樹를 자연 그대로 둘 수는 없다. 인간의 의지가 관여해 그 높이, 위치, 배합에 손질을 하게 된다. 산과 정원

---

139) 교토의 동북방에 솟아 있는 산. 예부터 왕성王城을 수호하는 산으로 유명하다.

이 직접 연결되어 하나가 되기 위해서는 담장을 둘러친 상태, 돌의 배치, 관목의 손질과 높낮이, 또 정원의 형태가 모두 그 차경과 일체화되어 긴장 관계를 지니지 않으면 안 된다.

요시무라[吉村貞司]는 엔쓰지 정원에서 그 차경의 특색이 되는 것은 뜰을 실제보다 좁게 보이게 하는 응축술凝縮術에 있다고 말한 적이 있다. 실제로 관광객에게 그 정원을 설명하는 안내원의 말에는 언제나, 그 뜰의 넓이가 '400평이나 된다'는 주석이 따라다닌다. 왜냐하면 누가 보든지 도저히 그 뜰은 그렇게 넓게 보이지 않기 때문이다.

돌, 나무, 이끼 등의 배합이 모두 정원의 넓은 느낌을 누르고 정원 공간의 농도를 치밀하게 만드는 역할을 한다.

그러므로 응축된 정원 공간은 렌즈 역할을 해 히에이 산을 아름답게, 거룩하게, 웅장하게, 또 여유 있게 나타내준다는 것이다.

일본의 미적 원형美的原型, 그 쥘부채를 이 자리에서 다시 펴보자. 손에 잡힌 사북[140]의 한 점을 향해서 부챗살이 모여 있다. 부챗살은 그 한 점에 이르면 이를수록 좁아지고 농밀해진다. 부채 끝은 퍼졌고 그 중심은 축소되어 있다. 히에이 산은 쥘부채의 퍼진 끝이며, 그것을 잡아당기는 무수한 밧줄은 부챗살이다. 그리

---

140) 접었다 폈다 하는 부채의 아랫머리나 가위다리의 교차된 곳에 박아 돌쩌귀처럼 쓰이는 물건.

고 그 힘의 응축된 말뚝과 같은 역할을 하고 있는 것이, 즉 쥘부채의 '사북' 같은 것이 엔쓰지의 정원인 것이다.

이 경우뿐만 아니라 차경 정원은 어느 경우이건 간에 쥘부채의 사북 같은 응축력을 가지고 있음을 알 수 있다. 넓은 뜰도 일부러 좁아 보이게 하고 큰 나무도 작아 보이게 한다. 일본인들은 이 쥘부채형 축소 그리고 산과 정원 중간의 경치를 잘라내는 아네사마 인형형의 축소법으로 밖에 있는 산을 자기 집 마당 안으로까지 끌어들인 것이다.

그래서 간토[關東]에서는 후지[富士] 산, 쓰쿠바[筑波] 산, 간사이[關西]에서는 나라[奈良] 분지[盆地], 요도가와[淀川], 비와코[琵琶湖], 또 교토에서는 히에이 산, 아타고[愛宕] 산, 오토코야마[男山] 등이 '정원이 된' 것이다.

결국 차경 정원은 다쿠보쿠[啄木]의 동해가 축소되어 게가 된 것과 같은 자연의 이레코[入籠]이다.

축경縮景 – 풍경 기호風景記號로서의 정원

왜 정원을 섬이라고 불렀는가

자연을 자기 것으로 만들려는 방법을 보다 직접적인 조원술로 나타낸 것이 '축경縮景' 정원이다. 그것은 '빌리는 자연'으로부터 '옮기는 자연'으로서 대상이 되는 경치 자체를 축소하는 방식이다. 이 축경은 에도 시대의 다이묘[大名] 정원뿐만 아니라, 그 근원을 거슬러 올라가 보면 일본 정원의 역사와 거의 맞먹는 것이라 할 수 있다.

아스카[飛鳥], 나라[奈良] 시대에는 정원을 '시마(섬)'라고 불렀다. 그 당시 자기 저택에 대규모의 정원을 만든 소가노 우마코[蘇我馬子][141]가 '시마노오토도[島大臣]'라고 불린 것도 이런 이유에서였다

---

141) 아스카 시대의 세도가(?~626).

(최근 나라 분지의 남쪽, 고대 도시 아스카 땅에서 가시하라[橿原] 고고학 연구소가 '시마[島]'라는 오랜 지명의 토지를 발굴했더니 고대 정원의 유적이 발견되어 바로 그것이 그 소가[蘇我] 씨의 저택 정원이 아니었던가 추측된다는 것이다).

어째서 정원을 '섬'이라고 불렀을까? 그것은 그 말 자체에서 추측할 수 있듯이 바다와 그 섬의 경치를 옮겨서 축소한 것이 당시의 정원 양식이기 때문이라고 풀이할 수밖에 없다.

정원 연구가는 왜 바다를 육지의 정원에 집어넣으려 했는가에 대해 여러 가지 재미있는 추측을 하고 있다. 아스카, 나라 시대 사람들은 사절로서 중국 대륙으로 건너갈 때, 또 지방 관리로서 서국에 갈 때 반드시 세토나이카이[瀬戸内海]를 통과했다. 그리고 긴 항해에서 돌아와서 그 멋진 해양 풍경의 추억을 고향에 재현하려 했다. 그래서 시마(섬), 즉 뜰이 만들어졌다는 것이다. 마치 메이지[明治] 개화기 때 후쿠자와 유키치[福澤諭吉][142]가 미국에서 돌아오던 길에 하와이의 어느 사진관에서 그 집 딸과 함께 찍은 사진을 가지고 온 것과 같은 일이 벌어졌던 것이다.

그러므로 '시마(정원)'는 선박 여행의 산 앨범이라고도 할 수 있다.

또 한 가지 추측으로, 일본인들은 모두 바다 건너에서 왔을 것이기 때문에 육지에 살면서도 늘 바다를 그리워했을 것이다. 그

---

142) 교육가. 메이지 시대 사상계의 선각자. 지금의 게이오대학[慶應大學] 창설자(1834~1901).

리고 또 고대인들은 해양 저편에 이상향이 있다고 믿었으므로 그런 세계관을 재현한 것일지도 모른다는 설도 있다.

어느 설을 믿든 한 가지 분명한 것은 나라, 아스카 시대의 정원이 바다 경치를 축소한 조원이었던 것만은 틀림없는 사실이다. 그래서 그 조원 형식은 연못을 파고 가운데 섬을 만들었으며, 물가에는 모래나 자갈을 깔아서 스하마[洲浜][143)를 꾸몄다. 그리고 반드시 해송海松을 심었다.

그것도 그냥 일반적인 바다 경치가 아니라 특정한 명승지의 풍경을 모사模寫해서 축소한 것이다. 이미 9~10세기 때의 축경 조원으로 700킬로 이상 떨어진 오쿠슈[奧州][144)의 시호가마 만[鹽釜灣]의 풍경을 모사한 가와라노인[河原院][145)의 정원이 만들어졌으며, 셋쓰[攝津][146)의 수미요시[住吉] 바닷가가 축소되어 다이라노시게치카[平成親]의 정원이 만들어졌다.

---

143) 바다에 돌출한 사주砂州가 있는 곳.

144) 지금의 후쿠시마[福島]·미야기[宮城]·이와테[岩手]·아오모리[青森]의 4현縣.

145) 미야모토노 도루[源融](헤이안 시대 전기의 사람)의 저택.

146) 긴키[近畿] 지방의 옛 나라 이름. 일부는 오사카 부[大阪府], 일부는 효고 현[兵庫縣]의 관할하에 있다.

회유식回遊式 정원은 명승지名勝地의 사생화

그러므로 에도 시대가 되어 각 다이묘가 대륙풍의 대규모적인 정원을 만들었을 때도, 그 회유식回遊式 정원은 널찍하고 평탄한 자연이 아니라 근본적으로는 좁은 노지露地·茶庭와 같은 '축소된 자연'이었다. 그 조원의 기본이 축경의 수법에 있었기 때문이다.

회유식 정원의 경관 구성景觀構成은 에도에 교대 근무하는 다이묘가 에도와 자기의 영지領地를 왕복하면서 본 가도 풍경을 모방해서 만든 것이다. 그러니까 회유식 정원의 원로苑路는 에도로 가는 아름다운 흰 길목을 축소해 조원造園한 것으로, 도쿄의 도야마장[戶山莊]이나 구마모토[熊本]의 스이젠지[水前寺] 정원 등이 그 좋은 보기이다. 아무리 넓은 정원이라도 그것은 실치수를 수만분의 일로 줄인 지도와 다름없이 축소된 자연이다.

에도 시대 이후 많이 만들어진 쓰키야마[築山] 자체도 인공적으로 만든 축소된 산이다. 그 쓰키야마도 후지 산을 모방한 스이젠지 세이슈엔[水前寺成趣園]의 경우처럼 실제의 산들을 모델로 해서 줄여놓은 것이다.

따라서 회유식 정원은 그것을 감상하는 방식에 있어서도 그 원형原型의 의미를 알지 않으면 안 된다. 말하자면 '스미요시의 소나무'를 구경할 때는 다만 "그 소나무 가지의 절묘함을 감상하는 데서 그칠 것이 아니라, 그것을 통해서 와카[和歌]에도 읊어지고 그림으로도 그려진 그 명소인 스미요시노우라住吉の浦를 이미지로서

머릿속에 그려보지 않으면 안 되는 것이다."(『일본의 뜰[庭]』)

차경은 직접 눈에 보이는 자연을 정원으로 끌어들인 것이지만, 축경은 더 멀리 있는 자연을 '밧줄'로 잡아끌어 온 것이라 할 수 있다. 후지 산이건 기소다니[木曾谷]이건, 또 다쓰타가와[龍田川]나 와카노우라[和歌浦] 등 특정한 명승지 풍경이 두루마리 그림처럼 펼쳐진다. 가장 먼 곳의 풍경을 본뜬 것으로는 황해를 건너온 중국 서호西湖의 장제長堤와 여산廬山 등이 있다. 고이시카와[小石川]의 고라쿠엔[後樂園]에 있는 것이 그것이다.

원래 일본 그림[大和繪]147)을 그리던 화가들이 정원을 만들었던 사실을 보더라도 축경 정원은 뜰이라는 족자에 그려진 사생화인 것이다. 그러므로 저 가쓰라리큐[桂離宮]148)의 회유식 정원은 마키에(두루마리 그림)에 그려진 『겐지모노가타리[源氏物語]』처럼 나무와 돌이라는 그림물감으로 그려진 풍경의 서사극敍事劇이다. 700미터의 원로苑路를 걷는다는 것은 몇백 리 길을 걷는 것과 같은 것이다. 쇼킨테이[松琴亭]에서 바라보이는 정원 풍경은 대해大海의 경치이며, 쇼카테이[賞花亭]에서 내려다보이는 정원은 심산유곡의 산악이며, 쇼이켄[笑意軒] 남쪽의 창으로 보이는 풍경은 논밭의 들판 경치이다.

147) 일본화日本畵의 한 유파流派. 헤이안 시대에 시작되었다.
148) 교토에 있는 리큐[離宮]. 정원이 유명하다.

말하자면 바다와 산과 들이라는 서로 다른 세 개의 공간을 1만 평의 한 공간으로 축소해 표현한 것이 바로 가쓰라리큐의 정원이다.

축경 정원의 해송黑松은 하나의 소나무이자 동시에 그것이 자랐던 해안海岸의 전풍경과 그 자연을 축소한 이미지로서 존재하고 있다. 그래서 뒤틀린 가지와 늘어진 솔잎들은 광활한 바다의 파도와 바닷바람, 거친 바닷가의 흰 모래밭, 그 바닷가 전체를 덮고 있는 수백 수천의 솔밭[松林]이기도 하다. 소나무가 자연 전체의 기호記號가 된 것이다. 그리하여 소나무가 된 바다이며, 검은 솔잎과 그 가지에 응결된 바람이며, 한 그루 나무로 결정結晶된 솔밭인 것이다.

돌을 놓는 수사법과 그 조원술造園術

이 축경의 축소 방식을 깊이 파고들어 가보면 역시 일본의 정원은 넓은 회유식 정원보다도 좁은 정원에 그 특색이 잘 나타나 있는 것을 알게 된다. 차경 정원도 회유식 정원도 따지고 보면 대륙에서 건너온 것들이다. 『니혼쇼키[日本書紀]』에 보면, 스이코 덴노[推古天皇] 때 백제의 공장工匠들에 의해 수미산須彌山 모양으로 만들어진 정원 얘기가 나온다.

대륙풍의 정원과 일본적인 정원을 구별하는 방법은 축소 양식을 그 기준으로 삼을 때 비로소 가능해진다. 헤이안 시대 정원의 경우, 연못을 중심으로 해서 크게 만든 것보다는 건물 사이의 좁은 공간을 이용한 센자이[前栽]의 좁은 쓰보니와[坪庭] 형식이 보다 일본적인 것이라 할 수 있다.

자연을 축소할 때 가장 중요한 역할을 하는 것은 돌이다. 나무나 물에 어떤 형태와 운동과 공간을 부여하는 것이 바로 돌이기 때문이다. 이시쿠미[石組]가 있어서 비로소 그것이 가능해진다. 나무는 자라는 것이고, 물은 넘치기도 하고 마르기도 한다. 사람으로 칠 때 그것들은 살이나 피부와 같은 것이지만 돌은 뼈이다. 돌의 골격에 의해서 비로소 자연은 축소될 수가 있고, 좁은 공간 속으로 그 전체의 구조를 집어넣을 수가 있다.

일본 정원 문화의 경전經典이라고 할 수 있는 헤이안 시대의 『센자이히쇼[前栽秘抄]』, 다치바나 도시쓰나[橘俊綱]가 그 작자라고 추정되는 『사쿠데이키[作庭記]』에서도 조원造園의 중심을 이루는 것은 '돌을 세우는 법'이라고 분명히 적혀 있다.

일본의 정원이란 돌의 언어로 묘사된 자연 풍경의 시詩이다. 돌을 어떻게 세우는가의 이시쿠미와 그 배치의 수사법으로 자연은 하이쿠[俳句]처럼 간소화되어 뜰 안에 적혀진다.

에도 시대의 축경의 미학은 "여러 지방의 명승지를 생각해보고, 그중에서도 가장 멋있는 경치들을 내 것으로 가져와 그 전체의 모습을 그곳과 비교해 가면서 돌을 잘 세워가야 하느니라"라는 말에 명확하게 드러나 있다. 돌을 세운다는 것은 명승지의 자연 경관을 본뜬다는 것이며, 그 큰 모습을 축소해 내 것으로 만든다는 것이다. 그러므로 『사쿠데이키』의 주요한 줄거리는, "돌을 세우는 여러 가지 방식이 있다. 대해大海의 모습, 대하大河의 모습, 산하山河의 모습, 늪의 모습, 갈대밭의 모습 등이다"라고 문제를 제기한 후 각각 그 같은 모양을 만드는 이시쿠미의 유형에 대해 상세히 언급한 데 있다.

돌을 세운다는 것은 곧 광대한 자연, 바다와 산하를 축소하는 방법이요, 정신이다. 따라서 나무나 물은 이 '축소의 구조'에 있어서는 부차적일 수밖에 없다. 그래서 일본 정원의 특색은 필연적으로 돌에 귀결되고 만다.

정원수를 옮겨 심는 도중에 가지가 상했다는 이유로 젊은이 5명을 잡아서 죽였다는 아시카가 요시마사[足利義政]의 얘기보다는, 돌 한 개에 쌀 한 되씩 주고 정원을 만들었다는 센도 고쇼[仙洞御所]의 일화 쪽이 훨씬 일본 정원을 이해하는 데 도움이 될 것이다.

그러면 돌로 어떻게 대해를 만드는(축소하는) 일이 가능한가를 헤이안 시대의 수사법修辭法으로 들어보자.

『사쿠데이키』의 작자는, "대해의 모습은 우선 가파른 해변의 모습으로 세워야 한다"[149]라는 말로 시작한다. 수평선에 퍼져 있

---

149) 大海樣は先荒磯の有樣を立つへきなり.

는 바다를 나타내기 위해서 정원사는 우선 그 다쿠보쿠[啄木]의 시처럼 넓은 바다에서 갯벌의 바윗돌로 시선을 옴츠리지 않으면 안 된다. 파도치는 해안의 이미지를 만들 수 있다면, 그것을 보는 사람 마음에 대해가 떠오를 수 있게 하는 것은 별로 어려운 일이 아니다. A라는 원인은 B라는 결과를 가져온다. 이 자연의 필연성을 거꾸로 뒤집어 B라는 결과로 A라는 원인을 찾아내는 것이 인간의 문화이다.

이렇게 부분으로 전체를 상징하고 결과로 원인을 보여주는 것이 작은 돌로 대해를 만들어내는 기법이다. 오랜 세월을 두고 침식된 해변가의 바위 모양과 그것이 흩어져 있는 구도 속에는 바다 전체의 광경과 파도의 운동이 조각되어 있다. 해안에 솟아 있는 그 바위들은 바로 바다를 지시하는 기호이다. 그렇기 때문에 그 기호를 사용해서 돌을 놓으면 아무리 좁은 땅에서라도 대해를 재현할 수 있다.

그래서 다치바나는 전체의 돌에서 돌 하나를 떼어내어 박으라든가, 그 언저리에 자갈[스사키이시]과 모래를 깔라든가 하는 이시쿠미의 문법을 만들어냈다. 바닷가의 바위들처럼 돌을 다 놓고 난 다음에는 거기에 가지가 늘어진 해송[黑松]을 심는다. 바닷가의 무대를 재현한 돌들이 있기 때문에 비로소 그 해송은 내륙지內陸地에 있어도 소금기가 있는 바닷바람을 풍길 수 있는 것이다.

물 한 방울 없어도 돌을 놓는 것에 따라 파도의 조류를 볼 수 있고 바람 소리를 들을 수 있다. 돌이 정원의 동사動詞며 명사名詞라 한다면, 나무나 물은 그곳에 붙여진 형용사나 부사에 지나지 않는다. 돌을 놓는 방법, 그것이 곧 그 정원의 문법인 것이다.

대하大河도 마찬가지다. 물의 흐름에 움직임을 주는 것은 물 그 자체가 아니다. 용사龍蛇가 움직이는 것 같은 대하의 흐름은 그것을 막아 멈추게 하기도 하고 급히 흘러 내려가게도 하는 돌이나 다른 장애물들이 있기 때문이다. 그러므로 돌을 놓는 기법 여하에 따라 졸졸 흐르는 물만 가지고서도(아니 물이 전연 없다 하더라도) 능히 천 리를 뻗은 큰 강물의 세찬 흐름이나 완만한 흐름을 마음대로 나타낼 수가 있다.

앞 강기슭에 돌이 많으면 강폭이 좁아지고 수세는 강해지며, 반대로 돌이 적으면 폭이 넓어지고 수세는 약해진다. 그런 데는 반드시 모래가 쌓이는 법이니까 그곳에 모래를 뿌려 백사장을 만들어준다.

이런 방법으로라면 늪도, 골짜기도, 갈대밭도, 자연 공간의 모든 것을 한 치의 좁은 정원에 축소할 수 있을 것이다.

이것이 바로 '뒷면을 앞으로 해서 보이라'는 아네사마[姉樣] 인형의 축소 방식과 같은 것이다. 또 이렇게 돌을 배치하는 구도와 형상으로 바다나 대하의 풍경을 나타내는 그 축소 양식을 발전시키면 물과 나무[庭園樹]를 중심으로 해서 생각한 정원의 개념과는 정반대의 정원, 즉 돌과 모래만으로 모든 자연을 재현한 일본 특유의 '가레산스이[枯山水]'가 된다.

　일본 정원의 특색이 '돌'에 있다는 것은 바로 그것이 자연의 축
소 문화라는 것을 입증하는 것이다.

돌과 모래만의 자연 – 아름다운 포로

가레산스이[枯山水]란 무엇인가

물이나 나무를 쓰지 않고 돌과 모래로 산수의 자연을 나타내는 세키테이[石庭] 양식은 록 가든rock garden으로 세계에 널리 알려져 있는 일본 정원의 상징이다.

자연의 축소란 자연 그대로의 경치를 약분화約分化한 것만을 의미하는 것은 아니다. 그것은 '깎다[削る]', '생략하다[省く]', '잘라버리다[切り捨てる]', '벗기다[剝ぐ]', '응축하다[凝らせる]' 등 다양한 축소법에 의해 원형질에 가까운 자연의 모습을 드러내는 데 있다.

깎고 또 깎고, 쓸데없는 것, 장식적인 것을 버리고 옥파 껍질을 벗기듯이 자연을 뒤덮고 있는 온갖 외피를 벗겨낸다. 이 같은 축소의 미학은 확대성을 지닌 자연과는 정반대 방향으로 나가고 있는 것이다.

자연을 축소한다는 것은 시간의 영향에 의해 흔들리는 존재의 그림자를 제거해버린다는 의미이기도 하다. 우선 시간 속에서 시들어가는 약한 풀들이 버려진다. 계절의 촉수에 의해 흔들리는 꽃과 나무를 잘라낸다. 성장하는 생물만이 아니라 무기물이라 할지라도 시간의 흐름에 따라 불기도 줄기도 하는 물의 유동성까지 배제하고 만다. 마지막에는 시간에 의해 침식되는 연약한 흙이나, 높고 낮은 골짜기의 턱까지도 편편하게 평정된다. 이런 자연의 결정 과정結晶過程에서 마지막까지 남는 것은 딱딱한 몇 개의 돌과 흰 모래뿐이다. 마치 서술敍述의 세계까지도 명사로 축소되고 마는 하이쿠[俳句]의 종구終句같이 자연의 운동이란 운동은 모두 돌과 모래의 사물에 얼어붙고 만다.

이미 인간이 들어설 수 없는 공간이다. 확대는 일체 허용되지 않는다. 짐승의 발도 새의 날갯짓도 이 자연 안에서는 아무 흔적을 남길 수가 없다. 여기서는 소리조차 지워진다. "조용하구나, 바위에 스며드는 매미의 소리[閑さや岩にしみ人蟬の聲]"[150]라고 노래한 시인과 마찬가지로 우리가 볼 수 있는 것은 단지 어떠한 소리라도 곧 스며들고 마는 돌과 모래의 그 침묵뿐인 것이다.

어쩌다가 나무가 이곳에 들어온다 해도 그것은 이미 그 가지의 성장이 억제되고 정지되어버린 관목이거나 교토[京都]의 지코린[慈光院] 뜰에서 보듯이 돌처럼 한 덩어리로 굳어버린 '가리코

---

150) 바쇼의 하이쿠[俳句].

미'[151]이다. 이 농밀한 공간에 들어오면 어떤 나무도 일종의 화석처럼 굳어져버린다. 모래알 하나하나로 바뀌어버린 응결된 파도처럼……

3만 리를 한 자[尺] 한 치[寸]로 줄이는 정신

조금 전까지 있었던 자연의 생명들은, 바로 그 옆을 스쳐 지나간 시간들은, 모두 어디로 가버린 것일까. 굳게 닫아버린 두꺼운 돌의 눈꺼풀 속에, 혹은 돌과 돌 사이 팽팽한 틈 사이에서 빙빙 돌고 있는 것일까.

나무가 없어도 울창한 산. 물이 없어도 세차게 떨어져 내리는 폭포. 그리고 모래를 쓸고 간 빗자루의 자국, 그 가느다란 곡선 속에 얼어붙은 바다의 물결. 자연의 무한한 세계가 이렇게 압축되고 응결되어, 이 이상 성장도 소멸도 하지 않는 모습으로 공간화空間化하는 순간, 우리 눈앞에 처음으로 그 가레산스이[枯山水][152]가 열린다. 이것은 무로마치[室町] 때의 선사禪寺에서 비롯되었다

---

151) 여러 나무를 빽빽이 심고, 그것을 가위로 쳐서 일정한 형태로 만든 것.

152) 물을 사용하지 않고 단지 지형地形에 의해서 산수山水를 나타내 보이는 정원. 정원에 자연석을 주로 사용해서 물을 나타내 보이게 하는데, 모래와 자갈을 사용하는 수도 있다. 무로마치 시대에 시작되었다.

는 세키테이[石庭]의 양식이다.

다이도쿠지 다이센인[大德寺大仙院]의 세키테이는 30평밖에 안 된다. 그러나 갖가지 돌로 구성된 자연의 모습은 슈가쿠인[修學院][153] 이나 가쓰라리큐[桂離宮] 정원보다 더 넓고 큰 무한의 자연을 담고 있다. 폭포도 있고 큰 강물도 있는데, 그 물들은 모여 바다를 향해 흘러간다. 이 널찍한 대우주의 공간이 물 한 방울 없이 몇 개의 바위를 교묘하게 배치한 이시쿠미[石組]만으로 훌륭히 재현再現되어 있는 것이다.

그러니 미노쿠니[美濃國][154] 우누마[鵜沼]에서 정원을 만들던 뎃센소키[鐵船宗熙]가 이렇게 말하는 것은 조금도 과장이 아니다.

"오악五嶽은 개미집으로 솟아 있고, 광활한 바다는 개구리 구멍에서 볼 수 있다. 이것이야말로 작은 힘을 써서 커다란 것을 얻는 게 아니겠는가? 3만 리쯤 되는 것을 한 자[尺] 한 치[寸]로 축소한다."(『假山水譜』)

거대한 산이 개미집같이 작게 축소되고, 한없는 바다가 개구리 구멍으로 응축된 것이 세키테이의 양식이라는 이야기이다. 시가 나오야[志賀直哉][155]가 료안지[龍安寺]의 세키테이에서 바라본 것도

153) 교토에 있는 리큐[離宮]. 가쓰라리큐의 정원과 쌍벽을 이룬다.
154) 중부 지방의 옛 나라 이름. 기후 현(岐阜縣)의 관할.
155) 소설가(1893~1971).

다름 아닌 대자연의 응축술凝縮術이었다.

"정원에 나무 한 그루, 풀 한 포기 심지 않은 것은 기발하고, 우연한 착상 같지만 조금도 우리에게는 그것이 기발하다거나 우연한 착상이라는 느낌이 들지 않는다. 불과 50여 평의 토지에 대자연을 죄어 넣기 위해서 실로 소아미[相阿彌]¹⁵⁶⁾에게 이 방법밖에 다른 것이 또 어디 있었겠는가?"(『龍安寺の庭』)

담장 안으로 끌어들인 가레산스이의 자연은 벌써 그 바깥의 자연이 아닌 것이다. 잘라내고, 또 잘라내어 이젠 더 이상 자를 수 없는 것이 되어 마루 끝까지 날아온 그 자연은 압축 공기처럼 변형變形될 수밖에 없다. 차경借景이든 축경縮景이든, 다이묘 저택에 있는 거대한 정원이든, 선사禪寺의 호초[方丈] 뜰이든 간에 인간의 집 안으로 온 자연은 가레산스이의 경우처럼 진짜 자연은 아니다. 알레그로 논 몰토로 연주되는 비발디의 폭풍우가 진짜 폭풍우가 아닌 것처럼.

닭으로 풀이한 정원의 어원語源

정원을 일본 말로는 '니와にゎ'라고 한다. 이 말에 대한 어원설

---

156) 무로마치 시대 후기의 화가이며 꽃꽂이와 고도[香道]의 명수名手(1525~?). 〈료안지[龍安寺]의 세키테이[石庭]〉의 작자라고 전해지고 있다.

은 제각기 다르긴 해도 하나의 공통점이 있다. 그것은 '있는 그대로의 자연 공간과 구별되는 인간의 생활 장소'를 의미한다는 점이다.

그중에는 '니와'란 말이 '보고 방긋(닛코리) 웃는 곳'이라는 말에서 비롯되었다는 설도 있다. 만담이라면 몰라도 과학적으로는 도저히 믿기 어려운 설이지만, '니와(정원)'의 본질을 설명하는 데는 나무랄 데가 없는 말이다. 과연 '니와'는 보고 방긋 웃을 수 있는 친숙한 공간이다.

'니와[庭]'라는 개념에 내포되어 있는 의미를 정확하게 알기 위해서는 무엇보다도 '니와토리(닭)'라는 재미있는 말을 생각해보면 될 것이다.

언어학자에게 묻지 않아도 '니와토리'란 말은 '집 뜰에서 사는 새'라는 뜻이다. 그러니까 일본어의 '니와토리(닭)'는 가금家禽과 똑같은 의미를 지니고 있는 말이다. 그리고 보면 '인간의 뜰 안에서 사는 새'와 대응되는 것은 '산에서 사는 새'이며 '들판에서 사는 새'이다. 말하자면 산새요 들새이다. 닭은 인간의 뜰에서 살기 때문에 나는 습관을 잊어버렸다. 하늘을 향해 높게 멀리 날아야만 살아갈 수 있는 산새와 달리 닭은 날지 않아도 먹이를 먹을 수 있다. 자기 종족의 번식을 위해서가 아니라, 인간의 식탁을 위해 알을 낳아주고 있기 때문이다.

'뜰[庭]' 안에 있는 자연과 뜰 밖의 자연은 닭과 야생조와 똑같은 대응 관계를 갖고 있다. '니와(뜰)'의 '도리(새)'가 사람이 가꾸는 새이듯이 '니와'에 있는 자연 역시 사람이 가꾼 자연이다.

새가 인간의 집 뜰에서 살면 닭이 되듯이, 늑대가 뜰에서 살면 개가 되고, 또 멧돼지가 뜰에 들어오면 돼지가 된다. '뜰'이라는 공간 속으로 들어오면 사람의 손때가 묻어 길들여지고 결국은 그 지배하에 놓이게 된다.

그렇기 때문에 같은 나무라도 뜰로 들어오면 정원수[庭木]가 된다. 그것은 이미 자연의 나무가 아닌 것이다. "정원수는 그 자신이 아름다움을 잃지 않도록 예의범절을 몸에 익힌 나무이다. 그것은 가정교육을 받은 나무이다"라고 어느 정원 연구가는 말하고 있다.

이런 관점에서 보면 정원 문화가 발달한 일본인의 자연관이, 같은 동양이라 해도 중국·한국과 다를 것이라는 것은 두말할 필요가 없다.

먼지를 용서하지 않는 일본인의 자연관自然觀

중국인이나 한국인은 자연自然을 한자의 뜻대로 '스스로 있는' 상태의 자연으로서 파악하려고 한다(특히 노장 철학의 자연이 그렇다). 그런데 일본인은 자연을 자연 그대로의 상태로 두려고 하지 않는 경향이 짙다.

인간의 손이 닿지 않는 자연은 거칠고 무질서하고 막막한 것으로 생각한다. 그래서 그것을 뜰 안으로 끌어들이려 한다. 그리고 자기 지배하에 길들인다. 말하자면 사람을 위한 자연, 인위적인 자연으로 만들 때 그들은 그것을 사랑한다.

서구인도 일본인과는 달리 자연을 자기 곁으로 끌어들이는 것보다 중국인이나 한국인처럼 자연을 향해 나가는 확대지향성을 지니고 있다. 그러나 자기 목적을 이루기 위해 자연을 지배하려는 점에 있어서는 일본인과 같은 태도를 취한다.

중국 정원에서 영향을 받아 만들어졌다는 영국의 자연풍경식自然風景式 정원은 덮어두더라도, 베르사유 궁전에서 보는 것 같은 기하학적幾何學的 정원은 자연의 비합리성을 인간의 합리적 질서로 바꿔놓은 것이다.

서구의 합리주의자들은 밤하늘의 별을 보고도 그것이 무질서하게 멋대로 흩어져 있다고 불평하는 자들이니, 컴퍼스와 자로 그린 것처럼 나무와 꽃을 심는다 해서 조금도 놀랄 것이 없다.

일본의 자연 지배 방식은 그와는 좀 다르다. 서양 사람들이 자연을 추상화하거나 변형해서 지배하려는 데 비해서, 일본인들은 그것을 축소함으로써 지배하려 든다. 세키테이[石庭]에 놓인 돌들은 끌로 쪼아 가공한 돌이 아니다. 또 설사 인공적으로 가지치기를 한 나무라 해도 서양의 경우처럼 기하학적인 선으로 재단된 베르사유의 정원수와는 다르다. 그러므로 서구의 자연은 인공적인 것이 되고, 일본의 그것은 인위적인 것으로 나타난다고 할 수 있다.

일본인은 폭포에서 가레타키[枯れ滝]를 만들었다. 실제의 폭포에서 물을 생략하고, 또 그것을 수백분의 일로 줄여 청석靑石으로 그 이미지만을 따온 폭포이다. 그러나 유럽인은 거꾸로 거슬러 올라가는 폭포인 분수噴水를 만들었다. 또 그 분수의 물줄기로 자연에는 없는 인공적인 '물의 나무'를 만들었다. 그렇다. 분수는 분명히 물로 만든 나무이다. 뻗쳐 올라가는 분수의 물줄기는 나무의 등걸이 아니고 무엇이겠는가? 그리고 높은 허공에서 흩어져 부서져 내리는 물방울은 퍼져 있는 나뭇가지들이며, 그 물보라는 무성한 이파리이다. 이런 발상에서 이윽고 폭포는 수력 발전소로까지 발전하게 된다.

그 목적이나 방법에는 차이가 있으나 일본인은 자연을 지배해 자기 것으로 만들려고 한 점에서 유럽인과 어깨를 나란히 하고 있다. 이 자연 지배의 꿈이 컸기 때문에 일본은 자연을 이용하는 서양의 기술 문명과 접촉해도 별로 당황하지 않고 그것을 쉽게 받아들였던 것 같다.

레비스트로스는 일본인이 의미하고 있는 자연이란 인간이 길들이지 않은 본래 그대로의 자연이 아니라는 것을 이미 지적한 바 있다.(『구조·신화·노동』) 한국인의 눈으로 보면 일본인은 진짜 자연을 잘 이해하지 못하였다는 것을 금세 알아낼 수 있다. 깨끗이 씻기고 가지런히 정리된 일본의 정원 풍경에는 자연보다도 그것을 손질한 인간의 손이 먼저 보인다.

일본인은 세계에서도 깨끗한 민족으로 알려져 있다. 온천장이 많고 습기가 프랑스의 2배나 되기 때문에 일본인이 목욕을 좋아하는 것은 그렇다 치더라도, 사무라이[武士]가 항상 칼을 차고 있듯이 일본의 여인들은 또 빗자루를 잠시도 떼놓지 않는다. 쓸고 씻고 털고 닦는 일본의 생활은 먼지와의 전쟁이다.

일본인은 필요 없는 것과 함께 있지 못하는 체질이어서 가지런하지 않은 것이라든가, 그냥 남아 뒹구는 것을 보면 견디지 못한다. 티끌만 한 먼지가 있어도, 심지어 보이지 않는 구석에 먼지가 묻어 있어도 혀로 핥듯이 털어버려야 한다. 그러니까 먼지를 허용하지 않는 문화이다. 그래서 자연은 언제나 진공적眞空的인 것이 돼버린다.

그러나 원래 자연이라는 것은 조금씩은 불필요한 것이며 더러운 것이다. 그러므로 한국인은 먼지에 대해서 그다지 신경질적인 반응을 보이지 않는다. 오히려 새 며느리가 들어와 집 안 청소를 할 때 너무 털거나 닦으면 시어머니는 그것을 근심스럽게 바라보며 말할 것이다. "얘야, 너무 그렇게 털면 복이 나간단다. 너무 그렇게 닦아대면 애 복이 없어요."

이 세상에는 반드시 먼지와 때가 있게 마련이다. 그렇게 자질구레한 것에 신경 쓰지 말고 좀 느긋하게 살아가야 한다는 것이 한국 할머니들의 슬기이다. 자연을 자연 그대로 대하며 자연과 함께 살아가는 것은 곧 불필요한 먼지까지도 용납하고 받아들이는 태도에서 가능해진다. 그것을 동양인은 덕德이라고 부른다. 그런 관점에서 보면 청결하기로 이름난 민족인 일본은 동시에 '덕이 없는 민족'일 수도 있다.

일본의 정원은 먼지가 없는 자연이다. 거기에 한국인과는 다른 일본인의 자연관이 새겨져 있다. 한국에 정원 문화가 발달하지 못했던 것은 일본인처럼 살아 있는 나무를 가위질하는 것을 좋아하지 않았다는 뜻이며, 그 성장을 억제하지 않고 마음대로 자라게 했다는 의미이기도 하다. 따라서 '쓰메루詰める'라는 뜻의 말이 없었던 한국에는 나무를 한 곳에 몰아 숨 막히도록 빽빽이 심는 식수법도 없었다. 그러므로 60여 종의 나무를 섞어 심어 빼곡히 자라게 하며 자로 잰 것처럼 일직선으로 가지를 친, 슈가쿠인[修學院]에서 보이는 아게고차야엔테이[上御茶屋堰堤]의 '가리코미'의 미는 역시 축소지향의 일본인 체질에나 맞는 것인지 모른다.

분재盆栽 – 정교한 실내악

베이컨의 식목植木과 이에미쓰[家光]의 나무

서구에서 프랜시스 베이컨이 식민지 정책을 식수에 비유하며 '바다를 건너 넓은 신대륙의 광활한 지평선에 나무를 심자'고 외치면서 'Plantation(植木·植民)'이라는 글을 쓰고 있을 무렵, 포르투갈인의 내항來航은 물론 국내인의 도항渡航까지 금지한 3대 장군三代將軍 도쿠가와 이에미쓰[德川家光][157]는 작은 분에 나무를 심고 있었다. 그리고 성내城內 후키아게[吹上][158]의 꽃밭에 수많은 분재를 늘어놓고 그 아담하고 정치精緻한 나뭇가지를 완상하며 미소 짓고 있었다. 그중의 하나가 지금도 궁성에 남아 있다는 높이 110센티미터의 명수名樹, 모요기[模樣木] 분재의 잣나무이다.

이에미쓰가 분재를 얼마나 사랑했는가는 오쿠보 히코자에몬

---

157) 에도 시대의 제3대 장군(1604~1651).
158) 후키아게고엔[吹上御苑]을 가리키는 것으로 본래 에도 성城의 내원內苑.

[大久保彦左衛門]이 이에미쓰가 가장 사랑하는 분재 하나를 땅에 던 져 부수면서 간諫했다는 일화에서도 충분히 추측할 수 있다.

물론 분재도 일본 고유의 문화는 아니다. 에도 시대에 분수盆樹 를 기르는 분재사盆栽師를 '낙타사駱駝師'라고 부른 예에서도 알 수 있다. 낙타란 꼽추를 가리키는 말인데, 이것은 중국 당나라 때 문 인 유종원柳宗元의 글에서 수목 배양의 기술에 뛰어난 '곽郭'이라 는 사나이가 꼽추였다는 고사에서 붙여진 이름이다.

그리고 조선 시대 강희안姜希顔은 일본으로 치면 오닌[應仁]·분 메이[文明]의 대란大亂 때 이미 노송老松이나 노매老梅를 분재하는 기법을 자세히 기록한 『청천양화소록菁川養花小錄』을 남기고 있다.

'분재여, 너마저도'라고 일본인들은 소리칠지 모르지만 그렇게 걱정할 것은 없다. 조그만 상자 속에 미니 정원을 만든 하코니와 [箱庭]의 취미는 결코 미지의 대륙에 나무를 심자고 외친 유럽인의 것도 아니며, 만리장성을 세운 중국인의 것도 아니다. 그리고 실 물 크기 그대로 난분蘭盆을 즐긴 한국인의 것도 아니다. 서구는 말 할 것도 없고 중국에도 한국에도 분재를 키우는 직업은 없었다. 그 사실 하나만으로도 일본만큼 분재를 사랑하고 또 그것이 널리 보급된 나라도 없다는 것을 증명할 수 있을 것이다.

한국에는 일본처럼 '분재정[盆栽町]'159)이라는 지명도 없고 수백

---

159) 사이타마 현[埼玉縣] 오미야 시[大宮市]에 있다.

만의 회원 수를 자랑하는 분재협회란 것도 없다. 물론 아무리 눈을 비비고 봐도 수출 종목에 끼어 있지 않다.

분재, 분석盆石[160]은 역시 세키테이[石庭], 쓰보니와[坪庭]를 만든 축소지향의 국민들 것이다. 상자 속에 상자를 넣고 그 상자 속에 더 작은 상자를 포개어 넣는 이레코[入籠] 문화의 산물이다. 그러므로 세키테이가 더욱 작아져서 분석이 되고, 가위질당한 정원수들이 관목보다 작아져 분재가 될 때 어느새 대자연은 슬그머니 뜰에서 방 안으로 옮겨 앉는다. 정원의 자연은 더욱 축소되어 방 안 선반 위에 올라앉게 되고, 그 아름다움은 정교한 실내악이 되는 것이다.

원로苑路를 따라 걸어 다니며 바라본 회유식回遊式 정원의 자연과, 툇마루에 앉아서 바라본 세키테이의 산수가, 이제는 방 안의 베개처럼 몸에 직접 와 닿는 자연이 된다.

보는 자연에서 만지는 자연으로

자연을 깎고 깎아서 간소화하고 넓은 우주를 돌과 모래의 '가레산스이[枯山水]'로 만들어 마루 가까이 가져온 일본 정원, 그것을

---

160) 수반 위에 자연석과 모래를 배치해서 풍경을 만들고, 그 풍취를 즐기는 것. 무로마치 시대에 시작되었다.

더욱 축소해 방 안의 도코노마床の間로 들여온 것이 분석이며 분재이다.

자연을 자기 가까이 끌어들인다는 것은 '보는 자연'을 '피부로 느끼는 자연'으로 만들려는 것이다.

"쓰보니와는 눈으로 보는 정원이라고 할 수 없다. 그렇지 않은가. 우리는 여자의 몸과도 같은 항아리의 신비한 아름다움을 눈으로 보는 것이라고 생각지 않는다. 누구나 무의식적으로 눈을 감으면서 피부로 뜨겁게 느끼는 것이다"(『翳の庭』)라고 하타 고헤이[秦恒平][161]는 말하고 있다.

피부로 느끼는 자연! 자기에게 더 가까이 다가선 그 자연이 또한 발자국 다가서면 이번에는 아예 손바닥에 올라오는 마메[豆] 분재가 되어버린다. 밖에 있는 대자연을 툇마루 끝까지 끌어들이고도 만족하지 못한 일본인들은 방 안의 분재로도 모자라, 손바닥으로까지 끌어 오고 만 것이다.

정원을 축소한 것이 분재라는 사실은, 분석의 모래와 돌이 단순한 돌과 모래가 아니라 산이나 바다의 경치를 상징한다는 사실을 보아도 알 수 있다.

무로마치 시대에는 분석을 분산盆山이라고 했던 것이다. 분석의 모양에 붙여진 이름도 엔잔[遠山], 시마가타[島形], 도하[土坡] 등

---

161) 현대의 소설가.

모두가 자연 경치와 관련이 있다. 정원의 축경縮景처럼 돌을 배치하고 모래를 까는 방법으로 자연의 경관을 분 안에 모사한 것이기 때문이다.

분석과 분재가 방 안으로 들어온 정원이라는 것은 고칸시렌[虎關師練]162)의 『분석부盆石賦』에 여실히 드러나 있다. 그는 늙어서 몸이 쇠약하여 마당 손질이 어려워지자, "괴석怪石을 청자 분에 담아 물을 부어놓고 늘 곁에 두어 정원의 감상에 대신했다"라고 적고 있다.

나무는 풍경을 묘사하는 물감이다

그러므로 분재는 단지 작은 천지天地, 걸리버 소인국의 나무가 아니다. 광활한 공간과 수백 년의 시간이 응결된 것으로 돌 많은 갯벌[荒磯]이 바다 전체를 표시하는 기호인 것처럼 손가락만 한 분재의 나무도 그것이 자란 풍토의 모든 것을 나타내는 상징적 언어이다.

예를 들면, 그 수형樹形 중에 '호키다치(빗자루 세우기)'라는 것이 있다. 나무줄기 중간쯤에서부터 빗자루를 거꾸로 세운 것 같은 그리고 쥘부채 모양으로 퍼진 수형인데, 그것은 느티나무와 무사시

---

162) 남북조 시대의 선승禪僧(1276~1346).

노[武藏野]의 잡목림雜木林 경치를 방불케 한다. 그리고 거센 조풍潮風 속에서 나무줄기가 여러 방향으로 뒤틀린 모요기[模樣木]의 해송海松을 보면 누구나 그런 모습을 조각해낸 바다 풍경을 머리에 떠올리게 될 것이다. 그와는 대조적으로 나뭇가지를 밑으로 늘어뜨린 '겐가이[懸崖]'의 모양에서는 험준한 산골짜기의 낭떠러지를 볼 수 있다.

그러므로 분재의 수종樹種이나 수형은 그것이 자란 환경, 즉 해안이라든가 심산유곡 또 험준한 낭떠러지 등과 깊은 관련이 있어서 그 모습을 보기만 해도 자연히 어떤 풍경이 떠오르게 마련이다. 가지가 일어서 줄기가 된 이카다부키筏吹き의 수형에서는 풍설風雪로 나무들이 쓰러져 있는 산봉우리의 느낌을 받고, 뿌리 하나에서 대여섯 개의 줄기가 솟아난 수형에서는 평탄한 분지에 우거진 작은 숲의 느낌을 받는다.

수십 종의 나무를 분盆에 심는 '요세우에寄せ植え'는 삼림의 경치를 나타내는 풍경 묘사風景描寫이며, 나무뿌리에 돌을 박거나 혹은 나무를 돌 위에 심어 수반 위에 놓는 '이시즈케[石付]'는 산의 폭포수나 바다의 섬을 나타낸 것이다.

다치바나의 『사쿠테이키[作庭記]』와 같지 않은가. 우리는 거기에서 돌을 놓는 여러 가지 '이시쿠미[石組]' 방법으로 갖가지 자연 풍경을 응축해 가는 수사법을 보았었다. 그런데 분재에서는 단지 '이시쿠미'가 나무의 '시타테(수형을 만드는 짓)'로 바뀌어 그와 똑같은 축소 효과를 만들어내고 있다.

분재는 공간 풍경만을 축소한 것이 아니다. 손가락만 한 참떡 갈나무[眞柏] 같은 가지에 노목老木에서나 볼 수 있는 징[163]을 인공적으로 만들어 수백 년의 시간을 그 위에 응축한다. 줄기에 상처를 내거나 목질부木質部까지 깎아버려 빈 굴을 만들기도 하는 분재의 미학은 천 년의 시간을 일순으로 줄인 것이다. 다치바나는 돌을 놓는 데 가장 중요한 기법이 '돌을 힘 있게 세우는 데 있다'고 했는데, 분재에서도 똑같은 법칙이 적용된다.

'줄기의 뻗침[立上り]' 그리고 '가지의 배치[配り]'와 함께 분재의 3대 요소라고 일컬어지는 '뿌리의 뻗침[根張り]'을 중시하는 것이 그것이다. 돌이 힘차게 박혀 있는 아름다움과 뿌리가 땅속에 꿋꿋이 뻗쳐 있는 것은 폭포와 같은 중력重力의 미학이다.

세키테이도 분재도 작은 것이지만 그냥 작아 보이지 않고 오히려 거대한 세계를 느끼게 하는 것도 바로 중력감을 주는 축소 양식의 특성에 있는 것이다.

손안에 얹혀진 바람과 흙

그러나 여기서 우리는 자연이 축소되면 될수록 그 자연에 대한

---

163) 나무가 말라 백골화白骨化된 것.

인간의 지배력, 인위성의 개입이 점점 커진다는 것을 알게 된다. 분재는 누가 뭐래도 자연을 전족纏足처럼 만든 학대이다.

아무리 아름다워도 그것은 전족으로 만든 난쟁이 노예에게 아름다운 춤을 추게 하는 것과 같다.

분재를 만들기 위해서는 반드시 도구가 필요하다. 싹을 따내기도 하고 가지를 치기도 하며 잎을 자를 수 있도록 하는 가지치기용 가위와, 자연성을 강조하고(모순적인 친절이지만) 자연을 더욱 자연답게 보이기 위해, 그 형태를 꾸며주는 철사가 있어야 한다. 자연의 욕구인 성장을 누르고 자유로운 모양을 일정한 틀에 맞춰 고정하기 위해 인간의 힘이 요구된다.

같은 생명을 가진 자연물이라도 이런 짓을 만약 동물에게 한다면 그 잔인성에 분노를 느끼는 사람이 많을 것이다. 철사로 묶이고 가위로 잘린 피맺힌 짐승들의 상처를 보고 기뻐할 사람은 아무도 없을 테니까.

축소의 미학에서는 '성장成長'은 적이다. 성장한다는 것은 확대지향의 세계에 속하기 때문이다. 그러므로 모든 나무가 분재에 적합한 것은 아니다. 성장이 빠른 나무는 분재의 시민권을 잃게 된다. 줄기에 비해 잎이 너무 큰 것도, 또 가지가 잘 자라는 것도 모두 그 자격 조건에서 제외된다.

자연의 낙제생이 오히려 분재의 세계에서는 우등생이 된다. 왜소화矮小化하기에 편한 것, 될수록 잎이 퇴화하여 자잘한 것—아주 작은 사과를 히메[姬] 사과라고 하듯이, 그런 성질을 히메쇼[姬性]라고 한다 — 등이 환영받는다.

소나무로 소나무를 그리며 삼나무로 삼나무를 조각한다. 무엇을 창안하는 문화가 아니라 이미 있는 것을 다시 개발해내는 이러한 분재 문화는 식물에만 한한 것이 아니라 일본 문화의 기층을 이루고 있는 특성이다(이것은 5장에서 자세히 언급하기로 한다).

그보다도 여기에서 우리가 기억해야 할 것은, 분석과 분재는 그저 정원을 다시 축소한 것만이 아니라 고착적인 자연물을 가동적可動的인 것으로 바꾼 것이기도 하다는 것이다.

축소된 것과 그냥 작은 것과는 전연 다르다는 것은, 이미 앞에서 지적한 바 있다. 축소된 것은 역동적力動的이며 가변적可變的인 탄력성을 지니고 있다. 축소하려면 우선 그 원형은 크고 퍼진 것이어야 한다. 그러므로 분재라 해도 기중기로 날라야 하는 대형 분재[樹高]로부터 시작하여 차츰차츰 수축해 가는 형태를 낳는다.

즉 대형 분재 90센티 이상→중형 분재 50센티 전후→한 손片手 분재→소품小品 분재 25센티 전후→마메[豆] 분재로 축소해 간다. 그것도 마메 분재가 커지면 소품 분재가 되고 소품 분재가 성장하면 중형, 대형이 되는 게 아니라 축소 방법에 의해 처음부터 그것들이 별개로 존재한다.

마메 분재를 장상掌上 분재라고 하듯이, 이미 자연은 글자 그대로 인간의 손바닥 안에 들어오고 만다. 그것은 아무리 큰 것이라도 세 치를 넘지 않는다.

"한 치 벌레에도 오 푼의 넋"[164]이라고, 거목이 벌레처럼 오그라들었어도 꽃피고 열매 맺는다. 그것보다 더 작은 것도 있어서 확대경 없이는 손질할 수 없는 오 푼짜리 분재도 있는 모양이다.

164) 일본의 속담.

꽃꽂이 – 우주의 꽃잎

한 송이 나팔꽃이 의미하는 것

일본인과 꽃 그리고 화도華道에 관해 얘기할 때 곧잘 인용되는 리큐[利休]165)의 에피소드가 있다. 나도 그 얘기를 재음미하면서 꽃꽂이 미학의 한구석을 들여다볼까 한다.

어느 날 히데요시[秀吉]가 뜰에 만발한 나팔꽃에 마음이 끌려 차모임[茶話會]을 열자고 리큐에게 명한다. 그런데 정작 그 모임에 나가 보니 만발했던 나팔꽃은 모두 누군가가 따버리고 한 송이도 없었다. 이에 분격한 히데요시가 급히 다실에 들어가 보니 한 송이 나팔꽃이 도코노마床の間에 꽂혀 있었다.

리큐는 천 송이, 만 송이 나팔꽃을 단 한 송이로 응축하는 것이 일본의 꽃꽂이 정신이요, 그 미학이라는 것을 도요토미에게 가르쳐주려 한 것이다.

---

165) 아즈치·모모야마 시대의 다인茶人. 천가류의 시조(1520~1591).

들판에 핀 꽃을 그대로 놓아두어서는 정원 문화가 탄생하지 않듯이, 정원의 나팔꽃을 그대로 둔 채 바라본다면 꽃꽂이 문화는 탄생하지 않는다. 옛날 일본 사람들은 타관他官에 가면 반드시 그 땅의 신에게 꽃을 꽂아 제사를 지냈다고 한다. 그와 같은 종교 의식에서 꽃꽂이 문화가 생겨나게 된 것이다.

하나다테[花立]·다테하나[立花]·릿카[立華]·나게이레바나[抛入花]·이케바나生け花 등등 그 명칭이 바뀌어도, 또 이케노보[池坊]·오바라[小原]·소게쓰[草月]를 비롯해 3,000이 넘는 유파流派에 의해 그 복잡한 양식이 생겨난 화도華道라 하더라도, 거기에 단 한 가지 공통된 법칙은 '자연의 꽃을 축소하여 방 안으로 옮긴다'는 원리이다. 그러므로 꽃꽂이의 미학은 우선 자르는 것에서부터 시작된다.

"뿌리가 붙은 초목으로는 꽃꽂이가 될 수 없다. 우선 자르는 것에서부터 시작한다. 나무를 자른다, 풀을 자른다, 가지를 자른다, 잎을 자른다, 꽃을 자른다."

하야카와[早川尙洞]는 『쇼도카신쇼[尙洞華心抄]』에서 꽃꽂이 이상으로 그 정의를 위와 같이 간략하게 잘라 말했다.

사쿠라마치 주나곤[櫻町中納言]은 아름다운 벚꽃을 보고 그 만개滿開된 날짜를 조금이라도 더 오래가게 하려면 자기 목숨을 꽃에게 바쳐도 좋다고 신에게 빌었다. 현실적으로 그 소원은 이루어지지 않았으나, 작년 그맘때 보았던 요시노[吉野][166)의 벚꽃을 보고 싶다고 말한 히데요시의 소원은 간단히 이루어진다. 소로리신자에몬[曾呂利新左衛門]이 만개된 벚꽃의 큰 가지를 잘라내어 6자나 되는 큰 그릇에 꽂아 요시노 산을 '꽃꽂이'로 재현할 수 있었기 때문이다.

꽃이 지는 것에는 묵묵히 순응했으나, 꽃의 아름다움을 축소해 순간이라도 자기 옆에 두고자 하는 그 욕망에 대해서는 정원이나 분재 가꾸기와 같이 일본 특유의 집념과 그 기술을 보여주고 있다.

꽃을 보지 말고 그 구조를 보아라

한 송이 꽃에서 천국을 보는 윌리엄 블레이크의 시적 상상은, 일본에서는 도코노마床の間에서 현실의 꽃이 되어 나타난다. 리큐[利休]의 일화에서도 엿볼 수 있듯이, 히데요시는 여러 가지 면에서 '축소 문화'보다 '확대 문화'를 좋아한 사람이다. 그러나 큰 그릇에 꽂은 벚꽃이 자기가 다이고[醍醐][167)의 절에 600그루를 심은 실제 벚나무보다 더 크고 많은 꽃을 표현한다는 사실을 결코 모

---

166) 나라 현[奈良縣]에 있으며, 예로부터 벚꽃으로 유명하다.
167) 다이고[醍醐] 산. 교토 시市에 있다.

르지는 않았을 것이다.

다치바나가 돌을 세우는 여러 가지 방식을 논할 때 "대해大海같이, 대하大河같이, 산하山河같이, 갈대밭같이"라고 말한 것처럼 무로마치[室町] 시대 '화도華道'의 비전서秘傳書 『센덴쇼[仙傳抄]』에서는 꽃을 꽂을 때 "갯가, 강, 후미[入江] 등의 풍경도 나타낼 것. 강을 나타낼 때에는 물가의 꽃을 꽂고, 들을 나타낼 때에는 들꽃을 꽂고, 산을 나타낼 때에는 산의 꽃을 꽂는다"라고 가르치고 있다.

돌로 자연의 산수山水를 축소하려 한 것이 정원이라면, 그것을 꽃으로 응축하려 한 것이 화도이다. 아니 꽃꽂이 전문가들은 정원보다도 더 이상적으로 자연의 경관을 축소한 것이 꽃꽂이라고 스스로 자랑하고 있다. "뜰 앞에 산을 쌓고, 담장 안에 물을 끌어들이는 것도 번거로운 일이 아니겠는가? 단지 물 몇 방울과 작은 나뭇가지 하나로써 강산의 수많은 경치를 나타내고 일순간에 천변만화千變萬化의 가흥을 돋우는 것"이 선가仙家의 사술砂術(현대어로는 꽃꽂이의 기술)이라고 『이케노보 센오 구덴[池坊專應口傳]』에 분명하게 기록되어 있는 것이다.

"돌을 보지 말고, 돌을 놓은 짜임새[構造]를 보라[石を見るな石組を見よ]."

이것이 일본 정원을 상징하는 금언金言인 것처럼, '꽃의 아름다움을 보지 말고, 꽃을 꽂은 구도를 보아라'라고 해도 그것은 같은 의미가 될 것이다. 이와 같은 일본식 꽃꽂이가, 꽃을 모아서 꽂다

발을 만드는 서구식 부케나, 중국·한국의 병 꽃꽂이와 구별되는 점이다.

그저 꽃을 꺾어 방 안에 들여오는 것으로 대자연의 우주를 연상할 수는 없다. 서양인은 꽃을 꺾어 꽃다발이나 화관, 화환 같은, 별개의 기하학적인 형태를 만든다. 그것이 서양식 꽃의 문화이다.

중국이나 한국에서는 한매도寒梅圖에서 볼 수 있듯이 결코 양을 위주로 하는 서양 꽃다발과는 달리 꽃 한 가지에서 우주의 무한성을 표현한다. 그러나 수묵水墨이 아니라 직접 피어 있는 꽃으로 그림 그리듯이 그렇게 꽂지는 않는다. 일본인만이 꽃을 잘라 자연을 축소하고 단순화하여 좁은 공간 속으로 옮겨 온다.

신神이 만들지 못한 공간

그 '축소의 세계'를 만들기 위해 일본인은 우선 어느 세계, 어느 민족도 상상하지 못한 자연의 해체 작업에 착수한다. 꽃꽂이에 '화목花木'을 재구성한다는 것은 원래 한 덩어리로 되어 있는 꽃과 잎과 가지를 하나하나 분리한다는 것을 의미한다. 그러므로 꽃꽂이는, 물건을 해체하고 조립하는 공장에서 나사를 돌리는 스패너가 필요하듯이 가위와 바늘이라는 도구를 필요로 한다.

아름다운 꽃꽂이의 미를 한번 모독할 자유가 나에게 허락된다면, 현대 산업 문명을 낳은 분업 조원 공장의 발상은 포드의 자동차 공장에서 생긴 것이 아니라, 자연의 초목을 각 부분으로 산산이 쪼갠 것을 다시 조립해 구성하는 일본 다다미방에서 생겨난 것이라고 평하겠다.

그들은 꽃과 잎과 가지를 재구성하여, 지금까지 신이 만들어내지 못한 새로운 공간을 만들어냈다.

해체된 자연을 재구성하는 문법은 역시 '축소' 정신에서 태어난 것이다. 병 하나의 꽃으로 들과 산이 표현되기 위해서 그 가지가 원근遠近의 법칙을 지니게 되는 것이다.

"뒤는 산을 보고 앞은 들판을 본다. 그렇게 해서 원근으로 꽂아진 꽃은 뒤에 산의 마음을, 앞에 들의 마음을"(『센덴쇼[仙傳抄]』) 나타내게 된다.

가지의 배치를 '릿카[立華]'에서는 한층 더 넓은 우주 공간을 축소하는 방법으로 '음陰'·'양陽'·'영嶺'·'악岳'·'폭포[瀧]'·'시市'·'미尾'라고 불렀다. 즉 공간을 차지하는 가지의 모양과 방향에 따라 그것은 하늘과 땅[陰陽]은 물론이고 산봉우리 '영嶺'과 산언덕의 '악岳'도 되며, 수천 자의 폭포가 되기도 한다. 이렇게 수직으로 세워진 가지와는 달리 그것을 수평으로 뻗게 하면 '나가시流し'라 하여 시미市尾를, 즉 지평선으로 흐르는 평야와 강이 된다.

이케노보 센코[池坊專好]의 『릿카구덴쇼[立花口傳書]』에 의하면 일곱 가지의 지엽枝葉으로 세계의 산야수변山野水邊을 나타내고, 그

등걸[身]로 또 중산中山 좌우의 연산連山, 원산遠山, 근산近山, 산 둔덕 [麓野] 등을 표현한다.

공간의 '원근'을 나타내는 다테하나[立花]는 또 시간의 '고금古 今'도 동시에 나타내지 않으면 안 된다. 고금의 시간성을 표현하 는 것은 계절감을 나타내는 꽃을 선택함으로써 가능하다. 즉 꽃 꽂이에서 가지는 공간성을 나타내는 것이 축소 방식이요, 시간성 을 응축하는 수단이 꽃인 것이다. 꽃이 지는 것은 인간의 힘으로 어쩔 도리가 없으나, 말하자면 시간을 '확대'할 수는 없으나, 시 간 그 자체는 꽃에 의해 공간처럼 축소될 수 있다는 것이 꽃꽂이 의 사상이다.

그것이 그 유명한 『센덴쇼[仙傳抄]』에 적혀 있는, 연꽃을 꽂는 꽃 꽂이 방법이다. "연꽃을 꽂을 때는 삼세三世로 꽂을 것이다"라는 말에서 삼세三世란 과거·현재·미래의 세 시간을 뜻한다. 잎이 찢 어지고 꽃이 진 연蓮을 꽂아 과거의 시간을, 지금 한창 만개한 꽃 을 꽂아 현재를 그리고 아직 피지 않은 꽃망울과 말아 올라간 잎 을 꽂아 미래를 각기 나타내도록 하는 것이 삼세로 꽂는 꽃꽂이 인 것이다.

가지의 공간성과 꽃의 시간성

가지의 공간성과 꽃의 시간성을 합하면 곧 우주 전체의 모습이

될 것이다. 불교의 극락세계인 수미산須彌山을 정원에 재현한 것처럼, 이케노보 센코[池坊專好]는 우주의 이상적 형태를 꽃의 전체 모습으로 나타내어 '원정형圓正形'으로 하지 않으면 안 된다고 생각했다. 구체球體의 형태로 구성된 꽃의 모양이야말로 우주의 모습을 압축한 것이라고 생각했기 때문이다. 자연의 축소 문화가 꽃꽂이에 의해 더 작게, 더 완전하게, 더 아름답게 단순화되어 방안으로 들어오게 된 것이다. 그러므로 그 축소 방식 역시 한층 더 엄격하고 극단적이어서 현대의 『소부가덴쇼[蒼風花傳書]』의 외침, "자르고, 자르고, 잘라서 만든다[切って, 切って, 切って つくる]"는 말처럼 자른다는 것이 꽃꽂이의 제1장이요 제1절이 되는 셈이다.

『겐지모노가타리[源氏物語]』를 쓴 무라사키 시키부[紫式部]의 꽃꽂이는, 스케일이 큰 자신의 소설처럼 5자 넘는 벚나무의 큰 가지를 자른 것이었다. 물론 그녀에 한한 얘기가 아니다. 문학적으로 맞수이기도 한 세이쇼 나곤[淸少納言]이 꽂은 꽃도 『마쿠라노소시[枕草子]』에 적혀 있는 대로 "한창 핀 벚꽃을 길게 꺾어 커다란 항아리에 꽂은" 것이었다.

옛날의 다테하나[立花]는, "큰 화병에 5, 6자 크기로 꽂는다"(『立花口傳大事』)라고 적혀 있듯이 원래는 모두 큰 꽃을 꽂았는데 점차 압축되고 생략되어 시대가 흐를수록 축소되어 갔다. 일본적인 것으로 완성되어 간다는 것은 이렇게 예외 없이 축소되어 간다는 것과 동의어이다.

말하자면 꽃꽂이의 역사는 축소의 역사, 꽃을 잘라내는 가위의 역사였다. 이케노보 센코의 초기 때는 사간폭四間幅 도코노마床の間의 넓은 공간에 6자, 3자의 큰 화기花器를 두고 큰 꽃을 꽂음으로써 그 솜씨를 자랑했다. '스나노모노砂のもの'라고 불린 이 큰 꽃이 분재처럼 점점 줄어들어 드디어 오늘날과 같은 꽃꽂이 시대를 맞게 되었다.

이케노보[池坊] 일가一家의 동백꽃 '한 송이 꽃꽂이[一輪生け]'의 역사를 생각해보면 꽃꽂이의 축소 문화는 한층 더 선명해질 것이다.

이케노보 센테이[池坊專定]의 『이케바나하쿠기[揷花百規]』에서는 동백의 '한 송이 꽂이'에 모든 잎을 다 따버리고 6장 반만 남겼을 뿐이었다. 엄격하게 깎고 깎아서, 결국 몇 개의 잎으로 간결하게 압축된 동백의 본질적인 미를 구현한 것이다.

그러나 이 작품을 계속해서 한 장, 한 장 잘라내어 더욱 응축하고 생략해 보다 궁극으로 밀고 들어간 것이, 센테이[專定]의 뒤를 이은 센메이[專明]였다. 6장 반의 동백 잎이 결국 3장 반으로 생략된 것이다.

뜰에 핀 나팔꽃을 모조리 따버리고 딱 한 송이만 남겨서 다실로 들여간 리큐[利休]의 꽃꽂이. 그 한 송이가 능히 수백 송이 꽃에 필적하는 압축미를 발휘할 때 비로소 꽃을 대학살하는 그 참혹한 잔인성은 용서받을 수 있게 된다.

상자 속에 들어간 작은 신神들

일본의 춤과 신들의 사다리

"일본 춤에는 왜 그런지 빙빙 도는 선회 운동이 없다"(山崎正和他의 『일본의 미의식』)라고 한다. 그것이 기본으로 되어 있는 유럽의 발레는 말할 것도 없고, 같은 동아시아의 중국이나 한국에까지 있는데 일본 춤에서만은 하늘을 향해 뛰어오르려는 선회의 율동을 볼 수 없다. 춤뿐만 아니라 건축을 보아도 일본의 탑은 하늘로 올라가는 수직선보다 가로로 긋는 선이 더 중시된다. 일본의 탑에 있어서 "위로 올라간다는 것은 그다지 큰 의미가 없다"라고 말하는 학자들도 있다. 이런 현상은 대체 무엇을 의미하는 것일까?

지금까지 우리가 보아온 것으로 미루어 볼 때, 일본인은 밖에 있는 자연뿐만 아니라 신과의 관계에 있어서도 그것을 집 안으로 끌어들이려는 지향성을 보이고 있다. 즉 종교에서도 인간이 신을 향해 나가는 것이 아니라 신을 인간 쪽으로 끌어들이려는 축소 문화의 특성을 나타내고 있는 것이다. 하늘을 향해 올라가려는 확산의 이미지보다는 신이 자기 쪽으로 내려오는 하강의 '축소' 이미지가 일본의 토착 종교인 신도神道의 근간을 이루고 있다. 신이 땅으로 타고 내려올 수 있게 사다리 구실을 하는 요리시로[依代]의 나무들, 노[能]의 가가미이타[鏡板]¹⁶⁸⁾에 그려진 것과 같은 소나무가 바로 그것이다.

그래서 춤은 필연적으로 다다미 1조[疊] 정도의 좁은 장소, 즉 요리시로의 신령神靈이 작용하고 있는 그 범위 내에서 추지 않으면 안 된다는 것이다. 점프는 고사하고 일본 춤의 기본은 허리가 내려앉고 발꿈치가 땅에 닿아 있어야 한다는 정반대의 미학에 의존해 있다.

한국어에서 '춤'이라는 말은, 확실치는 않으나 '치솟음(솟아오르다)'에서 왔다는 설도 있다. 물론 여러 종류의 춤이 있겠지만, 대개 그 기본이 되는 것은 학무鶴舞와 같이 새가 나는 모습, 바야흐로 날기 시작하는 율동이다. 춤의 기본 형태를 분석해보면 세계를 향해 자기를 열어 보이는 동작에서 초월적인 세계를 향해 상승하는 상징성을 발견할 수 있다. 대부분의 춤은 파도와 같이 퍼져가며, 새가 날고 구름이 흐르듯이 유전한다. 특히 종교적인 한국 무당춤은 점프하는 동작이 여러 번 반복된다.

그런데 일본은 춤마저도 축소지향적이다. 손의 움직임에도 끊

---

168) 노[能] 무대의 정면 뒤에 있는 판자. 보통 소나무가 그려져 있다.

임없이 무엇인가를 부르는 동작의 반복이 많고, 다리의 움직임도 좁은 옷자락 안에 응축되어 옹색하게 움직인다.

한국 춤이 조류鳥類를 연상시킨다면, 일본 춤은 뱀처럼 땅을 기어가는 파충류爬蟲類를 연상시킨다. 무희를 그린 드가의 그림을 보면 낙하산같이 360도로 퍼진 치마와 중력을 발길로 걷어차고 똑바로 서 있는 토슈즈(발레용 신발)가 경쾌하게 도약하고 있다.

조르주 플레라는 비평가는 '확대'와 '축소'의 두 의식 지향성으로 『보바리 부인』을 분석하고 있다. 마담 보바리는 확산에의 꿈을 항상 가슴에 품고 있다. 그 확산의 의식이 가장 잘 드러나 있는 곳이 이 소설의 결정적 전환점인, 보비에사르 저택에서 자작子爵과 왈츠를 추는 장면이다. 그녀를 중심으로 모든 것이 빙빙 돌며 선회 운동을 할 때 그 춤의 이미지는 상류 사회와 더 넓은 파리의 사교계에 나가고 싶은 마담 보바리의 꿈 그 자체인 것이다. 물이 괴어 있는 늪에 돌을 던졌을 때처럼 왈츠 춤의 선회는 자신이 샤를 보바리와 살고 있는 권태로운 좁은 동네를 뒤로하고 한 번도 가보지 못한 넓은 세계, 파리로 끊임없이 퍼져가는 파문이라 할 수 있다.

가미다나[神棚]에 초대된 신들

물론 신을 땅으로 불러 내리는 요리시로[依代]의 소나무는 일본에만 있는 게 아니다. 하늘과 땅을 연결하는 그 나무를 신화학神話學에서는 '우주목宇宙木'이라고 부른다. 한국의 신화에서도 환웅桓雄은 신단수神檀樹 밑으로 내려온 것으로 되어 있다. 어떤 원시 종교에서도 흔히 볼 수 있는 현상이다.

문제는, 그것으로 끝나지 않고 그 신을 자기 집 안으로 서서히 끌어들이는 과정과 그 단계적인 수축 현상이 일본에서처럼 뚜렷이 나타나 있는 종교 문화가 그리 흔치 않다는 점이다.

신도神道[169]의 경우를 보자. 산을 신체神體로 모실 때 사람들은 신을 만나기 위해 그 산속의 신사神社에 가지 않으면 안 된다. 여기까지는 세계의 어느 종교와도 별로 다를 게 없다. 그러나 신체인 산을 모시는 오쿠미야[奧宮]를 좀 더 인간이 살고 있는 동네 쪽으로 끌어오기 위해 나카노미야[中の宮]를 만들고, 그것을 또 아예 사람이 사는 동네 안으로 끌어들여 사토미야[里宮]를 세운다.

뿐만 아니라 그 지방의 우지가미[氏神]나 오래된 일본의 신사에 가보면 멀리 떨어진 다른 지방 신이 그곳에 출장해 와서 머물 수 있도록 호텔 시설을 구비해놓고 있다. 신사 옆에 쭉 늘어선 '셋샤[攝社]'나 '맛샤[末社]'라고 불리는 미니 신사가 그것이다.

그러나 여기서 수축의 단계가 끝나는 것이 아니다. 동네 신사를 더욱 축소해 운반할 수 있게 만든 것이 '오미코시[御神輿]'이다.

___

169) 샤머니즘과 고사古事가 결합한 고대 일본 이래의 특수한 신앙.

마쓰리[祭] 날이 되면 신사는 오미코시에 의해서 정해진 중계소[御旅所]까지 옮겨진다. 그래서 신이 우편물같이 거리거리에 배달되는 것이다.

그러나 이것으로 다 끝났다고 생각해서는 안 된다. 이것으로 마지막인가 하고 생각하는 순간, 또 줄어들어 더욱 인간 가까이 오는 예의 수축 작용을 우리는 수없이 보아오지 않았던가. 오미코시는 더욱 축소되어 이제는 인간이 살고 있는 방 안으로까지 들어오게 된다. 그것이 바로 일본 특유의 '가미다나[神棚]'인 것이다. 멀리 있는 신은 어느새 도코노마[床の間]에, 선반 위에 올라앉아 있다. 정원 속의 자연이 다시 축소되어 분재의 해송[海松]으로 방 안에 들어앉은 것처럼……

이세진구[伊勢神宮]의 부적을 모셔둔 가미다나나 우지가미나 또 자기에게 효험을 준 많은 신들이 분재의 작은 산과 들처럼 이 작은 선반 위에 매달려 함께 살고 있는 것이다. 아니, 가미다나는 더 줄어든다. 그리고 더 가까워진다. 그것이 품에 지니는 '오마모리[부적]'이다.

불단佛壇과 텔레비전

불교도 예외는 아니다. 상자 안에 상자를 집어넣는 일본의 '이레코[入籠] 문화'는 절 안에 또 하나의 작은 절을 만들어서 그 속에 부처님을 모신다. 그것이 본당의 즈시[廚子][170]이다. 절 건물 안에 정교한 세공으로 만든 미니어처 절을 만들고, 그 안에 본존을 모시는 다마무시즈시[玉蟲廚子] 같은 것을 방 안으로 들여온 것이 도코노마床の間이며 불단이다. 신사가 줄어서 가미다나가 된 것처럼 절이 줄어들어 불화佛畵의 족자와 미쓰구소쿠[三具足][171]를 놓은 도코노마가 된 것이다.

절과 신사를 영화관이라고 한다면 가미다나와 도코노마에 늘어놓은 미쓰구소쿠 혹은 불단은 텔레비전에 비길 수 있다. 온 세계 사람들이 신의 영화관인 성당에서 예배를 드리고 있을 때, 일본인들은 밖에 나가지 않더라도 집에서 가미다나나 불단佛壇 같은 신의 텔레비전 앞에서 절을 할 수가 있는 것이다.

신도 텔레비전처럼 방 안에 놓고 보는 것이 일본인들이다. 단순히 풍자하는 얘기가 아니다. 넓은 바깥 세계에서 일어난 사건이나 경관, 스포츠 경기, 화제의 정보를 줄여서 방 안에 끌어들인 텔레비전 문화야말로 일본인의 축소지향에 가장 맞는 것이라 할 수 있다. 좁은 2DK[172]에 살고 있는 오늘의 일본인에게는 텔레비

---

170) 두 개의 문짝이 달린 감실. 불상·불경 등을 넣어둔다.
171) 향로, 화병, 촛대.
172) 방이 두 개 있고 부엌(Dining Kitchen)이 있는 아파트란 뜻으로, 여기에 거실(Living Room)이 있다고 하여 '2DK'라고 부른다.

전이 놓여 있는 곳이 그들의 도코노마이다.

정보의 민감성이 일본인의 한 특성이라고 이따금 논의되고도 있다. 이미 가마쿠라 시대부터 일본인들은 슬쩍 남의 집에 숨어들어가 정보를 캐오는 것을 업으로 한 '닌자(둔갑술을 써서 정탐 행위 등을 했던 사람)'라는 전문 집단이 있었다. 드넓은 세계에서 일어나고 있는 갖가지 사건 가운데 필요한 정보만을 요약해 방에 끌어들이는 것이다. 더욱이 밖의 것은 안에 넣고 안의 것은 밖으로 내놓지 않는 것이 정보의 속성이다.

그러므로 일본인의 축소지향성은 그 정보에 대한 예민성에 여실히 반영되어 있다.

외계의 자연을, 하늘의 신을 도코노마로 끌어들인 그 쥘부채형의 지향이 현대에서는 텔레비전 지향의 문화가 되었다고 해도 별로 놀랍지 않다.

일본인이 세계 어느 국민보다도 텔레비전 지향적이라는 것은 그 채널의 수가 많은 것, 그 프로그램이 아침저녁으로 신문 한 페이지를 차지하고 있다는 것, 또 전차가 시발하는 아침 5시 반부터 방송이 시작된다는 것만을 가지고 말하는 것은 아니다. 세계 각국의 프로그램 수입 통계를 보면, 소련·중국은 별도로 하더라도 중미 국가인 과테말라의 84퍼센트에 비해 일본은 5퍼센트밖에 안 된다. 4퍼센트인 미국 다음이다.

텔레비전, 신문, 전화, 자동차, 냉장고 등 다섯 가지 중 한 가지만 가질 수 있다면 무엇을 선택하겠는가 하는 필수품 선호도選好度 조사에서[173] 미국인은 텔레비전 선택이 불과 3퍼센트밖에 되지 않는 데 비해 일본인은 무려 31퍼센트나 되었다. 텔레비전 시청 시간도 닐슨 조사에 의하면(1980) 도쿄[東京]가 가구당 하루 8시간 12분인데, 미국은 6시간 44분이다. 유네스코의 보고서대로 일본이 세계 제일의 TV 왕국인 것이다. 그것도 심야 방송의 포르노에 가까운 밀실 문화에서부터 〈실크 로드〉와 같이 오랜 역사와 광활한 대륙의 지평선까지 자기 방 안으로 끌어들여 혹은 손바닥 위에 얹어놓고 보는 것이다. 과장이 아니다. 분명 내셔널 회사의 흑백텔레비전 중에는 손바닥에 놓을 수 있는 마메[豆] 분재盆栽만한 것이 있다. 세이코사에서는 드디어 손목시계에 텔레비전 영상기를 올려놓고 말았다.

몸 안으로 들어가는 산수山水

세키테이[石庭]에서 사라진 꽃은 꽃꽂이가 되었고 나무는 분재가 되어 실내로 들어왔다. 그러면 모래 때문에 없어진 샘물, 강물은 어디로 갔을까.

그 물음에 대한 해답이 일본의 다실 문화이다. 그 물은 차茶가

---

173) 일본 NHK와 미국 갤럽사의 공동 조사.

되어 도코노마의 꽃꽂이와 함께 다다미 4조 반 넓이의 공간에 나타난 것이다. '바라보는 자연', '만지는 자연'이 이젠 '마시는 자연'이 된다.

대우주가, 그 광활한 자연이 둥근 찻잔 속에 응축되고 다시 물 한 방울이 되어 인체 속으로 들어간다. 보고, 보여지고, 만지고, 만져지는 관계는 이미 소멸되어버렸다. 자연과 인간이 차에 의해 일체가 되는 것으로 '축소 문화'의 자연은 제4악장째의 연주를 끝마치게 된다.

돌이 자연의 뼈라면 물은 그 혈액이다. 우주의 혈액은 인체의 피와 섞여 한 줄기의 생명이 된다.

엘리아데의 말을 인용할 필요도 없이 차를 마신다는 것은 자연을, 우주 창조의 그 시간을 마신다는 것이다. 그것은 스스로 생명을 정화하고 새롭게 하는 작용이며, 끝없이 정신의 세례를 행하는 의식儀式이다.

선종禪宗에서는 그것을 일미동심一味同心이라 한다. 부처에게 공양한 차를 마심으로써 자기와 부처가 한마음이 되고 한 존재가 된다. 높은 산에서 흘러내리는 골짜기 물과 깊은 땅속에서 샘솟는 물은 조선조 후기의 초의 선승艸衣禪僧이 「다신전茶神傳」에서 말한 바와 같이 차가 됨으로써 그 영혼과 육신을 갖게 된다. 즉 '차는 물의 영혼이며 물은 차의 몸'인 것이다.

밀도 없는 밍밍한 물이 녹차의 농도 짙은 색깔과 향기로운 물로 변모한 것은, 들꽃이 꽃꽂이가 되고, 산의 나무가 분재가 된 것과 같은 것이다. 차는 인간에 의해 압축된 '문화의 물'이다. 사가 덴노[嵯峨天皇][174]가 차를 산정山精이라고 노래한 것을 생각해보면 차는 다만 음료수가 아니라 산과 같은 대자연이 결정結晶된 것이라고 할 수 있다.

속세俗世의 은자隱者

속세의 생활 안에 자연을 끌어들이려고 한 축소 문화는 결국 다실茶室이라는 공간을 만들었다. 수십 리나 걸어 들어가야 하는 산동네가 그리고 은자隱者의 암자가 중문만 열고 들어가면 바로 눈앞에 나타나는 것이 다실이다. 안채에서 다실까지의 뜰과 도비이시(징검돌)는 속세와는 다른 공간을 찾아가는 '심산 속의 오솔길'인 것이다.

"다실의 뜰을 어떻게 만드는 것이 좋은가"라는 질문을 받고, "'참나무 단풍잎이 흩어져 쌓여가는 심산深山 외진 길[道]의 쓸쓸함이여'라는 옛 시 한 수를 마음에 두고 만드시오"라고 리큐[利休]는 대답했다고 한다. 과연 그런 것이다. 다실은 깊은 산속 골짜기에 있는 초암草庵을 속세 한가운데로 끌어들인 것이다. 로드리게

174) 제52대 천황(786~842).

스[175]는 다실이 시골 오두막집 한 채나 산속의 운둔자의 초암을 축소해놓은 것임을 예리하게 파악하고 있다.

그래서 사람들은 다실을 '시중 속의 산거[市中の山居]' 혹은 '시중은市中隱'이라고 불렀다. 도시 한복판에서 은둔자의 한거閑居를 맛보는 이 다실 문화야말로 일본인의 가장 약삭빠른 편의주의 또 현실주의의 상징일 것이다. 중국인이나 한국인에게 있어서의 'to be or not to be'는, 세속의 도시에서 살아야 하느냐, 자연의 산촌으로 돌아가야 하느냐 하는 것이 끊임없는 삶의 방식에 대한 질문이었고 그 회의이며 갈등이었다. 자연과 함께 한유閑遊 자족自足하는 생生은 이상이며, 도시의 속진俗塵에 섞여 사는 영욕의 생은 현실이다.

한국의 '시조'에서는 그것이 새로 상징된다. 자연 속에서 살아가는 은둔자의 생을 대표하는 것이 백구白鷗이며, 속세의 생활을 나타내는 것이 솔개와 참새이다.

서로 대립하는 모순된 두 가치 중에서 어느 하나를 선택해야 한다는 것은 매우 괴롭고 힘든 일이다. 여기서 이념의 문제가 생기게 되고, 그 선택 때문에 사상을 탐구할 필요가 생긴다.

---

175) 포르투갈인 예수교 선교사(1558~1633). 1576년에 내일來日했다.

이데올로기가 없는 일본기日本旗

그러나 일본인은 이와 같은 이념 그리고 현세를 초월한 이상의 원리를 탐구하려 들지 않는다. 축소지향의 문화는 추상적인 사고思考와는 인연이 잘 맞지 않는 문화이다. 다실 안에서 시중산거市中山居를 즐기는 사람들에게는 처음부터 그러한 고민이 쓸모없는 괴로움으로밖에 여겨지지 않는다. 관직을 던지고 「귀거래사歸去來辭」를 읊은 도연명陶淵明이 어리석게 보일 뿐이다.

그러므로 일본에는 야스타네[保胤]부터 초메이[長明][176], 겐코[兼好][177]로 이어지는 훌륭한 은둔 문학이 있었지만, 그들은 중국과 한국의 은자隱者와 달리 마지막까지 일본 문화의 아웃사이더로 남게 된다.

겐코는 『쓰레즈레구사[徒然草]』에서 중국의 은둔자 문화를 실현한 사람의 이름을 들면서 일본이라면 그 이야기도 전해지지 않았으리라고 적고 있다. 일본 문화에 있어서 은자의 전통이 얼마나 희박한가를 잘 나타내주고 있는 말이다.

사실 일본의 은자는 중국이나 한국과 달리, 속세를 버렸다고는 하지만 당시의 권력자와 사이가 좋았다. 도렌[登蓮]은 기요모리[淸

---

176) 가모노 초메이[鴨長明].

177) 요시다 겐코[吉田兼好]. 가마쿠라 시대 말기의 가인歌人, 수필가(1282~1350). 저서에 『쓰레즈레구사[徒然草]』가 있다.

盛]178)에게 사랑을 받았고, 겐코도 새 통치자와 손을 잡고 잘 지낸 것으로 되어 있다. 일본인들은 양자택일이 아니라 양자를 공유하는 방법을 생각해내는 약삭빠른 사람들이기 때문이다.

은자가 산속에 있으면서 시중의 권력을 맛보았듯이, 세속인은 속세에 있으면서도 동시에 산속 정취를 맛보고 화려한 부와 권세 속에서도 빈자貧者의 소박미素朴美까지 즐긴다. 부가 빈곤까지를 겸한다. 때로는 세속인과 똑같이 결혼을 하고 아내와 지내면서도 [帶妻] 출가한 스님과 다름없이 법열을 느낀다.

"미국 국기에는 의미와 주장이 있어요. 이미 국기가 합중국이라는 나라의 본질을 말하고 있지요. 프랑스 국기는 자유, 평등, 박애라고 씌어 있어요. 소련(러시아) 국기는 인민과 피라고 써 있는데, 일본 국기에는 아무것도 안 써 있어요. 해님이란 것은 국가 형성 이전의 민족에게나 존경할 가치가 있는 것이지, 이런 것을 종이에 그려서 내거는 국가는 아무 주장도 하고 있지 않다는 것입니다." 비평가 야마자키 마사카즈[山崎正和] 씨는 이렇게 말한다.

일본인에게는 확실히 무無이념주의의 일면이 있는 것이다. 나카무라 하지메[中村元] 씨도, 같은 불교라도 중국의 천태종天台宗이 이理를 존중한 것에 비해 일본의 그것은 사물[事]을 강조했다고 지적한 바 있다.

---

178) 헤이안 시대 말기의 이세伊勢지방 다이라[平] 가문의 수장首將(?~935).

이치를 존중하지 않는 세계, 이데올로기가 없는 세계에서는 '편의주의'가 행동의 척도가 될 수밖에 없다. 도시를 버리고 산거山居하는 것보다 속세의 다실에서 연출된 은둔 쪽이 훨씬 한거閑居의 즐거움을 주는 편리한 생활이 된다. 실생활보다 그것을 연극으로 연출한 것을 보는 쪽이 훨씬 재미있고 슬프고 감동적인 것과 같은 이치이다. 모요기[模樣木]의 분재가 진짜 나무보다 훨씬 자연스럽게 보이며, 세키테이[石庭]의 모래밭이 진짜 바다보다 더 잔잔하고 아름다운 것처럼 말이다.

그러므로 이념의 세계를 감성으로, 이미지로, 예술로 대치한 것이 일본 문화라 할 수 있다. 일본이 근대화를 재빨리 이룩하고 서구 문명을 쉽게 수용해 자기 것으로 만들 수 있었던 것은, 그들이 중국인이나 한국인과는 달리 자연에 대한 '이념'을 갖지 않았기 때문이다.

'시중은市中隱'이라는 편의주의는「귀거래사」를 읊지 않고도, 국화꽃과 더불어 살아가는 삶의 양식이다. 은자의 멋을 즐기면서 동시에 시중 속진을 발전시켜 가는 양서류兩棲類 문화이다. 모순을 함께 공유하는 그런 문화를 가능케 한 것은 속세에 자연을 끌어들여 다실을 만든 '축소지향'의 음식 때문일는지도 모른다.

'시중은'의 사고방식, 그 편리한 무이념주의, 이미지가 실체의 의미보다 더 강렬한 힘을 지니는 일본 문화는 이와 유사한 역설적인—수사학에서는 그것을 모순 어법이라 하지만—단어를 만들어낸다.

　도시 속에서 은둔하는, 다다미 4조[疊] 반의 다실! 그 안에 있
는 것은 자동판매기로 부적을 팔고, 남의 나라에서 전쟁이 나면
돈을 벌어 평화를 누리고, 신칸센[新幹線] 안에서 '마쿠노우치幕の
內[179]벤토'를 먹는 모순의 문화 속에 세계 최고의 번영을 누리는
일본인의 얼굴이다.

---

179)　무대 뒤의 분장실과 그곳에서 배우가 먹었던 주먹밥으로 만든 도시락을 가리킨다.
에도 시대 중기에 시작되었다.

IV
인간과 사회에 나타난 축소 문화

다다미 4조 반[四疊半]의 공간론

성냥갑 집에서 토끼장까지

산하山河도 초목草木도, 또 하느님도 부처님도 모두 조그맣게 줄여 화분에, 선반에 옮겨놓은 그 기적의 공간, 일본인이 생활하고 있는 그 방은 도대체 어떤 곳이었을까.

다다미[疊], 도코노마床の間, 다실茶室……, 이렇게 인상적으로 떠오르는 몇 개의 특징만으로도 그 공간이 유럽은 물론 중국이나 한국의 그것과 아주 다르다는 것을 어렴풋이 깨닫게 된다.

향수병이 어찌하여 물을 넣는 물병처럼 커질 수 있겠는가. 일본의 집 역시 결코 웅장하지 않다. 지금의 고라쿠엔[後樂園]을 봐서도 알 수 있듯이 일본의 다이묘[大名]들은 10만 평을 오르내리는 넓고 호화로운 저택에 살았지만, 그와 관계없이 보통 일본 집이라고 하면 그것 역시 축소지향적 문화에서 벗어날 수 없는 이미지를 갖고 있다. 유럽 사람들이 일본 주택에 붙인 문학적인 별명을 골라내보면, 그 이미지가 어떤 것인지 금세 알아낼 수 있을 것이다.

일본에서 교편을 잡고 있었던 영국의 작가 윌리엄 부르마는 일본 집을 '종이 집'이라고 불렀고, 《타임》에서는 '성냥갑 집'이라고 했다. 그로부터 거의 1세기가 지난 오늘날에는 '토끼장(rabbit hutches)'이라는 표현이 등장해 '이코노믹 애니멀'이라는 말만큼이나 유명해졌다. 그것은 종이 집보다 견고하고, 성냥갑 집보다 훨씬 넓은 것이지만 일본인에게 비할 수 없을 만큼 큰 충격을 준 표현이었고, 또 심각한 것이었다.

도쿠가와[德川]의 쇄국 시대에 어느 유럽인이 쓴 시구나 기행문에서 나온 것이 아니라 바로 현대, 그것도 EC 위원회의 비밀 리포트(1979) 한 절에 적힌 말이고 보면, 성냥갑 집하고는 좀 사정이 다를 수밖에 없다. 특히 그것이 '워커홀릭workaholic(일 중독)'이라는 말과 나란히 쓰였으므로 '토끼장'은 동화童話의 세계가 아니라 현실적인 문제인 것이다.

토끼장보다 더 응축凝縮된 표현으로 "이 국민은 트랜지스터화된 개미집[塚]에서 주식회사 일본을 위해 부지런히 일한다"(프랑크 기브니)라는 것도 있다.

그러나 우리는 일본의 주택을 토끼장이라든가 개미집이라고 말한 사람들보다 그 말을 받아들이는 일본인의 태도에 주의를 기울일 필요가 있다. 일제 상품이 유럽 시장을 석권하는 원인은 그들이 사회 복지 같은 것을 돌보지 않고 일벌이나 개미처럼 맹목적으로 일만 하기 때문이라고 하는 서양 사람의 비판에 대해, 일본인의 반응은 대개 두 가지로 나누어볼 수 있다.

'괘씸한 발언이지만, 우리도 반성해야 한다. 주택도 개량하고 생활 환경도 바꾸어 복지 문제에 힘을 더 쏟아야 한다'는 것과, '그것은 일본의 경제 성장을 질투한 억지소리이므로 더욱 열심히 일해야 한다'는 것이다.

일본인이 토끼장 같은 집에서 살 수밖에 없는 원인으로, 일본의 지가 취득비持家取得費가 보통 월급쟁이 연수年收의 약 6배(대도시에서는 7배)가 넘기 때문에 구미의 3배에 비해 훨씬 높고, 또 토지대의 국제 비율 역시 5배나 되기 때문이라는 통계 숫자를 제시할 수도 있다. 그렇지만 토끼장 같은 좁은 집에 산다는 것에 대해 서구인이 보고 생각하는 것과, 실제로 그 속에 살고 있는 일본인이 느끼고 있는 그것 사이에 분명한 어떤 차이가 있다는 사실에 대해 언급한 일본인은 별로 없는 것 같다.

가모노 초메이[鴨長明]의 주택관

만약 일본인이 좀 더 자신의 모습을 자기 눈으로 바라볼 수 있다면 '토끼장' 논자論者에게 이렇게 반론할 수도 있을 것이다. 일본인은 할 수 없어서가 아니라, 스스로 좁은 생활공간을 즐기려는 전통이 있었다. 그 점을 당신들은 알아야 한다. 물론 오늘날의 일본인들에게도 '근近·광廣·안安'[180]이라 하여 이상적인 주택 조건으로 집의 넓이가 중요한 요소 중 하나를 차지하는 것이 사실이다. 그러나 일본인의 전통적인 주택관이나 주거 공간에 대한 감각은 서구인의 그것과는 확실히 다른 점이 있다.

중세 때부터 일본의 서민들[伊勢地方]이 작으면 1.5평, 커야 35평으로 평균적으로는 5평 집에서 살아온 역사를 알고 있는가? 넓은 안채를 놔두고, 다다미 4조[疊][181] 반의 작은 다실을 만들어놓고 일부러 그 좁은 공간에 꼭 끼여 손님들과 차를 마시며 좋아했던 일본 다도茶道의 비밀을 알고 있는가? 일본 말 특유의 '고진마리'라는 말뜻을 생각해본 적이 있는가?

"집은 좁으나 마음은 넓다"라는 속담을 아는가. 좁기 때문에 오히려 마음이 안정되고, 토끼장 같은 좁은 공간이기에 오히려 정신을 집중해 넓은 우주를 볼 수 있는 '젠[禪]'의 깨우침을 당신들은 체험했는가. 러시아워가 아닌 때 지하철이나 혹은 비어 있는 신칸센[新幹線]을 탄 적이 있는가? 넓은 좌석이 있어도 마치 만원이었을 때와 마찬가지로 구석 자리에 쪼그리고 앉아서, 토끼가 아니라 고양이처럼 얌전히 웅크리고 꾸벅꾸벅 잠들어 있는 '메이지[明治]의 어머니'들을 본 적이 있는가.

180)　직장까지의 통근 시간이 그다지 걸리지 않는 넓고 싼 집.
181)　조(疊)는 다다미의 수를 세는 말.

실증實證이 없으면 믿으려 하지 않는 것이 구미인들이므로 한두 개쯤 실례實例를 드는 것도 좋을 것이다. 그렇다. 메이지 시대, 양옥[洋館] 붐이 일어났을 때의 마에다[前田] 후작 이야기를 들려주면 좋을 것이다.

그는 도쿄에 건평 204평의, 지금 돈으로 6억 엔에 해당하는 양식 저택을 지어놓고서도 어쩌다 접객용으로 사용했을 뿐, 본인은 여전히 '종이 집'이라는 그 좁은 구가舊家에서 살았다는 것이다.

그래도 설득되지 않으면 좀 더 아카데믹한 중세의 그 근엄한 고전, 가모노 초메이[鴨長明]의 『호초키[方丈記]』를 인용하는 것도 좋을 것이다. "잠깐 살다 가는 집…… 그것은 나팔꽃에 맺힌 이슬과 다름없을진저……, 물고기와 새가 살고 있는 것을 볼지어다. 물고기는 물에 싫증나지 않으니, 물고기가 아니면 그 마음을 알지 못하리라. 새는 숲을 원한다. 새가 아니면 그 마음을 알지 못하리라. 조용한 집에서 사는 마음도 또한 그와 같으니 어찌 살아보지 않고서 누가 그 뜻을 알까 보냐."

여기의 '조용한 집[閑居]'이란 그가 살았던 '호초[方丈]'를 의미하는 것이며, '호초'는 사방이 한 장丈이란 뜻이니 오늘날 다다미 4조 반 정도 넓이의 좁은 방이라는 것을 주注로 달기만 하면 EC의 보고서는 한순간에 그 빛을 잃고 말 것이 아니겠는가.

다다미와 생활공간의 단위

단순한 농담이 아니다. 좁은 공간이라고 하면 바로 토끼장이나 감옥밖에 생각할 줄 모르는 구미인과는 분명히 다른 어떤 감각을 일본인은 갖고 있다. 생활공간에 대한 기본 단위가 서양인과 분명히 다르다는 것은 일본인의 주택 공간 의식이 일본 특유의 다다미에 의해서 형성되어 있다는 점에 연유한다.

"일어나면 다다미 반 조, 누우면 다다미 1조"라는 속담 가운데 그 모든 것이 상징되어 있다. 이 세상에서 인간 하나가 차지하는 최소 단위의 생활공간을 구상적具象的으로 나타낸 것이 바로 다다미 1조의 크기이다.

알렉산더 대왕이 신하와 장난으로 씨름을 하다가 땅바닥에 쓰러졌을 때, 통곡하며 울었다는 일화가 생각나지 않는가. 몸 둘 바를 모르고 용서를 비는 신하에게 그는 이렇게 말했던 것이다.

"진 것이 분해서 그러는 것이 아니네. 넓은 천하를 정복했어도 결국 내가 최후에 차지하게 될 땅은 겨우 이 정도밖에 안 되지 않겠는가. 그것을 생각하니 울음이 나오는 것일세."

그가 울기만 하지 않고 그 공간 의식을 생활 속에 응용했더라면 서구인도 아마 지금쯤은 다다미 위에서 살게 되었을지도 모른다.

다다미는 다만 방에 깔린 자리라고 하기보다는 그 자체가 집의 공간을 만드는 기본 단위인 셈이다. 16세기 말경의 다다미와리疊

割り라는 것이 그것이다. 즉, 방과 기둥 사이를 다다미 넓이에 맞춰서 만든 것이 바로 교마[京間][182)]이다. 우선 다다미 1조의 개념이 있고, 거기에서 방의 공간이 만들어졌기 때문에 옛날 교토[京都]에서는 집의 세금을 매기는 데 다다미의 조 수[疊數]로 정했다고 한다(탈세는 고금을 막론한 지혜이므로, 시골 방의 다다미보다 교토의 그것이 더 커졌던 이유도 여기에서 비롯된다).

또 방 전체가 아니라 그 둘레에만 돌아가며 다다미를 깐 헤이안[平安] 시대에는 다다미 1조의 넓이가 신분에 따라 각각 엄격하게 규정되어 있었다. 『엔기시키[延喜式]』[183)]에 의하면 1위는 6자와 4자, 2위는 5자와 4자, 3위는 4.6자와 4자 등의 순으로 되어 있었는데, 그것을 보아도 다다미 1조가 일본인이 점유하는 생활공간의 상징이었다는 사실을 부인할 수 없을 것이다. 에도 시대의 겐분[元文] 3년(1738)에 다이묘들의 저택 부지 면적을 그 영지의 넓이에 따라 규정한 포령布令의 원형이 이미 다다미 넓이 위에 있었던 것이다.

---

182)   교토에서 방의 넓이를 재는 척도.
183)   궁중의 연중 의식이나 그 법도 등을 적은 책. 927년에 시행.

광장 문화와 다실 문화

프랑스인은 '일본화日本化'하는 것을 '다다미제tatamises'라고 한다. 본고장 불어 이상으로 음악적으로 들릴 뿐만 아니라, 그 의미에 있어서도 함축성이 깊다. 과연 프랑스인다운 조어造語이다. '다다미제'라는 말은 일본 문화에 그대로 적용해봐도 조금도 어색할 것이 없다. 일본이 중국이나 한국의 대륙 문화를 받아들여 그것을 점차 일본화해 가는 과정과, 일본의 주택에 다다미가 깔려가는 그 과정은 거의 일치하기 때문이다.

다다미가 처음으로 등장하는 헤이안 시대는 일본 독자獨自 문화가 싹트기 시작한 바로 그때이다. 사람이 앉는 장소에만 깔았던 다다미를 작은 방에서는 전부 그리고 큰 방에서는 중앙만을 남기고 전부 깔았던 시대를 거쳐 드디어는 방의 크고 작음을 불문하고 전부 다 깔게 된 무로마치 시대에는 일본 문화가 완전히 뿌리를 내리게 된 것이다.

다다미가 완전히 깔리고 난 다음부터 노[能], 다도茶道, 꽃꽂이[華道], 세키테이[石庭] 등이 나타난다. 특히, 판자를 깐 바닥에 의자를 놓고 앉아서 차를 마셨던 남북조 시대의 당풍적唐風的인 다문화茶文化가 왜풍의 다도로 바뀌게 된 것은 다다미 위에 앉아 차를 마시기 시작한 그 순간부터이다.

곰곰이 생각해보면, 중국, 한국 등의 대륙 문화에서 찾아볼 수 없었던 일본의 독자적인 문화는 다다미가 깔려 있는 그 방, 그것

도 호초[方丈], 다실, 마치아이[待合い] 등 다다미 4조 반으로 대표되는 그 좁은 공간과 불가분의 관계가 있음을 깨닫게 된다.

그리스 문화를 낳은 것은 아고라(폴리스의 중앙 광장)였다. '오전'을 '아고라가 찰 때', '오후'를 '아고라가 빌 때'라고 불렀듯이 아테네의 시민들에게 그 생활 터전이 된 것은 광장이었다. 그래서 예술도 수사학도 철학도 정치도 모두가 이 넓은 광장에서 생겨난 것이다.

광장에 가장 잘 어울리는 것은 빛의 예술인 조각[彫刻]이다. 광장을 지배하는 힘은 군중의 마음을 움직이고 사로잡는 웅변술[雄辯術]이요 그 수사법이다.

가령 '도코노마[床の間]'의 꽃꽂이를 아고라의 열주랑[列柱廊]에 갖다 놓으면 어떻게 될 것인가. 렌가[連歌][184]를 아고라에 모인 시민들이 주고받는다면 어떻게 될까.

안토니오와 브루투스의 찬연한 웅변술은 로마 광장의 문화 위에서만이 셰익스피어의 예술이 된다. 꽃꽂이도 분재도 그리고 세키테이도 광장의 넓은 공간 속에서는 한시도 살아남을 수 없다. 그것은 역시, 다다미라는 무대가 있었을 때 비로소 존재하는 미[美]이다.

방 바깥에 있는 세키테이라 할지라도, 다실 같은 4조 반의 방[方

---

184) 몇 사람이 장구[長句]와 단구[短句]를 계속해서 읽어나가는 형식의 문학.

치 안에 앉아, 일정한 문틈을 통해 내다봐야 비로소 제맛이 나도록 되어 있다.

좁은 공간에의 회귀回歸

그래서 그리스의 광장 문화를 탄생시킨 서양 사람들은 넓은 공간에서 안정을 구하려 했고, 거꾸로 4조 반의 다실, 다다미 위에서 전통적인 삶을 누려온 일본인은 좁은 공간에 들어가야 마음이 편안해진다.

룸 쿨러를 팔러 다니는 미국의 세일즈맨들이 제일 골탕을 먹게 되는 것은 폐소공포증閉所恐怖症을 갖고 있는 소비자들 때문이다. 룸 쿨러는 문을 밀폐하고 사용해야만 하는데, 광장 체질을 가진 서양 사람들 중에는 더위보다, 갑갑한 것을 더 참지 못하는 사람들이 많다.

그러나 일본인 중에는 넓은 광장에 가면 갑자기 김빠진 맥주처럼 되어 판단력을 상실하고 불안에 쫓겨서 무엇을 해야 좋을지 모르는 광장공포증 환자가 많은 편이다. 이 점에 대해서는 뒤에 또다시 언급하겠지만, 일본인은 전통적으로 들판 같은 넓은 공간에 약하다는 실증實證을 많이 남겨주고 있다.

릴리프 에이스로서 유명한 일본의 어느 프로 야구 선수 한 명은 마운드에 오르기 전에 용무가 없는데도 반드시 그 좁은 변소에 들어가야만 마음을 가라앉힐 수 있다는 유명한 일화를 남기고 있다. 이와 똑같은 예로 워싱턴 회의의 대사였던 가토 유사부로는 예상치 않은 휴즈 국무 장관의 해군 군축에 관한 폭탄 제안에 대처하기 위해서 호텔 변소 안에 뛰어들어가 마음을 진정했다고 한다. 축소지향의 일본인 중에는 이같이 구석진 곳에 들어가야만 비로소 마음이 안정되는 사람이 많은 것 같다. 자동차의 트렁크나 냉장고와 같은 좁은 공간에 어린이가 들어가서 죽는 사고가 일본처럼 많이 일어나는 나라도 드물 것이다.

그런 관점에서 보면 '냉장고 같은 혹은 코인 론드리[185]와 같은 상자가 이단二段으로 겹쳐져 옆으로 누워 있는' 퍼스널 호텔, 신기한 그 캡슐 호텔이 대성황을 이루고 있는 이유도 알 것 같다. 도쿄 시에서만도 5군데, 약 1천 실室(1981년 9월 현재)이 있고, 수년 내에는 10배 이상으로 증가될 기세라고 하니, 일본에는 돈 내고 좁은 방에 갇히려는 사람들이 그만큼 많다는 증거이다.

이 캡슐 호텔방은 가로세로 1미터, 깊이 2미터의 침대차와 같은 좁은 공간이지만 텔레비전, 라디오의 컨트롤 패널, 디지털시계, 알람, 프런트와의 연락 수화기 등이 완벽하게 갖추어져 있다. 그리고 캡슐족族이 출현해 그곳을 다실 같은 명상의 장소로 사용

---

185) 코인을 넣어서 사용하는 세탁물 건조기. 일본의 도시에는 자동 세탁기와 건조기를 갖춘 가게가 목욕탕에 인접해 있다.

하기도 하고, 책을 두세 권 들고 온 샐러리맨이 독서실로 이용하기도 한다는 것이다.

어린이에게 벌 주는 방법을 보아도 광장 문화와 다다미 4조 반 문화의 생활공간에 대한 의식 차이는 분명히 드러난다. 서양 사람들이 어린이를 벌 주는 방법은 전통적으로 좁은 방에 가두는 것이다.

클로짓(다락 같은 붙박이장)은 어린이들에게 있어서 작은 형무소刑務所이기도 하다. 어른들은 '말을 안 들으면 클로짓에 가두겠다'고 겁을 준다. 그렇지만 일본 사람들은 반대로 '데테유케(썩 나가버려)'라고 외친다(이 점만은 한국과 비슷하다). '나가라'라는 말은 집 밖의 넓은 곳으로 내보내겠다는 의미이다.

일본 노래의 한 구절처럼 "야단을 맞고 야단을 맞고 / 저녁때 쓸쓸한 동구 밖 길 / 캥 하고 여우가 울진 않을까"라고 어린이들은 불안해서 떤다. 그래서 밖에 나가지 않고 몰래 '오시이레(벽장)'나 책상 밑에 숨어 있다가 어느덧 잠들어버리는 수가 많다. 서양 아이들에게 있어서는 벌이 되는 일이, 일본 아이들에게는 거꾸로 구제救濟가 되는 것이다. 그리고 밤이 늦어도 돌아오지 않으면 큰 소동을 피우다가 오시이레 속에서 잠들어 있는 아이를 찾아내고 한숨 돌리는 부모들의 그 경험은 그리 특별한 것이 아니다.

'호초[方丈]'란 말과 그 전통

'좁은 공간'에의 축소지향을 가장 감각적으로 나타낸 것이 일본의 목욕 문화[風呂文化]이다. 미국인도 목욕을 좋아하지만 주로 샤워이다. 일본의 목욕은 좁은 '유부네(탕 안)'에 푹 잠겨 피부에 전해 오는 따뜻한 감각을 즐기는 데 있다. 마치 자궁 속으로 되돌아가 양수에 잠기는 태아의 열락悅樂과도 같은 것이다. 습기가 많기 때문이라는 이유만으로는 도저히 설명될 수 없는, 무엇인가 일본 특유의 목욕 문화라는 것이 분명히 존재한다. 야나기다 구니오[柳田國男][186]의 설說에 의하면, '후로(목욕)'라는 일본 말의 어원은 '무로[室]', 즉 방에서 변한 말이라고 하니 더욱 그렇다.

일본 문화를 깊이 이해하려면 이 좁은 공간, 다다미 4조 반의 '축소 공간'을 '토끼장 문화'라고 비웃어서는 안 될 것이다. 서양의 유화油畵는 일정한 거리를 두고 떨어져서 보지 않으면 감상할 수 없다. 거꾸로 동양의 묵화墨畵는 바싹 다가가서 보지 않으면 그 섬세한 선과 먹의 농담濃淡 맛을 느낄 수 없다. 하물며 꽃꽂이나 작은 분재를 보는 데 무슨 설명을 더 붙일 필요가 있을까?

몸으로 느끼면서 그것을 감상하는 데 가장 잘 어울리는 무대는 아무래도 다다미 4조 반만 한 좁은 공간이어야만 한다. 그것은 단순히 다실의 표준 공간만이 아니다. 앞에서도 조금 인용했지만,

---

186)   민속학자, 시인(1875~1962).

그것은 가모노 초메이의 『호초키[方丈記]』에서부터 비롯되는 오랜 역사를 지니고 있는 것이다. 호초[方丈]는 사방이 한 장丈이라는 말로서, 그 넓이가 바로 다다미 4조 반에 해당한다.

유이마 고지[維摩居士]가 사방 한 장짜리 방에 살았다는 것으로, 일본에서는 선사禪寺의 주지住持 거실을 '호초[方丈]'라고 부른다. 여기에서 생겨난 것이 일본 특유의 '호초니와[石庭]'이다.

그러나 한자 문화권 중에서 '호초[方丈]'란 말을 많이 사용하고 있는 것은 일본뿐으로, 중국이나 한국에서는 거의 쓰이지 않는다.

중국의 경우에는 '식전방장食前方丈'이라고 해서 호화로운 식사를 늘어놓은 밥상의 넓이를 지칭할 때 쓰는 말이다. 이렇게 밥상의 공간에 지나지 않는 것이 일본에서는 가모노 초메이의 문학을 낳고, 세키테이와 같은 선禪 문화를 낳고, 무엇보다도 일본 문화의 상징인 차茶의 문화를 낳은 성역聖域이 되는 것이다. 그리고 더욱 세속적인 것으로서는 기생들과 노는 마치아이[187]의 게이샤[藝者] 문화를 낳았다. '4조[疊] 반'이라는 말은 이미 다다미가 그 수만큼 방에 깔려 있다고 하는 단순한 수량을 의미하는 것이 아니라 '축소지향의 문화적' 공간을 상징하는 '키워드'가 된 것이다.

---

187) '마치아이[待合い]' 다실茶室처럼 기방妓房도 일본에서는 '4조 반'으로 되어 있다.

일본의 콜럼버스가 발견한 신대륙

다실은 무엇보다도 '좁은 공간', 정확하게 말한다면 '축소의 공간'을 만들어내려는 데 그 미학의 특징을 두고 있다. 실내 장식의 간소화와 그 공간을 축소하려고 한 데서 '와비ゎび' 차茶의 신세계가 열리게 된 것이다.

이상한 일이다. 콜럼버스는 넓은 바다를 건너 신대륙을 발견했으나, 다문화茶文化의 콜럼버스였던 무라타 주코[村田珠光][188]는 거꾸로 넓은 쇼인[書院座敷][189]의 사랑방에 다다미 4조 반의 공간을 병풍으로 둘러싼 순간 새로운 신천지를 발견하게 된 것이다.

중국에서 도차[鬪茶][190]가 들어온 남북조南北朝 시대의 2층 양식의 끽다정喫茶亭도 다회를 연 노아미[能阿彌][191] 시대의 쇼인[書院] 사랑방도 모두 넓고 화려했다. 이를테면 중국식 다문화와 별로 다를 것이 없었다.

그것을 보면 실로 주코[珠光]는 일본인이 어떤가를 잘 알았던 사람이다. 그는 '넓은 쇼인'의 방 안에서는 마음의 안정을 얻을 수 없다고 말했다. 그래서 일부러 그 넓은 방을 가로막아 좁은 공간

---

188) 다도茶道의 시조(1422~1502).

189) 쇼인쓰쿠리[書院造]의 방. '쇼인쓰쿠리'는 무로마치 시대 중기부터 발생하여 모모야마 시대에 발달한 주택 건축 양식의 하나이다.

190) 무로마치 시대에 본차本茶, 비차非茶 등을 판별해서 차茶의 우열을 가렸던 유희.

191) 무로마치 시대의 화가(1397~1471).

으로 축소하는 일본 특유의 다문화를 만들어내게 된 것이다. 다실을 '가코히(둘러싸는 짓)'라고 부르게 된 것도 그 때문이다. 다실 문화는(넓게는 일본 문화 전체가) 놀랍게도 그 '가코히圍い'라는 명칭과 그 상징 속에 본질을 감추고 있는 것이다. 주코는 장소만 축소한 것이 아니라 벽에 붙은 그림까지도 떼어 그 환경도 간소화했다.

4조 반의 다실은 요시마사[義政]의 은각銀閣[192]에서 마침내 독립된 방이 되고(同仁齊), 다실 제1호의 기념비가 된다. 이것이 다케노조오[武野紹鷗][193]에 이르면 도리코가미[鳥子紙]를 바른 벽은 흙벽으로 바뀌고, 나무 격자[木格子]는 대나무 격자로 그리고 칠한 나무 기둥은 생나무 그대로 놔둠으로써 한층 더 간소화된 소안[草庵] 다실로 정착된다.

'다실茶室', '4조 반[四疊半]', '조오[紹鷗]'는 삼위일체의 이름이 되는 것이다.

한 잎 한 잎 떼내는 꽃꽂이나, 풀, 나무, 물이 생략되는 세키테이[石庭]의 축소 미학은, 그러한 자연을 끌어들이는 집 자체의 내부에서도 실현된다. 이 소안 다실을 완성시킨 리큐[利休]에 이르러서는 다다미 4조 반의 다실이 표준보다 더욱 축소돼 3조, 2조, 마

---

192) 교토에 있는 긴카쿠지[銀閣寺]의 약자. 아시카가 요시마사[足利義政]가 세웠다. 도진사이[同仁齊]는 그 다실茶室을 말한다.
193) 무로마치 시대 후기의 다인茶人(1504~1555).

침내는 "1조 반[一疊半]으로까지 줄어든다."(『山上宗二記』)

개구멍으로 들어가는 연출演出

다도茶道의 대종大宗 리큐는 최소의 다실을 만들었을 뿐만 아니라 그곳에 들어가는 문까지도 축소해서 개구멍과 같은 '니지리구치[躙口]'를 만들었다. 요도가와[淀川][194]에 떠 있는 배의 출입구를 보고 만들었다는 말이 있듯이 높이도 폭도 2자를 넘지 못한다.

사무라이[武士]도 칼을 찬 채로는 들어갈 수 없다. '니지리구치'는 무장 해제를 필요로 했을 뿐만 아니라, 그곳에 들어가기 위해서는 아무리 신분이 높은 사람이라 할지라도 몸을 오그려 머리를 숙이고 무릎으로 기어 들어가야만 했다. 다도의 기본 정신이라는 화和·경敬·청淸·적寂[195]은 다름 아닌, 이 '축소의 연출'에 의해서만 실현되는 드라마인 것이다.

단테의 『신곡』을 읽으면 지옥의 입구에는 "이 문으로 들어가는 자는 모든 희망을 버리라"라고 씌어 있으나, 다실의 '니지리구치'에는 "이 문으로 들어가는 자는 큰 것은 모두 버리라'라고 씌

194) 비와고[琵琶湖]로부터 시작해서 기즈가와[木津川]·가쓰라가와[桂川]와 합쳐져 오사카 만[大阪灣]으로 흘러 들어가는 강.
195) 다도茶道의 정신을 표현하는 선어禪語.

어 있는 것과 다름없다.

말년에는 확대지향성으로 나간 도요토미 히데요시[豊臣秀吉], "어찌 일생을 우울하고 답답하게 좁은 섬나라에서만 살 수 있을 것인가"라고 대륙을 향해 침략의 창 끝을 돌려 평화로운 조선조에 병화兵火를 몰고 온 그 세도가도, 다실茶室에서만은 축소지향적으로 될 수밖에 없었다. 규슈[九州]의 하코자키[箱崎] 진영[陳所]의 다실은 다다미 2조이고 도코노마床の間는 다다미 1조였다.

『소탄니키[宗湛日記]』에 의하면 넓은 천하를 수중에 넣은 그가 다다미 1조의 좁은 도코노마 위에 비단 요를 깔고 '진지를 드셨다'는 것이다. 아마 그 모습을 또 EC 조사원이 발견했다면 '토끼장에 살면서 전쟁 중독戰爭中毒에 걸려 있는 자'라고 깜짝 놀랐을 테지만, 그것은 좁은 곳이 아니면 맛볼 수 없는, 다도茶道의 즐거움을 모르는 사람, 거대주의巨大主義 문화 속에서 자란 서구인 혹은 서구화된 일본인의 생각일 것이다.

광활한 대자연을 직접 호흡하는 것이 아니라 30, 40평의 정원에 축소해놓은 우주를 가만히 들여다보면서 '깨달음'을 터득한 그 축소 문화를 알고 있는 사람이라면, 단지 다다미 2조의 방에 여섯 사람의 손님이 앉아서 차를 마셨다는 리큐의 글(野村宗覺의 傳書)을 읽어도 놀라지는 않을 것이다.

서구인이라도 그것을 자세히 관찰한 사람이면 다실 문화가 일본의 '축소지향적 문화'의 대단원大團圓이라는 사실을 알게 된다.

최초의 대서양 횡단 비행으로 세계의 항공사航空史에 전환점을 마련한 린드버그 대령이 부인과 함께 뉴욕에서 일본의 가스미가우라霞ヶ浦[196)까지 12,000킬로미터의 북방 항로를 정복했을 때, 부인은 그 일본 인상기印象記에서 다실에서 얻은 체험을 자세히 적고 있다.

극과 극은 통하는 것일까. 무한히 넓은 하늘을 정복한 '확대 문화의 챔피언'의 아내는 무한히 좁아져 가는 다다미 4조 반의 다실로 안내된다(이것은 얼마나 상징적인 두 문화의 만남인가). 그리고 그녀는 곧 일본의 다실이 얼마나 섬세하고 작은 세계인가를 깨닫게 된다.

"자연 속에 있는 온갖 작은 것들을 관상觀賞할 수 있는 일본인의 능력에 대해서 나는 경이의 눈을 크게 뜨지 않을 수 없었다……. 가장 작은 것 속에서 미美를 발견하고, 가장 사소한 행위 속에 미를 만들어내는 심미안審美眼은 무엇보다도 그 다도茶道 속에서 여실히 그 표현을 찾아내고 있는 것 같았다."(『동방으로의 하늘 여행』)

린드버그가 넓은 북방 항로를 정복하고 있을 때, 그 부인은 이렇게 일본의 '작은 세계'에 대해 경이의 눈을 뜨고 있었던 것이다.

196) 이바라기 현[茨城縣]에 있는 일본 제2의 대호수.

달마達磨의 눈꺼풀과 부동자세론

정신의 액체, 차와 술

전설에 의하면, 차는 달마의 눈꺼풀이다. 수행 중修行中에 졸음
이 와서 눈꺼풀이 감기게 되자, 달마는 그것을 도려내어 뜰에 던
졌다. 그것에서 싹이 나와 나무가 된 것이 바로 차나무라는 것이
다. 분명히 차에는 눈을 동그랗게 뜨고 세계를 끝없이 응시하는
달마의 맑은 시선이 있다. 그것은 졸음을 깨우는 물이다. 새벽의
샘물처럼 인간의 눈을 투명하게 하는, '눈을 뜬 물'이다. 과학적
으로 카페인이 들어 있는 액체라고 해버리면 그뿐이지만, 우리는
아무래도 한 잔의 차에서 인간의 의식을 눈뜨게 하는 어떤 긴장
된 정신 그 자체를 느끼지 않을 수 없다.

그 반대의 극極에는 이태백李太白의 전설과 함께 있는 물, 즉 술
이 있다. 그렇다. 술도 또한 물의 정精이다. 이태백의 환각적인 눈
꺼풀, 달을 바라보는 그 몽롱한 눈꺼풀에 덮인 물, 그것은 깨우는
것이 아니라 인간의 마음을 잠재운다. 그 도취의 힘은 수평선을

향하는 파도의 운동처럼 인간의 의식을 끊임없이 흔들어, 먼 곳으로 이끌어 간다. 인간이 만든 이 두 개의 물이야말로, 인간 문화의 두 지향성을 나타내는 상징적인 액체인 것이다.

옛날부터 차와 술은 라이벌 관계에 있는 '문화의 물'이었다.

당나라 때에는 『다주론茶酒論』이라는 책이 나왔고, 일본에서는 그와 비슷한 글이 16세기 미노구니오쯔신지[美濃國乙津寺]의 란슈쿠[蘭叔]에 의해 저술되었다. 그 글에서는 세상의 시름을 잊게 하는 술의 덕德을 칭송하는 보유쿤[忘憂君]과, 차를 좋아하지 않는 자는 도道를 모르는 것과 같아 사람이 아니라고 차의 덕을 주장하는 데키한시[滌煩子]가 논쟁을 벌인다. 그 싸움은 결국 '술은 술, 차는 차'라고 중재하고 나선 한인閑人의 출현으로 무승부로 끝나고 만다.

차와 술을 에워싼 논쟁은 예부터 끝이 없었다. 에이사이[榮西][197)가 일본 최초의 다서茶書 『낏사요조키[喫茶養生記]』를 쓴 것은 가마쿠라 막부幕府의 3대 장군 사네토모[實朝][198)가 술을 끊고, 차로써 알코올 중독을 고치도록 하기 위한 것이라는 이야기가 전해지고 있다.

술이나 차나 모두 일상적인 정신에 어떤 자극 효과를 주고 있

---

197) 가마쿠라 시대 초기의 승僧. 일본 임제종臨濟宗의 시조(1141~1215).

198) 미나모토노 사네토모[源實朝], 가인歌人(1192~1219).

으나 그 특성은 정반대이다. 한쪽은 '잠을 깨우고' 다른 쪽은 '취하며 잠재우고', 더욱이 한쪽은 '마음을 집중시키고' 또 한쪽은 '마음을 느긋하게' 한다.

무소 소세키[夢窓疎石][199]가 『몽중문답夢中問答』에서 말했듯이 차는 "몽매함을 물리치고 각성케 해 도행道行에 도움"이 되고, 술은 도취를 불러 시인을 환각의 나라로 유인한다. 그것을 한마디로 말한다면 차의 카페인은 '축소의 문화[茶會]'를, 술의 알코올은 '확대의 문화[酒宴]'를 상징하는 것이라고 할 수 있을 것이다.

전국 시대의 크리스천 선교사, 자비엘[200]을 놀라게 할 정도로 술을 좋아한 일본인들이었지만 그리고 다회에서는 술도 나와 차와 어깨를 나란히 해왔지만, 역시 최후의 승리는 차 쪽에 있었다. 그것은 일본의 문화가 확대보다 축소지향성이 강했음을 증명한 것이다.

차 없는 다회茶會가 가능한 이유

물론 차 역시 일본의 독창적인 문화라고는 할 수 없다. 다른 것

---

199) 무로마치 시대 임제종의 고승(1276~1351).
200) 스페인의 야소회耶蘇會 선교사(1506~1552). 1549년 가고시마[鹿兒島]에 건너가 일본에 처음으로 기독교를 전했다.

과 마찬가지로 중국이나 한국을 통해 들어온 수입 문화에 지나지 않는다. 지금은 선승禪僧의 발자취에서 겨우 그 명맥을 잇고 있으나, 한국의 『삼국유사三國遺事』를 보면 한국의 다문화가 일본보다 훨씬 앞서 있던 것을 알 수 있다. 어쨌든 에이추[永忠], 사이조[最澄][201], 구카이[空海][202] 등 일본의 차의 역사 첫 장에 기록된 그 선구자들은 모두 헤이안 시대에 당나라에서 돌아온 승려들이었다.

그러나 일본의 '축소지향 문화'는 차를 예능적藝能的인 미와 동시에 종교적인 의식의 경지로 끌어올려 다도茶道라는 독특한 양식을 만들어낸다. 중국에서도 한국에서도 상상조차 할 수 없었던 일이다.

차를 마신다는 것은 목적이고, 그것을 마시기 위한 장소, 도구, 행동 등은 모두 그 수단에 속하는 일이다. 중국의 육우陸羽나 조선조 초의艸衣의 다론茶論은 주로 차의 종류나 그것을 끓이는 방법과 물에 대한 것으로 어디까지나 차의 맛에 관계된 것이지만, 일본은 그것을 마시는 장소[茶室], 예법, 도구에 대해서 더 많은 관심을 두고 있다.

차를 마시는 '맛', 본래의 목적보다는 오히려 그 수단이나 과정이 주인 행세를 하게 되는 것이다. 그래서 하루 종일 장례식장에

---

201) 헤이안 시대 초기의 고승. 일본 천태종天台宗의 시조(767~822).
202) 헤이안 시대 초기의 고승. 일본 진언종眞言宗의 시조(774~835).

가서 슬피 통곡하고 난 다음 상주에게 "그런데 누가 돌아가셨습니까?" 하고 물었다는 한국의 우스개 이야기와도 같은 일이 일본의 다사茶事에서 실제로 일어나고 있는 것이다. 히데요시[秀吉]가 가난한 서민들까지도 모두 참석할 수 있는 대다회大茶會를 개최했을 때 "만일 차가 없는 사람은 보리 볶은 것을 가져와도 좋다"라고 한 것이 바로 그 예例이다. 극단적인 말로 차가 없어도 다회를 열 수 있는 것이 일본의 '다도'라고 할 수 있다.

조금도 이상한 이야기가 아니다. 일본의 다도에서는 차가 없어도 '달마의 눈꺼풀'을 만들 수 있기 때문이다. 차에서 얻어지는 '각성 효과'는 다실의 분위기와 차제구茶諸具 그리고 차를 달이고 마시는 양식의 행동에 의해 얻어질 수 있다. 차는 '눈을 뜬' 물이라고 했지만, 일본의 다도는 그것 자체가 '눈을 뜬' 행위이다. 그리고 그것을 잘 관찰해보면 카페인의 긴장은 차에서보다도 다도의 그 '축소의 연출 방식'에 의해서 얻어지고 있다는 놀라운 사실을 발견하게 된다.

좁은 문으로 들어가는 다도茶道

다실茶室로 들어간다는 것은 단절된 별개의 공간으로 들어간다는 것을 의미한다. 속세를 출가出家하는 것과도 같은 일이다. "화택火宅을 떠나서 백로지白露地에 앉다"라는 경전經典의 한 구를 따서 다실 마당을 '노지露地'라고 부르는 것을 봐도 짐작할 수 있다. 그뿐만 아니라 다실에 들어가기 전에 사람들은 마치 이세진구[伊勢神宮]에라도 참배하듯이 쓰쿠바이[蹲踞]²⁰³⁾에서 입을 헹군다. 다실을 속세와는 구별되는 성스러운 장소로 생각했기 때문이다.

그러나 그곳에는 불상도 고신타이[御神體]도 마리아도 없다. 기다리고 있는 것은 단지 녹색의 물[綠茶]인 것이다. 그러므로 다실로 들어가는 엄숙한 마음이라든가 속세와의 단절을 나타내는 의식儀式은 종교적인 이념에서 비롯된 것이 아니다. 다도에는 성서도 경전도 없으므로 연극적 연출 방식, 즉 예능의 감성으로 그 교리敎理를 대신할 수밖에 없는 것이다.

"좁은 문으로 들어가라"라고 한 성서의 말을 알기 이전부터 그리고 말의 상징을 통해서가 아니라 몸소 실천해 온 사람들이 바로 다인茶人들이었다. 다실의 바깥마당과 안마당 사이에 있는 작은 문이 바로 그것이다. 리큐[利休]에게 있어서는 사루도[猿戶], 오리베[織部]²⁰⁴⁾에게 있어서는 '나카쿠구리中潜り', 엔슈[遠洲]²⁰⁵⁾에 있어서는 '주몬[中門]'에 해당하는 것이다.

---

203) 다실 뜰의 손을 씻는 그릇.
204) 후루타 오리베[古田織部]. 오리베 류[織部流]의 다도茶道 시조. 센노 리큐[千利休]의 수제자 (1543~1615).
205) 고보리 엔슈[小堀遠洲]. 에도 시대 전기의 다인茶人, 조원가造園家(1579~1647).

그러면 이제 어떻게 이 '좁은 문'으로 들어가는지를 살펴보자. 우선 다회에 초대된 손님은, 미리 지정된 시간보다 20, 30분 전에 도착해야 된다. 그렇기 때문에 이 '좁은 문'으로 들어가려면, 누구나가 '기다리는' 훈련을 해야만 한다. 손님들은 인원이 모일 때까지 요리쓰키寄付き[206]에서 그 명칭과 같이 빨랫줄에 앉은 제비새끼들처럼 몸을 서로 맞대고 물끄러미 앉아 있다. 그리고 난 다음에는 마당에 내려가 마치아이[待合]의 걸상에 걸터앉아 또 기다린다. 마중 나온 주인에 의해서 겨우 '좁은 문'이 열리고, 침묵 가운데 한 번 절하는 의식이 끝나면 손님은 한 사람씩 허리를 구부려 이 '좁은 문'을 빠져나가 안마당으로 들어간다. 그렇다. 빠져나가는 것이다. 그러므로 그 문 이름도 '나카쿠구리'라고 부른 것이 아니겠는가. '구구리'라는 일본 말은 좁은 곳을 지날 때 허리를 굽혀 빠져나간다는 뜻이다.

또 평소의 신과는 달라서 대나무 껍질을 이중으로 짠 노지露地의 조리(짚신)를 신고 도비이시(징검돌)를 따라 걸어가야만 한다. 간코우치雁行打ち나 지토리가케[千鳥掛]로 놓인 그 도비이시는 발레리나의 아름다운 스텝이며, 침묵의 악보에 그려진 음표音標이며, 동시에 한 줄 한 줄 쓰인 엄한 계율의 조항이기도 하다. 한 걸음 한 걸음 '도비이시'의 돌에 의해 인도되는 인간의 걸음은 누가 걸어

---

206) 정원에 있는 간단한 걸상이나 휴게소.

도 그 보폭, 그 리듬, 그 방향이 일정할 수밖에 없다. 도비이시를 놓는 그 연출 방식에 의해 사람들은 배우처럼 일정한 틀 속에서 움직이게 된다. 다실로 들어갈 때 도비이시 이외의 곳을 디뎌서는 안 된다는 것이 엄격한 계율로 되어 있다.

그러므로 다실의 앞마당에서는 누구도 럭비 선수처럼 뛸 수 없다. 좁게 놓인 돌 하나하나를 밟고 가는 그 걸음걸이는 축소지향적으로 될 수밖에 없는 것이다. 이 세상에는 아무리 족쇄를 찬 노예라 할지라도 걷는 방향의 각도나 보폭步幅을 제한받으면서 걷는 일이란 없다. 다만 도비이시의 돌을 디디고 지나는 일본인들만이 그렇게 획일적으로 걷는다.

다실에서는 말이나 행동이나 그리고 물건을 쓰는 것까지도 일상 세계와는 달리 일정한 양식에 따라 진행되고 있다는 것을 도비이시를 밟으면서 서서히 체득하게 될 것이다.

도비이시를 아장아장 걷다 보면 돌절구처럼 생긴 '조즈바치[手水鉢]'란 것이 기다리고 있다. 그것을 일본 말로 '웅크린다'는 뜻인 '쓰쿠바이'라고 부르듯이 손님은 또 누구나 몸을 웅크리지 않고는 손을 씻을 수가 없다.

다시 기억해보라. 손님들은 마치 아이처럼 좁은 걸상에서 쪼그리고 앉아 기다리다가, 허리를 구부려 중문中門을 빠져나가서 좁은 도비이시의 돌을 따라 종종걸음으로 걸어 바야흐로 이제는 웅크리고 앉은 것이다. 신체 동작이 모두 오그라지기 연속이다.

이것으로 옴츠리는 연습이 끝난 것은 아니다. 다실로 들어가는 손님들은 신방돌 위에서, 다시 한 번 몸을 쭈그리고 앉아 판자문을 열어야만 한다. 이윽고 니지리구치가 나타나는 것이다. 다실로 들어가려면 진짜 이 '좁은 문'을 통과해야 한다. 니지리구치는 개구멍 같은 것으로, 한국에서는 주로 밤에 간부가 몰래 숨어 드나드는 곳이다. 사실상 니지리구치로 기어 들어가는 모습을 보면 그러한 행동과 흡사한 데가 없지 않다. 차 한 잔 마시는 것이 결코 그렇게 수월한 일이 아니다. 몸이나 행동으로 오그라드는 일은 니지리구치에서 끝나게 되는가? 아니다. 그렇지 않다. 이제부터인 것이다.

손님이 지정된 자리에 '세이자[正坐]'를 하고 앉는 데서부터 본격적인 다도는 시작된다. 이제까지의 '요리쓰키(모여듦)', '구구리(허리를 굽혀 빠져나가는 짓)', '쓰쿠바이(웅크려 앉는 짓)', '니지리(무릎으로 기어감)' 같은 것은 다만 이 세이자에 이어지는 예비 운동에 지나지 않았던 것이다.

『일본의 그림일기』를 쓴 버나드 리치는 발뼈가 아파 양해를 구하고 기둥에 기대어 다도 모임에 참석했다고 적고 있다. 다회에 대한 그의 지식과 묘사는 정확하고 아름다운 것이었으나, 기둥에 등을 기대고 차를 마시는 한 그것은 디스코의 스텝으로 왈츠를 추려고 하는 것과 다를 바 없다. 세이자를 할 줄 모르는 사람은 다도의 정신이 무엇인지를 이해하기 힘들 것이다. 그러면 다도의 알파인 세이자란 도대체 무엇일까.

서 있는 자세와 앉아 있는 자세

코가 높은 버나드 리치를 난처하게 한 세이자는 실상 어느 민족도 모방하기 힘든 일본인 특유의 자세이다. 동물에게는 형태는 있어도 자세라는 것은 없다고 하지만, 인간은 그 정신적 문화를 신체의 한 자세로 나타내고 있다.

원래 서양 사람들은 입식立式 생활을 해왔기 때문에 서 있는 자세는 있어도 앉아 있는 자세란 특기할 것이 없다. 동양인들, 특히 중국인들도 의자를 많이 사용하긴 했으나 의자 없이 그냥 땅바닥에 앉는 일이 있어 서양 문화와는 구별되는 어떤 앉은 자세란 것이 있다.

불상을 보면 알 것이다. 가부좌를 하고 양손을 얹은 자세 속에서 우리는 불교의 정신세계를 들여다볼 수 있다.

미국의 히피들이 동양 정신을 배우려고 했을 때 맨 먼저 행동에 옮긴 것이 땅바닥에 주저앉는 훈련이었다. 그리고 책상다리를 하고 앉는 법부터 배워 명상을 시작했다.

인도, 중국, 한국, 일본 등 불교 문화의 전통을 가지고 있는 동양인들은 입식 문화인 서양 문화권과 대립되는 좌식 문화권을 형성하고 있다. 도대체 '앉는다'와 '선다'는 것은 무엇을 의미하는 것일까.

파노프스키의 도움을 받아 그것을 생각해보기로 하자. 비록 의자에 앉아 있는 것이기는 하나 중세에 만들어진 버질의 동상은 '좌상坐像'이었다. 그런데 르네상스에서는 그것이 '입상'으로 바뀌게 된다. 중세와 르네상스의 대립적인 두 시대 정신이 버질의 '앉은 자세'와 '선 자세'에 여실히 반영되어 나타나 있음을 알 수 있다. 서 있는 자세가 전투적·행동적·외적인 데 비해, 앉아 있는 자세는 평화적·명상적·내적인 것이다.

그러나 일본의 세이자는 비록 똑같이 앉아 있는 자세라고는 하나 책상다리나 턱을 괴고 앉아 있는 것과는 전혀 다른 느낌을 준다. '선 자세'와 '앉은 자세'의 차이보다 더욱 이질적인 의미를 지니고 있는 것이다. 분명 무릎을 가지런히 꺾고 등뼈를 꼿꼿이 세우고 죽은 듯이 꼼짝 않고 앉아 있는 자세, 그 '세이자'는 동양 문화에서도 찾아보기 힘든 모습인 것 같다. 역시 세이자는 일본의 다도茶道에서 생겨난 것이란 말이 거짓은 아니다. 그것은 다다미 4조 반 넓이를 기본으로 한 다실, 그 좁은 공간과 필연적인 관련을 맺고 있는 동작인 것이다. 이를테면 축소지향의 공간에서 비롯된 축소지향적 자세이다.

좁은 다실에 여러 사람이 모이면, 느슨하게 책상다리를 하고 팔짱을 낀 채 앉아 있을 수 없는 노릇이다. 리큐[利休]의 시대에는 도코노마床の間까지 손님이 올라가 앉을 정도로 다회茶會란 언제

나 비좁았다는 사실을 생각해보면 알 수 있다. 다실에서는 몸을 보다 축소하는 좌법坐法을 개발하지 않고서는 그렇게 많은 사람이 한자리에 앉아 있을 수가 없다. 일본인도 원래는 한국인과 같이 남자는 책상다리를 하고 앉았고, 여자는 무릎 하나를 세우고 앉았다. 그것이 근세에 들어와 다도가 완성됨에 따라 책상다리가 세이자로 바뀌게 된 것이다.

그렇다고 해서, 세이자를 단지 좁은 공간을 효율적으로 사용하려 한 인간 공학적 문제로만 이해해서는 안 된다. 문화란 처음에는 모두 실용적인 필요성에서 생겨나는 것이지만, 그것이 계속 발전하고 유지되어 가는 데는 실용성 이상의 다른 정신적 이유가 있기 때문이다. 세이자가 단순히 좁은 공간을 이용하려는 인간 공학적 산물이었다고 한다면 다실 이외의 넓은 장소에서는 그렇게 앉으려 하지 않았을 것이다. 이름 그대로 그것이 정식正式의 좌법이 된 것은 그렇게 앉는 것이 일본 사람들의 적성에 맞는 무엇이 있었기 때문이다.

정좌正坐와 긴장의 문화

주코[珠光]가 넓은 방을 병풍으로 둘러쳐 좁은 공간으로 줄인 것 같은 정신적 효과를 일본인은 몸을 바짝 오그림으로써 얻은 것이다. 책상다리를 하고 편안히 앉아 있는 것이 이완의 확대지향적 좌법이라 한다면 세이자는 팽팽한 긴장의 축소지향적 자세라 할 수 있다.

세이자를 하면, 마치 차를 마셨을 때 카페인이 주는 자극처럼 정신 역시 또렷해진다. 농밀濃密한 녹차가 생물로서 나타난다면 아마 세이자와 같은 자세를 하고 앉을 것이다.

"좌로 기우는 듯이 하고는 우로 당기고, 앞으로 구부리듯 하면서 뒤로 젖히는 것이 요령이다. 귀는 어깨에 그리고 코는 배꼽과 마주 보게 할 것이다. 혀는 입천장에 대고 어금니는 꽉 다물고 눈은 언제나 뜨고 숨은 살짝 쉬어야만 한다"라고 말한 도겐[道元]의 『호칸자젠기[普觀坐禪義]』가 다실의 좌법坐法이기도 하다.

요컨대 세이자는 부동자세에 속하는 것이다. 동물動物이란 문자 그대로 움직이는[動] 것[物]이다. 초목도 바람이 불면 움직인다. 구름도 물도 또한 흐른다. 그러므로 자연에 융합되어 살고 있는 동양인은 부동자세에는 그다지 익숙지 못하다.

그리고 보면 종교 의식 외에 부동자세를 세속 문화에 끌어들인 것은 아마도 유럽인과 일본인이 아닌가 싶다. 지금도 버킹엄 궁전에 가면 '납 인형'같이 굳어서 꼼짝도 하지 않는 근위병들이 관광객들을 놀라게 한다. 우리는 거기에서 부동자세 문화의 흔적을 본다.

군대의 기본 동작은 부동자세이다. 전쟁 전 일본 군대에서 사용된 『보병조전步兵操典』에는 "부동자세는 군인의 기본 자세다.

그러므로 언제나 군인 정신이 안으로 충일하고, 밖으로는 엄숙하고 단정해야 한다"라고 쓰여 있다. 입대병은 우선 '기오쓰케(부동자세, 차렷!)'의 훈련부터 시작한다. '기오쓰케!'라는 구령은 영어에서도 불어에서도 똑같은 어원을 갖고 있는 'attention'이다.

즉 'at+tention'으로 긴장하라는 말이다. 유럽의 군대 문명은 이 '차렷 문화'였던 것이다. 긴장을 풀면, 사람은 짚으로 만든 인형이 된다. 그러므로 '자! 전쟁이다', '자! 혁명이다', '자! 말세다' 하고, 끝없이 새로운 자극의 불꽃으로 그 역사를 움직여 왔다.

일본 문화도 그 점에 있어서는 흡사하다. 단지 그들이 넓은 광장에 서서 부동자세를 취하고 있을 때, 일본인은 다다미 4조 반 위에 앉아서 부동자세를 취하고 있었던 점만이 다르다. 평균 10년에 한 번씩은 전쟁을 치러왔다는 거센 역사 속에서 살아오면서도 한국인의 행동 패턴은, 이완 문화에 그 뿌리를 박고 있다. 한국에서 가장 잘 쓰이는 말은 '차렷'이 아니라 '풀다'라는 말이다. 그 의미는 매우 다양해 여러 분야에 쓰인다. 뭔가 막힌 것, 굳어 있는 것, 긴장된 것을 본래의 상태로 돌아가게 하는 힘이다. 말하자면 부동자세와는 정반대로 모든 긴장을 푸는 자세인 것이다. 재미있는 일로 한국에서는 일을 시작하려고 할 때 "슬슬 몸을 풀어볼까"라고 말한다. 한국에서는 뭔가를 하려고 하는 사람에게 일본 사람처럼 "간바레(힘내라)", "기오쓰케테(정신 바짝 차려!)"라는 말을 잘 쓰지 않는다. 오히려 "마음 푹 놓고" 하라고 한다. '기오쓰케테'라는 말의 뜻은 일본에서처럼 인사나 격려할 때가 아니라 상대를 꾸짖거나 비난할 때 흔히 쓰인다.

그러나 일본인은 군대와 같이 "차렷!"의 구령으로부터 행동이 시작된다. 일본의 고교 야구에서는 시합 전의 선수들이 벤치 앞에서 세이자를 하고 있는 것을 이따금 목격할 수 있다. 그들은 그렇게 해야 거꾸로 마음이 안정되는 모양이다.

한국인의 힘은 버들처럼 흔들거리는 유동성에서, 말하자면 '풀어'주는 데서 힘이 생기고, 일본인은 거꾸로 세이자처럼 바싹 '죄는' 데서 힘이 솟는다. 군대만이 아니라 노[能], 가부키[歌舞伎] 등 모든 예藝의 수업은 '세이자'의 앉는 기본 동작에서부터 시작된다. 일본인은 무엇인가 일을 하려면 몸부터 죄었던 것이다.

몸은 칼, 몸은 거문고

일본인은 흔히 '몸에 녹이 슨다'는 표현을 한다. 인간의 몸을 칼에 비유한 말이다. 칼은 쓰지 않을 때도 매일 닦아두지 않으면 녹이 슨다. 사람의 몸도 계속 긴장해 있지 않으면 일하지 않을 때라도 칼처럼 녹이 슨다고 생각한 것이다. 다도茶道도 따지고 보면 녹을 닦는 방법이다. 그러나 한국인은—중국인도 그렇겠지만— 자신의 몸을 칼이 아니라 거문고와 같은 것으로 생각하고 있다. 거문고는 칼과는 반대로 쓰지 않을 때는 그 줄을 풀어주지 않으면 안 된다. 팽팽한 채로 놔두면 끊어져버리고 만다. 그렇기 때문에 한국인의 교훈은, 항상 몸을 풀어 줄이 끊어지지 않도록 하듯이 화가 나면 화풀이를, 시름이 있으면 시름풀이를 하는 데 있었다. 엄격한 유교 문화 속에서도 선비의 좌법에는, '부라질'이라는 것이 있어서, 버들처럼 또 시계추처럼 몸을 좌우로 흔들어 리듬을 이룬다. 몸을 거문고로 생각한 한국인에게는 '세이자'가 커다란 형벌임에 틀림없다. 그러나 일본인에게는 오히려 정신을 집중시키고 안정을 얻는 방법이었던 것이다.

그 때문에 다실을 본 조선조의 통신사通信使들은, 그것이 전국 시대의 전쟁에 지친 무사들의 유일한 휴게소라는 것을 깨닫지 못했다. 그들은 딱하게도 그 '와비ゎび의 미美의 전당'을 단순한 토굴로밖에 생각하지 않았던 것이다. 좁은 다실에 들어가 세이자하고 앉아 격식에 맞추어 차를 마시는 그 옹색한 모습이 휴양은커녕 벌서는 것으로 보였던 모양이다.

놀이도 일하는 것처럼 하고, 쉴 때도 다투듯이 하는 일본인의 특이한 긴장 문화를, 어떻게 그 '기오쓰케'의 구령을 모르고 지낸 그들이 이해할 수 있었겠는가? 그러므로 조선의 통신사들이 다실을 무사들이 뭔가 모의할 때 사용하는 비밀 장소 혹은 적의 공격을 피하는 아지트로 묘사한 것도 무리가 아니다. '가깝고도 먼 나라'라는 말은, 요즘의 한일 관계를 나타낸 말만은 아니었던 것 같다.

행동의 세 가지 신기神器, 하치마키론論

오늘날의 문명은 서구에서 비롯된 것이며, 그 밑바닥에는 부동 자세의 긴장 문화가 뒷받침되어 있다. 일본이 동양 문화권에 속하면서도 서양 문명과 어깨를 나란히 하게 된 것은 세이자의 부동자세를 취할 수 있었다는 이유도 있을 것이다.

축소지향이 사람의 자세에, 동작에 나타난 것이 '세이자' 문화이다. 그러므로 다실 문화의 구문론은, 요리쓰키→구구리→쓰쿠바이→니지리→세이자로 이어지는 것이며, 다실과 노지(다실 정원)는 그 '축소'의 연출 효과를 위해 설계된 무대라 할 수 있다. 에이사이[榮西]에게 차를 배운 묘에 쇼닌[明惠上人]은 '수마睡魔', '잡념雜念', '좌상부정座相不正'이 선정禪定의 수행을 방해하는 세 가지 독毒이라고 했지만, 실로 다실의 세이자 문화는 그 세 가지 독을 쫓아내는 드라마였다.

정신을 차리게 하는 차의 효용과 같이 몸을 죄는 세이자 문화에 대해서, 그들은 정신의 녹을 벗겨내고, 그 자극으로 긴장 상태를 지속해 간다. 일본인은 마치 몸에 카드뮴의 충전식 전지가 달린 정밀한 전자 제품 같아서 계속 충전을 받아야만 살아갈 수 있는 사람들이다.

그러므로 일본 사회에서는 무슨 '격례 대회'라는 것이 끊일 날이 없다. 특별히 뭔가를 하려고 할 때는 '반드시'라고 해도 좋을 정도로, 세이자 문화에 의존한다. 즉 머리에는 하치마키(머리띠)를

매고, 어깨에는 다스키(소매띠)를 걸고, 가랑이에는 훈도시(일본 전통 속옷)를 죈다. 몸을 꽉 죄어야 힘이 용솟음치고 정신이 안정된다. 사무라이가 싸움을 할 때 갑옷과 투구로 무장하는 것을 '축縮'이라고 한 것을 보면 그것은 옛날부터의 전통이었던 것 같다. 하치마키, 다스키, 훈도시는 일본인들의 행동을 결정짓는 세 가지 신기[三種の神器]였던 것이다.

일본인은 사람을 평가하는 데 있어서도 윤리적 행동이나 개성, 독창성 같은 창조력에 그 기준을 두기보다는 바로 이 세 가지 신기에 의해 판단하는 일이 많다.

록히드 재판에 충격을 던진 에노모토 미에코[榎本三惠子][207]가 증언대에 올랐을 때 그녀에 대해 내린 대중들의 평가도 바로 그런 것이었다. 사회 정의로 보면 옳은 일이요, 가정 윤리로 보면 자기의 전남편을 궁지에 몰아넣은 부당한 소행이었기 때문에 그녀의 증언에 대해서는 여러 의견이 있었으나, 마지막 귀착점은 증언대에 선 미에코가 등을 꼿꼿이 세우고 진술했다는 그 자세 문제였다.

그녀의 증언을 에워싼 쟁점爭點은 사회 정의와 개인 윤리의 이

---

207) 다나카 가쿠에이[田中角榮] 전 수상前首相의 비서였던 에노모토[榎本]의 이혼한 처妻. 록히드 사건 재판(1981년 가을)에서 전남편에 대해 불리한 증언을 했다. '별은 한 번 쏘고 죽는다'는, 이때 그녀가 했던 유명한 말.

율배반이라는 윤리적 기준보다도 결국은 '벌은 한 번 쏘고 죽는다'는 '하치마키'식 언어의 유행으로 끝나고 말았다.

'이치고이치에[一期一會]'의 문화

두 개의 우산, 그 시간과 공간성

축소지향의 문화를 가장 알기 쉽게 그리고 간단히 설명하는 데는 우산 이상의 것이 없을 것이다. 우산이 삿갓과 다른 점은 비가 오지 않을 때는 접어둘 수 있다는 점이다. 이렇게 우산 자체가 축소지향적인 성질을 지니고 있지만, 우산대마저도 다시 몇 번 꺾어 핸드백이나 호주머니 속에 넣고 다닐 수 있게 '오리타타미' 우산을 만든 것이 바로 일본인이었다.

그러한 우산의 한옆에는 또 점프 우산이란 것이 있다. 우산대에 달려 있는 단추를 누르면 낙하산처럼 자동적으로 펼쳐지는 이른바 원터치식 우산이다. 이것 역시도 일본인의 발명품이지만, 언뜻 보면 '오리타타미'식과는 정반대의 발상법에서 생겨난 것처럼 보인다. 한쪽은 '접는 것'을 개량한 것이요, 또 한쪽은 '펴는 것'을 개선해놓은 것이기 때문이다. 그러므로 점프 우산은 축소지향적 '접는 우산'과는 정반대로 확대지향적 아이디어에서 나온 것이라고 생각할 수 있다.

그러나 이 두 신종新種 우산은 의심할 것 없이 모두가 축소지향의 두 가지 다른 구조를 각기 나타내주고 있는 표본들이다. 즉 대를 몇 단계로 꺾어 줄이는 '오리타타미' 우산(꺾어 접는 우산)은 공간空間을 축소한 것이고, 용수철이 달려 일순에 활짝 펴지는 점프 우산은 시간을 축소한 것이다. 축소지향성이 '공간의 구조'에 나타나는가 혹은 '시간의 구조'에 나타나는가에 따라 그 두 개의 다른 우산과 같은 문화 형태가 펼쳐지게 된다. 말하자면 축소지향의 문화에 공간적인 축소와 시간적인 축소라는 두 종류가 있다는 사실을 알게 된다.

다도 문화의 경우도 마찬가지다. 넓은 공간을 축소해 다다미 4조 반의 좁은 공간으로 만든 '다실'은 두말할 것 없이 '공간적 축소지향'에 속하는 것이다. 그렇다면 그에 대응하는 '시간적 축소지향'은 무엇인가?

그것이 바로 다도에서 말하는 '이치고이치에[一期一會]'라는 정신이다. 시간을 축소하면 일순一瞬이 된다. 단 한 번밖에 없는 시간, 두 번 다시 돌아오지 않는 시간의 창백한 번갯불. 다도란 그 일순의 빛 속에서 얼굴을 마주치는 만남이요, 그 마음이다.

『야마가와 조지키[山上宗二記]』에는 "보통 차의 모임일지라도 다실[露地]에 들어가서 나올 때까지 생애[一期]에 단 한 번뿐인 만남[一會]인 것처럼 주인을 경외敬畏해야 한다"라고 되어 있으며, 또 에도 막부 말기의 다이묘 다인茶人 이이 나오스케[井伊直弼][208)의 『차노유 이치에슈[茶湯一會集]』에서는 "본시 다도 모임은 이치고이치에라 해서, 가령 여러 번 같은 주객이 서로 만날지라도, 오늘 모임이 또다시 돌아오지 않을 것을 생각하면 실로 그것이 자기 일생에 한 번밖에 없는 모임이라는 것을 알 것이니라. 그러므로 주인은 매사에 마음을 써 조금도 소홀함이 없도록 깊은 정성과 진정[深切實意]을 다 보여야 할 것이다. 손[客]도 이 모임에 다시 만나기 어려울 것을 알아서, 주인의 취향에 뭣 하나 소홀함이 없음을 감탄하고, 진정으로써 사귀어야 한다. 이를 이치고이치에라고 한다. 반드시 주객은 모두 예사로 차 한 모금도 마시지 못할지니, 이것이 바로 한 번의 모임을 갖는 오묘한 뜻이 아니고 무엇이랴" 라고 풀이되어 있다.

그러므로 그 다론서茶論書의 제목도 '일회집一會集'이라고 지었다는 것이다.

죽음과 사형수死刑囚의 시선

차를 마시는 것은 어느 나라 문화에서든 놀이에 속하는 일이다. 그러나 그것을 '이치고이치에', 즉 일생에 한 번밖에 없는 만

---

208) 에도 시대 말기의 정치가(1815~1867).

남이라고 생각한다면, 단순한 놀이로 그칠 수는 없을 것이다. 뭔가 진지하지 않을 수 없다. 사람과 사람과의 만남에도, 일거수일투족—擧手—投足의 행위에도 '적당히'는 통할 수 없다. 몸을 팽팽하게 하는 그 세이자[正坐] 자세로 정신을 집중해 가다듬듯이, 시간을 한순간에 함축하는 이치고이치에로써 마음을 무장한다. 일본인은 놀 때도 이렇게 전쟁을 하듯이 목숨을 걸고 한순간 한순간의 긴장을 돋우어 가는 것이다.

　정신의 축소지향 문화라 할 수 있는 그 '이치고이치에'의 경지가 무엇인가를 알려면 '죽음'을 생각해보면 된다. 도스토옙스키는 사형 5분 전의 체험을 『백치白痴』의 한 장면에 남기고 있다. 그 구절을 읽으면 누구라도 가슴이 찡해진다. 보통 사람은 언제나 다시 볼 수 있는 것이니까 눈앞에 있는 것들을 그저 무심히 지나쳐버리는 수가 많다. 그러나 죽음을 앞둔 사람들은 그렇지가 않다. 두 번 다시 못 보는 것이기 때문에, 지금 바라보는 그 순간의 시선은 다시 돌아오지 않는 것이기 때문에 물방울 하나에도 녹슨 지붕 위에 비친 햇살과 구름 한 조각이라 할지라도 무심히 바라볼 수가 없을 것이다. 티끌 하나도 온몸으로 느낀다. 도스토옙스키의 사형 체험이야말로 러시아에 있어서의 이치고이치에가 아니고 무엇이었겠는가?

　더구나 그런 경우 그 대상이 물건이 아니라 사람이라면, 그것이 또 그냥 사람이 아니라 사랑하는 사람이라면, 대체 어떨 것인

가. 숨소리 하나, 머리카락 하나 놓치지 않을 것이다. 떨리는 손 끝 하나에서도 그 마음을 읽을 수가 있고 작은 속삭임에도 천지 가 무너지는 소리를 들을 수 있을 것이다. 주고받는 말, 쳐다보는 눈시울, 두 번 다시 만날 수 없는 순간순간의 그 움직임에 대해서 무엇 하나 무심히 넘기지 못할 것이다. 사람과 사람의 관계는 실 존 그 자체로서 나타난다.

다회茶會의 만남이, 일생에 단 한 번의 만남이라는 '이치고이치 에'의 정신 속에서 이루어진다는 것은 죽음을, 곧 다실에 끌어들 인다는 말이기도 하다. 죽음이란 두 번 다시 만날 수 없는 단절의 벼랑이며, 다시는 재현이 불가능한 일순간의 섬광閃光이므로 그 것을 느끼며 만나는 사람들은 죽음을 선고받은 사람처럼 행동할 수밖에 없다.

다실에서 만나는 사람과의 만남만이 아니라, 시간에 대한 것도 그렇다. 다회가 열리는 그 계절과 다사칠식茶事七式의 새벽부터 밤 까지 모든 시각들, 그 시간의 의미는 '단 한 번'이다. 물을 끼얹은 듯 조용한 다실과 그 뜰의 그 정적.

"바라다보면 꽃도 단풍도 없었노라. 포구의 옛집에 가을이 저 문다"(藤原定家)의 썰렁한 마음. '1년 중에서도 10월이야말로 와비 (쓸쓸한 것)이다"라고 했던 조오[紹鷗]의 말······.

'와비' 차茶의 심경을 설명한 그 말들에는 모두 허무한 죽음의 심정이 깃들어 있다. 시간의 구조에 나타난 일본의 '축소지향 문화'란 다름 아닌 '이치고이치에'에 집약되는 '죽음'의 마음이다. 그것은 다도의 마음에 그치지 않고 꽃의 마음, 예藝의 마음에도 여실히 나타나 있다.

피는 꽃보다 지는 꽃을

이 세상에서 꽃을 사랑하지 않는 사람은 없을 것이다. 그러나 꽃을 보는 시선에는 차이가 있다. 보통 사람들은 꽃이 피는 것을 좋아하지만, 일본 사람만은 그보다도 오히려 '지는 것'을 더 사랑한다. "꽃은 벚꽃, 사람은 사무라이"라는 속담이 있듯이, 일본인들이 하고많은 꽃 중에서도 벚꽃을 좋아하는 이유도 그 때문이라고 한다. 벚꽃의 특성은, 제일 먼저 그리고 흔적도 없이 져버리는 데 있다. 꽃은 지는 것이기 때문에, 한순간의 아름다움이기 때문에, '이치고이치에'의 절실한 마음으로 그것을 바라볼 수가 있다. 가령 지지 않는 꽃이라면, 그 아름다움에 대한 밀도도 정성도 그리고 모든 긴장감이 희석되고 말 것이다.

『고지키[古事記]』에는 '이와나가히메(바위아가씨)'를 물리치고 '고노하나 사쿠야히메(꽃아가씨)'를 취했다는 '니니기노미코토' 신神 이야기가 나온다. 바위아가씨를 얻으면 바위처럼 오래 살 수가 있고, 꽃아가씨를 취하면 꽃처럼 쉬 죽는다는 것을 암시받았으면서도 '니니기노미코토'는 영원한 바위의 생명보다 순간이 아름다운 꽃의 죽음을 선택한다.

일본의 미美는 화려하고 섬세하지만, 이따금 그 속에 슬픔과 불안감이 깃들어 있는 '음산함'이 엿보이는 것도, 아마 그것이 '생生'이 아니라 '이치고이치에'의 '죽음'의 무상감에서 생겨난 것이기 때문인지도 모른다.

'노[能]'가 병법과 비슷하다고 말한 사람은 전국 시대에 살았던 곤바루 젠보[金春禪鳳]이다. 여기서 말하는 '병법'이란 칼이고, 죽음이다. "매일 아침저녁으로 죽고 또 죽어 언제나 죽는 몸이 되어 있으면 무도武道에 자유를 얻는다"라는 말은 사무라이의 세계에서 단지 죽음을 두려워하지 말라고 하는 이야기만은 아니다. 조석朝夕으로 죽음을 생각하는 사무라이는 언제나 정신을 엄격히 하고 매 순간 온 힘을 바치지 않을 수 없을 것이다. 그렇기 때문에 잠시라도 긴장을 풀고 건성건성 세상을 살아가는 사람과는 다르다.

노가 병법과 같다는 말은 노의 무대가 곧 전쟁터라는 뜻이다. 거기에서 손 하나 놀리고 발 한쪽 떼는 연기는 다름 아닌 사무라이가 적을 앞에 놓고 칼을 휘두르는 것과 같이 절박성이 있다는 것이다. 조금이라도 방심하면 칼에 찔려 쓰러진다. 그러므로 혼신의 힘을 다해 빈틈없이 절체절명의 연기를 완성해 가지 않을 수 없다. 그래야만 제아미[世阿彌][209]의 『후시카덴[風姿花傳]』에 씌었

---

209) 무로마치 시대 초기의 노[能]의 배우, 요곡謠曲 작자. 그의 『후시카덴(風姿花傳)』은 노가

듯이 가짜 꽃이 아니라 '마코토(진짜, 정성)'의 꽃을 피울 수가 있다. 아침저녁으로 죽음을 생각하는 사람은 아름답다. 그 아름다움에 슬픔이 깃들어 있는 것도 그 때문이다. 죽음을 뒤집은 생, 그것이 사무라이의 삶이며 예인의 삶이다.

잇쇼켄메이[—生懸命]의 생활방식

곤바루 젠보[金春禪鳳]가 말한 노[能]의 연기를 마치 야담으로 만들어낸 것과 같은 이야기가 있다. 『갓시야와[甲子夜話]』[210]에는 검술의 명인 '무네노리[柳生但馬守宗矩]'와 노가쿠[能樂]의 간제 다유[觀世太夫]가 만나는 이야기가 나온다. 도쿠가와 이에미쓰[德川家光]가 간제 다유의 춤을 구경할 때 그는 무네노리에게 "간제[觀世]의 동작을 눈여겨보아라. 만일 그의 마음에 빈틈이 있어 그를 찌를 수 있겠다고 생각되는 곳이 있으면, 나중에 말해 달라"라고 부탁한다. 노가 끝난 후 이에미쓰가 물었을 때 무네노리는 "찌를 만한 허점이 조금도 없었습니다만, 어느 한 동작을 할 때 약간 빈틈이 보였는데, 그 순간에는 그를 베어 쓰러뜨릴 수 있었을 겁니다"라고 대답한다.

쿠[能樂]의 요체要諦를 말한 책.
210) 마쓰우라 세이잔[松浦靜山]이 에도 시대 후기에 쓴 수필집.

한편 간제 다유는 무대 뒤에 있는 분장실로 가서 측근에게 관객 중에 자신의 일거일동을 계속 응시한 사람이 있었는데 그게 누구냐고 물었다. 사람들이 그가 검술의 명인인 "무네노리"라고 말하자, 그는 무릎을 치면서 "그러면 그렇지! 춤을 추다가 내가 한 군데서 좀 힘을 뺐더니 빙긋이 웃더군. 과연 검술의 명인이로다"라고 말했다는 것이다.

　이치고이치에의 사상은 세이자와 함께 일본 특유의 긴장 문화를 만들어낸 모체이다. 시간의 축소지향인 '이치고이치에'의 문화와 공간의 축소지향인 세이자의 문화가 일상적인 생활어에 나타난 것이 '잇쇼켄메이[一生懸命]'라는 말이다. 같은 한자 문화권이지만 중국과 한국에는 없는 말이다. 그것은 원래 한 곳을 뜻하는 '잇쇼[一所]'를 생명[命]을 걸고[懸] 지킨다는 의미에서 생겼으며, 즉 영주로부터 받은 땅 '한 곳'을 목숨 바쳐 지킨다는 것으로 '열심히'와 같은 의미이다.

　그것이 지금에는 '一所'라 쓰지 않고 '一生'이라고 바꿔 쓰기도 한다. 전자로 풀이하면 한 곳에 목숨을 건다는 것이니 공간적 축소지향이 되고, 후자로 쓰면 일생 동안 목숨을 건다는 뜻이 되니 시간적 축소지향이 되니, 이래저래 '잇쇼켄메이'는 일본 사람들의 정신 구조를 밝히는 상징적인 키워드가 아닐 수 없다.

　'잇쇼켄메이'는 어디까지나 세상을 살아가는 삶의 방식이요, 그 정신이다. 이를테면 생의 가치관이나 목적보다는 그 방법에 대한 태도이다. 그렇기 때문에 '잇쇼켄메이'의 정신이 '사무라이' 문화에 나타나면 열심히 사람을 죽이는 침략의 문화가 되고, 상인들에게 나타나면 열심히 돈을 버는 상업주의가 될 것이다.

서양 사람들은 일본 사람들을 '일벌'이라 하여 일본의 민족성을 '일'에서 구하고 있는데, 아무래도 그들은 건망증이 심한 것 같다. 왜냐하면 바로 제2차 세계 대전 때의 일본인, 진주만 공격을 했던 그 일본인들이 '일벌'이기보다 '싸우는 벌'들이었음을 잊고 있기 때문이다.

단지 '잇쇼켄메이' 하게 이웃 나라를 침략하던 일본인들이 전후에는 '잇쇼켄메이' 트랜지스터나 카메라, 자동차를 만들어 또 '잇쇼켄메이' 하게 그것을 이웃 나라에 파는 것이 달라진 것뿐이다.

'잇쇼켄메이'는 예나 지금이나 마찬가지이고 또 전쟁할 때에나, 장사할 때에나, 또 놀 때에나 변함이 없다.

공장이나 회사에서처럼, '파친코' 집에 앉아서 몇 시간씩 진지하게 그리고 그렇게 열심히 놀고 있는 일본인들은 '일벌'이 아니라 '노는 벌'이라고 말해야 옳을지 모른다.

결국 일본인의 기질은 '일하는 데' 있는 것이 아니라 '잇쇼켄메이' 하는 데 그 특성이 있다는 점을 파악해야 한다. 그리고 '잇쇼켄메이'가, 대상이 무엇이든 상관없이 태양빛을 모아 한곳의 초점에 집중해 무서운 열을 얻는 것처럼 일생을 한곳에 거는 볼록

렌즈와 같은 역할을 하고 있다는 점을 알아야 한다. 따라서 '잇쇼 켄메이'는 '이치고이치에'의 순간에서 돌아난 것이므로 죽음을 항상 앞에 놓고 살아가는 '결사적(이것도 일본인이 잘 쓰는 말이다)' 생의 방식이다.

하라키리의 미학美學과 다도茶道

다실을 비롯한 '미美'와 일상의 생활, 심지어 섹스에서까지도, 일본 사람들이 살고 있는 곳에는 불가사의한 그림자가 감돌고 있다. 그것은 죽음이다. 일본인들은 누구나가 외면하고 싶어하는 그 죽음까지도 이승 속으로 끌어들이고 그것을 이용해서 무서운 힘을 발휘해 온 사람들이다. 축소 문화의 궁극에 있는 것은 다름 아닌 그 '죽음'이다.

"일본인은 물속에 몸을 던지거나 벼랑에서 뛰어내리거나 목을 매달거나, 독약, 칼, 그 밖에 여러 가지 격렬한 방법에 의해서 태연히 스스로의 목숨을 끊는다"라고 『엔사이클로피디어 브리태니커』(6판, 1823년)는 적고 있다. 이러한 일본인관만은 동서양이 일치한다. "일본인은 목숨을 가벼이 여기고, 그것을 자랑으로 여긴다"라고 조선 통신사들(姜弘重의 『東槎錄』)도 같은 말을 하고 있다. 대부분의 구미인들은 일본이라고 하면 아름다운 후지 산과 함께 '하라키리(할복)'를 연상한다. 세상에, 사람의 배를 째는 것이 문화의 상징이 되다니! 그러나 그들이 죽음을 가볍게 생각하기 때문에 그러는 것은 아니다. 오히려 반대로 죽음을 두렵게 생각했기 때문에, 밤이나 낮이나 죽음을 생각하고 있었기 때문에 하라키리 문화가 생겨나게 된 것인지도 모른다.

서양 사람은 성서에 손을 얹고 맹세한다. 그러나 일본 사람은 자기의 생명을 걸고 맹세한다. 일본인이 좋아하는 '곤조모노가타리[根性物語(근성 이야기)]'[211]의 밑바닥에 흐르고 있는 것은 죽을 각오만 하면 무엇이든지 할 수 있다고 하는 그 정신이다.

내가 마침 미국에 있었던 1970년 가을에 「우국憂國」을 몸으로 실천한 미시마 유키오[三島由紀夫][212] 씨의 할복 사건이 있었다. 택시 운전수들까지 흥분시킨 대단한 반향이었다. 미국에 '미시마'의 팬이 많았기 때문은 결코 아니다. 사무라이 시대의 유물인 할복이, 그것도 지성인인 작가에 의해서, 그것도 정교한 텔레비전이나 카메라를 만들고 있는 현대 공업 국가의 첨단을 걷고 있는 일본에서 어떻게 벌어질 수 있는가 하는 문화적 충격이었던 것이다.

서구 시장을 석권한 트랜지스터의 일본 문화, 하라키리 문화가 사실은 같은 뿌리에서 생긴 두 송이의 다른 꽃임을 그들이 어찌

211) 미시마 유키오의 소설 제목.
212) 소설가, 극작가. 1970년에 할복자살했다. 그의 단편 「우국憂國」에서도 주인공이 할복자살을 한다.

알 수 있었겠는가. 미시마 유키오의 죽음을 애도하는 기사 대신에 'What is HARAKIRI?'라는 할복 문화에 대한 해설이 실린 신문을 읽고 고소를 금치 못했지만, 나 자신도 그 해설을 강요당한 적이 한두 번이 아니었다.

한국은 일본과 가까운 나라이니까 아마 미국인들은 한국인도 배의 절반 정도는 자를 수 있는 민족이 아닌가라고 생각했던 모양이다. 그때 나는 다음과 같이 말해주었다.

"자살의 방법 중에서 진짜 자살은 할복밖에 없습니다. 음독 자살이나 가스를 마시는 일, 투신 자살 등은 반은 자살, 반은 사고이지요. 투신하는 사람은 물에 뛰어든 순간부터 헤엄치려고 하고, 가스로 자살하는 사람은 숨을 쉬려고 필사적으로 가슴을 퍼덕입니다. 살려고 하는 자기와 죽으려고 하는 자기가 마지막까지 싸우는 거죠. 그러니까 그 자살에의 의지는 자신의 반밖에 대표할 수 없어요. 그러나 할복은 자기 손으로 자기 몸을 자르는 행위입니다. 그 칼 끝에서 죽이는 자기와 죽어가는 자기의 두 개의 모습을 함께 보는 거예요. 어떻게 그런 식으로 할 수 있느냐고요? 할복은 일종의 의식儀式이기 때문이죠. 말하자면 죽음을 양식화한 거예요. 의식은 일상적 행동과는 달라요. 혹시 의식을 통해서 차를 마시는 일본인을 본 적이 있으십니까? 만약 본 일이 없다면 성악을 생각해봐도 되지요. 같은 성대에서 나오는 소리라도 일상의 대화를 하는 목청에는 한계가 있어요. 그러나 소프라노는 음악의 양식, 그 훈련에 의해 3옥타브나 높은 소리를 낼 수 있지 않습니까? 일본인들은 그런 훈련, 그런 의식을 자기 집 뜰 앞에 있는 다실에서 수세기 동안이나 해온 거예요. 일상의 의식 '이치고이치에'의 정신! 아시겠어요? 그래요. 다도는 죽음의 연습인 것입니다."

축소지향성이라는 시각視角에서 보면 다실 문화는 하라키리 문화와 서로 상통하는 점이 있다. 그것은 농담도 비약도 아니다.

모임의 집단성

다도는 단순히 차를 마신다는 것, 타닌과 카페인을 섭취한다는 의미만을 갖고 있는 것이 아니다. 그냥 차를 마시는 것이라면 콜라를 마시듯이 길가의 자동판매기에 100원짜리 동전을 넣으면 간단히 그 목적을 이룰 수 있다. 그것은 혼자서도 얼마든지 가능하다. 하지만 다도는 다회茶會를 전제로 해서 성립되는 것으로 무엇보다도 집단성, 사교성이 가장 중요한 요소를 이룬다. 차의 성분 중에서 생리적으로 가장 많은 영향을 주는 것이 카페인인 것처럼, 다회의 요소 중에서 정신적으로 가장 소중한 의의를 지니는 것은 사람과 사람의 '요리아이(모임)'이다. 아직 다도가 확립되기 전의 가마쿠라, 무로마치 시대부터 바사라[婆沙羅][213], 도차[鬪茶]

---

213) 부와 권력을 충분히 누리며 화려한 생활을 한 무로마치 시대의 다이묘[大名].

에서 이미 차 마시는 모임을 '요세寄せ'[214]라고 불렀다.

'요세'란 도대체 무엇일까. 어느 사전을 뒤져봐도 '요세'란 말은 '바싹 접근하는 것', '한곳에 모이게 하는 것'이라고 풀이되어 있다. 이것으로 미루어 알 수 있듯이 '요세'란, 사람과 사람과의 거리를 축소하는 것이며 한곳에 사람을 몰아넣는[詰める] 것이다. 요세寄せ라는 말뜻으로 볼 때 다회茶會, 다실茶室은 서로 떨어져 있는 사람들을 '바싹 붙이는 일[迫り近づけること]'이며, 사방에 흩어져 있는 것을 '한곳에 몰아넣는' 것이다.

'요세나베(모듬냄비)', '요세(관객석)', '요세아쓰메寄せ集め', '히키요세引き寄せ' 등에서 볼 수 있듯이 일본에서는 '寄' 자와 합쳐서 만들어진 말이 한둘이 아니다.

그런데 똑같이 한자를 사용하는 한국에서는 '기생충寄生蟲'이나 '기식寄食'처럼 나쁜 뜻으로 더러 쓰일 뿐 일본에서처럼 그렇게 흔히 쓰이는 글자가 아니다. 이것 하나만 가지고도 무엇인가의 사이(거리)를 축소하려는, 한국인과는 다른 일본인의 성향을 읽을 수 있다.

우리는 이미 자연을, 신을 생활 속에 '끌어들인' 일본 문화의 축소지향성을 고찰했었다. 그렇다. 산수의 자연을 생활공간으로

---

214) 『니조가와라노라쿠슈[二條河原落首]』에는 '요리아이차[寄金茶]', 『기온샤가키로쿠[祇園社家記錄]』에는 '요세차寄せ茶'라고 씌어 있다.

끌어들인 것이 정원 문화이며, 꽃꽂이[華道]였듯이 사람을 또 그 집 안으로 끌어모으는 것이 다실이며, 다도이다.

피부로 느끼는 촉각형 인간

말은 다다미 4조 반이라고 하나 막상 손님들이 와서 앉을 수 있는 것은 그나마도 2조뿐이다. 왜냐하면 다도의 법도는 다다미까지도 세분해서 귀인 다다미, 손님 다다미, 도구 다다미, '후미이리(밟고 들어가는)' 다다미로 되어 있어 실제로 손님이 앉을 수 있는 공간은 훨씬 좁기 때문이다. 그것도 4조 반의 경우이고, 리큐[利休]의 1조 다이메[台目] 다실은 더 비좁다. 그래서 설사 원수끼리라 할지라도 다실 안에서는 별수 없이 '바짝 다가앉아' 살을 맞대지 않으면 안 된다. 손님 가운데 순위가 제일 마지막으로 되어 있는 사람을 '쓰메갸쿠(밀어 넣는 손님)'라고 부르는 것을 봐도 알 수 있다.

'세이자 문화'와 마찬가지로, 다실의 압축되고 한정된 공간에서 만들어낸 것이 일본의 '요리아이寄り合い 문화요', '후레아이觸れ合い 문화'인 것이다.

그러고 보면 일본인처럼 피부로 느낀다든가 서로 만진다든가 하는 촉각 언어로 인간관계를 나타내는 것을 좋아하는 민족도 그리 흔치 않을 것이다.

물론 영어나 불어에서도 'touch, toucher'라는 말을 흔히 쓰지만, 이것이 본래의 말 이외로 쓰일 때는 인간관계보다 '감동感動'을 표현하는 심리 용어가 된다. 그러나 '후레아이노 마치(피부를 맞대는 도시)'처럼 인간관계는 물론 거대한 도시와의 관계까지도 '후레루(피부에 닿다)'라고 말하는 일은 없다.

더구나 한국어에는 일본인의 '하다[肌]'에 꼭 들어맞는 말 자체가 없다. 외연적外延的인 의미로 '하다'는 피부를 뜻하는 것이지만, 오히려 그 말맛은 한국어의 살[肉]에 가깝다. 그렇다 해도, '살을 맞댄다'는 표현은 섹스 이상의 인간관계를 표현하는 말로 쓰이지 않는다.

그러나 일본에서는 이성 관계뿐 아니라, "그는 마음속에 무서운 데가 있는 사람이다. 그러니 좀처럼 살[肌]을 허용할 수 없다"(『松翁道話』)와 같이 마음을 준다든가 신용한다든가 하는 넓은 뜻으로 사용하는 일이 많다. 또 남의 일에 진력하는 것을 '히토하다 누구(살을 벗어 준다)'라고 한다.

'하다가아우(살이 맞는다)'라는 말은 아무래도 에로틱한 느낌이 드는 것은 어쩔 수 없으나, 일본에서는 자기와 마음이 맞는 사람을 그렇게 말한다. 그래서 스즈키[鈴木] 수상과 레이건 대통령이 오타와에서 정상회담을 가졌을 때 일본인들은 일제히 '하다아이(살을 맞댐)', '후레아이(살을 대는 짓)' 등의 표제를 달았는데, 이것을 한국어로 직역하면 이상한 말이 되어 '호모' 관계처럼 들릴지도 모른다.

비非이데올로기 사회의 명암明暗

그러므로 사람과 사람을 맺는 것은 두뇌가 아니다. 마음도 역시 아니다. 그것보다 훨씬 구체적이고 실감이 나는 촉각적인 '하다사와리(피부의 촉감)'이다. '일본인론'의 효시라 할 수 있는 모토오리 노리나가[本居宣長]도 그 점을 지적한 적이 있다. 그는 중국 문화는 도덕적인 가치에 입각된 것이며, 일본 문화는 미와 감정에 그 뿌리를 박고 있는 것이라고 밝히고 있는데, 그런 특성은 인간관계에도 그대로 적용되는 이야기다.

인간관계뿐 아니라 추상적 사고보다도 구상적인 감성 쪽이 훨씬 중시되는 사람들 사이에서는 이데올로기의 차이보다는 피부의 촉감이 다른(하다치가이) 쪽이 보다 두려운 것으로 간주되어 온 것이다. 그래서 "보수당은 이데올로기나 이론으로 뭉쳐져 있는 정당이 아니다. 인간적인 접촉, 당에 대한 애정, 그러한 것이 기반이 되어 있다. (···) 서로의 인정으로 결속해 가는 것이 자민당이니까 오손도손 이야기해 가는 기운이 있으면 좋지 않겠는가"(《아사히 저널》 1976. 9. 1. 이것은 자민당의 전간 사장인 호리 시게루[保利茂]의 말)라는 이야기가 가능한 것이다.

'이념이 없는 것이 자민당'이라는 이 정당 평은 클라크 교수를 몹시 놀라게 했다. 구미의 정치가가 만약 자기 정당을 이렇게 말했다면 난리가 났으리라는 이야기다. 일본에서처럼 이념이 아니라 피부로 뭉친 집단이 자랑스럽게 묘사되는 일은 상상할 수도 없는 일이라는 것이다.

그렇다. '후레아이', '애정', '인정', '하나시아이(오손도손 이야기해 가는 짓)'라는 말투는 정당 평이라기보다, 한 시대 전의 연애편지를 연상시킨다.

그러나 2억의 인구에 30만 이상의 변호사가 있는 미국과, 1억에 단 1만 2000명의 변호사밖에 없는 일본의 그 인간관계는 분명히 다르다.

일본에서의 인간관계는 이데올로기라든가 법률이라든가 하는 추상적인 논리가 아니다. 호리[保利] 씨가 말하는 것처럼 '후레아이(접촉)', '하나시아이(대화)'이다.

'하나시아이'란 것도 굳이 한국어로 번역을 하면 '대화'이지만, 뭔가 토론을 하거나 논리적으로 따지는 서구식 대화를 의미하는 것은 아니다. 그런 대화는 어디까지나 '변증법'을 낳은 서양인들의 것이다. 일본에서 말하는 '대화'란 말보다도(말을 좋아하지 않는 민족이란 점에서는 그들 역시 동양 문화권의 일원이기는 하나), 다름 아닌 그 '요리아이 문화'를 의미하는 것이다.

교제비 공화국交際費 共和國의 인간관계

피부와 피부가 맞닿는 구체적인 인간관계에서는 다회에서처럼 무엇보다도 사람들이 직접 몸과 몸으로 의사소통할 수 있는 모임이 중요하다. 일본인만큼 모임을 그렇게 좋아하는 민족도 드물 것이다. 그러므로 가정에서도 사회에서도 공공 기관에서도 '교제비'라는 항목이 필연적으로 큰 비중을 차지하게 마련이다.

전쟁 전의 가계 조사(1926~1927)에 의하면 일본의 봉급생활자의 가정에서 문화비 가운데 3.2퍼센트가 교육비인데, 그 3배 가까운 8.3퍼센트가 교제비로 되어 있다. '하다노 후레아이(피부의 접촉)'를 위한 비용이, 귀여운 자식을 기르는 비용보다도 더 많이 든다는 계산이다. 오늘날에도 법인 기업의 교제비만은 일정 금액까지 세금을 부과하지 않는다. 일본 국민들이 피부를 맞대기 위해 지불하는 그 교제비 총액은 웬만한 나라의 국방비를 웃도는 2조 9100억 원(1979년도 통계)에 달하고 있다.

이러한 인간관계의 '스킨십'을 이용해서 오직汚職 사건이 가끔 벌어지는 것도 지극히 일본적인 것이라 할 만하다. 한국에도 판공비라는 것이 있지만, 일본의 그것과는 성질이 다르고 또 비교가 되지 않는다.

일본이 이렇게 교제비 공화국이 된 것은 그만큼 일본인이 사람과 사람이 접촉하는 모임을 좋아한다는 방증인 것이다. 일본인은 개미와 닮은 데가 많아서 팥고물 하나만 떨어져도 어느새 모여든다. 걸핏하면 회의를 열고, 걸핏하면 집회를 갖는다. 호텔 입구에는 매일처럼 연회를 알리는 표지가 행렬을 짓는다. 그것이 발가벗고 서로 몸을 비벼대는 '하다카 마쓰리[裸祭]'를 비롯해 1년간

2,400번 이상의 축제를 벌이며 살아가는 일본 사회이다.

손으로 만져보고 피부로 느껴보지 않으면 실감할 수 없는 인간관계 때문에 일본인은 14만 2000개의 우체통과, 전화 보급률 98.8퍼센트를 자랑하면서도, 그것도 모자라 또 세계 최신의 기술을 구사해 800MHz의 자동차 전화를 설치하고 다니며, 자기가 직접 사람을 만나기 위해 바삐 뛰어다니지 않으면 안 된다.

신칸센[新幹線]이 도쿄와 오사카 간을 하루에 왕복하는 횟수인, 230번이나 되는 그 경이적인 숫자도 '후레아이 문화' 때문이라고 추정하는 외국 평론가들도 있다.

당연한 일이다. 모이기 좋아하는 일본인의 성향을 다회의 '요리아이 문화'에서 구하지 않더라도 그보다 훨씬 옛날, 신라시대의 이야기를 들어봐도 알 수 있다. 일본의 신들도 그런 식으로 '요리아이'를 좋아했다. 모세는 여호와 한 분으로부터 십계를 받았으나, 일본인들에게 주어진 최초의 법은 아마노야스노가와라天の安の河原에 모인 신들의 모임에서 만들어졌다는 것이다.

지금도 10월이 되면 신들은 따뜻한 체온이 그리워서 전국 각지로부터 이즈모다이샤[出雲大社]에 모여든다. 그래서 10월을 일본에서는 '간다쓰키[神無月]'라고 한다.

일본적 범죄의 특수성

피부의 문화, 접촉 문화가 부정적으로 나타난 것이 일본식 범죄의 하나로 손꼽을 수 있는 '도리마通り魔'이고 '기리마切り魔'일 것이다. 내가 마침 일본을 방문했던 1981년 6월, 아무 이유도 원한도 없이 통행인이 식도로 차례차례 습격당한 사건이 발생했다. 그 때문에 주부와 어린아이 넷이 살해되고, 두 사람이 중상을 입었다. 길을 지나는 사람을 까닭 없이 칼로 죽이는 범죄자를 '도리마'라고 하는데, 이 사건도 무수히 있어온 그런 사건 중 하나에 불과했다.

유치원에 다니는 어린이가 피를 흘리고 숨진 그 길에, 시민들에 의해 불단佛壇이 마련되고 국화꽃이 바쳐진 장면이 텔레비전에 비치고 있었다. 그것이야말로 문자 그대로 '국화와 칼'이었다. 낯선 사람의 칼에 찔려 죽고 또 그렇게 낯선 사람의 국화꽃에 원혼을 달래는 아이러니, 결국 긍정적인 접촉은 국화꽃으로, 부정적인 접촉은 도리마의 칼의 형태로 나타난다.

'도리마'와 마찬가지로 지나가는 사람에게 다가가서 면도날로 스커트 자락을 자르는 '기리마'의 이상한 행동 역시 일본식 범죄이다.

같은 범죄라도 쏘아 죽이거나 독살하거나 하는 것은 간접적이고 추상적이다. 범인과 피해자 사이에 거리가 있다. 그러나 '도리마'나 '기리마'는 예리한 칼로 마치 서로 사랑하는 사람처럼 바싹 달라붙어 상대의 촉감을 그리고 베는 감각을 피부로 느끼는 것이다.

무엇보다도 어린이가 도리마가 되는 사건이 곧잘 일어나는 것을 보아도 그것이 부정적인 형태로 나타난 접촉 문화의 소산이라고 생각지 않을 수 없다.

5, 6명의 소집단으로 된 사회

혼자 있는 것을 못 견디는 일본인이지만, 그렇다고 해서 대집단을 좋아하는 것도 아니다. 피부로 느끼는 그 촉각적인 인간관계는 소집단일 경우에 그 특성을 발휘할 수 있다. 대집단 속에서는 얼굴 없는 조직이 되어버리기 때문에 그 관계가 추상적일 수밖에 없기 때문이다. 그러한 대집단은 히틀러나 천안문 광장天安門廣場에 모이는 마오쩌둥의 군중에서 볼 수 있듯이 피부의 감성보다는 이념을 필요로 한다.

일본 인류학자들의 공통된 견해는 일본에는 큰 연회宴會가 없고, 서로의 피부를 느끼는 사적인 모임이 많다는 것이다. 처음에는 그 모임이 컸다 해도 점차 작은 모임으로 축소된다. 다회茶會가 그러한 것이다.

일본의 다회는 모모야마[桃山] 시대 이후에 정립된 것이라고 한다. 처음에는 야외에서 수백 명씩 모이는 대다회였으나, 점차 그 장소도 인원도 줄어들게 된 것이다. 그래서 드디어는 4조[疊] 반이라는 다실의 표준 공간에 모일 수 있는 5, 6명이 다회의 가장 이상적인 인원이 되고 만다.

5, 6명의 작은 집단은 다실에 한한 것이다. 농민의 5인 조장五人組帳, 에도 시대의 5인조五人組 등 전통적인 일본의 소집단 단위 조직이 모두 그것이다. 대집단이라 해도 불을 끄는 소방대원의 '이로하 조직組織'처럼 47명에 불과하다. 주군主君의 복수를 한 '추신구라[忠臣蔵]'가 47명의 의사義士 집단인 것처럼 47은 여러모로 상징적인 숫자이다.

베네딕트도 『국화와 칼』에서 일본의 소집단 사회에 대해 주목하고 있다. 일본 산업의 특징은 4, 5명의 직공밖에 없는 피그미 공장이 많다는 점이다. 1930년대만 해도 공업 노동자들의 53퍼센트가 바로 이 5명 이하의 공장이나 가정에서 일하고 있었다. 베네딕트는 "오늘날 일본의 공업, 경제의 기반은 바로 이 작은 집단에 있었다"라고 진단한다. 동대東大의 나카네 치에[中根千枝] 교수도 "일본의 사회학적 개체 인식은 소집단의 레벨에 놓여 있다"라고 말하고 '소집단의 이상적인 규모는 5~7명'이라고 확신하고 있다.(『다테 사회의 역학』)

또 어느 대담에서는 이 소집단을 외국에 수출할 만한 것이라고 말했던 것을 보면 아무래도 소집단마저 축소지향인 것이 일본의 특성인 것 같다.

공장에서나 사회에서나 일본인들은 다실에서의 모임처럼 직접 몸으로 느낄 수 있는 소집단, 말하자면 '피부로 뭉친 그룹'을 좋아했던 것이다. 다도茶道의 모임 그리고 그 선천적인 소집단의 단결력은 바로 일본 사회를 구성하는 조직의 비밀이기도 한 것이다.

주객일체主客一體와 '화和'의 논리

일본인은 '일억총배우—億總俳優'이다

인간관계를 피부가 맞닿을 수 있는 거리까지 좁히려는 그 '요리아이 문화[寄合文化]'를 다도의 용어로 바꾸면 '이치자콘류[一座建立]'가 된다. 주와 객이 모여 한자리를 만든다는 의미이다. 이때의 '자'는 주객이 대좌對座하고 있는 물리적인 장소이면서 동시에 그 내면의 의식 속에서 주객일체主客一體가 되는 '화和'의 세계를 의미하는 것이다.

이 경우의 자리[座]란 자장磁場에 비유될 수 있다. 일상적인 생활 공간과는 달리 다실 속에 들어가면, 그래서 다도茶道를 몸에 익히면 '너'와 '나'가 한몸처럼 서로 끌어당기는 신비로운 자력磁力의 감응을 나타낸다. 그래서 다도의 본질은 서로 입장이 다른 주인主人과 손[客]이 화和의 세계 속에서 '한자리[一座]'를 만들 수 있는 연출 방법이요, 그 트레이닝이라고 정의할 수도 있다.

"타인, 이것은 지옥이다"라고 한 사르트르의 말을 기억하고 있는 사람들은 이러한 말에 대해 고개를 내저을지도 모른다. "어찌하여 역할이 서로 다른 주인과 객의 존재가 한 몸이 될 수가 있는가? 서로 마주 앉아 '보고' '보이는' 그 대립적인 타자와의 실존적 관계가 어떻게 다실 안이라 하여 화和의 경지로 바뀔 수 있다는 말인가? 성배聖盃에 담은 포도주로도 이룩하지 못한 것을, 어떻게 사발 종지에 담긴 녹색의 거품[綠茶]으로 그런 기적을 만들 수 있다는 말인가?"

이러한 말은 단순한 다도만이 아니라 일본인의 이상한 단결심, 이따금 세계를 깜짝 놀라게 하는 그 가공할 만한 '화'의 신비로운 집단주의에 대한 질문이기도 한 것이다. 예나 지금이나 온 세계 사람들이 일본인을 바라보는 그 불안한 시선은 자석처럼 달라붙는 그들의 그 희한한 단결력이다. 그리고 서양 사람들이 그 공포를 구체적으로 표현한 것이 중국인의 인구人口와 일본인의 단결력을 근거로 한 '황화론黃禍論'[215]이다.

그러나 서양인은—일본 이외의 동양인도 포함해서—일본인의 단결력에 대해서는 잘 알고 있었으나 그 단결력의 특성이 무엇인가는 잘 몰랐던 것 같다. 서양의 황화론자黃禍論者들은 '중국인과 선천적인 오거나이저인 일본인이 결합하는 날'(허버트 노먼의 『극동인과 정치』)을 돌이킬 수 없는 재난의 날로 보고 있었으나, 그 기

---

215) 황색 인종이 발흥勃興해서 타인종, 특히 백색 인종에 피해를 미치는 것.

우는 반대로 남경대학살南京大虐殺[216]로 나타났던 것이다.

군사적 위협의 황화론이 현대에 이르면 경제적 위협의 황화론으로 바뀐다.

그것이 바로 일본 '주식회사론'이다. 그 말 속에는 정부와 기업과 군민이 일치단결하여 집중호우식 수출로 서구의 시장을 휩쓸고 있는 '노란' 마라푼다의 불길한 이미지가 숨겨져 있다. 하지만 그들이 '화和'를 주식회사적인 것으로 파악하고 있는 것부터가 서구적이다. 일본인의 집단주의와 그 단결력은 계약적인, 그리고 이익 분배에 토대를 둔 단순한 '주식회사'적 집단주의와는 성격이 다르기 때문이다.

조금 더 일본적인 단결력을 분석해보면 그것은 주식株式 시장의 상장上場이 아니라 다실의 다다미 위에서 그 '원조元祖'를 찾아야 한다는 것을 알게 될 것이다.

이를테면 '이치자콘류[一座建立]'의 수백 년 전통을 사회의 모든 분야에서 무의식적으로 또는 의식적으로 응용한 것이 일본적 단결력이다. 그러므로 '일본주식회사'라는 말보다 '일본좌日本座'라고 하는 편이 훨씬 그 본질에 가까울 것 같다. 일본인이 즐겨 쓰는 표현을 빌린다면 일본인은 '일억총배우一億總俳優'인 것이다.

---

216) 중일 전쟁 중인 1937년 12월, 일본군이 남경南京을 공격할 때에 행해진 사건.

다삼매茶三昧의 일체감과 그 연기

그렇다. "타인은 지옥이다"라는 사르트르의 말이 리큐[利休]의 다실로 들어가면 "타인은 천국이다"로 바뀐다. 말이 나온 김에 그 비밀을 '일본좌'라는 극장과 '일억총배우'라는 연기에서 그 해답을 찾아보기로 하자.

우선 첫째로 다실에서 주객이 한 몸이 되어 '이치자[一座]'를 만들려면 좋은 의미에서든 나쁜 의미에서든 모두 배우가 되어야만 한다. 다도의 시작은 그 연기부터 몸에 익혀야 되는데, 주인이 하는 연기는 '데이슈부리亭主ぶり'라 하고, 손님이 하는 그것은 '갸쿠진부리客人ぶり'라고 한다. '데이슈부리'는 손님에게 차를 대접하기 위해서 물건을 나르고 차를 끓이고 또 그것을 치우는 하나하나의 행동을 시나리오에 맞추어 연출하고 진행해야 된다.

즉 행주[帛紗]로 찻잔을 훔치는 것, 찻잔을 들어 올리고 놓는 것, 차를 따르는 것, 심지어 그릇을 헹군 물을 내버리는 것까지도 모두 '다테마에[點前]'라는 복잡한 양식에 맞추어 행동해야 된다. 그것은 '시구사しぐさ'라 불리는 노[能]의 연기와 똑같은 것이다.

손님은 관객이고, 다실의 다다미는 무대이고, 도코노마에 놓인 꽃이나 족자는 무대 장치이다. 물론 주인은 연기를 하는 배우인 것이다.

명연기를 하기 위해 주인[亭主]은 평소에 '와리게이코割り稽古'라는 피나는 훈련을 쌓아야 한다. 차를 준비하고 끓이는 그 양식樣

式, 특히 도구를 운반할 때의 걸음걸이는 노아미[能阿彌]가 고안한 것인데, '노[能]' 춤을 출 때의 발동작을 도입한 것이라 한다. 이 사실 하나만 가지고 보더라도 다도가 연극이라는 것을 의심할 여지가 없다. 아니, 연극 이상의 것이다. 왜냐하면 극에서는 관객과 배우가 엄연히 둘로 분리돼 있지만, 다실에서는 그렇지가 않다. 손님 앞에 찻잔이 놓여지면, 지금까지 관객 역할을 하고 있던 손님이 이번에는 배우 노릇을 하게 된다. '오테마에 조다이 시마스(차려주신 차를 마시겠습니다)'라는 인사말을 대사에 맞춰 외우면서 오른손으로 찻잔을 잡고 왼손 손바닥 위에 올려놓는 기본 동작으로부터 연기가 시작되는 것이다.

차 한 잔 마시는 일이라고 깔보아서는 안 된다. 찻잔을 바깥쪽에서 손 앞으로 한 바퀴 반 돌린다거나 혹은 차를 마실 때 생긴 입술 자국을 손가락으로 씻고 손가락은 주머니에 마련해 간 종이(이것 역시 연극의 소도구와 같은 것이다)로 닦는다거나 하는 꽤 복잡한 연기이다. 그러면 조금 전만 해도 배우였던 주인이 이번엔 관객이 되어 차를 마시는 연기를 조용히 감상하는 것이다.

이런 연기를 통해서 주인은 손님에게 정성껏 차를 달였다는 환대의 정을 보이고, 손님은 그러한 주인의 노고에 진심으로 감사하는 마음을 나타낸다. 그러한 다실의 시나리오와 연기에 의해서 주인과 손님은 깊은 일체감, 다른 용어로 말하면 다삼매경茶三昧境에 몰입, 융합되는 것이다. 더구나 다실의 연기는 무대의 그것보다 한층 더 진지하다. 무대 위의 연기는 허구虛構이기 때문에 마치 나무칼을 들고 싸우는 것 같지만, 다실에서 진짜 차가 왔다 갔다 하는 그 연기는 실제로 끓이고 마시는 것이므로 진짜 칼로 시합하는 것과 같다. 그야말로 '신켄[眞劍]'217)이 안 될 수 없다. 연극 무대는 넓고 관객은 멀리 떨어져 있으나 다실의 그것은 좁아, 바로 눈앞에서 보고 있기 때문에 모두 건성건성 해치울 수가 없는 것이다.

그러니까 다삼매경의 감동을 만들어내는 다도의 각본은 무엇보다도 손님이 보는 앞에서 그들이 마실 차를 달이는 전 과정을 보여주는 데 있다. 초기의 다도 서원다書院茶에서는 '차를 마시는 곳'과 '차를 달이는 곳'이 분리되어 있었다. 도보슈[同朋衆]218)가 준비된 차를 날라 오면 주와 객은 그것을 함께 마셨다. 이런 차는 서양은 물론 한국이나 중국에도 얼마든지 있다. 별채의 다실이 만들어지고, 거기에서 차를 달이는 것과 차를 마시는 일이 '한곳'에서 벌어졌을 때 비로소 일본 다도의 독특한 문화 그 특유의 '이치자콘류'가 가능해진다.

그래서 다회에 초대된 손님은 차 한 잔을 대접하기 위해 얼마

---

217) 진짜 칼이란 뜻이며, 동시에 진지하다는 뜻으로 쓰이는 말이다.
218) 무로마치 시대에 생겨난 막부幕府의 잡무를 담당하고 다도茶道에 관한 사무를 관장한 승려 모습을 한 관리.

나 애쓰고 있는가를 알 수 있고, 주인이 또 얼마나 진정으로 차를 달였는가를 하나하나 체득할 수가 있다. 또 주인은 주인대로 손님들이 얼마나 감사하면서 경건하게 차를 마시는가 하는 반응을 몸으로 직접 느낄 수 있다. 일방적으로 주고 일방적으로 받는 주객의 대좌對座 관계에서는 맛볼 수 없는 것이다.

그러므로 다실에서 연출된 그 자리는 주인의 것도 아니요, 손님의 것도 아니다. 이것을 거꾸로 말하면, 그것은 주인의 것이며 손님의 것이기도 하다. 이치자[一座]는 운명 공동체적인 자리이다. 주인은 이제 단순히 손님에게 봉사하는 것이 아니며, 손님은 주인에게 신세 지는 것이 아니다.

남의 다도茶道가 되지 말라

"남의 다도가 되지 말라"는 말이 있다. 주인이 손님 때문에 할 수 없이 달이는 다회가 되어서는 안 된다는 훈계이다. 마치 바이올리니스트에게 "남의 음악이 되지 않게 하라"고 충고하는 말과 같다. 청중 앞에서 바이올린을 연주하는 것은 남에게 이불을 깔아주는 것과는 다르다. 남을 즐겁게 해주기 위해서만이 아니라 자기 만족과 기쁨을 위해서 연주하는 것이기도 하다. 차를 마시는 사람도 그렇다. 차의 참된 맛은 미각에만 있는 것이 아니다. 그것을 달여주는 사람의 진심을 알았을 때 비로소 그 '참맛'을 맛볼 수 있다. 그것을 다도에서는 '마음의 맛[心味]'이라고 부른다.

"밥 한 끼를 권할지라도 후한 정성을 지녀라. 아무리 성찬이라 도 주인의 정성이 후하지 못하면 여울의 은어나 늪 속의 잉어라 한들 맛이 없을 것이다"라고 말한 『엔슈[遠州]의 스테부미[捨文]』[219) 가 그것을 잘 표현하고 있다.

"임금은 주방을 기웃거려서는 안 된다"라는 금언이 있다. 남의 눈이 없는 주방에서 요리를 할 때는 아무래도 불결해지기 쉽다. 그것을 왕이 직접 보면 요리사를 죽이게 된다. 실제로 옛날 일본 에서는 다이묘(제후)의 밥에 티끌 하나라도 있으면 요리사에게 할 복을 명했다고 한다. 그래서 덕이 있는 다이묘는 밥을 먹다가 티 가 있으면 몰래 다다미 틈새에 밀어 넣었다는 얘기도 있다. 그 정 도의 엄벌을 내린 것은 생명을 걸고 정성을 다해 요리를 만들라 는 의미일 것이다.

요리만이 아닐 것이다. 친한 사람이라도 보지 않는 곳에서는 나쁜 말을 하기도 한다. 그것이 인간이다. 그러므로 그러한 현실 에 차라리 눈을 감아주는 것이 덕德이기도 했다.

그러나 옹졸한 일본인들에게는 덕이라는 것이 모자라다. 그래 서 뒤에서 숨기는 것보다 앞에서 철저히 까뒤집는 것으로 그 덕 을 대신하려 한다.

---

219) 고보리 엔슈[小堀遠州]의 다론茶論.

거기서 생겨난 방법이 음식을 먹을 사람 앞에서 만들게 하는 것이다. 아무리 게으르고 성의 없는 사람도 보는 사람 앞에서 음식을 만들게 되면 정성을 다하지 않을 수 없다. 먹는 사람도 보는 앞에서 음식을 만들어주면 음식 이상의 맛을 느낀다. 땔감과 물을 직접 길어 오는 수고를 겪고 나서야 비로소 한 잔의 차에 담긴 진미를 알 수 있었다는 리큐[利休]와 같이 일본인에게는 요리 그 자체의 맛보다도 그것을 만든 사람의 노고와 정성을 맛보려는 묘한 습관이 있다.

식사 초대를 받아 음식을 먹을 때 서양 사람들은 "딜리셔스(맛있다)"라고 인사한다. 푸짐한 것, 양적인 것을 좋아하는 한국인의 인사말은 "배불리 잘 먹었습니다"이다. 그러나 유독 일본 사람만은 "고치소사마[御馳走樣]"라고 한다. '치소[馳走]'라는 한자만 봐도 알 수 있다. 그 말은 음식 맛에 관한 것이 아니라 '뛰어다닌다'의 뜻이다. 그러니까 손님을 대접하기 위해 사방팔방으로 뛰어다닌 노고에 감사한다는 말이다. 말만 그런 것이 아니다. 일본 요리나 그 식사 방법을 관찰해보면, '가케하시루(뛰어다니다)'의 노고를 직접 보여주거나 또는 그 음식물에 담으려 한 의도를 간과할 수 없다.

일본 요리와 도마의 의미

일본 요리는 흔히 눈으로 먹는 요리라고 한다. 롤랑 바르트도 말 했듯이 "일본 요리의 식탁은 다시없이 정묘한 한 폭의 그림"이다. 밥상은 액자까지 끼운 캔버스이고, 그 위에 놓인 공기나 접시에 담긴 요리는, 다채색의 추상화이다. 특히 다실 문화와도 깊은 관련이 있는 가이세키료리[懷石料理][220]가 더욱 그렇다. 붉은 칠을 한 공기에 담은 하얀 미소시루(왜된장국), 철 따라 그 색채와 형태가 달라지는 교가마보코(어묵), 맑은 물에 뛰노는 모습 그대로라고 해도 좋을 은어 요리……, 그것들은 혀로 바라보는 회화繪畵이다.

실제로 일본 요리를 먹을 때 나는 몇 번인가 주저한 적이 있었다. 어쩐지 아름다운 미술품을 파괴하는 것 같아서 그것을 먹는 것이 야만적으로 느껴졌기 때문이다. 그것은 금세 녹아버리는 얼음에 정성 들여 조각해놓은 것과도 같은 덧없는 아름다움이다. 먹으면 곧 없어져버리는 허무한 조각, 한순간의 그림에 대한 일종의 노여움 같은 것까지 느끼게 한다. 그러나 일본 요리를 단순히 회화적인 아름다움만으로 규명한다면 그것은 피상적인 관찰에 지나지 않을 것이다. 왜냐하면 먹으면 곧 흩어지고 사라지게 될 요리인데도 그토록 섬세하고 정교한 모양과 색채를 부여한 것은 다름 아닌 그것을 만든 사람의 정성을 하나하나 새겨 넣으려

---

220) 다회茶會에서 차를 내기 전에 먹는 간소한 요리. 가이세키懷石 요리는 만든 순서대로 하나씩 손님에게 내는 고급 일본 요리.

는 드라마이기 때문이다. 그리고 그것은 요리를 만든 사람이 먹는 사람에게 던지는 '렌가[連歌]'의 홋쿠[發句]²²¹⁾와 같은 것이기도 하다.

이런 관점에서 본다면, 일본 요리가 회화적이라는 것은 단순한 겉모양만 두고 한 소리일 뿐이며, 그 속에 진짜 담겨 있는 것은 만든 사람과 먹는 사람 사이에 '이치자'를 만들려고 하는 노력이다.

일본 요릿집이 중국이나 한국 혹은 양식 레스토랑과 전혀 다른 것은, 도마가 손님 앞에 나타난다는 것이다. 정도의 차이는 있겠지만 어느 나라 음식이든 그것은 벽 저 너머의 주방에서 몰래 만들어져 손님 앞에 오게 마련이다. 그러므로 부엌에서 쓰는 도마가 부엌 밖으로 나와 손님 앞에 나타나는 일이란 큰 실례일 수도 있다. 다만 일본에서만이 요리사가 손님 앞에 도마를 놓고 사시미(생선회)를 칼질하기도 하고 초밥을 뭉쳐 주기도 한다. 교토의 유소쿠[有職] 요리는, 손도 대지 않았다가 손님이 보는 앞에서 식칼로 생선을 요리하고 그것을 도마째로 내놓아 먹게 하는 것이 전통으로 되어 있다.

---

221) 렌가[連歌]의 제1구(5·7·5). 여러 사람이 돌려가며 시를 짓는 자리에서 제일 먼저 운을 떼는 첫 구로서, 제일 중요한 순간이다. 뒤에 이 홋쿠만을 떼어 독립시킨 것이 '하이쿠'의 발생이다.

도마는 요리 만드는 과정을 표현한 상징물이다. 요리사를 '이타마에[板前]'라고 부르는 것을 보아도 알 수 있다(도마 앞에 있는 사람이 곧 요리사란 뜻이니까). 그러므로 직접 손님이 보고 있는 앞에서 음식을 만들지 않는 경우라도 초밥이라든가, '이케즈쿠리(살아 있는 생선의 형태 그대로 회를 만든 요리)'를 식기 대신 도마에 직접 담아 내오는 일도 많다.

이같이 '도마'가 일본 요리의 중심이 된 것은, 그것이 요리하는 사람과 먹는 사람의 대극성對極性을 하나로 융합해 맺는 매개물의 역할로 사용하려 했기 때문이다. 일본 요리의 대명사가 된 스키야키도 벽 저쪽에서 만들어져 나오는 비프스테이크와는 정반대 구조를 갖고 있다. 굵직하게 썰어진 파, 얇게 다져진 고기, 육수 등의 반제품 식품, 그러한 재료만이 손님 앞에 운반되어 마치 차를 달일 때처럼, 손님 앞에서 조금씩 익혀져서 요리가 되어간다. 때로는 손님이 직접 그 과정에 참여하기도 한다.

일상적인 식사에서도 밥 담는 법이 한국과는 다르다. 한국에서는 미리 밥이 담겨져서 나온다. 고봉밥은 혼자 마음껏 먹다가 남기라는 '넉넉한 구조'의 기호記號이다. 그러나 일본에서는 먹을 만큼 한 공기씩 밥을 떠주는 것으로, 닥닥 긁어 먹는 '빡빡한 구조'의 기호이다.

그러나 사발밥은 먹는 사람이 '고립적'인 데 비해, 공깃밥은 한데 어울리는 '융합적' 구조이다. '먹는 사람'과 '먹여주는 사람(요리를 만드는 사람)'이 한 공기 한 공기 떠주어야 먹도록 되어 있는 일본의 밥은 주와 객이 '이치자콘류'를 이루는 다도와 비슷하다.

"식객, 세 공기째는 슬그머니 내민다"²²²⁾라는 말이 있듯이, 그 식사 방식은 원칙적으로 주인이(또는 밥을 지은 사람이) 옆에서 손님에게 밥을 퍼주는 시중을 들도록 되어 있다. 공깃밥이기 때문에 '도마'와 마찬가지로 먹는 사람은 만든 사람의 과정을 알고, 만든 사람은 먹는 사람의 식사 과정을 서로 바꿔서 볼 수가 있다.

관객석으로 돌출한 노[能] 무대

다도茶道의 '자[座]', 요리의 도마와 같이 노나 가부키에서도 연기자와 관객이 서로 일체감을 이루는 구조물이 있다. 음식물을 만드는 주인 측이 노, 가부키를 연출하는 연기자라면, 그것을 마시고 먹는 손님 측은 연기를 보는 관객이다.

그 대극對極 관계는 마찬가지다. 다실이나 일본 식당에서 벌어지고 있는 것과 똑같은 것이 이 극장 안에서도 벌어진다. 어느 나라의 무대나 보통 연기자가 의상을 고치거나, 갈아입거나 할 때는 일단 막을 내리고 관객이 보이지 않는 곳에서 준비하는 것이

---

222) 식객은 손님이고 밥을 떠주는 사람은 주인이기 때문에, 얻어먹는 사람이 세 번째 공기를 내밀 때는 눈치를 보게 마련이라는 뜻.

상식으로 되어 있다. 요리가 벽 뒤 보이지 않는 주방에서 몰래 만들어져 손님상 앞에 차려지는 것처럼. 그러나 유소쿠 요리나 스키야키처럼 노 무대에는 고켄자[後見座]라는 것이 있어서, 그 자리에 앉아 있던 고켄[後見]이 연극 진행 중에 관객이 보는 앞에서 주연의 옷을 고치거나 갈아입히거나 한다. 그뿐만 아니라 관객 앞에서 시테(주연)가 가면을 쓰거나 바꾸는 일도 있다.

연기자가 관객과 함께 이치자[一座]를 만들어가는 일은 노가쿠토[能樂堂]의 독특한 무대 구조에 선명히 나타나 있다. 노 무대는 관객석 안으로 돌출되어 있어서 정면에서도 측면에서도 감상할 수 있다. 즉 노 무대는 관객석과 대립되고 단절되어 있는 것이 아니라, 관객석 안으로 파고드는 형식이다. 그리고 그 무대 정면 중앙에는 시라스바시고[白州梯子]라고 불리는 계단이 있어 객석과의 오르내림이 가능하다. 지금은 배꼽처럼 전혀 무용지물이 되어 있지만, 무대와 객석을 연결하는 탯줄 같은 상징물로서 아직까지 존재하고 있다. 옛날에는 이 사다리를 통해서 극을 관람하던 장군이 상을 내리기도 했다고 한다.

무대로 통하는 출입구의 막[揚幕]과 무대 사이를 연결하는 긴 '하시가카리橋懸リ'[223]라는 마루 역시 연기자와 관객을 잇는 역할

---

223) 노[能] 무대의 일부로, 분장실로부터 무대로 가는 통로로서, 비스듬히 걸치게 난간을 설치한 길.

을 한다. 연기자가 이 '다리'를 통해 출퇴장하기 때문에 그 진행을 관객들이 다 볼 수 있다. 서양의 연극 무대에서는 배우가 보통 암흑 속에서 출퇴장한다. 막이 오르내리기 전에 조명에 의해 무대는 진공 상태로 관객 앞에 나타나는 것이다.

하나미치[花道]에서 만나는 관객과 연기자

먹는 사람 앞에서 직접 요리 만드는 과정을 보여주는 도마의 구조는 분라쿠[文樂](인형극)[224]에 한층 더 뚜렷이 나타난다. 세계 각국의 인형극은 인형을 조종하는 사람을 되도록 숨기려고 애쓴다. 그러므로 인형을 조종하는 사람은 무대 뒤에 숨어서, 눈에 보이지 않는 실이나 다른 장치를 사용해서 인형을 움직인다. 그러나 분라쿠에서는 인형을 조종하는 사람이 검은 천을 뒤집어쓰고는 있으나, 무대에 직접 나와서 그 재주를 보여준다. 나아가서 "인형을 조종하겠습니다" 하는 인사말을 끝내면, 인형 조종사가 검은 베일을 벗어 인형 이상의 화려한 복장을 보이고 주인공인 인형을 조종하기도 한다. 분라쿠의 재미는 다른 인형극과는 달라서, 단지 인형 자체의 움직임에 있는 것이 아니다. 인형의 움직임과 그것을 조종하는 사람과의 관계를 보는 데 있다.

224) 에도 시대 후기에 시작된 인형극.

연기자와 관객이 일방통행로로 주거나 받거나 하는 관계에서 벗어나 화和의 일체감을 만들어내는 '도마'의 그 매개항媒介項은 가부키에서 절정에 달한다. 노[能]의 "하시가카리[橋懸り]'와는 달리 하나미치는 관객석 사이로 뻗어 있다. 그것은 관객석이 된 무대의 연장이며 동시에 무대가 된 관객석의 연장이다. 관객석의 관객과 무대의 연기자가 함께 접촉하며 걸어가는 길이 바로 '하나미치[花道]'이다.

요릿집의 '도마'가 가부키의 극장으로 들어가면 '하나미치'가 되는 것이다.

커튼 너머에서 몰래 등장하는 서구식 무대의 배우가 벽 뒤에서 만들어져 나오는 비프스테이크라면 '아게마쿠[揚幕]'에서 나와 하나미치를 걸어 무대에 등장하는 가부키의 배우는 그야말로 도마 위에 담겨져 나오는 싱싱한 사시미와도 같은 것이다. 그때 배우들이 '시치산[ヒ三]'이라든가 '슷폰'이라 불리는 곳에서 한 번 멈추는 것이 통례로 되어 있는데, 그것을 봐도 하나미치의 역할이 배우와 관객을 연결하는 탯줄 같은 것임을 알 수 있다. 하나미치의 '하나花'는 등장인물이 관객으로부터 '하나(선물)'를 받던 연유에서 생긴 말이라고 하니 더더욱 그렇다.

가부키의 '무스메도조지[娘道成寺]'에서는 시라뵤시[白拍子][225]가

---

225) 헤이안 시대 말기의, 가무를 추는 무희.

하나미치에 앉아서 종이[懷紙]를 말아 객석에 던지는 장면이 있는데 팬들은 그것을 다투어 주웠다 한다. 마치 관중석으로 빨려들어가는 홈런 볼을 서로 빼앗는 야구팬들처럼……. 하나미치가 있기에 가능한 이치자[一座]의 좋은 예다. 또 하나미치는 한 개가 아니라 때로는 양兩 하나미치라 하며, 두 개를 만드는 경우도 있어 '이모세야마[妹背山]'에서는 동서東西의 하나미치 사이에 놓인 객석이 개울[川]과 같은 역할을 하게 된다. 그래서 배우들은 관객석인 개울을 끼고, 양안兩岸 ─ 양쪽의 하나미치 ─ 에서 대화를 주고받게 되므로 관객석은 어느새 무대 자체로 바뀐다(화보 참조).

하나미치가 없어서는 맛볼 수 없는 가부키의 한 장면을 다시금 생각해보자.

'추신구라[忠臣藏]'의 4단째에서 오보시유라노스케[大星由良助]가 '오쿠리 산주[送り三重]'라는 샤미센[三味線] 곡에 맞추어 조용히 퇴장하는 장면이 있다. 그 복잡하고 미묘한 분위기를 여운처럼 섬세하게 피부로 느낄 수 있는 것은, 무대에서 관객석을 통해 아게마쿠[揚幕]까지 걸어가게 되는 십 간+間 길이의 그 긴 하나미치 덕택이다. 그것과는 정반대로 '간진초[勸進帳]'의 벤케이[辯慶][226]가 '도비롯포[飛六方]'[227]의 독특한 걸음걸이로 퇴장해 가는 그 박력 있는

226) 가마쿠라 시대 초기의 승僧. 미나모토노요시쓰네[源義經]에 종사.
227) 가부키[歌舞伎] 연기의 하나.

장면을 관객이 손에 쥐듯 실감할 수 있는 것도 역시 하나미치가 있기 때문에 비로소 가능하다. 천신만고 끝에 겨우 관문[關所]을 빠져나오게 된 기쁨과 고마움 그리고 먼저 보낸 주군主君 요시쓰네[義經]의 뒤를 한시라도 빨리 쫓아가려고 하는 조급한 마음……. 이 복합적인 심정을 벤케이는 독특한 걸음걸이로 실감 있게 표현해주고 있지만, 아무리 그 연기가 훌륭해도 하나미치가 없다면 관객에게 전달되기 힘들 것이다.

배우(벤케이)가 하나미치를 따라 맹렬한 속도로 뛰어갈 때, 바로 그 옆에 앉아 있는 관객들은 회오리바람, 먼지 그리고 땀 냄새까지 일일이 맡을 수 있다. 그렇다. 벤케이는 관객석으로 뛰어든다. '하야시[雜子]'와 큰 북소리는 관객의 외침 소리이고, 또 벤케이와 함께 뛰어가는 발소리이다. 한순간 무대와 객석이 하나미치에 의해 한 덩어리가 되고 구경꾼과 배우 사이의 칸막이가 무너져 내려앉는다. 무서운 일이다. 그 하나미치에는, 벤케이가 뛰어간 그 하나미치에는 '자自'도 '타他'도 없다. 이미 보는 사람도 구경당하는 사람도 없다. 하나의 시선, 하나의 감동이 있을 뿐이다.

가부키의 하나미치와 같은 것이 현실 사회에 나타난다면 어떨까? 정치에 기업에 군대에…… 아니, 그것은 이미 시작된 지 오래다. 이제는 벌써 오랜 시간이 흘렀다.

일본인 전체가 '이치자'가 되어 하나미치를 전장戰場으로 끌어간 것이 '대동아 전쟁大東亞戰爭(제2차 세계 대전)'이다. 그리고 오늘날에는 그 하나미치를 7대양大洋의 시장으로 뻗고 있는 것이다.

다도의 이치자콘류[一座建立]는 일본식 단결력의 원형原型이다. 그것을 뒷받침하고 있는 것이 '화和'의 논리이며, 그 '화'를 연출하는 무대가 바로 '도마'나 '하나미치' 같은 매개媒介 공간이다.

렌가[連歌]와 골프

일본에서는 가장 개인적이고 독창적인 문학마저 '요리아이[寄合]'의 '자[座]'에서 만들어졌다. '자의 문학', 이것이 렌가[連歌]이다. 중국이나 한국에서도 가인歌人들이 한자리에 모여 운韻을을 주고 시를 짓거나 연구連句, 연작連作을 하거나 하지만, 본격적인 시 형식으로까지 발전하지는 못해서 겨우 놀이 단계에 그치고 말았다. 대구對句나 차운次韻이라는 것도, 한자리에서 만들어진 것이 아니고, 남이 만든 시를 읽고 그 감상을 착상으로 해서 혼자 만든 것이었다. 그러나 일본의 렌가는 정반대로, 독음獨吟이 아니라, 여러 사람들이 모인 자리에서 합작을 하는 것이 그 시의 본질로 되어 있다.

유럽 같으면 오히려 남이 쓴 작품을 다른 사람이 받아 쓸 때는 그 뜻을 뒤집어 풍자하는 패러디가 되는 수가 많다.

'자[座]'가 아니고, 오히려 '역좌逆座'이다. "저 자신이 저 미련한 사람들 중 하나가 아니라는 것을 증명하기 위해 단 한 줄의 아름다운 시를 쓰게 하소서"라고 신에게 기도한 사람이, 프랑스의 시인 보들레르였다. 인디비듀얼리즘을 신봉하는 서양 사람들에게 있어서 시를 쓴다는 것은 살아 있는 자기 자신의 존재 증명에 도장을 찍는 행위였던 것이다. 그러나 집단주의자인 일본 사람들은 시를 쓰는 일마저도 협동으로 했다.

고니시 진이치[小西甚一] 씨는 20세기 독자에게 16세기 렌가의 자[座]를 설명하기 위해 딱딱하게도 골프를 예로 들고 있다.(『소기[宗祇]』)

일본의 전국 레저 시설 이용 상황에서 매상고 제1위인 5,870억 엔, 연간 이용자가 5,700만 명에 달하는 골프 붐이고 보면, 렌가를 골프에 비유하는 것도 무리한 용기는 아니다. 골프에도 렌가와 같은 집단성이 있으므로, 일본인의 입버릇이 된 '이런 좁은 섬나라'에, 그처럼 많은 골프장이 만들어졌는지 모를 일이다.

분명히 골프는 혼자 치는 싱거운 운동이다. 자[座]와 흡사한 점이 있기는 해도, 그 본질을 따지고 보면 원래 확대지향적 발상에서 나온 스포츠라는 것을 알 수 있다. '자'란 일정한 '울타리' 안에서 생겨난다. 안으로 응축되어 가는 다다미 4조[疊] 반의 정체성을 지닌다. 그러나 골프는 공을 쳐가며 홀을 하나씩 걸어가는, 잔디밭 위에서의 행진(페어웨이)인 것이다.

렌가의 '자'는 그런 것이 아니다. 골프에서는 한 조組의 사람들이 모여서 같은 플레이를 하면서도, 어디까지나 자기의 득점은 자기 것으로 그친다. 다른 사람이 아무리 서툴게 쳐서 오버를 해도, 자기와는 궁극적으로 관계가 없다. 함께 담소하고 나이스 샷이라고 말하면서, 어깨를 나란히 홀 아웃 해도 최후까지 플레이는 자신의 것이다. 집단이 되어도, 서구에서는 골프처럼 자기 혼자서 자신과의 사이에 플레이가 행해지는 것이다.

플레이의 분위기가 함께 치는 사람들의 기량과 매너에 의해 변하기는 해도, 거기에는 일정한 한계가 있다. 그러나 렌가는 단지 분위기 문제에서 끝나는 것이 아니다. 모이는 사람에 따라 바로 렌가라는 시 전체의 뜻이 살고 죽는 영향을 받게 된다. 고니시[小西] 씨는, "싱글 플레이어 속에 핸디 25나 30쯤 되는 사람이 섞인 상황을 상상한다면, 기량과 캐리어가 고른 렌슈[連衆]가 '렌가의 자'에 있어 얼마만큼 중요한가를 쉽게 이해할 수 있을 것"이라고 말한다.

고니시 씨에게는 송구스러운 일이지만, 골프와 렌가는 같은 점보다는 오히려 다른 점을 설명하기 위해서 예로 드는 편이 훨씬 좋을 것이다. 왜냐하면 잘 치는 사람 사이에 못 치는 사람이 끼어들어 지장이 있더라도 플레이는 가능한 것이 골프의 특성이기 때문이다. 싱글은 싱글대로 제 스코어를 내는 것이니까 남이 아무리 못 친다 해도, 자기 점수를 빼앗기는 것은 아니다. 이것이 서구의 개인주의에 뿌리를 내린 팀워크이다. 한 팀이 함께 플레이를 해도 어디까지나 점수는 따로따로 각자의 것이라는 것에 골프의 재미가 있다. 여럿이 한 팀을 이루어도 결국은 혼자 공을 치는 것과 다름없는 골프야말로 앵글로색슨의 인디비듀얼리즘을 가장 잘 상징하고 있는 것이 아닌가 싶다.

그런 의미에서 렌가를 굳이 스포츠에 비유한다면, 골프보다는 오히려 야구 쪽에 가까울 것이다. 야구에서는 단 한 사람이라도, 핸디 25가량의 서툰 플레이가 끼게 된다면 그야말로 경기가 불가능해진다. 팀 전체가 흔들려서 점수가 엉망이 될 것이다. 아무리 좋은 피처가 있어도 수준 이하의 캐처라면 볼을 주고받을 수 없을 것이다.

렌가의 '자[座]'는 개인의 시구詩句가 전체의 시구를 이루고 서로 그 생각이 얽히어 상호 상승효과를 낸다. 렌가의 렌슈(무리)는 여러 명이 한 몸이 되어 마치 한 시인이 쓴 것처럼 그렇게 시를 만들어 나가지 않으면 안 된다. 렌가를 정식으로 할 때, 그 방에는 다실과 같이 도코노마床の間에 족자를 걸고, 꽃을 꽂는다. 렌가를 즐기기 위해 모이는 정기적인 모임을 '고[講]'라 하는데, 그것은 다객의 '요리아이'에 해당하는 말이다. 즉 주와 객이 있듯이 지도 역할을 하는 종장宗匠과 렌슈가 대좌對座한다. 홋쿠[發句]는 차의 다테마에[點前]이고, 그것을 차례차례 마시듯이 쓰케쿠[付句]가 진행되며, 100구가 완성되면 최후에 누가누가 몇 구라고 기입하는 '구아게句擧げ'로 끝난다.

찻잔 대신에 종이[懷紙]가 배부되고, 차를 달이고 그것을 마시는 데 일정한 규칙이 있듯이 홋쿠에서 아게쿠[擧句][228)까지 렌가의 복잡한 법칙에 따라 그 종이가 돌려진다. 그 법칙을 지켜보는 것이 슈시쓰[執筆]의 임무이다.

차와 렌가의 구조에 서로 유사점이 있다는 것은 그 역사의 흐름을 봐도 알 수 있다. 무로마치[室町] 시대에는 '도차[鬪茶]'란 것이 성행했다. 차를 마시고 그 맛을 알아내는 '내기' 모임이었다. 같은 시기의 렌가도 그러했다. 서민들의 렌슈가 내놓은 구句 가운데 우수한 것에는 점點을 붙여서 점수 경쟁을 하고, 내기[賭物] 상품賞品이 있었다.

그러나 와비차ゎび茶의 본격적인 다도에 이르면 점수 경쟁도 상품도 없다. '자'라는 본질, 일미동심一味同心의 다삼매를 즐긴 것처럼 식자識者의 본격적인 렌가에서는 함께 노래를 만들어가는 그 과정으로서의 향연과, '자'를 만드는 데만 열중했다.

렌가는 개인의 천재성만으로는 성립되지 않는다. 맨 처음 던져지는 시구, 말하자면 렌슈는 홋쿠를 듣고 거기에서 자신의 시상詩想을 찾는 것이니까, 멍석을 깔아주는 '자[座]'의 문학인 셈이다.

그러므로 "하던 짓도 멍석을 깔아놓으면 안 한다"라고 하는 한국의 경우에는 렌가가 있을 수 없다. 역시 그것은 누군가가 먼저 방석을 깔아줘야 비로소 무엇인가를 할 수 있는 일본 사람들의

---

228) 렌가의 마지막 7·7의 2구.

것이다. 훗쿠가 시원찮으면 전체가 실패하게 되는 이유도 거기에 있는 것이다. 구 하나하나는 개인의 것이지만 그 쓰케쿠[付句]는 앞에 쓴 사람들의 것에 의해 영향을 받아 형성된 것이고, 또 그것이 타인에게 영향을 미치며 다음 구로 진행되는 것이므로 그것은 흐르는 물 같아서 개체화할 수가 없다. 거기에 모인 사람 전부의 호흡과 협화[協和]에 의해 100구가 되어야, 비로소 한 편의 시가 될 수 있다. 그러므로 개인의 실수는 개인에 그치지 않고 자리 전체, 렌가 전체에 물을 끼얹는 격이 된다. 마찬가지로 한 사람의 잘못은 한 사람의 책임이 아니라, 당연히 렌슈 전체의 책임이 된다.

하이카이[俳諧]에 있어서도 마찬가지다. 교라이 쇼[去來抄][229]의 다음과 같은 이야기를 들어보면 이해가 갈 것이다.

바쇼[芭蕉]와 교라이[去來]가 마사히데테이[正秀亭]의 구엔[句筵]에 초대됐을 때 주인[正秀]은 교라이에게 훗쿠를 청했으나 좀처럼 구가 지어지지 않았다. 그것을 보다못한 바쇼가 대신 훗쿠를 내놓았다. 주인이 와키쿠[脇句][230]를 짓고 교라이가 쓰케쿠를 하는데, 이 또한 바쇼의 마음에 들지 않았다. 바쇼는 그 자리에서 수정을 해버린다. 그 구 뒤에, 바쇼는 밤새워 교라이를 꾸짖었다고 한다.

"바쇼에게 있어서 렌슈란 이같이 하이카이 자리의 분위기에

---

229) 에도 시대 초기의 시인[俳人], 바쇼[芭蕉]의 수제자로서 문예 평론가.
230) 하이카이의 두 번째 구.

동화될 수 있게끔 훈련을 쌓은 사람들 이상의 것을 의미하는 것이 아니다"라고, '자의 문학'을 주장하는 비평가 야마모토 겐키치[山本健吉][231) 씨는 단정하고 있다.

바쇼는 천재적인 시인, 독창적인 예술가가 되기보다는, 좋은 렌슈를 찾아서 하이카이의 자를 완성해 가려고 한 리더(문학에서 리더라든가 하는 말은 다른 나라의 경우에서는 좀 이상하게 들리겠지만)가 되고자 했던 것이다.

그래서 바쇼는 "이 길은 걸어가는 사람 없네. 가을 해는 저물어"라고 고독을 한탄하며 하이카이의 생애를 마쳤다.

"바쇼에게 있어서 새로운 풍아風雅를 찾는 마음은 또한 새로운 렌슈를 그리는 마음이기도 했던 것이다."232)

---

231) 현대의 문예 평론가.
232) 야마모토 겐키치[山本健吉]의 『하이쿠의 세계』.

현대 사회의 하나미치[花道]

파는 자와 사는 자의 만남

서로 대립하는 이항二項 구조를 단일[一項] 구조로 바꾸려는 축소지향의 인간관계. 이것이 일상 사회에 나타난 것이 '마을[村]' 사람들의 조직인 '고[講]', '유이[結]', '마쓰리[祭]' 등이다. 그리고 그것이 현대의 기업 사회에 나타난 것이 이른바 '재퍼니즈 매니지먼트'이다. 이때 '자[座]'는 '구미[組]'라는 다른 말로 불리지만, 오리쓰메벤토折詰め辨當형의 그 축소지향의 구조와 다를 바 없다.

생산하는 사람과 소비하는 사람, 파는 사람과 사는 사람, 정보를 보내는 사람과 받는 사람, 현대 사회에 있어서 복잡하기 이를 데 없는 주객 관계가 갈등보다는 '오테데 쓰나이데(손에 손을 맞잡고)' 해, 교묘히 화합해 가고 있는 것이 일본이다.

일본을 여행하는 외국인들이 백화점에 들러 맨 먼저 사게 되는 것은 일본 상품이 아니라, 바로 일본인 특유의 그 '자[座]'의 문화 '화'의 논리論理인 것이다. 왜냐하면 다른 나라의 백화점에서는 좀처럼 구경할 수 없는 '파는 자'와 '사는 자' 사이의 독특한 '하나미치'가 있기 때문이다. 우선 백화점에 들어가는 입구부터 사람들은 놀라운 광경을 목격하게 된다. 제복을 입은 엘리베이터 걸은 하루에도 수천 번, 수만 번 허리를 굽히면서 '이랏샤이마세 (어서 오십시오)'를 되풀이한다. 그들은 허리를 구부리는 각도에서 인형같이 웃음 짓는 그 표정에 이르기까지 모두가 한 사람같이 똑같다. '위로 올라갑니다!', '아래로 내려갑니다!'라고 장갑 낀 손을 위아래로 올렸다 내렸다 하는 몸짓도 하나같다. 뿐만 아니라 엘리베이터의 표지판에 그 숫자와 안내문이 켜지는데도 층층에 설 때마다, '2층입니다', '8층입니다'를 되풀이하면서 '3층에는 양품점, 아동복 매장이 있습니다', '4층에는 문방구, 완구점들이 있습니다'를 일일이 앵무새처럼 왼다.

한국에서 이 친절한 엘리베이터 걸의 매너를 수입해 그대로 실시했더니, 손님들은 오히려 화를 내고 '야! 시끄럽다, 말하지 않아도 다 안다!'라고 소리쳤다는 웃지 못할 이야기도 있다. 한국인에게는 그 친절이 간사스러운 것으로 느껴져 오히려 불쾌할 때가 많다.

점원들도 마찬가지다. 손님이 길을 가로막고 있어도 점원들은 '비켜달라'는 말을 하지 않는다. '이랏샤이마세'라는 말로 은근히 그것을 암시할 뿐이다. 말하자면 손님이 비켜날 때까지 고장난 레코드같이 '이랏샤이마세'를 되풀이한다.

물건을 사고 돈을 지불하면, 또 이번엔 예외 없이 '천 엔 받았습니다', '만 엔 받았습니다'라고 손에 돈을 쥐고 반드시 복창을 한다. 그리고 거스름돈을 건네주면서 '○○엔 돌려드립니다'라고 한다. 거스름돈 없이 꼭 맞게 돈을 지불하면 '초도 모라이마시타(꼭 맞게 받았습니다)' 한다. 한국 사람에게는 너무나 고지식하거나 불필요한 짓으로 보이는 것이 그들에겐 파는 사람과 사는 사람에게 일종의 '자'를 만들어주는 중요한 일이 되는 것이다.

백화점이 아니라도 가게가 쉴 때는 '참으로 저희들 멋대로입니다마는 오늘은 쉬게 해주십시오'라는 푯말을 붙인다. 자기(주인)가 장사를 쉬는데 상대(손님)에게 허락을 받는 식의 표현을 쓰는 이러한 경우는 세계 어느 나라에서도 볼 수 없다.

일본 경제가 고도성장하는 데 밑바탕이 된 고용자와 피고용자 간의 기업의 '자', 생산자와 소비자 간의 유통의 '자', 치자治者와 피치자被治者의 정치의 '자' 등 어디에서도 입장이 다른 대립 구조는 다도茶道와 같은 그 '자'가 만들어진다.

이와 같은 '자'의 원리는 다실이나 예능, 스포츠 등 허구적인 분야에만 나타나 있는 것이 아니고 실생활에도 나타나 있다. 누구나 아침저녁으로 보고 직접 체험하는 그 대표적인 '자'가 바로 '역'이라는 홈이다.

외국인이 본 일본의 역驛

공항이나 역이라고 하는 것은 달걀 모양처럼 세계 공통이다. 기능이 같으므로 자연히 형태도 같게 마련이다. 그러나 일본의 역 플랫폼에서는 다른 나라에서는 좀처럼 구경할 수 없는 일이 매일 아침 벌어지고 있다. '파는 사람'과 '사는 사람' 사이의 '자'를 상징하는 것이 일본의 백화점 풍경이었듯이, 우리는 '태우는 사람'과 '타는 사람'의 '자'를 일본의 역 플랫폼에서 발견하게 된다. 우선 다른 나라에서 볼 수 없는 것으로 플랫폼이나 전차 내에 붙어 있는 무수한 글씨들을 들 수 있다. 광고 이야기가 아니다. 승객에 대한 안내, 주의, 자잘한 요망 사항의 메시지들 말이다.

끝이 없다. 우선 문에는 '문틈에 손이 끼지 않도록 조심하십시오'란 것이 있고, '급정거하는 수가 있으니 손잡이를 잡아주십시오'라고 적혀 있는 것도 있다. 이것으로 끝나는 것이 아니다. 전차의 발차, 정차 때마다 일일이 마이크로(실제로는 잘 들리지도 않지만) 알려주는 아나운서가 있다.

단지 역 이름을 알려줄 뿐 아니라, 아침에는 '오하요 고자이마스(안녕히 주무셨습니까)', 저녁때는 '오쓰카레사마(얼마나 피곤하십니까)'라고 인사한다. 그리고 '전차와 플랫폼 사이가 떨어져 있으니 발밑을 주의하십시오'라든가 '곧 문이 닫힙니다', '곧 발차합니다', 심지어는 '선반에 놓으신 물건을 잊지 말고 내려주십시오' 등 헤아릴 수 없이 많다.

문이 닫힐 때나 발차할 때는 벨이나 전자음의 최신식 버저가 정확히 울린다. 그런데도 사람의 목소리로 직접 말하지 않으면 마음을 놓을 수 없는 모양이다.

'위험…… 뛰어오르는 승차는 삼갑시다', '계단 부근은 혼잡하니 플랫폼의 중간으로 나가십시오' 등의 말은 어느 홈에나 있는 것이고, '여기서부터 좁아지니 주의하십시오'라는 친절한 문구도 있다. 플랫폼이 좁아지는 것은 설명문을 읽기보다는 눈으로 직접 보는 편이 훨씬 빠른데도 말이다.

'천장이 낮으므로 스키를 가진 분은 주의하십시오', '이번 전차가 ○○역을 출발했습니다', '다음 ○○역에서는 좌측 문이 열립니다' 등의 푯말에 대해서 사람들은 거의 무관심하다. 듣지도 보지도 않는다. 그러한 말에 귀를 기울이거나 눈길을 보내는 사람은 전차를 처음 타보는 외국인들뿐일 것이다. 그것도 일본어를 아는 경우이지 보통 외국인에게는 '그림의 떡'에 지나지 않는다. 그렇다면 그것은 대체 누구를 위해 울리는 종소리일까.

그렇다. 다만 타는 사람과 태우는 사람의 '자'를 만들지 않으면 '마음이 놓이지 않는' 그 축소지향의 심리인 것이다. 죄인을 호송하는 열차처럼 그냥 일반적으로 손님을 태우고 달아나는 것이 아니라, 태우는 사람과 타는 사람이 '하나미치'에서 만날 수 있게 자잘한 데까지 신경을 쓰고 있는 데 그 의의가 있다. 파리건 런던이건 뉴욕이건 어디라도 전차는 혼자서 달리고, 승객은 혼자서

탔다 내렸다 한다. 발차 신호도 없고 역 이름을 알려주지도 않는다. 모두 자신이 알아서 하도록 되어 있다. 그런데 도쿄의 역 구내만은 유치원의 운동장 같고 승객을 다루는 역원驛員들은 보모들처럼 신발주머니라도 들어줄 듯 자상하다. 즉 도쿄 역 플랫폼에는 전차와 승객 간에 '자[座]'가, '하나미치'가 있는 것이다. 그것이 필요하건 필요하지 않건 간에!

사람을 밀어 넣는 직업

그런데 '요리아이', '후레아이'의 문화가 부정적인 면모로 나타난 것이 도리마通り魔나 기리마切り魔이듯이 이 플랫폼의 '자'에도 그런 현상이 벌어지고 있다. 그것이 외국인의 눈을 놀라게 해주는 '오시야押し屋'란 것이다. 일본을 잘 아는 지일파知日派인 구미인歐美人도, 이 오시야에 대해서만은 도저히 납득이 가지 않는다고 고개를 내젓는다.

일본의 거미줄 같은 철도망은 세계 제일이라는 평가를 받고 있다. 모든 차량의 운행이 컴퓨터로 조정되고 차량들도 깨끗해서 선진 기술을 뽐내고 있다. 그런데 바로 일본 문명의 금자탑이라 할 이 역에서 러시아워가 되기만 하면 아프리카에서도 구경할 수 없는 야만스러운 광경이 벌어진다. 즉 역원이나 아르바이트의 완장을 찬 전문가들이 만원 전차 속에 손님들을 몸으로 떼밀어 넣는 진풍경이 펼쳐지는 것이다. 있을 수 있는 일이다. 자연 발생적으로는. 그러나 문제는 승객을 차내로 밀어 넣기 위해서 월급을 주고 전문적으로 사람을 고용해 그와 같은 짓을 시키고 있다는 점에 있다. '오시야(떼밀어 넣는 사람)'라는 어엿한 이름까지 있고 보면, 사회가 승인한 직업인 셈이다. 서울의 교통난은 도쿄 이상이지만 그리고 때로는 급조의 '오시야'가 승객을 밀어 넣기도 하지만, 그것이 결코 제도화된 것은 아니다.

일본의 이런 상황을 과연 저것이 오일 쇼크의 여파구나 하고 감탄한 서구인도 있다. 필사적인 에너지 절약이라고 생각한 것이다. 그러나 '오시야'는 오일 쇼크와는 전혀 관계가 없는 '문화적 파동'이다. 왜냐하면 플랫폼의 '오시야' 제1호는 오일 쇼크가 있기 훨씬 전인 1955년에 도가와[十河] 국철 총재가 도쿄의 국전國電이 '미키리見切り' 발차를 중지하고 도내 54역에 아르바이트 학생 300명을 배치해서 승객의 정리에 임하게 할 계획을 발표한 다음부터 시작된 것이기 때문이다. 그래서 그해 10월 24일, 도쿄의 신주쿠[新宿] 역 홈에 아르바이트 학생이 등장하게 됨으로써 소위 '오시야' 제1호가 탄생하게 된 것이다.

'미키리' 발차란 미처 타지 못한 승객들 때문에 빨간 램프가 꺼지지 않아도 그냥 발차해버리는 제도로 냉정하고 사무적인 서구식 발차 방식이었던 것이다. '자[座]'를 중시하는 일본인들이라 그런 일방적인 발차 제도보다는 차라리 승객의 엉덩이를 밀어 차

내에 구겨 넣는 것이 훨씬 '인정' 있는 일이라고 생각했던 모양이다. 좁은 다실에 손님을 가득 밀어 넣는 것이 요리아이 문화의 특성이기도 하다. 좁은 데 들어가 피부를 맞대는 것이 자[座]를 만드는 비결이기도 하다. 그래야 그 '후레아이觸れ合い'를 즐길 수 있다.

그러므로 일본에서는 차내에 사람을 '밀어 넣는' 일이 서구인처럼 그렇게 깜짝 놀랄 일이 아닌 것 같다.

그리고 철도 규칙에는 '억지로 정원을 초과해서는 안 된다'고 하는 말이 있으나 '자[座]' 원칙이 철도 규칙보다 강했던 모양이다. 때때로 이 '오시야'가 승객을 아무래도 차내에 밀어 넣을 수 없는 경우에는 갑자기 '하기토리야(떼내는 사람)'들로 변하기도 하는 것이다.

『신주쿠 역 80년의 발자취』라는 책에 오시야 아르바이트 학생 중에 플랫폼에서 매일 만나는 오피스 걸을 밀거나 떼내거나 하다가 경사스럽게도 결혼 생활로 미키리 발차를 한 사람이 있다는 이야기가 적혀 있는 걸 보면 과연 '오시야'도 요리아이 문화, 자[座]의 문화에 끼어도 별 손색이 없을 것 같다.

도구와 사물에 대한 사랑

'스키'란 말의 의미와 차의 관계

긴자[銀座]에는 스키야바시[數寄屋橋公園]라는 곳이 있다. 일본인은 지금도 '스키야[數寄屋]'라고 하면 그것이 찻집을 의미한다는 것을 곧 알 수 있지만, 한국인이나 중국인은 꿈에도 그 말이 차와 관계된 것이라고는 생각지 않을 것이다. 왜냐하면 '스키'를 한자로 '數寄'라고 적고 있기 때문이다. 그 한자를 아무리 뜯어보아도 차茶는커녕 그 냄새조차도 맡을 수 없다. 원래 '스키'는 한자로 되어 있기는 해도 일본어로 '좋다'는 뜻인 '스키好き'를 한자음으로 표기해놓은 것이다.[233]

그러므로 일본의 독특한 다도茶道의 비밀을 캐려면 이 '스키'란 말부터 따져 들어가지 않으면 안 될 것 같다. 잠깐 앞에서도 말한 것처럼 '스키'는 '좋다'의 뜻이니까 비단 차 마시는 일에만 국한

---

[233] '스키'는 '數寄'라고도 쓰며, '풍류風流의 도道'라는 뜻이다.

된 것은 아니다. 자연의 풍류를 비롯해 도락과 취미를 뜻하는 말에는 어디고 따라다니는 말이다. 그러나 일본인의 풍류와 도락 중에서 가장 대표적인 것이 차 마시는 풍습이었으므로 '스키'는 곧 '차'를 의미하는 말처럼 쓰이게 됐던 것이다.

그런데 '스키'를 한자로 '數寄'라 써놓고 아마 한국인들에게 그 뜻을 알아맞히라고 하면 무슨 수數를 함께 모은[寄] 것으로 이해해서, 차를 마시는 것보다 물건을 수집해 세트를 갖추는 것쯤으로 이해할지 모른다.

틀린 말이 아니다. 다도茶道는 인간들을 모으는 요리아이 문화를 낳았지만, 동시에 차 도구道具를 모으는 '도리아와세取り合せ' 문화를 낳기도 한 것이다. 그렇기 때문에 일본의 다도는 인간과 인간의 관계만이 아니라 인간과 도구의 관계도 나타내주고 있다.

'스키'라는 말부터가 일반적으로는 '차'를 의미하면서도, 좁은 뜻으로는 '물건'에 대한 취미를 가리키는 것으로, 다도의 경우에는 다구茶具의 애호를 의미하게 된다.

가령 서원다書院茶가 확립된 무렵에 씌어진 『세이테쓰 모노가타리[正徹物語]』[234]를 보면 "무엇보다도 차茶 스키라는 자는 차의 도구를 깨끗이 하고 찻잔, 찻물을 끓이는 솥, 주전자 등 여러 차 도구를 진정한 취미로 모두 갖춘 자를 이름이다. 그런 자야말로 차

---

234) 가인歌人 세이킨 세이테쓰[清嚴正徹]가 쓴 것.

스키[茶數寄]이다"라고 하면서, 시가詩歌 스키로서 벼루, 문갑, 단자쿠[短冊][235], 가이시[懷紙][236]를 열거하고 있다.

골프에 비유해서 말하면, '스키'의 뜻이 좀 더 명확해질 것이다. '골프 스키[數寄]'라는 자는 골프의 세트를 깨끗이 하고 케네디 스미드의 클럽, 윌슨의 퍼터 풋조이의 골프화, 파리스의 셔츠, 여러 가지 골프 세트를, 진정한 취미로 골고루 갖춘 자'를 뜻한다. 그것이 '골프 스키'이다. 그런데 『홍모일본담의紅毛日本談義』란 책을 쓴 조지 랜버트의 견해로는 아무래도 재퍼니즈 스타일의 골프가 바로 골프 스키인 것 같다.

"정말로 자기 골프 수준에 어울리지 않는 호화로운 골프 도구를 갖고 있는 사람은 체하기 좋아하는 허영가로 보이며 졸부라고 불릴 위험이 있다. 골프 용구의 품질을 따지는 것은 그렇게 중요한 것이 아니다. 골프용 옷이 없어도 골프를 즐길 수 있다."

그러나 일본의 골퍼를 보면 그렇지 않다는 것이다. 미국에서는 골프를 치고 즐기는 것이 문제이지 그 용구에 대해서 신경을 쓰는 일은 없다. 오히려 특별히 골프 세트를 갖고 있지 않은 것을 자랑으로 삼는 사람들이 많다는 이야기이다.

차 이야기가 골프 이야기처럼 되어버렸지만, 랜버트의 관점에

---

235) 시나 그림을 그리는 조붓하고 기다란 종이.
236) 와카나 렌가를 적는 종이.

서 본다면, 차스키의 전통은 현대의 일본인에게도 시퍼렇게 살아 있음을 알 수 있다. 결국 차를 마시는 것보다 그것을 마시기 위한 도구가 차의 본질이 됐다는 것은, 무라이 야즈히코[村井康彦] 씨의 지적대로 일본 다도의 특성이 '모노[物](도구)'를 떠나서는 존재할 수 없었기 때문이었다.

다도의 경우에서만이 아니라 '스키'라는 것은 물건에 관심을 쏟고 그것들을 일습으로 채워 손안에 넣으려는 일본인의 축소지 향성을 나타낸 말이다. 차가 일본에 들어온 뒤 어느 나라에서도 볼 수 없는 특이한 다도가 생겨나게 된 것도 물건(도구)에 대한 유 난스러운 호기심과 애착 그리고 그 도구를 골고루 갖추려는 수집 벽 때문이었다고 해도 과언이 아닐 것이다.

"스키란 수數를 모으는[寄] 일이다. 그러므로 다도는 물건(도구)의 수를 모으는 것이다"라고 간명簡明하게 정의를 내린 16세기의 다 서茶書『분류초인목分類草人木』에서는 모든 예藝 중에서 다도처럼 도구를 많이 모으는 것도 없다고 말하고 있다.

차의 역사도 정신도 그 도구에 의해 결정된다. 구찌의 백, 로 덴스톡의 안경, 듀폰의 라이터, 던힐의 파이프……. 유명 상품명 을 좋아하는 일본인들의 성품은 예로부터 전통이다. 남북조 시 대의 도차[鬪茶] 모임에서는, 이미 중국에서 도래한 당唐의 다기가 아니면 안 된다는 원칙이 있었다. 이렇게 말하면 금세 역습할 사 람이 있을지도 모른다. "당의 물건만 사용하게 했다는 것을 보면, 중국에서도 다구류가 중시되었고 그 사람들도 일본인 못지않게……." 일본인이 사용한 다구들은 중국에서 가져온 것이 사실이지만 좀 더 주의 깊게 설명을 들어야 할 것이다. 원래 중국에서는 그것들이 다구가 아니라 향유香油 그릇이거나 양념 그릇 등의 잡기로 쓰였던 것들이다. 뿐만 아니라 차스키는 다기뿐만이 아니었다. 다실에 걸어놓는 족자 등도 다회에서는 반드시 갖춰야 할 물건이다.

사물로 사고하는 풍습

이미 나는 이념을 감성感性으로 대치한 것이 일본 문화라고 말한 적이 있다. 이제까지 우리들이 사용해 온 그 용어로 설명하자면 관념이나 추상적인 이념은 테두리를 갖고 있지 않고 퍼져 있는 것이기 때문에 확대지향적인 것이라 할 수 있다. 그와 반대로 물건이나 도구는 손으로 만질 수 있고, 피부로 느낄 수 있는 구체적인 것이므로 축소지향적인 것이라고 할 수 있다. '니기리메시握りめし'형의 축소지향에 강한 일본인들이 추상적인 언어보다는 '모노'로써 생각하고 느끼는 성향이 짙다는 것은 너무나도 당연하다. 그러므로 일본의 루소는 '자연으로 돌아가라'라는 관념의 언어를 통해서가 아니라, 차를 마시는 '다기茶器'를 개혁함으로써 그 같은 정신을 선포한다.

다기는 당唐의 것이 아니면 안 된다는 고정관념, 화려하고 아름다우며 호사스럽고 번쩍이는 취향을 버리고 비젠[備前]237)이나 시가라키[信樂]238)와 같은 일본 자기를 다실에 들여옴으로써 일본 다사茶史에는 혁명이 일어난다. 주코[珠光]의 와비차ゎび茶가 바로 그것이다. 물론 와비차는 '모노[物]'를 부정한 것이 아니라 그 '모노'의 취향을 바꾼 것일 뿐이다. 중국의 양념 그릇을 다기로 이용했듯이 '와비차'에서는 농가의 소금 그릇이나 어부의 고기 바구니 같은 것을 다실로 가져온 것이다. 오히려 다茶의 정신과 '모노'의 단계는 더욱 강조되고 보다 더 일반화된 것이라고 할 수 있다.

그러므로 주코 이후, 조오[紹鷗]나 리큐에 의해 다기에 새바람이 불어 '초가집'에 명마名馬를 매어두면 더욱 멋있다는 말과 같이 명기名器를 모으는 차스키의 도구애의 유행은 더욱 높아져 간다. 그래서 흙으로 구운, 깨진 그릇 하나가 한 나라의 성城과 맞바꿀 정도의 값이 되기도 한다. 일본 이외의 나라에서는 도저히 상상조차 할 수 없는 일이 벌어졌던 것이다.

---

237) 히젠[肥前](규슈 지방의 일원)에서 생산되는 도자기.
238) 시가 현[滋賀縣]에 있는 마을에서 생산되는 도자기.

찻잔 아니면 죽음을 달라

애지중지한 명기名器인 이도차완[井戸茶碗]239) '기자에몬[喜左衛門]'을 내놓기 싫어서 마침내 그것을 목에 걸고 객사했다고 전해지는 스키모노[數寄者] 쓰쓰미[塘]의 이야기…….

"자유 아니면 죽음을!"이라고 외친, 독립 전쟁 당시 미국의 말을 모모야마[桃山] 시대에 가져온다면 "찻잔 아니면 죽음을!"이 되었을 것이다. 아시카가 요시마사[足利義政]로부터 노부나가[信長]로, 거기에서 이에야스[家康]240)의 손으로, 그러다가 1개월도 채 지나기 전에 히데요시[秀吉]에게로 갔다가 다시 이에야스의 손으로……. 이렇게 전전해 온 당나라 차이레[唐物茶入] '하쓰하나[初花]'의 권력 유전사. 아무리 축소를 잘하는 일본의 문필가라도 다기에 얽힌 일화들을 몇 줄로 줄일 수는 없을 것이다. 하물며 한국인인 내가 어떻게 명기名器에 얽힌 이야기들을 이루 다 줄여 말할 수 있겠는가? 나는 한국인이니까, 한국과 관련된 이야기만을 소개함으로써 일본의 다도라는 것이 얼마나 '모노(도구)'와 깊은 관련을 갖고 있었는가를 대신하고자 한다.

일본인의 차스키[茶數寄]는 한국인에게는 커다란 불행을 가져다

239)　조선산朝鮮産 맛차차완[抹茶茶碗]의 일종. 조선 차완[茶碗] 가운데 가장 유명한 것으로 예로부터 다인茶人에게 소중하게 애용되었다.

240)　도쿠가와 이에야스[德川家康], 도쿠가와 막부의 시조(1542~1616).

준 것이었다. 그것은 도요토미의 임진왜란을 '도자기 전쟁'이라
고 부르는 사람들이 있는 것을 보더라도 알 수 있다. 와비차의 정
신이 된 "히에카레루ひえかれる, 히에야세루ひへやせる"라고 하는 렌
가[連歌]의 시구詩句가 손으로 직접 만질 수 있는 '모노'로 나타난
것이 바로 조선의 자기였다.

그 모양은 이지러지고 그 빛이나 살결은 거칠고 투박하다. 한
국에서는 시골 농부들이 밥이나 국을 떠먹는 그릇이 와비차를 즐
기는 다이묘(제후)들에게는 자기의 땅덩어리와 바꿀 만큼 귀중한
보물로 생각되었다. 그러므로 한국의 도자기와 도공陶工을 탐내
던 마음이 조선조를 침략한 원인 중 하나이기도 했다는 것이다.

히데요시가 제일 소중히 여겼던 찻잔은 조선 자기 쓰쓰이즈쓰
[筒井筒]였다. 도요토미가 그 찻잔만이 아니라 그것을 만든 한국인
을 그 반만큼이라도 사랑했다면 아마도 그런 침략은 하지 않았을
것이 분명하다. 그런데 어느 날 시중드는 아이가 이 찻잔을 떨어
뜨려 깨뜨리고 말았다. 그 아이의 목이 당장이라도 떨어질 판이
었는데, 호소가와 유사이[細川幽齊]²⁴¹⁾의 기지에 의해 가까스로 목
숨을 건지게 된다(『寬政重修諸家譜』).

이런 일화와 함께 깨어진 그 그릇은 다시 이어 붙여져서 그 상
처를 그대로 남긴 채 지금까지 전해지고 있다. 그릇이 깨지면 천

---

241) 아즈치·모모야마 시대의 무장武將, 가인歌人(1534~1610).

하의 명작이라도 버려지는 것이 상식이지만, 히데요시의 애착은 조각난 그 찻잔을 다시 모으고, 리큐[利休]에게 맡겨 수리시킨다. 아마도 깨진 그릇을 때운 쪽이 검소하고 소박한 맛을 즐기는 와비의 취향을 더욱 만족시켰을지도 모르기 때문에 히데요시는 은근히 기뻐했다던가. 혹은 일부러 그것을 깨뜨려서 더욱 소문난 명기로 만들어낸, 연극이었을지도 모른다는 추측도 나돌고 있다. 그리고 보면 리큐의 제자 후루다 오리베[古田織部]는 멀쩡한 찻잔을 일부러 깨뜨려 그것을 금과 옻으로 이어 맞췄다고 한다. 현대식으로 한다면 일종의 해프닝 아트와 같은 것이다.

깨어지지 않은 찻잔으로는 맛볼 수 없는, 그 이어 맞춰져 생긴 금 간 자리의 선과 우연히 생기게 된 색깔의 변화를 즐기려 했던 것이다.

실감 신앙實感信仰이라는 종교

한가롭게 잡담하려는 게 아니다. '모노(물건)'에 대한 일본인의 기묘한 애착심이 어떤 것인가 살피기 위해서 하는 이야기다. 일본인이 '모노'를 대하는 태도는 단순한 기능성만으로는 설명되지 않는 점들이 많다.

차 도구 중에는 대[竹]를 깎아 만든 차샤쿠[茶杓]라는 것이 있는데, 거기에 모노(물건)에 대한 일본인의 마음이 잘 드러나 있다. 보기에는 그저 단순한 대쪽에 지나지 않는 것 같다. 옛날에는 상아로 되어 있었는데, 조오[紹鷗]가 대나무를 깎아 만든 뒤부터는 사실상 어느 집에 가도 볼 수 있는 흔한 물건이다. 크기도 보통 '자'만 한 것으로 아무 장식도 없는 작은 도구이다. 가로로 된, 차를 뜨는 일종의 숟갈이므로 형태도 대나무를 깎아 약간 손질한 정도로 모양이 단순하다. 그런데도 이 '차샤쿠'에는 명문銘文이 새겨져 있고, 그것을 깎은 다인의 품격과 정신을 담은 것으로서 소중히 여겨지고 있다.

'다마[玉] 아라레'라는 명銘 자가 붙은 그 유명한 '차샤쿠'의 경우만 보더라도 그렇다. 후루다 오리베는 한창 전쟁을 하고 있을 때, 우연히 대방패 중에 마음에 드는 것을 발견하고, 이를 그대로 '다마 아라레(총알이 눈싸라기처럼 퍼부음)' 속에서 그 '차샤쿠'를 만들다가 탄환에 맞아 부상당했다는 것이다. 리큐가 할복해서 죽을 때, 죽기 직전까지 '차샤쿠'를 계속 깎아 유품으로 남겼다는 믿어지지 않는 전설도 있다. 차샤쿠에 얽힌 이 이야기들은 사람과 물건을 일체화하려는 일본인의 축소지향적 의식을 잘 보여주는 예이다. 일본인들이 천황天皇과 국가의 상징으로 삼고 있는 신기神器 3종三種처럼 그리고 신사神社에서 신체神體로 모시는 물건처럼 다실은 다기茶器를 모시는 신사인 셈이다.

다회茶會에서 사람을 모으는 요리아이가 첫 번째 요소라면, 그 두 번째 요소는 차 도구茶道具를 모으는 '도리아와세'이다. 바꿔 말하면 '사람'을 중심으로 볼 때 다실 문화는 '요리아이' 문화가 되고, '모노(물건)'를 중심으로 하면 '도리아와세' 문화가 되는 것이라고 할 수 있다.

주인은 신관神官처럼, 샤쿠와리[尺割]의 치수나 범절에 따라 정중하게 도구를 차리고 또 그렇게 다기를 다루지 않으면 안 된다. 손님은 참배객처럼 다기에 경의를 표한다. 손님은 다실에 들어가면, 맨 먼저 '도코노마' 앞에 가서 족자, 꽃 그리고 풍로, 솥, 주전자 등을 보고 나서 정해진 자리에 앉는다. 차를 마신다는 것도 다름 아닌 찻잔을 감상하는 것이다. 다회가 끝나, 주인이 '차샤쿠를 거두고 '미즈사시[水指]'의 뚜껑을 덮으면 그때 상객上客은 반드시 "나쓰메[棗]242)와 차샤쿠를 보여주십시오"라고 말하고 도구 감상에 들어가는 것이 차 모임의 범절이다. 즉 다회란 물건을 보는 데서 시작해서 물건을 보는 데서 끝난다고 해도 과언이 아닐 것이다.

사람을 모으듯이 물건(차 도구)을 모으고, 그것을 일정한 격식으로 다루는 다도의 '도리아와세' 역시 다도의 특성인 축소지향성을 나타내고 있는 것이다. '도리아와세'라는 말뜻이나, '스키[數寄]'라는 용어 자체가 그렇다.

차스키에서 보듯이 일본인은 차를 마시는 정신을 관념적으로

---

242) 가루차를 담는 그릇의 하나.

인식하지 않고, 구체적인 물건을 통해 파악한다. 그것은 관념적인 것을 감각적인 것으로 바꿔놓는 문장紋章형의 축소지향에 속하는 것이다. 그러므로 다도에서 물건을 중시하는 현상은 실감 신앙實感信仰과 통한다.

왕도 정치처럼 일본에는 국가 지배의 이념 없이 거울, 칼, 구슬[曲玉] 등 세 가지 신기神器의 물건으로 그것을 대신하고 있고, 또 종교인 신도神道도 교리가 있는 것이 아니라 물건을 모시고 비는데, 이는 모두 실감 신앙에 속한다.

이념을 숭상하는 것이 아니라 '모노(물건)'를 떠받든다는 것은 두말할 것 없이 일본 문화의 성향이 추상적인 데보다 구상적인 데 그 특성이 있다는 이야기다. 보이지 않는 탄산가스를 압축하면 형태가 있는 액체로 바뀌듯, 축소지향성이 강한 일본인들은 추상적인 것을 압축해 그것이 가시적이고 촉각적인 것이 되었을 때 비로소 그것에 호기심을 갖게 된다.

일본인은 또 검소하고 절약을 잘하는 국민이라고 정평이 나 있다. '국 하나 나물 하나[一汁一菜]'라는 말이 있듯이 먹는 양도 적고 검소하다. 물건을 아끼고 존중하는 것도 거의 종교에 가깝다.

그래서 일본에는 '바늘 공양[針供養]'이니 '인형 공양人形供養'이니 하는 '마쓰리[祭祀]'가 있다. 여인들이 하찮은 바늘에게도 그동안 자기에게 봉사해 온 것에 감사드리고 바느질을 잘하게 해달라고 기원祈願하는 것이다. 가지고 놀던 인형이 낡으면 그냥 버리지

않고 신사에 바쳐 제사를 지낸다. 여자들만이 그런 것이 아니라 글을 쓰는 남자들도 낡은 붓을 그냥 쓰레기통에 버리지 않고 흙에 묻어 '붓무덤[筆塚]'을 만들어준다. 인간과 인간 사이에 '자[座]'를 만들어내듯이 인간과 도구 사이에도 그와 똑같은 자를 형성해낸다. 추상적 사고보다 구상적 사고를 특성으로 하는 일본인들은 심리적인 용어에도 '모노[物]'를 붙이는 일이 많다. 쓸쓸하고 슬픈 것을 '모노사비시', '모노가나시'라 하고, 딱한 것을 '모노아와레'라고 한다. 뿐만 아니라 흡족하지 않은 것, 어쩐지 불만스러운 느낌을 '모노타리나이物足りない'라고 하는데, 문자 그대로 풀이하면 물건이 부족하다는 뜻이다.

옛날 사무라이에게 있어서 칼처럼, 제2차 세계 대전 중의 일본 군대에게 있어서 국화 문장이 붙은 총은 무기 이상의 뜻을 가지고 있었다. 그것은 전쟁에 필요한 단순한 도구가 아니라, 천황에 대한 충성심, 군인 정신, 전쟁 등의 모든 관념을 구체적인 사물로 결정結晶시킨 것이다. 일본 군대의 신화로 되어 있던 총기 손질과 그 취급 방법은 기능만을 위한 것이 아니었다. 군인과 총기와의 관계는 다인茶人과 다기茶器와 같은 것이다. 다기가 '다도茶道'의 상징물이듯 총기는 군인 정신의 표상이었다. 하늘에서 칼싸움을 하는 것도 아닌데 공군 장교가 일본도를 차고 비행기를 타는 웃지 못할 광경이 바로 제2차 세계 대전 때 벌어졌다. 일본 군인의 힘은 전쟁 도구(소총)에 대한 사랑에서 시작된다 해도 과언이 아닐

것이다. 아기와 함께 적의 전함에 '다이아타리體當り'한 가미카제 특공대神風特攻隊도 별로 놀랄 일이 아니다.

소크라테스에게 유유히 독배를 기울이게 한 것이 그의 '이데아'였다면, 할복을 앞둔 리큐[利休]에게 최후까지 차샤쿠를 깎게 한 것은 '모노'에의 사랑이었던 것이다.

신기神器 3종과 일본의 소비자

일본인이 서구 문명을 재빨리 받아들여 근대화에 성공하게 된 원인 중 하나로 서양에서 건너온 박래품舶來品에 대한 이상적異常的 호기심을 들 수 있다. 서양 문화는 관념적인 면에서 본다면 기독교이고, '모노(물건)'로 본다면 뭔가를 만드는 '기술'이다. 일본인은 유신 이래 문어의 빨판처럼 서구 문화에 달라붙어 놀랄 만한 힘으로 그것을 빨아들였으나, 기독교는 일본 내에서 끝내 세력을 크게 구축할 수 없었다. 사비에르는 인도에서 한 달 동안 1만 명에게나 세례를 해주었지만, 일본에서는 2년 반 동안에도 1천 명의 신자를 만들지 못했다. 오죽 혼이 났으면 사비에르의 머리가 하얗게 세어버렸겠는가. 그와 반대로 한국은 서양 문화의 '모노'를 만드는 기술보다는 '기독교'와 같은 정신 문화를 더 많이 받아들였다.

차스키[茶數寄]의 도구애는 일본인의 관광 여행에서도 엿볼 수 있다. 일본인들은 그들이 찾아가는 나라의 역사나 풍습에 대해서는 이렇다 할 관심을 보이지 않는 것으로 유명하다. 그 나라 사람이 무엇을 생각하고 어떻게 살아가는가 하는 추상적인 물음을 갖기보다, 그들은 거기에서 손으로 만질 수 있는 물건을 산다. 물건이 필요해서라기보다 그 나라에서 물건을 삼으로써 그 이미지, 그 풍속을 사는 것이다. 그것이 바로 일본의 '오미야게[土産品]' 문화이다. 일본인에게 있어서 오미야게를 산다는 것은 바로 그 지방, 그 나라를 배우고 이해하는 방법이다. 오미야게를 사서 친한 사람에게 나누어주는 것도 바로 자기가 여행하고 돌아온 체험담을 대신해주는 방법이다. 이를테면 이해도 '물건'으로 하고 표현도 물건으로 하는 것이다.

한 지방의 풍물, 풍속, 정신, 복잡다단한 인심人心을 그 지방에서 나오는 상징적인 토산물土産物 하나로 모두 압축해 손안에 들고 오는 '오미야게'야말로 '축소지향'의 대표적인 문화가 아니겠는가? 매년 고시엔[甲子園]에서는 고교 야구 대회가 열려 전국에서 선수들이 모여드는데, 그들이 돌아갈 때는 고시엔 야구장 흙을 한 움큼씩 넣어가지고 가는 풍습이 있다. 그것 역시 '오미야게' 문화의 현대적 유풍이라 할 수 있을 것이다.

시대가 바뀐다. 새로운 시대에 산다. 이것도 또한 막연하고 추상적인 것으로 일본인들에겐 '모노'가 아니면 좀처럼 파악할 수 없다. 그러므로 그들은 최신 기술로 만들어진 물건을 삼으로써 비로소 현대성을 피부로 느낀다. 그래서 일본인은 '신발매新發賣'에 약한 국민이라는 정평을 받게 된다. 편리하고 편리하지 않고 간에, 새 물건이 나타나면 무조건 달라붙는 사람들, 즉 소비에 있어 경박한 일본인이 약 40만이 넘는다는 것이다. 그러므로 20퍼센트가 하수도도 없는 집에 살고 있으면서도 20퍼센트의 사람이 전자 오르간을 갖고 있는 기현상이 벌어지기도 한다.

단결력을 만든 '요리아이 문화'와 마찬가지로 '물건'에 대한 호기심과 애정을 낳는 '도리아와세 문화'가 다실茶室에서 현대의 산업, 기업으로 나타나면 세계를 놀라게 한 고도성장의 기적이 되는 것이다. '도리아와세 문화'를 현대어로 고치면 '세트 문화'라 할 수 있을 것이다. 일본에서는 집단주의의 경향으로 상품까지도 하나씩 선택할 수 있는 단품 판매單品販賣보다, 여러 개의 상품을 모아 세트로 판매하는 독특한 풍경이 나타난다.

술이나 조미료, 화장품이라면 또 몰라도 명색이 지식을 상대로 한 책까지도 '문학 전집'은 물론 '철학 전집', '사회 과학 전집' 등 세트로 되어 있다(이 점은 일본에서 배워 와 한국에서도 같은 현상을 보이고 있지만).

무엇이든 세트로 갖추지 않으면 불안해하는 것이 일본인이기 때문이다. 그리고 자기 스스로가 선택하기보다 미리 남이 골라서 세트로 묶어놓은 것을 사는 쪽이 마음 편한 일이라고 생각하는 것이 일본의 소비자들이다.

인생에 있어서 제일 중요한 선택인 결혼까지도 그들은 '요리아이'와 '도리아와세'로 한다. '미아이'란 말이 왜색 추방을 표방하는 한국에서도 토박이말처럼 쓰이고 있듯이, 그 '맞선'이란 제도는 일본에서 온 것이다. 자유분방한 나라가 되었지만 아직도 일본인들은 아내를 고를 때 '미아이'로 하는 일이 많다. '요리아이' 문화인 것이다. 그리고 신부는 시집갈 도구를 사서 갖추는데, 그것이 모두 세트로 되어 있다. 1950년대 중반에는 옷장, 정리 장롱, 경대의 3점 세트, 여기에 문갑과 찬장을 더해 5점 세트가 되고, 그 밖에 컬러텔레비전, 냉장고, 세탁기, 청소기, 취사 도구 등 혼례 도구는 으레 한 세트씩 백화점에 진열되어 있었다. '도리아와세' 문화인 것이다.

그러므로 진무 덴노[神武天皇] 이래 일본의 시장을 움직여온 것이 '신기 3종三種の神器'이라고 하는 세트 상품이다.

일본에서는 흔히 생활수준의 높이를 세 가지 세트의 물건으로 축소해 나타내는 것을 좋아한다. 다실 나가이타[長板]²⁴³⁾의 세 가지 장식이 전후에는 전기 냉장고, 전기 세탁기, 텔레비전으로 변한다. 1960년대 전반은 3C(카, 쿨러, 컬러텔레비전), 후반에는 새로운 3C로 전자 요리기(쿠커), 별장(코티지) 등 3종의 신기가 출현된다. 그것은 또 세분화되어 신사의 3종 신기가 '영국제 신사복, 스위스 시계, 프랑스 라이터'였던 시절이 있었고, '프랑스 빵, 브랜디, 레

---

243) 다도에 필요한 도구들을 올려놓는 장방형의 판.

귤러 커피'가 중상류 계층이라는 라이선스를 얻는 기준이었다. 일본의 생활을 가늠하는 척도는 이 끝없는 '신기 3종'의 조립에 있다고 해도 과언이 아니다.

거울, 칼, 구슬의 세 가지 신기가 향로, 촛대, 화병의 세 가지 불구佛具가 되고, 또 '차이레[茶入]', '족자', '찻잔' 등 다실 3품이 현재는 3C의 전자 제품으로 변했어도, 뭔가 물건을 석 점 정도로 축소해서 한 시대 풍속을 나타내려는 '문장紋章'형의 도리아와세 문화는 하나의 혈통으로 이어져 내려오고 있다.

그러므로 구미인의 눈으로 본다면 "사고 사고 또 사재낀다. 저금을 해서 또 사는 일본의 소비자 같은 인간은 이 세상에 둘도 없을 것이다"라는 탄성이 터져 나온다. 컬러텔레비전 보급률이 98.2퍼센트라 해도 일본의 시장은 꿈쩍도 않는다. 이번에는 음성 다중의 텔레비전 신발매가 기다리고 있으니까 걱정할 필요가 없는 것이다. 각 기업은 '재미있고 신기한' 상품을 자꾸자꾸 만들어낸다. 그러면 날마다 신문과 텔레비전 광고가, 그 신발매의 로켓에 불을 붙여 쏘아올린다. 그러면 '일억총배우一億總俳優'처럼 일억총아이디어 상품의 '스키모노[數寄者]'가 되는 것이다.

스스로 경제 대국이라고 일컫는 일본의 기적은 아마도 '모노스키[物數寄]'인 일본의 소비자와, 세 가지 신기를 갖추지 않으면 현대를 살아가면서도 현대를 모르는 그 일본인의 '축소지향' 덕택인지도 모른다.

V
산업에 나타난 축소 문화

일본 정신과 트랜지스터

현대에 '료마'가 다시 태어난다면

일본인이 개화기開化期의 정신을 말할 때 곧잘 인용하는 사카모토 료마[坂本龍馬][244]의 일화 한 편이 있다.

도사킨노도[土佐勤王黨]의 일원이었던 히가키 나오지[檜垣直治]는 검술의 명인으로서 당시 젊은이들 사이에 유행했던 긴 칼[長刀]을 차고 거리를 활보하고 있었다. 그런데 그것을 본 료마[龍馬]는, "이제부터는 들판에서보다 실내에서의 싸움이 많아질 것이므로 장도보다는 단도 쪽이 유용하다"라고 말하고 자기가 차고 있는 단도를 보여주었다. 그것을 당연하다고 생각한 히가키[檜垣]는 즉시 단도로 바꾸어 료마에게 보여주었다. 그러자 료마는 아무 말도 하지 않고 갑자기 품 안에서 피스톨을 꺼내 '탕' 하고 발사했다. 다시 수개월이 지난 어느 날 료마를 만나서 피스톨을 보여주

---

244) 에도 시대 말기의 지사志士(1835~1867). 왕정 복고王政復古에 힘썼다.

자, 그는 미소 지으며 이번에는 품에서 한 권의 책을 꺼내 보였다. "그것도 이미 낡아버렸네. 이제부터 이 세상을 지배하는 것은 이것이야."

그것은 『만국공법萬國公法』, 즉 국제법에 대한 책이었다.

시대의 변화에 따라 세상을 지배하는 힘이 변천하는 에도[江戶] 막부 말기의 정신을 교묘히 짜낸 이 이야기 자체가 이미 일본인다운 '축소'의 솜씨라 할 만하다. 더구나 주의해 보면 료마가 보여준 것들은 커다란 것에서 점점 작은 것으로 축소돼 가고 있다는 것을 깨닫게 한다. 장도에서 단도로, 단도에서 단총으로, 다시 그 단총에서 더 가볍고 작은 한 권의 책으로……

그런데 가령 그 시대가 아니라 전후戰後의 일본에 료마가 다시 등장한다면 이 이야기의 속편은 어떻게 될 것인가? 『만국공법』 책을 가지고 찾아온 동지에게 과연 무엇을 보여주었을까. 아무리 료마라도 원자 폭탄을 꺼내지는 않았을 것이다. 그렇다. 료마는 아마도 호주머니를 뒤졌을 것이다. 그리고 "이제 그런 것은 필요 없는 세상이 되었네. 앞으로는 이것이 지배할 것이네"라고 말하면서 시가 케이스만 한 작은 물건을 보였을 것이다. 그것은 두말할 것 없이 '트랜지스터 라디오'이다.

트랜지스터의 역전 홈런

1955년 여름, 고시엔[甲子園]²⁴⁵⁾의 고교 야구의 실황 중계가 전파의 열풍을 타고 일본 전역에 퍼지고 있을 때 일본의 야구팬들은 진무[神式]²⁴⁶⁾ 이래 처음으로 혼자 거리를 걸으면서 그 방송을 들었다. 그러나 대부분의 사람은 게임의 일구일타에 마음이 팔리어 이 트랜지스터 라디오의 출연이 무엇을 의미하는지 아무도 눈치채지 못했다. 야구장 바깥에서 역전 홈런이 튀어나온 것을 그들도 다른 나라의 사람들도 모두 몰랐다.

그해 2월 소니의 전신이었던 동경통신공업東京通信工業은 트랜지스터 라디오 TR·55를 신발매했다. 그것이 순식간에 국제 시장을 점령하는 대히트 상품이 되어 메이드 인 재팬 세계 진출의 제1호를 기록하게 된 것이다. 그리고 '새끼원숭이의 나라', '가미카제의 나라'에서 일약 일본은 '트랜지스터의 나라'로 바뀌게 된다. 지난날 동맹 관계를 맺고 있었으면서도 히틀러는 주저 없이 일본인을 '옻칠한 노란 새끼원숭이들'이라고 불렀었다. 그러나 전후의 드골 대통령에 이르면 이케다 하야토[池田勇시] 수상을 '트랜지스터 상인'이라고 부르게 된 것이다. 트랜지스터는 이미 상품 이름이 아니라 일본의 경제, 과학 기술, 사회 그 자체를 상징하는

---

245) 야구장인 고시엔 구장이 있는 것으로 유명하다.

246) 진무 덴노[神式天皇]. 일본의 제1대 천황.

키워드가 된 것이다. 그러나 트랜지스터는 결코 일본의 발명품이 아니다. 잘 알다시피 그것은 미국에서 발명한 것이고, 일본 최초의 휴대용 트랜지스터의 생산은 웨스턴일렉트릭사와의 제휴에 의한 것이다. 그런데 왜 좋은 의미든 나쁜 의미든 트랜지스터가 일본의 대명사가 된 것일까?

그렇다. 바로 그 이유를 규명하는 것이 전후의 폐허에서 오늘날과 같은 경제 대국이 된 일본 문화의 비밀을 푸는 열쇠가 될 것이다.

트랜지스터 문화가 이미 헤이안[平安] 시대에 있었다고 말한 내 이야기를 다시 기억하기 바란다. 일본인들은 중국이나 한국에서 건너간 부채[團扇](둥근 부채)를 보고 그것을 접어 쥘부채[扇子]로 만들었다. 그것처럼, 큰 라디오를 축소해서 작고 가벼운 휴대용으로 만들어내는 트랜지스터 문화는 일본인의 발상發想에 가장 잘 맞는 것이었다. 만드는 사람도 사는 사람도 큰 것보다는 작은 것을 좋아했기 때문에 트랜지스터는 순식간에 대중적인 상품으로 팔려 나가고, 기업은 장사가 되니까 그것을 자꾸 개발하고, 성장시켜 간다. 대평원을 달리는 카우보이의 후예들은 장난감같이 방정맞은 트랜지스터 라디오에 별로 관심을 갖지 않았다. 그들은 진공관 라디오에서 트랜지스터 라디오로 눈을 돌리는 데 시간이 더 필요했던 것이다. 그래서 미국에서는 트랜지스터가 주로 컴퓨터나 유도탄 같은 군수 산업용으로 이용되었다. 그러므로 트랜지스터를 이용해서 가정용 전자 제품의 커다란 시장을 만들어낸 것은 미국이 아니라 일본이었다.

배[舟]까지도 접어 손으로 들고 다니는 일본인, 큰 거목을 축소한 것 같은 분재를 손바닥에 얹어놓고 들여다보는 일본인, 마쿠노우치幕の內 도시락을 손에 들고 먹으면서 가부키를 구경하는 일본인, 이러한 축소의 전통이 있었기에 트랜지스터의 씨앗은 일본에서 가지를 뻗고 이파리를 피워 꽃피게 된 것이다.

미국에서 태어난 트랜지스터 라디오는 일본인의 손에 키워져서 '잇슨보시'처럼 축소되고, 1957년 3월에는 드디어 세계 최소의 포켓형 라디오 TR·62가 발매된다. '소니'의 시대가 온 것이다.

작은 손과 라디오 붐

여기에서 잊어서는 안 될 것이 있다. 트랜지스터 라디오가 생산되기 전에, 이미 그 터전을 닦은 것은 라디오 제조 붐이었다. 대전이 끝났을 때, 일본에 남은 것은 잿더미와 700만 명의 패잔병敗殘兵뿐이었다. 공장은 파괴되고, 원료도 식량도 동력도 모든 것이 결핍돼 있었다. 그 시대에 불완전한 형태로나마 무엇인가를 만들기 시작했는데, 그것이 바로 라디오였다.

영국의 폭스 기자는 "제대로 된 라디오를 갖고 있는 일본 사람은 불과 얼마 되지 않았다. 그런데도 그들은 모두 최신 뉴스를 들고 싶어 했다. 일본인의 작은 손과 섬세한 손가락은 복잡한 라디오의 배선을 붙여가는 작업에 안성맞춤이었다. 더구나 전기 회로를 만드는 데는 대량의 원자재가 필요치 않았으므로, 라디오 제조는 어느새 전국적인 붐을 일으키게 된 것이다"라고 분석하고 있다.

전기 배선을 붙여가는 작은 손과 손가락, 정밀한 전기 회로, 소량의 원자재……. 아무런 주석注釋을 달지 않아도 전후 일본의 경제 부흥의 1번 타자는 다름 아닌 잇슨보시[一寸法師]의 축소 문화였던 것을 알 수 있을 것이다. 뉴스를 들으려는 정보에 대한 민감성, 라디오를 만드는 치밀한 손작업, 한곳에 '와' 하고 모여 붐을 일으키기 쉬운 그 기질……. 이 '축소지향'의 3박자를 모두 갖춘 가운데 일본인들은 트랜지스터의 출현을 목마르게 기다리고 있었던 것이다. 그러고 보면 '소니'도 맨 처음에는 라디오 수리부터 시작해 일어선 기업이었다.

사람들은 일본의 경제가 해외 시장으로의 수출에만 의존하고 있다고 생각하고 있지만 그것은 커다란 오해이다. 뭔가 새로운 개발 상품이 나왔을 때 먼저 그것을 사는 것은 호기심 많은 일본의 소비자들이다. 일본은 국내에 신제품을 파는 우수한 시장을 갖고 있기에 기업이 안심하고 투자와 생산을 되풀이해 갈 수 있다. 세계 시장으로 뛰어들기 전에 그것을 사들여서 붐을 일으키는 것은 '작은 것의 애호가'들인 바로 일본의 소비자들이다. 보다 작은 상자에 보다 많은 것을 쑤셔 넣는 것 그리고 보다 손쉽게 손으로 들고 다닐 수 있는 것, 그러한 '오리쓰메 벤토' 문화가 현대에 이르러서는 트랜지스터 문화로 바뀐 것이다.

어떤 장소에서나 먹을 수 있는 도시락용 위[胃袋]를 가진 일본인들은, 동시에 어디에서나 들을 수 있는 트랜지스터용 귀를 가지고 있기도 하다.

'와콘요사이[和魂洋才]'란 무엇인가

트랜지스터 문화의 빛나는 기수, 소니의 전략이라는 것도 틀림없는 '축소 문화'이다.

온 세계 사람이 당시의 일본 수상 이름은 몰라도 소니의 이름은 알고 있다고 하는 그 상품명 자체가 'Sonny'에서 'n'을 하나 뗀 것이다. 말하자면 '소니'는 영어로 작은 것이란 의미이고, 어린이를 부르는 귀여운 호칭이기도 하다.

확대지향의 이미지인 미국의 제너럴일렉트릭이라는 이름과 "인형의 도구들, 떠 있는 연잎의 아주 작은 것, 접시꽃의 아주 작은 것, 무엇이든 무엇이든 작은 것은 모두 다 아름답다"라는 『마쿠라노소시[枕草子]』의 한 구절을 가로글씨로 써놓은 듯한 소니의 이름은 얼마나 대조적인가?

이름의 이미지만이 아니다. "소형화小型化하고 고성능화高性能化

하여 새로운 흥미를 주고 편리함을 만들어낸다. 이것이 소니 스피리트이다"라는 광고문의 한 구절을 보아도 알 수 있듯이 '소니 스피리트'란 무엇이든지 작게 '축소해 가는' 것을 의미한다. 아니, 그것이 곧 '재패니즈 스피리트'라는 것을 알고 있었던 것 같다. 일본인들은 '와콘간사이[和魂漢才]'니 '와콘요사이[和魂洋才]'니 하고 말하고 있으나, 도대체 '와콘(일본 정신)'이란 무엇인가. 그런 질문을 받았을 때 분명하게 대답할 수 있는 일본인은 그리 많지 않을 것이다.

그러나 '소니'는 그 아이디어로서, 그 상품으로서 온 세계에 그 대답을 한 것이다. '와콘'이란 다름 아닌 '축소의 정신'이라고.

이제까지 소니가 걸어온 역사를 생각해보자. 소니의, 일본 최초의 상품 제1호는 트랜지스터가 아니라 테이프 리코더였다. 모리타 아키오[盛田昭夫] 회장이 독일에서 개발된 자기磁氣 테이프 리코더의 정보를 듣고 1950년 1월 극동 최초의 자기 테이프를 손으로 코팅해서 만들어냈다. 그러나 무게가 45킬로그램을 넘는 대형으로 가격도 당시의 돈으로 16만 엔이나 되었다. 물론 축소지향의 나라에서 그 큰 물건이 팔릴 리가 있겠는가? 결국 초등학교의 교재용으로 겨우겨우 팔 수밖에 없었다.

그러나 소니는 이 요사이[洋才](서양의 재능)에 일본 정신인 와콘[和魂]을 불어넣었다. 즉 기술진을 아타미[熱海] 호텔 방에 몰아넣고 '간쓰메(통조림)'해서(그 수법부터가 일본인들이 잘 쓰는 축소지향적인 것이다) '소형화'와 '값을 내리는' 방법을 연구하게 한 것이다. 그래서 마침내 여행 가방처럼 들고 다닐 수 있고, 가격도 절반으로 떨어뜨릴 수 있는 테이프 리코더의 새로운 개발이 이루어졌다. 그와 같이 해서 지금은 세계에서 마침내 제일 작은 워크맨의 본체와 세계에서 제일 가벼운 헤드폰을 만들 수 있게 되었다. 두말할 것 없이 워크맨은 스테레오 전축을 축소한 것이다. 그러고 보면 모든 전자 제품 경쟁은 4조[疊] 반의 방 안에, 손바닥 안에 들어갈 수 있도록 축소할 수 있는 소형화의 경쟁이라는 것을 알 수 있다. '소小! 경輕! 단短! 박薄!' 이것이 전자 제품을 개발시키는 응원의 박수 소리다. 가전제품에 있어서 미국이나 유럽이 일본에 참패한 것은 이 '축소화'에 있어서이다. 그러므로 축소해서는 안 되는 것, 들고 다닐 필요가 없는 냉장고 분야만은 일본제가 별로 맥을 못 추는 것도 결코 우연은 아닐 것이다.

세계에서 최초로 가정용 비디오테이프 리코더를 만든 것도 일본이 아니다. 에인트호벤의 필립사였다. 그러나 트랜지스터나, 테이프 리코더처럼 그것을 소형으로 개발해 휴대용으로 만든 것은 역시 일본의 소니였다. 본체는 물론 장편 영화 하나를 작은 카세트에 압축해 넣은 것은 일본의 소니와 빅터 두 회사뿐이었다. 그래서 세계의 비디오 시장이 소니의 BETA와 빅터의 VHS, 두 손에 들어간 것이다.

소니는 이 비디오를 또다시 축소했다. 그래서 비디오와는 용도가 다른 상품을 탄생시켰는데, 그것이 세계 최초의 필름 없는 카메라(자기 테이프 카메라), 즉 '마비카(magnetic video camera)'이다.

이러한 축소 개발 전략은 결코 소니나 비디오 산업에 한한 이야기가 아니다. 이와 동일한 패턴이 일본의 모든 기업에서 행해지고 되풀이되어 도쿄의 아키하바라[秋葉原]는 세계 '전기 제전'의 메카가 되었다.

세키테이[石庭]와 탁상용 전자계산기의 발상

낮잠을 자고 있던 미국이나 유럽의 기업은 바야흐로 일본에 관해 여러 가지 분석과 연구를 하고 있으나, 그 자체가 이미 서구적이다. 제대로 하자면 일본의 '축소지향'의 문화적인 전통부터 이해해야 할 것이다. 가령 필립사라든가 GE라든가에서 일본 전자 기술의 비밀을 알려면 '료안지[龍安寺]에 가서 세키테이[石庭]를 보라'고 권고한다면 그들은 아마 화를 낼지 모른다. 그러나 그것은 결코 농담이 아니다.

세계에서 처음으로 탁상용 전자계산기[電卓]를 만든 샤프의 광고문을 읽어보라.

"쇼와[昭和] 38년(1963) 샤프가 보내드린 전자계산기 제1호는 '컴퓨터'를 개인이 가질 수 있으면 하는 꿈에 보답한 것이다."

이 짧은 선전문 속에는 일본인의 꿈이 무엇인가가 잘 설명되어 있다. 커다란 공공용 컴퓨터를 만든 것은 미국인의 꿈이다. 그러나 그것을 작게 축소해서 방 안으로 가져오고 개인이 쓸 수 있게 한 탁상용 전자계산기를 만든 것은 일본인의 꿈이었다.

미국의 꿈이 미지에서 새것을 만들어내는 '발명(invention)'이라면, 일본의 꿈은 이미 있는 것을 작게 줄이는 '개발(innovation)'이라고 할 수 있다.

복잡하고 거대한 컴퓨터를, 마치 손발을 떼내어 단순한 아네사마 인형을 만들듯이 그 기능을 생략하고 간소화해 그 연산 기능만을 따다가 24킬로그램의 소형 계산기를 만든다는 것은 확실히 일본인다운 발상이다. 우산대를 꺾고 축소해 호주머니 속에 들어가게 한 일본인이 아니고서는 상상할 수 없는 아이디어다.

이 탁상용 전자계산기는 '축소지향' 문화의 꽃으로서 개발 당시 24킬로그램이나 되던 것이 이제는 손목시계 위에 얹어지는 소형으로 축소되었다. 밖에 있는 것을 집 안으로 끌어들이려는 축소의 꿈은 샤프 이전에 벌써 무로마치[室町] 시대 사람들이 꿈꿔온 것이다. 그런 꿈에서 그들은 세계에 유례없는 세키테이를 만들었다. 료안지의 세키테이를 만들었다고 전해지는 뎃센소키[鐵船宗熙]는 3만 리의 대자연을 한 치로 줄여버리는 것이 정원을 만드는 자신의 꿈이라고 했다. 자연의 일부인 돌과 모래만을 따와서 대우주를 축소하고, 그것을 조그만 개인의 뜰 안에 집어넣은 일본의 정원과 일본의 전자 제품에는 분명 같은 피가 흐르고 있다.

서양의 정원은 공원처럼 크다. 그리고 자연과는 또 다른 인공적인 새 자연을 만들려고 한다. 단순하게 말한다면 같은 자연이 아니라 그와는 다른 자연을 '발명'하려고 한 것이다. 그렇지만 일본의 정원은 새로운 자연이라기보다는 그것을 그대로 줄여 좁은 생활공간 속에 집어넣어 개인의 것으로 만들려는 욕망이다. 큰 것을 작게 해서 끌어들이는 이 꿈이 일본 소비자들의 욕구이며, 동시에 일본 가전제품의 기술을 낳은 핵이다. 그러므로 전자 기술은 우선 일본의 니기리메시(주먹밥)처럼 손에 들어갈 정도로 작게 만들어야 한다. 텔레비전의 CM을 보고 있으면 '작아져라! 작아져라!', '가벼워져라! 가벼워져라!' 하는 주문으로 가득 메워져 있는데, 이제는 그 텔레비전마저도 일본의 세이코사에 의해 손목시계 안으로 들어가고 말았다.

우주의 넓이가 '애플'이 되었다

미국인들이 대형 컴퓨터를 만들고 있을 때, 잇슨보시[一寸法師]의 나라 일본인들은 눈에 띄지 않는 작은 컴퓨터를 만들었고, 그것이 드디어는 '마이컴' 선풍을 일으키게 되었다. 축소지향의 마이크로일렉트로닉스의 요령은 작은 것에 많은 회로를 '쓰메루'하는 데 있다.

현대의 료마[龍馬]는 바빠졌다. 상대가 트랜지스터를 갖고 오면 바로 더 작은 'IC'를 내놓아야만 한다. IC를 갖고 오면 'LSI'를, LSI를 가져오면 이번에는 5밀리미터의 실리콘 각角 위에 트랜지스터 10만에서 100만 개의 회로가 얹혀지는 '초LSI'를 보여줘야만 한다. '그것은 낡았다. 이제부터는 이것이다'라고. 반도체 생산의 중심지 규슈[九州]는 이제 '실리콘 아일랜드'로 바뀌고, 머지않아 일본 열도는 '실리콘 열도'가 될 것이라고 점치는 사람도 많다.

신문 기사나 광고는 물론이고 주간지에도 누드 사진과 나란히 마이컴 기사가 인기를 모은다. 텔레비전에서는 요리 강습처럼 마이컴 강의가 방영되고, 서점의 입구에는 만화책과 나란히 마이컴 입문서가 진열되어 있다. 분재를 취미로 하고 있는 사람이 많듯이, 마이컴을 레저로 하고 있는 일본인의 수는 자그마치 91만이라 추산되고 있다(1979년도 통계). 꽃꽂이와 마이컴, 다도와 마이컴, 쓰보니와[坪庭]와 마이컴. 얼핏 보아 아무런 관계도 없는 것처럼 보이지만, 그것들은 같은 '축소지향의 문화'의 뿌리에서 피어난 색다른 꽃잎일 뿐이다. "우주의 넓이가 애플(사과)이 되었다"라는 컴퓨터의 광고문은 이미 쓰보니와와 꽃꽂이와 다실 문화를 나타낼 때 사용한 수사학과 다를 바 없다.

'초LSI'라고 하는 이 '작은 거인'은 현대의 잇슨보시이다. 그리고 퍼스컴, 오프컴, 마이컴은 '금 나와라 뚝딱' 하는 도깨비 방망이가 되어가는 것이다. '오리쓰메 벤토'식 발상으로 이 '작은 거인'들을 다른 기계와 '쓰메루'해서 이른바 '메카트로닉스(이 용어 자체가 웹스터 사전에는 없는 일본인의 조어이다)'의 새로운 제품들을 개발하기 시작한 것이다.

풍부한 자원이라고 하면 '귤과 온천'뿐인 나라. 식량의 55퍼센트와 에너지의 89퍼센트를 수입에 의존하는 섬나라. 그러니까 부가 가치가 높은 공산품을 발전시켜서 수입품에 대한 지불을 해야만 한다고 생각하고 있는 일본인에게 있어서, 실리콘(초LSI) 시대의 잇슨보시에게 거는 기대는 크다.

일본의 기술진이 1980년대 후반을 목표로, 컴퓨터가 조종하는 미니팩토리(소형 무인 기계 공장)를 완성하려는 '축소지향의 공장'에 대한 꿈도 마찬가지다.

축소의 경영학

새 아이디어는 작은 것에서부터

전자 공학 분야만이 아니다. 일본이 미국으로부터 마침내 자동차 왕국의 자리를 가로챈 것도 소형 자동차의 전략으로 나갔기 때문이다. 노먼 매콜리의 예언대로 된 것이다. 도요타의 크라운이 미국에 상륙할 때 내건 구호는 다름 아닌 '작은 캐딜락'이었다. 1,600cc의 소형차에 V8 엔진의 대형차에나 달려 있는 파워 윈도(자동 장치로 열리는 창문)를 달고, 문을 닫을 때의 소리도 캐딜락의 중후한 느낌을 그대로 본떠서 만들었다. 독일제의 폭스바겐은 그냥 작은 소형차에 불과하지만, 일본의 그것은 대형차를 축소한 차였기 때문에 인기를 얻을 수 있었다. 차는 작지만 큰 차가 가지고 있는 모든 성능을 그대로 가지고 있었기 때문이다.

카메라도 시계도 소형 휴대품에서 일본 제품들은 거의 독보적인 자리를 차지하고 있다. 시계 역시 원래는 대형이었던 것을 세이코사가 축소해 손목 위에 올려놓았고, 카메라 역시 전자 장치를 붙여 몸뚱이는 작아지고 성능은 거꾸로 높아져가고 있다. 상품만을 소형으로 축소한 것이 아니다. 그것을 만드는 회사 자체의 경영 방식도 또한 '축소지향' 적이다.

"나는 우리 회사를 소위 대자본의 대기업으로 육성하려고 하지 않는다. 회사를 크게 해서 이익될 일은 하나도 없다. 스케일의 메리트라는 것이 있다. 예를 들면 변화를 센시티브하게 받아들이려면 그 몸집이 커서는 안 된다. 유연성이 상실되기 때문이다."

이것은 소니의 이부카[井深] 씨의 말이다.

대기업에 비해서 소니는 한 곳에 집중한다. 힘을 분산하지 않고 중요한 테마를 향해 사람도 돈도 모두 집중적으로 투입시킨다. 즉 '금세 회전할 수 있는 구축함과 같은 기동성', 이것이 모리타[盛田] 회장이 주장하고 있는 매니지먼트의 원리이다. 여기서 나온 것이 '소규모, 소인원'주의의 소니 법칙이다.

대부분의 나라에서는, 힘은 언제나 거대한 것에서 나온다고 믿고 있었으나, 잇슨보시를 낳은 일본에서는 '힘은 언제나 작은 것에서부터 나온다'라는 이상한 신앙이 있는 것이다. 그러므로 일본적인 것이라고 하면, 재벌계의 대기업보다는 전문적인 단일 기업으로서 출발한 소니나 혼다가 그 모델이 되고, 그 이익률도 재벌 기업에 비해서 훨씬 높은 것으로 나타나 있다.

일본의 역사를 보아도 작은 집단과 한 가지 일만을 밀고 나가는 축소지향성에서 성공하고 있는 것이 특색이다. 에도 막부[幕

府]가 중국이나 한국처럼 중앙 집권적인 통치를 한 것이 아니라 300여 개의 '한[藩]'을 만들어 정치를 해온 것이 그렇다. 뿐만 아니라 시바 료타로[司馬遼太郎][247) 씨가 도널드 킨[248)과의 대담 자리에서 지적한 바 있듯이 메이지[明治] 유신維新에서도 개화의 물결은 큰 '한'이 아니라 작은 '쇼한[小藩]'에서 일어났다.

즉, '니시 아마네[西周]'[249)나 '모리 오가이[森鷗外]'[250) 등의 개화 선구자를 배출한 쓰와노[津和野] 한은 5만 석 정도의 작은 '한'이고, "서양 학문[蘭學]은 반드시 우와지마[宇和島]로 가라!"라고 말했던 그 이요[伊子][251)의 우와지마 한[宇和島藩]도 그리고 이와타[岩田] 한도, 모두 다 작은 한[藩]들이다.

일본 말로 '안다'를 '와카루分かる'라고 하는데, 그것은 '쪼갠다'의 '와케루分ける'와 같은 뜻을 지니고 있다. 작게 쪼개야 일본인은 잘 알 수가 있고 또 통치를 할 수 있다. 현재도 그 특색은 이어지고 있어 무엇인가를 개발하는 아이디어나 정열은 작은 '한'에서 나오는 것이다. 동경 전기대電機大의 야스다 도시아키[安田壽明] 씨의 증언을 들어보면 지금 일본 열도를 휩쓸고 있는 '마이컴'이

---

247) 현재 활약 중인 역사 소설가.
248) 미국 컬럼비아대학 교수, 일본문학 연구가.
249) 에도 시대 말기에서 메이지 시대 사이에 활동한 철학자(1862~1894).
250) 개화기의 소설가, 희곡 작가, 평론가(1862~1922).
251) 시코쿠[四國] 지방 서북부. 에히메 현[愛媛縣] 관할.

란 이름은 유서 있는 연구소의 천재적인 두뇌에 의해서 만들어진 것도 아니며, 막대한 자금이 투자된 대규모 연구 프로젝트의 결과도 아니라는 것을 알 수 있다. 마이크로컴퓨터가 마이컴이라고 줄어서 두 가지 의미, 즉 본래의 마이크로와 '마이(나의)'의 의미가 부여된 것은 1969년 가을, 주로 중소 전자 제품 제조업체의 설계 기술자들이 애독하는 『트랜지스터 기술』이라는 소잡지의 제안에서부터이다. 마이컴뿐만 아니라 고정자固定子를 영구 자석화해서 정밀 소형 모터를 만든 것도 중소기업인 마부치사社였다.

걸리버 소인국에서 가져온 것 같은 그 작은 마이크로모터—전기 면도기, 소형 테이프 리코더 등 가정에서 사용되는 작은 기계의 심장이 되어 있는 그 소형 모터—는 본래 작은 회사에서 태어난 것들이다.

피그미 공장에 지탱되는 사회

이러한 한두 가지의 예만이 아니라 일본 전체의 근대 산업을 쌓아올린 것은 5, 6명의 종업원밖에 없는 피그미 공장들이었다. 사회·경제학자들의 공통된 의견은 일본의 특성과 그 강점이 중소기업에 있다는 점이다. 그러므로 미국의 기업은 회사와 회사가 합병주의로 비즈니스의 거대화를 노리고 있으나, 일본에서는 대기업에서도 끊임없이 자회사를 만들어 쪼개간다. '대'가 거꾸로

'소'를 따르는 일도 많다. VHS의 비디오카세트도 마쓰시타[松下]
전기의 패밀리인 빅터 회사가 개발한 것이다. 말하자면 모회사母
會社가 자회사子會社에게 항복을 하고 만 경우이다. 마쓰시타전기
는 빅터 회사 때문에 개발 중인 비디오카세트의 방식을 포기하고
말았던 것이다.

그러고 보니 전후戰後, 미국 점령군 GHQ[252]가 일본의 재벌을
해체하고, 100명 이상의 사원 고용을 금한 것은 결과적으로 일본
의 경제 부흥을 촉진한 고마운 정책이 된 셈이다. GHQ의 정책이
우연히도 일본의 강점인 '축소지향의 경영학'을 낳게 한 계기가
되었기 때문이다.

회사가 커지면 스킨십이 없어져 점점 추상적인 것이 되어버려
서 '니기리메시(주먹밥) 문화'의 일본인에게는 감당하기 힘들어진
다. 그러므로 소수·소규모주의에 매니지먼트가 일본적인 독특
한 경영 방식을 만들어낸다. 일본에서는 대기업이라 해도 중소기
업적인 경영 방식을 택한다는 것이 다른 나라와 다르다. 『재퍼니
즈 매니지먼트』(리처드 T. 파스칼, 앤터니 G. 에이소스 공저)에서는 마쓰시타
식 경영 방식이 '많은 점에서 중소기업과 닮은' 점을 지적하고 있
다. 최고 경영자가 '각 사업부의 책임자를 직접 만나고 혹은 전화

252) General Headquaters의 약자. 제2차 세계 대전 후 일본에 진주한 연합군에 설치된
총사령부의 약칭.

를 건다', '공장이나 현장에 들어가고 혹은 고객을 만난다'는 것이 그 예이다.

일본에서는 추상적인 조직이나 문서 위주의 합리적인 메커니즘만으로는 회사가 잘 돌아가지 않는다. 직접적인 피부 접촉이 없으면 안 되는 사람들의 집단이기 때문이다.

이미 지적했듯이 일본을 경제 대국으로 끌어올린 요인 중 하나는 '축소지향적 문화'의 한 요소인 '이치자콘류[一座建立]'의 그 '하나미치[花道]'식 경영에 있다고 할 수 있다. 다도茶道를 비롯해서 가부키이건 스모(일본 씨름)이건 렌가[連歌]이건, 주와 객이 대극對極해 있는 경우에는 반드시라고 해도 좋을 만큼 하나의 정체성을 가진 '자[座]'를 만들어내는 것이다.

경영자와 종업원 사이에 있는 '자', 생산자와 소비자 간의 '자', 관과 민간 기업의 '자'……. 주객의 대립이 있는 곳에는 '하나미치'가 마련되어 있다. 종신 고용이나 상향식上向式 의사 결정 방식이라든가, 수위 하나라도 사장이 직접 보고 선택하는 사원 채용 방식이라든가, 일본식 경영에 대해서 여러 가지 특색이 열거되어 있으나, 그야말로 한마디로 축소해서 말한다면 고용자와 피고용자가 주객일치를 이루는 '자'를 만드는 일인 것이다.

그러므로 가장 성공한 기업 중 하나로 손꼽히고 있는 마쓰시타전기에서는 매일 아침 8시에 일본 전역에서 8만 7000명의 사원들이 강령을 외치고 소리를 모아 사가社歌를 노래하고 있는 것이다. 마치 회사 전원이 한 사람인 것처럼……. 신입 사원은 오랜 견습 연수를 되풀이해서 마쓰시타 철학을 머리에 집어넣고, 전 사원은 회사와 사회와의 관계에 대해서 그룹 앞에서 5분 정도의 스피치를 하지 않으면 안 된다.

이것만 보면 레닌이나 모택동 사상이 주입된 전체주의 국가, 아니 왕년의 대일본제국의 복사판이라고 할 수 있다. 사실 일본에 서구식 민주주의가 들어오긴 했어도 그 본질은 별로 변한 것이 없다. 단지 '군사'가 '경제'로 대치되었을 뿐이다. 그러나 전체주의의 그것과 다른 것은 주主의 밑에 객客이 흡수되거나 혹은 객이 주인을 압도하는 일방적인 단결이 아니라 서로 융합하는 '화'의 논리로 이루어져 있기 때문에 단순한 획일성과는 구분된다는 것이다. 무사는 가문家紋에, 상인은 노렌[暖簾]에, 기술자는 '한텐'에 자기 이름을 걸듯이 회사원은 바로 자기가 걸치고 있는 제복이나 배지 그 자체인 것이다.

사원의 멸사봉공滅私奉公뿐만 아니라 경영자 쪽은 멸공봉사滅公奉私해서 개인의 관혼상제에까지 깊이 개입한다(미국에서는 사생활 침해일 것이다).

마쓰시타전기와 미국의 제니인을 사례로 분석한 『재퍼니즈 매니지먼트』 저자의 결론도 그것이었다. "마쓰시타와 제니인의 큰 차이는 주체와 객체의 분리라는 항목을 어떻게 '생각'했느냐 하는 데 분명히 나타나 있다. 제니인은 타인을 자기 목표를 달성하기 위한 객체, 즉 물건으로 취급하는 것처럼 보이는 데 비해, 마쓰시타는 다른 사람을 이용하는 객체로서뿐만 아니라 주체로서 존중하면서 공통의 목적을 달성하고 있는 것 같다. 제니인은 간부에게 불만이 있으면 감봉 조치하든가 또는 해고했다. 마쓰시타는, 같은 경우 그 그룹의 비능률에 주의하고 책임자를 감봉 조치하더라도 한 번 더 기회를 줘서 경험을 살려 인간적인 성장을 이루도록 강조한다"라는 것이다.

이 두 회사의 차이는 다른 말로 하면 '자' 또는 '화'의 유무이다. 일본 기업의 사장 봉급은 신입 사원의 7배밖에 되지 않는다. 자본주의 국가에서 그 비율이 가장 낮은 것으로 되어 있다. 사원들은 '누구'의 회사라는 생각 없이 '우리'의 회사라는 생각으로 일한다. 이 '자'를 만드는 구체적인 예를 든다면 한이 없을 것이다. '자'로써 자본주의의 병폐인 노사 대립을 융합의 길로 잘 이끌어갔던 일본식 경영은 일본 경제를 발전시킨 커다란 요인의 하나가 되었다.

QC·소집단 활동의 신화

일본의 공장 노동자는 일을 잘한다고 한다. 그러나 근면성만으로는 일본 산업의 그 높은 생산성과 고품질을 설명할 수는 없을 것이다. 일하는 사람과 회사 간에 마련된 '자[座]'를 분석해봄으로써 비로소 그 비밀도 풀 수 있을 것이다. 미국의 경우 컨베이어 벨트 앞에서 일하는 노동자는 결함품을 발견해도 기계적으로 조립해버린다고 한다.

자기 책임만 다하면 그만이라는 사고방식이다. 그리고 미국에서는 만드는 사람과 그것을 검사하는 사람이 이원적인 것으로 조직되어 있다. 특히 그런 제도는 군납에서 비롯된 것이다. 그러나 일본에서는 결함품을 없애고 품질 관리를 하는 것이 만드는 사람인 노동자 자신에 의해서 이루어진다.

일본의 QC[253] 운동이 그것이다(실은 이것도 미국에서 수입한 것을 일본적으로 개발해 역수출하고 있는 것이지만). 어떻게 하면 불량품을 더 줄일 수 있나를 각 그룹을 통해서 한 사람씩 돌아가며 토론하고 반성하고, 연구 과제를 부여해서 생산자가 생산 과정에서 불량품을 없애려고 한다. 이 QC 운동으로 일본 기업은 연간 1000억 엔의 이익을 얻고 있다. 일본적인 생산 기술의 기반이라고도 일컬어지는 이 QC야말로 일본인의 전통적인 소집단 그리고 '자'를 형성하는 요리아이의 '축소지향 문화'와 깊은 관련이 있다.

생산자와 소비자 간의 '자'도 마찬가지다. 앞의 『재퍼니즈 매니지먼트』를 보면 "마쓰시타의 판매 시스템의 가장 중요한 면은 마쓰시타 자신이 고객에 대해서 신경 쓰고 있다는 점이다"라고

---

253) Quality Control의 약자.

지적하면서, "생산자로서의 우리들의 사회적인 사명은, 제품이 고객에게 배달되어 이용되고, 고객이 즐김으로써 비로소 실현되는 것이다. (…) 그러므로 기업에 있어서 중요한 것은 소비자가 무엇을 요구하고 있는가를 재빨리 알아내는 일이다. 날마다 고객의 체온을 재야만 한다"라는 마쓰시타의 말을 직접 인용하고 있다.

말만이 아니라 '마쓰시타'가 소비자와의 '자'를 얼마나 소중히 하고 있는가 하는 것은 일본의 전숲 기업 제1위인 연간 1억 달러의 광고비가 실증하고 있다. 또 '소비자의 벗'이라든가 소비자와 접하는 일선의 소매점을 영구적인 파트너십으로서 자사自社의 조직 속에 넣고 있는 것에서도 알 수 있다.

'마쓰시타'의 간부가 사무실에 있는 시간이 비교적 적은 것도 시장 안에서 많은 시간을 소비하기 때문이라고 한다. 마쓰시타전기에 대한 사례 분석을 해보지 않아도 소비자에게 '친절'하다는 것, '애프터서비스'가 철저하다는 것, 소비자의 요구에 응해서 가려운 데까지 손을 뻗치는 듯한 상품을 개발한다는 것은, 다른 어느 기업에서도 찾아볼 수 있는 것이다.

그러므로 일본에서는 생산자와 소비자 간에 하나의 '자'가 있어서, 미국에서와 같이 강력한 소비자 운동이라든가, 제조사와 싸우는 랠프 네이더와 같은 영웅이 태어날 수가 없다.

생산자만의 일방통행이 아니라, 소비자 역시 생산자들에 대해 민감한 반응을 보여준다. 약간의 아이디어 상품, 신안 특허 출원

중이라고 작게 씌어진 상품이라도 잘 사주는 것이다. 심지어 밥풀이 붙지 않는 밥주걱까지도 만들어주는 일본 기업이요, 또 그런 신기한 것을 원하고 잘 사주는 것이 일본 소비자들이다.

『흥부전』에 가난한 흥부가 쌀을 구걸하러 갔다가 형수에게 주걱으로 **뺨**을 맞는 이야기가 나온다. 그때 **뺨**에 밥알이 달라붙자 흥부가 그것을 떼어 먹으면서 형수에게 고마워하는 슬픈 유머가 빚어진다. 그러니 아마도 한국인은 그런 친절한 밥주걱을 개발한 제조사를 그다지 고마워하지 않을는지도 모른다. '밥주걱에 밥알 쯤 붙어 있어도 좋지 않은가'라고 생각하는 한국의 소비자들은 자잘한 데 신경을 써서 만든 신발명품을 그다지 존경하지 않는다. 한국인의 체질로는 '웃기는' 일이요, 좀스러운 일로 보이기도 한다.

로봇과 파친코

산업 로봇의 일본식 이름

일본인은 인간과의 관계에서뿐만 아니라 심지어는 기계와도 '화和'를 이루려고 한다. 일본이 지금 세계 최대의 로봇 왕국이 돼 있는 것은 인간과 기계 사이에 채플린의 〈모던 타임스〉 같은 대립이 일어나고 있지 않기 때문이라고 볼 수 있다. 구미에서는 로봇 개발과 그 도입은 인간의 직업을 빼앗는 것으로서 노동자의 적이 되는 것이다. 그러나 '종신 고용제'를 취하고 있는 일본에서는 로봇이 들어와도 그 때문에 직장을 쫓겨날 우려가 없다. 뿐만 아니라 일본에서는 산업별 노동조합보다는 직장 단위로 노조가 구성되어 있기 때문에 가령 도장塗裝 로봇이 나타나도, 항의하고 나서는 칠장이들이 별로 없는 것이다.

또 일본의 공장은 로테이션제이므로 구미와는 달리 한 사람이 일생 동안 한 가지 일에만 종사하는 일이 없다. 그러니 로봇이 들어와서 자신의 일을 빼앗아도 곧 다른 부서로 배치받게 된다. 그렇기 때문에 새 디젤 기관차가 나옴으로써 증기 기관차의 운전사가 실직을 당한다는 이탈리아 영화 〈철도원〉 같은 상황이 생겨날 수 없는 것이다.

로봇은 손가락이 잘릴 우려가 있는 프레스, 시너 중독에 걸리는 도장, 불꽃으로 눈이나 피부가 상하는 용접 등의 위험한 작업을 대신 해주기 때문에 오히려 노동자들로부터 환영받는다. 그러한 여러 가지 이유로 지금 일본에서는 아무런 저항도 없이 세계의 전 로봇 수를 합한 수보다도 더 많은 1만 5000대 이상의 로봇들이, '일벌'이라는 별명이 붙은 일본인보다도 더 부지런하게 24시간 쉬지 않고 일하고 있다.

도요타 자동차의 경우 고용원 수가 최근 5년간에 조금도 늘지 않았는데도 연간 생산 대수는 200만에서 300만 대로 불어나고, 미쓰비시 자동차에서는 종업원 수가 15퍼센트밖에 증가되지 않았는데 그 생산 대수는 7배로 뛰어올랐다고 한다. 물론 이런 현상은 로봇 때문이다.

그러므로 사회 전체로 볼 때 고용력이 그만큼 떨어질 것이 아닌가 하고 우려하는 사람도 있다. 그러나 로봇은 생산 부문의 고용 감소를 서비스 부문의 확대로 흡수할 수 있는 부富를 만들어주는 것이므로, 불평할 이유가 없다고 말하는 사람들이 많은 것이 또한 일본적이다. 이래저래 로봇은 어린이의 만화책에서 이제는 산업계의 영웅으로 등장하는 시대가 된 것이다.

이상과 같은 여러 이유가 일본이 로봇 왕국이 된 원인이지만 그보다도 더 큰 원인은 인간과 로봇 간에도 '자[座]'를 만들어내는 일본인 특유의 그 축소지향 문화 때문이다.

다케우치 히로시[竹內宏]에 의하면 일본인들은 로봇을 사랑한다고 한다. 닛산[日産] 자동차 공장에서는 산업용 로봇에게 '모모에 찬百惠ちゃん'[254]을 비롯해서 여러 가지 미인 가수, 여배우의 애칭을 붙인다. 이것은 산업용 로봇에 대한 일본 노동자들의 태도를 잘 나타내고 있는 예로서 '인간의 애칭을 붙여 기계와 함께 일하고자 하는 마음을 엿보이게 하는' 것이라고 한다. 노동자들이 로봇을 인간처럼 대하기 때문에 그것들이 고장나도 '병났다'고 말하고, 친구에게 하듯이 자상하게 돌봐주는 것이다.

총노동 인구의 10퍼센트 이상이 외국인 노동자로 구성된 서독의 경우와는 달리 일본은 급격한 산업화 때문에 노동력이 부족했을 때도 외국인 노동자를 들여오지 않았던 유일한 선진 산업국이었다. 외국인이 들어오면 일본인의 '자'가 무너진다고 생각했던 것이다. 그러므로 로봇조차도 외국인이 돼서는 곤란하다. 그래서 상품명이나 기계명이나 가게 이름에 그처럼 서구식 이름을 붙이고 싶어 하는 일본인들임에도 불구하고 로봇에게만은 순 일본식 이름을 지어 부른 것이다.

254) 야마구치 모모에[山口百惠]. 일세를 풍미한 젊은 여성 대중 가수. 1980년 결혼 후 은퇴.

닛산 자동차 공장뿐만 아니라 일본에서 가장 큰 후지쯔[富士通] 파낙 공장의 종업원이 로봇에게 붙인 이름도 '다로', '사쿠라', '아야메'이다. 닛산이나 후지쯔 파낙 공장 등에서 일본 노동자와 함께 일하는 로봇들은 어째서 텔레비전 만화에 나오는 로봇같이 아톰, 마징가제트, 겟다 로봇이어서는 안 되는가? 아마도 그런 이름으로는 노동의 '자'를 만들 수 없다고 생각한 모양이다.

구미에 있어서 물건은 근본적으로 기능의 도구이다. 그러나 일본에서는 차茶의 '도리아와세 문화'에서 보았듯이 '물건'이 사고와 감정을 나타내는 구체적인 언어이거나 피부이다. 뿐만 아니라 '수단으로서의 물건'이 '목적으로서의 물건'이 되는 '모노스키[物數寄]'의 '축소지향'의 문화도 있었다. 총이 맨 처음 일본에 들어왔을 때 그 기능의 개량보다는 칼의 '쓰바'처럼 그 장식 면에서 크게 달라졌다는 예만 보아도 알 수 있다. 이것이 산업 사회에서는 기계애機械愛로까지 이어지고, 그런 산업용 로봇에게도 아름다운 여성 가수의 이름을 붙이는 동기가 된 것이다.

공장에서 일하는 블루칼라에 한한 이야기가 아니다. 일본인 전체에 기계(도구)와의 '자'가 있는 것이다. 우리는 그것을 일본의 파친코 집에서 엿볼 수 있다.

파친코의 역사와 일본적 놀이

파친코의 인기도 일본 문화의 불가사의한 문화 현상의 하나로 손꼽힌다.

일본인이 좋아하는 여가 활동의 오락 부문에서 파친코의 유효 활동 인구는 무려 2449만 명이고, 술집이나 트럼프 등에 이어 3위를 차지한다(1979년도 여가개발센터 조사). 파친코 인구가 마작이나 장기 인구를 상회하는 것인데, 그것은 곧 사람과 사람과의 놀이보다 기계와 노는 편을 더 좋아하는 사람이 훨씬 많다는 뜻이기도 하다.

뜨거워지기 쉽고 식기 쉬운 것이 일본의 '붐'이라지만 파친코 붐만은 예외인 것 같다. 파친코는 미국의 디트로이트에서 시작되었다고 하나, 1935년경 일본에 들어와서 유행되고부터는 오히려 일본 게임이 되어버린 것이나 다름없다. 1년이 채 못 되어 일본 전역에 퍼져, 고치 시[高知市]에서는 반년 동안 35군데의 파친코 가게가 개점했다. 당시의 번창을 오사카《마이니치[每日]신문》은 이렇게 보도하고 있다.

"손님들은 오전 7시경의 개점도 늦다고 새벽부터 밀려와서 어디를 봐도 초만원, 가게를 닫는 시간이 되어도 돌아갈 기색 없이 전등을 끄고 내쫓아야 겨우 돌아가는 마니아도 있다. 성행하는 장소에서는 20대의 파친코 기계가 벌어들이는 하루의 매상액이 줄잡아 100엔, 판매원·기계 수선 담당 5, 6명을 쓰고도 순이익이 적어도 하루 30엔에서 많을 때는 50엔이라고 하니 파친코상의 콧대가 셀 만도 하다.”

파친코 기계가 현재와 같은 바늘못 중심의 형태가 된 것은 전후戰後의 일이고, 1942년에 만들어진 고모노[小物] —이 명칭에서부터 이미 그것이 축소지향적인 놀이라는 사실을 알 수 있다— 라는 기계가 최초였다고 한다. 그 후부터 오늘날까지 파친코는 다른 갖가지 여가 활동의 도전을 물리치면서 그 성황이 지속되어 지금은 매상고 2조억 엔을 자랑하는 확고부동한 오락 산업으로 발전하고 있다.

방적紡績 공장의 문을 닫고 대신 파친코 제작의 도시로 탈바꿈한 기류[桐生]에서는 한 해 일본 전역의 반수를 차지하는 60만 대의 파친코 기계를 생산하고 있다. 그 기계도 전자 공학 시대를 반영해서 IC 회로가 빈틈없이 들어 있어 파친코대라기보다는 전자기기라고 부르는 편이 어울릴 정도로 변모하고 있다.

작은 구슬 기계와의 대화

잘 모르는 사람이 파친코 가게를 잠깐 들여다보았다면 그것이 무슨 공장의 작업장이 아닌가 생각할 것이다. 풍풍 하는 기계의 전자음과 함께 규칙적으로 늘어선 기계의 대열隊列, 팔꿈치가 닿을 듯한 좁은 공간에 꽉 들어차 있는 사람들이 뭔가 정밀 검사를 하고 있는 연구원이나 혹은 방적 공장의 숙련공처럼 꼼짝도 하지 않고 기계를 응시하고 있다. 그러나 그것은 노동이 아니고 놀고 있는 중인 것이다.

그들은 핸들을 돌리고 손바닥에 전해 오는 미묘한 반응으로 구슬을 튕긴다. 지름 11밀리미터라는 그 콩알 같은 은구슬이 바늘못 사이를 요리조리 빠져나와 굴러떨어지는 과정을 '끈기와 오기'[255]로써 되풀이하며 즐기고 있는 것이다. 좁은 공간에 죄어 앉는 것, 손으로 연결되는 기계와의 접촉, 작은 구슬과 가느다란 못, 구슬이 떨어져가는 여러 가지 진행 상황, '짓토(가만히)', '미쓰메루(응시)'하는 정신, 들어갈 듯하면서도 튕겨져 나오고, 튕겨져 나올 듯하다가도 들어가는 그 섬세한 드릴, 이 모두가 이미 이제까지 보아온 전형적인 '축소지향'의 요소들인 것이다. 다실茶室에서 시중 한복판의 은자 생활을 맛보는 것처럼 산업 시대의 시인은 파친코 가게의 혼잡 속에 은거한다. 바로 옆, 팔꿈치가 닿을 듯한 사람들에게도 한눈팔지 않는다. 가끔 폭발하는 씩씩한 군함 행진곡에는 귀도 기울이지 않는다. 그리고 파친코 가게 전체에 소용돌이치는 철거덕거리는 기계 소리에도 무신경하다. 자기 혼자서 기계와 대응하고 작은 구슬과 대화한다.

그러나 어느 순간 다른 사람들이 모두 자리를 뜨고 군함 행진

---

255) 파친코 집에서 손님에게 보내는 격려 문구.

곡이나 기계의 소음들이 그치고 혼자만 남게 된다면 어떻게 될까. 그것은 이미 파친코가 아닐 것이다. 그러므로 파친코는 혼자서 고독하게 하고 있는 듯이 보이나 실제로는 그 소란스러운 혼란의 분위기가 있음으로 해서 비로소 침몰해 갈 수 있는 은둔인 것이다. 놀 때도 일할 때처럼 '잇쇼켄메이[一生懸命]'하게, 목숨을 걸고 하는 일본인들에게 있어서 파친코는 현대의 축소지향 문화의 교실이라고 할 수 있다.

일본에서는 '미국 파친코'라고 불리는 슬롯머신과 파친코를 비교해보라. 슬롯머신에는 단지 결과만이 있다. 구슬이 연이어 궤적軌跡을 그리며 떨어져가는 그런 진행이란 것이 없다. 그러므로 그 기계와 인간 사이에는 '하나미치[花道]'가 희박하게 된다. 그러나 파친코에는 일본 요리의 도마와 같은, 가부키의 하나미치 같은 과정과의 접촉이 있다.

서양 사람들은 컨베이어 계통에서 일하는 일본의 노동자를 보고 그들이 자신들과 다르다는 것을 이상하게 생각한다. "그들은 참으로 즐거운 듯이 일하고 있다. 이야기를 하면서도 언제나 손을 쉬는 법이 없다. 할당된 시간 안에 어려운 부품 장치를 끝내면 환성이 오른다. 그러나 그럴 때도 한숨을 돌리지 않고 동료의 일을 도와준다. 생산의 탄력은 이런 식으로 유지되고 있다." 영국의 《뉴 사이언티스트》는 하마마쓰[浜松]의 야마하 파이프 공장을 이렇게 묘사하고 있다.

파친코 기계 앞에 몇 시간이나 앉아서 구슬을 튕기는 사람들도 이 공장 풍경과 그다지 다를 것이 없다. 인간과 기계 혹은 인간과 물건과의 '자'에서 일본 산업이 꽃피었다 해도 별로 틀린 말은 아닐 것이다.

'나루호도'의 사고방식

'우주'와 '안방'의 전자 산업

소니의 명예 회장인 이부카 마사루[井深大]는 "미국의 전자 산업이 국방과 우주 개발에 의해서 발전하고 있다면, 일본의 그것은 정반대로 소비자의 요구에 따라 제품을 만들기 위해 기술이 개발되고 있다"라고 말한 적이 있다. 같은 전자 산업이라도 미국의 그것은 우주 개발이라든가 군수 산업이라든가 하는, 구체적인 일상 생활과는 다른 추상적인 '확대의 공간'에 뿌리를 내리고 있고, 일본의 그것은 소비자의 좁은 안방과 같은 일상적 공간에 뿌리를 내리고 있다. 즉 '확대지향'과 '축소지향'의 차이인 것이다.

넓은 우주를 탐험하는 우주 왕복선은 분명히 미국 것이다. 지상의 카메라, 일상생활에서의 카메라는 일본을 따를 나라가 없지만, 일본이 쏘아 올린 인공위성 해바라기 호에 장치된 카메라는 미국 제품이다. 좁은 축소 공간에서는 일본이 강하지만, 넓은 공간에서는 미국과 경쟁이 안 된다. 모든 부품의 60퍼센트가 메이드 인 유에스에이로 만들어진 일본의 해바라기 2호가 그것을 증명해주고 있다.

콜럼버스와 같이 해도海圖에도 없는 넓은 바다를 항해하면서 미지의 대륙을 발견해내는 것은 미국이다. 암중모색하는 뉴 프런티어의 정신은 '메이비maybe' 문화이다. 그러나 일본은 세계에서 제일 빠른 신칸센[新幹線]처럼 레일 위를 달리는 문화이다. 이를테면 '나루호도(과연)'의 문화이다.

라블레는 죽기 직전에 듀 베레 대승정大僧正에게 이렇게 말했다고 한다.

"나는 지금 그랑 프테트르를 찾으러 간다. 그것은 까치 둥지에 있을지도 모른다……. 자, 막을 내려라. 희극은 끝났다."

'프테트르Peut-etre'란 영어의 '메이비'와 같은 말로, '그렇게 될지도 모른다'라는 불확실한 미지未知에의 가능성을 의미한다. 라블레는 죽음이라는 미지의 세계를, 커다란 또 하나의 가능성의 세계라고 보고 있다.

포크너의 작품에도 같은 발상으로 '메이비'라는 말이 쓰이고 있다. 단편 「새벽의 경주」에서 간신히 추적한 사슴을 만나고서도 그것을 쏘지 않고 그냥 살려 보낸 어네스트는 이렇게 말한다.

"'메이비'라는 말, 그것은 우리들이 사용하는 말 중에서 가장 아름다운 말이지. 메이비가 그렇게 아름다운 말이기 때문에 인류는 잊지 않고 지금까지 그것을 소중히 해온 것이다."

이 '메이비' 때문에 대서양을 건너온 파이어니어들은 한시도 쉬지 않고 포장마차를 끌고 서부의 프런티어를 향해 간다. 이 '메이비' 때문에 카우보이는 소 떼를 쫓고 대륙의 평원을 가로질러 간다.

파이어니어와 카우보이들은 '확대지향'의 미국 문화를 만들어 간다. 그러므로 '메이비'는 미지의 땅을 개척하듯이 새로운 발명發明에는 강하지만, 이미 알고 있는 것에는 열정이 없다. 소비자의 요구에 응해서 자상하게 신경을 쓰고 육성, 개발, 개량, 품질 관리 등을 섬세하게 하는 '축소지향'에는 약한 것이다.

이에 비해 일본 문화를 움직여온 것은 '나루호도'이다. 일본어의 '나루[成]호도[程]'는 뜻부터가 미지의 것에 도전하는 것이 아니라 반대로 이미 있는 것을 새로이 확인하고 납득한다는 것이다.

그 말의 어원처럼 가능한 범위 내에서 그 한도까지 애써 하는 것, 될 수 있는 대로, 가능한 한도 내에서 하는 것이 '나루호도'의 세계이다. 고대에는 한국과 중국에서, 근세에는 네덜란드를 비롯한 유럽에서 그리고 전후戰後에는 미국에서 일본 문화는 이미 모험을 마치고 '가능한 범위의 문화'가 되어버린 기존의 외국 문화를 끌어들여 온다. 그래서 그것을 보고 '나루호도'라고 외친다. '나루호도'는 창조의 정신이 아니라 이미 있는 것을 확인하고 개발하는 정신인 것이다.

30만 자루가 된 한 자루의 총

전자 산업만이 아니다. 오토바이나 자동차나 일본인은 모든 것을 이런 방식으로 해왔다. 그리고 성공한 것이다. 자동차는 미국 문화의 산물이지만 연료가 제일 적게 들고 또 고장률이 제일 적은 차를 개발해낸 것은 일본이다(고장률은 미국의 3분의 1 정도라고 한다). 그래서 마침내 자동차 생산 대수에서 미국을 앞질러 세계 최대의 생산 대수를 자랑하는 자동차 왕국이 된 것이다. 일본의 전자 산업은 1975년 이후 그 생산고를 100퍼센트 이상이나 증가시켜서 세계를 놀라게 했으나, 일본의 역사를 알고 있는 사람에겐 별로 신기한 일도 아니다. 포르투갈 사람들에 의해서 다네가시마[種子島][256]에 최초로 들여온 단 한 자루의 총을 보고 일본인들이 '나루호도!'라고 무릎을 친 이후, 반년이 채 못 되어 600자루 이상의 총이 만들어지고, 10년 후에는 30만 자루가 넘었다. 그들에게 총을 갖다 준 유럽의 총을 다 합한 것보다도 많은 수인 것이다. 전국 시대의 총이 현대에는 자동차로 바뀐 것에 지나지 않는다.

일본 기업 내에는 수많은 기술 연구소가 있지만, 거기에서는 과학의 기초 연구나 오리지널리티를 찾기보다는 기술 개발에 관한 국내외의 정보 수집에 더 열을 올리고 있다. 일본 과학 기술의

---

256) 가고시마 현[鹿兒島縣] 남방南方에 있는 섬. 1543년 포르투갈 배가 이 섬에 표류해서 일본에 소총을 전했다.

수출과 수입 비율은 1대 5지만, 수입된 그 기술과 수집된 정보는 '나루호도' 연구소에서 연마되어 또 역수출되는 것이다.

메이비 문화는 뉴 프런티어를 개척하고 그곳에 레일을 깐다. 그러나 그 위를 경주하는 것은 유러피언 익스프레스European Express도 유니언 퍼시픽Union Pacific도 아니다. 세계에서 가장 빠른 '나루호도'의 '신칸센'인 것이다.

바로 IC(반도체)가 그것이었다. 인켈사의 R. 메이스 부회장은 미국 국제무역위원회의 공청회에서 "제품의 개발 주기에 제일 중요한 첫걸음은 여기 미국 시장에서 행해져 왔고, 이를 위해 미국의 기업은 다대多大한 희생을 지불해 왔다. 그러나 개발이 끝나고 1년도 채 지나기 전에 경쟁 상대는 같은 제품을 만들기 시작한다. 일본은 16킬로비트 RAM으로 바로 이것을 했다"라며 한숨지었다.

그도 그럴 것이 일본제 16킬로비트 RAM의 미국 시장 점유율은 40퍼센트나 된다. 그것은 단순한 모방품의 영역을 벗어나 고장률에 있어서 미국 것보다 한 단위 적은 것으로 나타나 있다. 일본 제조업체 3사의 제품이 제로인 데 비해, 미국의 3사는 0.1퍼센트에서 0.2퍼센트 사이에 분포되고, 현장에서의 1천 시간당 불량률은 일본의 6배나 된다.

첫째가 되지 말고 둘째가 되라

일본의 이 '나루호도'적 축소지향성을 잘 이용하고 있는 것이 마쓰시타전기[松下電器]이다. 마쓰시타 전략의 한 가지 요소는 '니반테[二番手]' 전술이다. 마쓰시타는 애초부터 새 기술의 개척자가 되려고 하지 않고 품질과 가격에 중점을 두었다. 그러므로 지금까지 마쓰시타가 신제품을 개발한 적은 거의 없다. 신제품은 옛날의 쌍소켓 정도인 것이다. 오리지널한 상품 개척보다는 남들이 연구해서 만들어낸 것을 더 편리하게 더 값싸게 개선해 최량의 마케팅을 하는 것이 마쓰시타의 전략이다. 그래서 '마쓰시타전기'를 '마네시타(흉내 낸)전기'라고 비꼬는 유행어도 있다.

그 대표적인 예가 비디오테이프 리코더이다. 필립사가 개발한 비디오를 소니가 뒤쫓아가 추월했듯이 마쓰시타는 또 소니의 뒤를 쫓아가 추월한다. 그러니까 마쓰시타는 '일본인 중의 일본인'인 셈이다.

보다 소형으로 보다 장시간 녹화할 수 있고 게다가 소니의 베타맥스보다 저렴한 가격인 VHS 시스템을 개발해서 시장 점유율을 훨씬 높이는 데 성공했다.

마쓰시타의 니반테 전략은 다름 아닌 미국에 대한 일본의 전략 그 자체이다. 오리지낼리티보다 '경쟁 회사 제품을 분석해서 어떻게 하면 그것을 상회할 수 있는가를 찾으려 하는' 마쓰시타의 'R&D(Research and Development)' 연구 개발 방식은 틀림없이 일본

기업의 특성을 그대로 대변해주고 있는 것이다.

니반테 전략이 마쓰시타만의 '전매 특허'가 아니라는 것은 미쓰비시종합연구소 부사장 마키노 노보루[牧野昇]의 '잇텐고반테[1.5番手]' 기술론의 주장과 궤도를 같이하는 것이기 때문이다. 마키노는 일본 국체國體에 잘 맞는 과학 기술 스타일은 최첨단에 서서 미지의 기술을 탐구하는 창조성에 넘치는 홈런형 개발이 아니라, VTR처럼 낳은 부모는 구미인이지만 기른 부모는 일본인이라는 '잇텐고반테' 기술에 있다고 말하고 있다.

"상대가 기를 수 없었던 것을 일본이 공업화해 간다. 이 길이 국체에 꼭 맞는다"라는 마키노의 이야기는 일본인의 적성이 레일을 깔기보다 레일 위를 달리는 데 있다는 말의 다른 표현에 불과하다.

일본의 씨름도 유도도 상대의 힘을 이용해서 쓰러뜨리는 것이 그 주된 전략이다. 부채꼴의 곡선 모양을 한 일본 성城의 석벽石壁은 흙의 압력에 저항하는 것이 아니라, 그것을 흡수하는 방법으로 쌓아져 있는 것이 특색이라고 한다. 또 조원造園에서는 흙의 압력을 이용해서 반대로 그 흙을 막는 '오케구미桶組み'라는 독특한 석축법石築法이 있다.

'나루호도 문화'에서는 반드시 누군가가 앞장서주지 않으면 그 기량을 발휘할 수가 없다. 잇텐고반테든 니반테든 그런 전략에서는 누군가가 선두에서 달려주지 않으면 안 된다. 그래서 일본 문

화는 '다다노리(무임 승차)'의 문화가 될 수밖에 없다. 안보만 다다
노리가 아니라 그동안 기술도 다다노리였다. 그렇다면 일본이 부
득이 '이치반테[一番手]'가 될 경우는 도대체 어떻게 될까. 조금 더
단순히 말해서 '축소지향'에서 '확대지향'이 될 경우에 일본인은
도대체 어떻게 변할 것인가?

일본의 스모(씨름)를 두고 생각해보라. 15자의 좁은 씨름판이기
에 일본 씨름은 순간적으로 상대의 힘을 이용해서 땅에 쓰러뜨리
거나 밀어내는 기술이 가능해진다. 승부의 반 이상을 차지하는
'쓰키突き', '오시押し', '요리寄り'의 기술은 모두 상대편의 힘을 역
이용해 수초 동안에 승부를 결정하는 기술이다. 그러나 축소지향
의 씨름판이 바뀌어 가령 그 경계가 없어져버린다면 도대체 어떤
모양으로 그들은 씨름을 하게 될까. 레슬링처럼 쓰러져도 어깨만
닿지 않으면 지지 않는 그런 씨름이라면 그 양상은 어떻게 달라
질 것인가. 아마도 이 질문에 답하는 것이 지금의 일본에 대해서
답하는 것이 될지도 모른다.

'스몰 이즈 뷰티풀'의 철학

메이지 유신 이래 일본인은 서양 문명에 '따라가서 앞지르라
[追いつき追い越せ]'의 정신으로 여기까지 왔다. 점령이 끝나고 독립
국이 된 1951년에는 저개발국인 칠레나 말레이시아보다도 GNP

가 낮은 나라였다. 그러나 불과 15년 뒤에는 대로마의 후예들인 이탈리아를 추월하고, 그 이듬해는 유신 당시 일본의 선생이었던 영국을 그리고 또 그 이듬해인 1968년에는 지식인의 꿈의 나라 프랑스를 앞지른 것이다. 드디어 일본은 1970년에 들어서면 라인 강의 기적을 낳은 유럽의 모범생인 서독을 앞서고 만다. 그래서 문자 그대로 일본은 GNP 면에서 미국 다음의 '니반테' 나라가 된 것이다.

마침내 '따라가서 앞지르라'라는 한 세기 동안의 모토가 이제 쓸모없는 휴지가 되어버린 가운데, 일본은 1980년대의 새로운 지평을 맞이했다.

그리고 일본은 전후 30여 년 동안 좋은 스승이었던 미국을 자동차 대수에서, 철강 생산에서 연이어 추월해 간다. 지난날의 모범생이었던 일본이, 선생을 때리는 '교내 폭력' 같은 무역 마찰도 일어나기 시작한다.

이제까지 구미 문화가 지향해 온 것은 일본과는 정반대로 거대주의였다. 무엇이든지 거대한 것으로 나가는 것이 좋은 것이었다. 그 문화에서는 첫째로, 가족이 부족으로 되고, 부족이 더 큰 국가가 되어 마지막에는 세계를 합친 거대한 정부가 생겨야 한다고 믿는 사고방식이다.

둘째는, 국가가 번영하기 위해서는 크지 않으면 안 되고, 크면 클수록 좋아진다는 이론이다.

셋째는, 산업과 회사는 국가와 마찬가지로 근대 기술에 이끌려 그 단위는 항상 커져야 한다는 것이다.

그러나 이 거대주의는 19세기의 유물에 불과한 것이라고 E. F. 슈마허는 외치고 있다. 그런 관점에서 구미의 거대주의를 고발한 경제학 책이 바로 세계의 유행어가 된 '스몰 이즈 뷰티풀Small is beautiful'인 것이다.

경제 분야에서의 이야기만이 아닐 것이다. 탈공업 시대脫工業時代에는 거대한 것보다 작은 것이 유리해진다는 시대이다. 일본이 미래의 탈공업화 사회의 모델이 되어 있는 것은, 이제까지 축소 문화의 특색으로 지적한 것처럼 탈이데올로기적 사고라든가 정보에 대한 민감성 등을 이미 그 전통 문화 속에 지니고 있기 때문이다.

아무래도 지금 시대의 바람은 축소지향적인 것으로 불고 있는 것 같다. 세이쇼 나곤[清少納言]이 "무엇이든 무엇이든 작은 것은 모두 다 아름답다"라고 쓴 지 거의 1천 년이 지난 뒤 그와 똑같은 말이 태평양 너머의 서양 대륙에서 들려온 것은 이 얼마나 아이러니컬한가. 이러고 보면 일본이 구미 문명을 따라가는 것이 아니라, 구미가 일본 문화에 따라붙은 듯한 느낌마저 든다. 쩨쩨하고 옹졸하고 좀스러운 문화처럼 보였던 일본 문화가 후기 산업 시대, 즉 전자 산업 시대에는 도리어 장점이 된다. 마치 유도처럼 일본의 축소지향 문화는 작은 것이 큰 것을 넘어뜨리는 기적을 낳는다.

　오늘의 산업 사회에서 축소지향은 에너지를 절약하고, 물자를 절약하고, 공간을 절약하는 유익한 문화가 된다. 트럭 한 대분의 부품이 오늘날에는 축소되고 축소되어 자전거 한 대면 족하다는 마이크로일렉트로닉스 시대에서는, '잇슨보시'가 작은 거인으로 각광받게 된다. 그러나…….

　그러나 말이다. 일본은 지금 대체 그 축소지향의 문화를 어떻게 전개하고 있는가? 축소지향의 문화에 늘 양지만 있는 것은 아니다.

VI

확대지향의 문화와 오늘의 일본

타인의 땅을 끌어오는 문화

별을 모르는 사람들의 생활

'구니비키[國引き]'의 신화를 다시 한 번 생각해보자. 『이즈모노구니노후도키[出雲國風土記]』[257]의 야쓰카미즈오미쓰노미코토[八束水臣津野命]는 자기 나라가 작은 것을 알고 바다 건너 한반도와 호쿠리쿠[北陸] 지방 등을 바라보면서 "남는 나라가 있을까 하고 보니 남은 나라가 있도다" 하고 말하면서 그쪽 땅덩어리를 잘라내어 밧줄로 끌어온다. 그리고 그것을 자기네 땅 이즈모노구니(일본)에 실로 꿰매어 붙였다.

이 신화에서 보듯 일본 문화는 일종의 구니비키(땅 끌어오기) 같은 것이라 할 수 있다. 안에서 밖으로 퍼져가는 것이 아니라 거꾸로 밖의 것을 안으로 끌어들이는 쥘부채[摺扇]형의 축소지향이다. 자연의 산수[山水]도, 하늘의 달도 그리고 신까지도 모두 '도코노마'

---

257) 나라[奈良] 시대 733년에 편찬된 풍토기.

로 끌어온 일본인은 문화 면에서도 또 같은 일을 했다.

문화의 확대를 '가르치는 것'이라 한다면 그 반대의 축소는 '배우는 것'이다. 일본이 무엇인가 자기의 문화를 외국에 가르치기 위해 노력했던 일은 역사상 찾아보기 힘들다. 일본 문화사는 '배우는 역사'라 할 수 있어서 처음에는 한국의 왕인王仁과 관륵觀勒에게 한자와 역법曆法을 배웠고, 그다음에 중국에서 많은 문화를 직접 배웠다. 그리고 도쿠가와[德川] 시대에는 네덜란드 사람들에게, 유신 이후에는 영국과 유럽 여러 나라로부터 배웠으며, 태평양 전쟁 후에는 미국 문화를 끌어오게 된다.

중국과 한국은 다른 나라에게 제 나라의 문화를 가르쳐주는 것을 좋아한다. 중국 문화를 그 주변 나라들에게 전파하는 중화사상中華思想은 배우기보다 가르치는 문화에 속한다. 구미에서도 마찬가지다. 구미 문화는 선교사들의 문화라고도 할 수 있어 기독교를 가르치기 위해 거친 바다와 대륙을 지나 미지의 나라 구석구석까지 찾아 나섰다.

일본의 신도神道를 가르치기 위해 신관神官이 유럽이나 아프리카에 건너간다는 것은 상상조차 할 수 없는 일이다.

일상회화에서도 일본인은 '게이코[稽古]'258)라는 말과 '벤쿄[勉

---

258) 학문, 기술 따위를 익힘. 연습함.

强]'[259]라는 단어를 많이 쓰고 있다. '벤쿄니나리마시다(공부가 되었습니다)'라는 인사치레의 말은 그만두고라도 심한 예로 가게에서 물건을 깎을 때도 '벤쿄(공부) 안 돼요?', '그럼 벤쿄합시다'라고 한다.

난방법을 보더라도 한국의 온돌은 페치카와 같이 방 전체를 따뜻하게 만드는데 일본의 고타쓰[火燵][260]는 화로처럼 앉아 있는 방의 한 부분만을 덥혀주는 것으로 축소지향적이다. 고타쓰에서는 사람도 고양이도 작게 웅크려 더욱 줄어들게 마련인 것이다.

그래서 일본은 사방이 바다로 둘러싸여 있으면서도 제대로 해양 민족이 되지 못했다. 바다의 확대 문화, 즉 항해 문화에 있어 가장 중요한 것은 별이다. 그 때문에 그리스 신화는 별의 신神들로 꽉 차 있다.

그러나 일본 문화에는 '아마쓰미카보시' 정도밖에 나오지 않는다.

『만요슈[萬葉集]』에도 지상의 꽃을 읊은 시는 많은데, 웬일인지 별을 노래한 시는 찾아보기 어렵다. 신라新羅는 7세기경 이미 세계 최초의 천문대라고 하는 첨성대瞻星臺를 세웠는데, 일본에서는 별이 움직인다는 사실과 북극성의 존재를 알게 된 것이 겨우

---

259) 벤쿄는 '공부하다'라는 뜻이지만, '물건 값을 깎다'라는 뜻으로도 사용된다.

260) 이불로 덮는 각로脚爐.

에도[江戶] 중기中期이다. 자기 주변에 있는 것, 발밑에 있는 것, 피부에 와 닿는 것이면 금세 탐내고 잘 알지만, 별처럼 높고 먼 하늘의 확대 공간에 있는 것에는 관심도 없고 잘 알 수 있는 능력도 없는 것이 일본인인 것이다.

그래서 축소의 좁은 공간으로부터 일단 나라 밖의 넓은 확대 공간으로 나오면 의식 구조도 행동 양상도 돌변하게 된다. 섬세하고 아름다운 것을 사랑하고 친절하게 허리를 굽히던 일본인들이 넓은 바다에 나가면 왜구倭寇와 같이 되어버린다. 그러나 그 왜구 조차도 일본인적이어서 외부 세계에서 오래 견딜 수가 없어 좁은 제 고향으로 돌아온다. 왜구들이 명明나라 관군과 용감하게 싸워 항주만杭州灣의 주산 열도舟山列島를 점령하지만 석 달도 못 돼 그것을 버리고 돌아오고 말았다는 것이 그 대표적인 예가 될 것이다.

대립하는 안과 밖의 두 세계

여기에서 일본 특유의 '안'과 '밖'의 관념이 만들어진다. '안[內]'이란, 축소 공간으로 자기 자신이 직접 경험할 수 있는 구상적 세계, 피부로 느껴지는 작은 세계다. 그것에 대해 '밖[外]'은 확대 세계이며 추상적인 넓은 공간이다. 일본인은 무엇을 대하든 그것을 곧 안과 밖으로 나눠서 생각하고 행동하는 버릇이 있다.

그래서 일본인들은 "밖에는 도깨비! 안에는 복![鬼は外, 福は内]"²⁶¹⁾이라는 말로 한 해를 시작한다. 일본 말로 '우치'라고 하면 그것은 자기 집을 뜻하는 것이고 '미우치[身内]'라고 하면 집에 있는 가족을 뜻한다. 집 이외의 공간은 '소토(바깥)'가 되는 셈이다. 그러나 '우치'가 자기 집보다 넓은 뜻으로 쓰일 때는 자기가 근무하는 회사나 단체를 뜻하는 말이 된다. 이때의 '소토'는 남의 회사와 자기와 다른 조직체를 일컫는 개념이다. 그런가 하면 더 넓은 뜻으로는 자국을 '우치'라고 하고 외국을 '소토'라 한다. 일제가 동화 정책으로 내세운 '내선일체內鮮一體'란 말이 그런 것이다. 이때의 '내內'는 일본을 가리키는 말이다.

'우치'의 파문이 넓어지면서 일본인의 특성은 점점 엷어져가는데, 그 최후의 경계선이 일본 민족, 그 국가를 '안'으로 보고 세계를 '밖'으로 구분하는 의식이다. 세계에서 보면 일본은 안(집, 우치)이므로 잘팩JAL PACK의 일본인보다는 국내 여행자가 훨씬 더 예의 바르다. 이 일례를 보더라도 밖으로 나갈수록 일본인의 본래적 특성은 희박해진다. 무엇보다도 "여행 중의 창피는 버리고 오면 된다"²⁶²⁾라는 말이 있듯이 밖과 안에서의 윤리는 별개의 것이 되어버린다.

---

261) 정월 보름 전날 밤 콩을 뿌리며 외치는 주문.
262) 여행 중에는 그곳에 다시 오지 않을 것이라는 이유로 무슨 짓이라도 태연히 한다는 뜻.

일본인은 쓰보니와[坪庭]와 같이 집 안에 좁은 정원을 만드는 데는 비상한 재주가 있으나, 집 밖의 공간에 만드는 공공 소유의 공원을 만드는 데는 별로 신통치 못하다. 하이드 파크나 센트럴 파크 등 일본의 공원은 비교도 되지 않는다. 개인 집의 도코노마床の間에는 세련미가 감도는데, 넓은 도시 조성에는 전체적인 균형도 미美도 없다. 아무리 후하게 점수를 줘도 도쿄는 결코 아름다운 도시라고는 할 수 없다.

밖의 일본과 안의 일본은 이렇게 다르다. "초목이 시든 들판, 이슬에 남아 있는 벌레 소리[枯野の露に殘る蟲の音—良阿]"라는 렌가의 한 구절이 있다. 작은 벌레 소리는 예민하게 감상하는 민감한 귀를 가진 일본인들인데도 막상 공공 장소에서 들리는 스피커의 소음에 대해서는 무신경하기 짝이 없다. 온 세계의 도시 중에서 아마 신주쿠[新宿]처럼 상품 선전과 정치 연설을 스피커로 떠들어대는 무례한 거리도 별로 없을 것이다. 그래서 "인공적인 정원은 국보로 소중하게 보존하면서, 세토나이 카이[瀨戶內海] 같은 자연 경관은 소중하게 다루지 않고 파괴하는 까닭은 무엇일까" 하는 사이덴 스텍커 씨의 한탄이 생기는 것이다.

집단주의의 강점과 약점

일본인의 안과 밖의 의식은 상대적인 이레코[入籠] 구조이기 때

문에 일본 성城의 구조와 같다고 할 수 있다. 자기 자신은 마루노우치丸の內, 즉 성의 제일 깊숙한 중심 부분인 네지로[根城]에 해당된다. 거기서부터 니노마루(두 번째 성곽), 산노마루(세 번째 성곽)와 외곽의 성이 있다.

그리고 다음엔 성문 밖이 된다. 네지로인 마루노우치가 있는 공간이 가장 농밀한 축소 바로 그것이며, 거기서부터 니노마루, 산노마루로 둘레가 넓어져 가면서 축소 공간의 의미가 달라진다. 그러므로 일본에서는 '우치' 속에 있지 않으면 안심이 되지 않는다. 즉 한패 속에 들어가야 '우치'의 울타리 안에서 무엇이든지 같이 도우면서 대체의 흐름과 함께 살아갈 수 있다. '나카마[仲間]' 라는 것이 바로 그것이다.

'무라하치부[村八分]'라는 말 자체만 보아도 알 수 있다. 몇 채의 집이 모여 가키나이[垣內]라는 집단이 만들어지고, 그 가키나이가 모여 마을[村]이라는 집단이 만들어진다. 그래서 마을은 커다란 집(우치)이며, 마을의 집단은 가족과 같은 패가 된다.

오늘날의 도시에서도 군국주의 시대의 도나리구미[隣組] 같은 동회와 자치회의 총수가 27만 4700개나 되며(1980년 11월 현재 자치성 조사) 일본 전역 구석구석까지 조직되어 있다. 축제일이 되면 마을의 오미코시를 짊어지기 위해서 도시에 살고 있는 사람이라도 고향으로 내려가야만 하는 것이다.

그러므로 에도[江戶] 시대의 법전[御定書百箇條][263) 조문에 나타나 있는 것처럼 마을 사람들의 협동은 탄생誕生, 성인成人, 결혼結婚, 사망死亡, 제사[法事], 화재[火事], 수해水害, 질병病氣, 여행[旅], 건축 공사[普請] 등 10개 항목을 기본으로 삼고 있다. 그러나 만일 나쁜 짓을 하거나 마을 공동체에 손해를 끼치는 자가 있으면 그 10개 항목 중 화재와 장례 두 가지만 빼고는 일체 상종을 하지 않았기 때문에 외톨박이를 '무라하치부'라고 표현하게 되었다는 설도 있다.

집에서 내쫓기거나 무라하치부가 된다는 것은 우치에서 소토로 쫓겨나는 것을 의미한다. '우치'의 나카마는 상대적으로 밖에 있는 사람에 대한 배타 의식을 느끼므로 외국인은 그런 의미에서 모두 일본의 '무라하치부'가 되는 셈이다.

1965년 한큐[阪急] 야구[264)팀의 스펜서라는 외국인 선수가 난카이[南海]의 노무라[野村] 선수와 홈런왕을 놓고 선수 다툼을 한 적이 있었다. 화이팅 씨의 『국화와 배트』에 보면 그때 스펜서는 일본인 투수에게 맹렬한 사구四球 공세를 받았다고 한다. 공을 때릴 기회가 없어진 스펜서는 야구 배트를 거꾸로 들고 항의했으나 '왜 외국 선수에게 타이틀을 줄 필요가 있는가? 만일 우리(피처)

---

263) 에도 막부幕府의 법전.
264) 난카이[南海]와 함께 일본 프로 야구의 퍼시픽 리그 구단.

가 누구에게 타이틀을 줘야 한다면 같은 일본인인 노무라에게 줘야 하지 않겠나?' 하는 논리, 즉 '우치'의 담장을 무너뜨리지 못했다. 그 덕택에 그해 노무라 선수는 일본 프로 야구 사상 처음으로 3관왕이 되었다.

어떤 의미에서는 애교 있는 얘기일 수도 있다. 그러나 지금까지 일본인 히로시마[廣島]의 원폭 피해자의 참상을 그린 영화가 33편이나 되는데도 한국인 피폭자를 다룬 영화는 단 한 편도 없다는 대목에 이르러서는 그저 웃어넘길 수가 없다. 영화뿐만 아니라 히로시마·나가사키[長崎]의 한국인 피폭자는 지금까지 정확한 숫자조차 파악되지 않고 있으며, 치료도 뒤로 미루어지기 일쑤라고 한다. 그들은 거의 대부분 일본으로 징용과 강제 노동으로 끌려온 한국인이었으므로 이러한 한국인의 이중 피해에 분개한 일본인 한 사람[盛善吉]은 최근 개인의 힘으로 한국인 피폭자의 기록 영화를 만들어 화제를 모으기도 했다. 세계의 휴머니즘에 호소하는 원폭의 증언에 있어서도 우치와 소토가 이처럼 명확하게 금이 그어진다.

같은 일본인이라 해도 '소토'에서 들어온 사람이거나 '우치'의 틀에서 벗어나거나 하면 외국인이나 마찬가지 신세가 된다. 어느 '우치'에도 소속되지 않은 사람은 '로닌[浪人]'이라는 낙인이 찍혀 버린다. 일본에서 '잇비키오카미[一匹狼]'라고 하면, 굶어 죽거나 외톨박이로 평생을 외롭게 지내야 된다. '보통 사람과 다른 사람

[變り者]'이라면 프랑스에서는 천재라는 칭찬의 말일 수도 있는데, 일본에서는 안의 집단에 맞지 않는 미친놈, '무라하치부'를 의미한다. 그러니까 남과 다른 개성이 있는 것이 오히려 흉이 되는 사회이다.

일본인은 '소토'에 있는 사람을 필사적으로 싸워 이겨야 하는 적으로밖에 생각지 않는다. 집단은 개인의 무덤이 아니라 도리어 극락이 된다. 집단에서 떠난다는 것은 죽음을 의미한다. '마도기와조쿠[窓際族]'[265]와 '가타타타키肩たたき'[266] 등이 그것이다.

그러므로 일본인은 밖으로 나갈수록 스스로의 존재를 상실해 간다. 같은 사람이라도 '소토'인 외국에 나가면 이미 '우치'의 '한 패 안에 서 있던' 자기와는 전연 다른 존재가 되어버린다. 남미에 부임한 모범 사원이 골프공을 줍던 원주민 소년을 사살한 사건이라든가, 자기 집 개가 차에 치였다고 관계도 없는 사람을 돌로 쳐서 죽인 그리스 유학생의 사건, 또 프랑스에서는 박사 논문을 준비 중이던 유학생이 네덜란드 여성을 토막 내어 알코올 병에 넣고 먹어버린 일 등 일본의 국내에서는 보기 어려운 범죄 패턴이 생겨난다.

---

265)   회사에서 승진의 희망이 없는 사원으로 넌지시 사표를 종용받는 사원.
266)   상사가 정년이 가까운 사원의 어깨를 두드리며 넌지시 사표를 종용하는 것.

3S의 외교 무대

그러므로 일본인은 안에서는 잘해 나가는데 밖의 무대에서는 언제나 3S가 돼버린다. 국제 회의에서 침묵을 지키는 침묵파, 무슨 질문을 받아도 애매하게 싱글싱글 미소 짓는 미소파, 회의 중에 끄떡끄떡 조는 파는 모두 일본인이라고 한다. "일본인은 세계를 향해서 가슴을 열지 않는다. 일본인이 국제 회의에서 입을 다물고 우물쭈물하는 것은, 외국인에게 정보를 흘려보낸 자를 사형시킨 에도 쇄국 시대의 문화 유산일 것이다"라고 비평한 외국의 평론가도 있다.

또 일본은 세계의 차원에서 외교를 하지 않고 좁은 자국의 이익만을 위해서 뛴다는 비난도 받는다. 1973년의 유류 파동 이후 석유 공급이 어려워지자, 일본은 자유 진영 중에서 가장 빨리 친이스라엘 정책을 버리고 친아랍적 성명을 낸 나라가 돼버린다. 하룻밤 사이에 그 입장을 바꾼 것이다. 또 로디지아의 인종 차별 정책에 국제적 비난의 소리가 높았을 때도 일본은 아무런 외교적 관심을 보이지 않다가 막상 아프리카 제국이 일본 상품을 불매하려 들자, 즉 그것이 자국의 경제 이익에 영향을 끼치게 되자 비로소 로디지아 정책에 강경한 태도를 보였다.

이런 예를 열거하자면 한이 없을 것이다. 가령 JAL에도 국내선이 있고 국제선이 있지만, 그 '의식'은 국내선적인 영역을 벗어나지 못하고 있다. 적군파의 다커 하이잭 사건 때, 일본 정부의 대응책이 바로 그런 의식을 반영하고 있는 것이다. 납치범의 요구를 쉽게 들어주면 계속 그런 사건이 벌어지게 될 것이므로 어느 나라에서나 국제적 영향을 고려해 대응하게 마련이다. 그런데 일본 정부는 전연 국제적 입장을 고려치 않고 국내 이익만을 위해 납치범과 협상을 해서 세계로부터 비난을 받았다.

또 베트남 전쟁에서는 피 한 방울 흘리지 않고 경제적으로 막대한 이익을 얻은 유일한 나라이면서도, 10만의 인도차이나 난민들이 바다의 보트 위에서 죽어가고 있을 때 이 지상에서 가장 냉담했던 나라였다. 인도차이나와 전연 관련이 없는 스칸디나비아에서도 수천 명의 난민을 받아들였는데, 일본은 단 '세 명'밖에 구해주지 않았다(도쿄 정상회담에서 이것이 문제가 되자 그 뒤에 겨우 몇 명 더 난민을 받아들였다).

국내의 '우치'에서는 바늘이 부러져도 제사를 지내고, 사람 아닌 인형 팔이 떨어져도 인형 공양人形供養을 하는 사람들이지만, '소토'의 사람들에게는 이렇게 냉담하기만 한 것이 일본인들의 마음인 것이다.

국제적인 확대의 세계, 인류와의 '이치자[一座]'를 만드는 데는 인색하기만 하다.

그러므로 일본의 외교는 외교外交라기보다 내교內交라는 느낌을 준다. 마쓰오카 요스케[松岡洋右][267]의 국제연맹 탈퇴는 국제적 입장에서 보면 매우 졸렬하고 무모한 행동이었지만 일본 국내에서는 박수 갈채를 받았다. 후에 마쓰오카 자신도 "내가 생각해도 그때 나는 참으로 엄청난 짓을 저질렀다"라고 술회하고 있다. 그런데도 어째서 그런 행동을 취해야만 했는가? 그것은 '소토'의 여론與論보다는 '우치'의 세론世論에 더 중점을 두는 축소지향적 사고 때문이다.

스즈키 젠코[鈴木善幸] 수상이 오타와 정상회담에서 '와[和]'의 철학을 피력한 것도 안의 논리를 그대로 밖으로 가져간 예의 하나이다. '와[和]'를 외국어로 번역하면 하모니 이외의 아무것도 아니다. 쇼토쿠다이시[聖德太子] 때로부터 시작되는 '和を以て貴しとす'의 일본적 콘텍스트의 의미를 레이건이나 대처가 과연 이해해 주리라고 믿고 그 말을 쓴 것은 아닐 것이다. 따지고 보면 그것도 몸은 오타와에 있으면서도 국내와 외교를 하고 있는 일본적 발상 중에 하나일 것이다. 일본인은 '와[和]'를 잘 알고 있는 것이다. 더구나 '와'는 스즈키 행정부가 내건 국내 정치의 구호이다.

일본의 '와'는 '우치'의 '와'이므로 그것을 존중하고 강조할수록 '소토'에 대해서는 배타적일 수밖에 없다. 그 '와'가 밖으로 나가면 바로 무역 마찰 같은 것이 된다는 것을 알았더라면 단순히

---

267) 정치가, 외교가. 1932년 국제연맹회의에 수석 대표로 부임.

'하모니'란 번역어만 듣고 레이건이나 대처는 손뼉을 치고 앉아 있지는 않았을 것이다. 밖을 향한 외교까지도 내교처럼 하는 '우치'의 논리가 '소토'의 세계에도 통하는 문화적 '확대'에 대해서 일본은 별로 노력하지 않는 듯하다.

일본은 고립하는 대국인가

일본어 중에서 구미에서 온 외래어는 3,000~4,000에 이르고 있으나, 일본어가 구미로 간 말은 기껏해야 재벌의 의미인 '다이쿤[大君]'과 '하라키리[割腹]' 정도다. 매년 무역 적자를 내면서도 자국의 문화를 세계에 넓히기 위해 사용되는 유럽 여러 나라의 정부 예산은 경제 대국 일본을 훨씬 웃돌고 있다. 영국의 브리티시 카운슬은 478억 엔, 서독의 괴테 인스티튜드는 174억 엔 그리고 미국의 국제문화교류청은 966억 엔인데, 일본의 국제교류기금은 45억 엔으로 자릿수가 다르다. 세계 어느 시장에 가도 일제 카메라나 디지털시계, 전기 제품이 즐비하나 대학의 연구실에서 일본학 학자를 찾아내는 것은 그렇게 쉬운 일이 아니다. 일본 내에서는 영어나 프랑스어 학원이 빗자루로 쓸어질 정도로 많으나, 외국에서 일본어를 가르치는 학원은 다섯 손가락 안에 들 정도다. 그 비율이 23만 대 9천이라고 하기도 한다.

그러므로 일본은 분명히 국제 사회의 일원인데 그것은 어디까지나 무역 면의 일이고, 국제 정보 사회에서는 여전히 쇄국 상태가 아닌가 하는 비판도 나온다. 경제 면에서 구미 사회를 '따라가 추월追越한다'는 꿈은 이루어졌는데, "일본은 세계를 향해 과연 무엇을 자랑할 것인가" 하고 한탄한 우치무라 간조[内村鑑三][268]의 문화적 회의는 아직 풀리지 않고 있으며, 그 당시처럼 아직 '세계의 시골'을 벗어나지 못하고 있다.

자기 자신이 좁은 동네에서 따돌림을 당하는 '무라하치부'에 대해서는 무서워하면서도, 세계의 인류로부터 고립되는 '세카이하치부[世界八分]'가 되는 것에 대해서는 별로 걱정하는 눈치가 보이지 않는다.

그렇다고 그것이, 일본이 문화적 쇄국주의의 잔재를 많이 지니고 있기 때문만은 아니다. 일본 문화를 세계에 알리는 것도 '소토'에서는 서툴지만 '우치'의 무대에서는 괄목할 만하다. 홈그라운드인 도쿄나 삿포로 올림픽에서 보인 일본인들의 문화 선교는 참으로 모범적이었다는 평을 받고 있다.

그런데 어떻게 상품만은 국제 무역에서 이겨낼 수 있었는지, 거기에 아이러니가 있으며 '축소 문화' 최후의 비밀이 있다.

도시락이나 쥘부채는 그 시대의 축소지향에서 생겨난 '물건'이다. 그런데 그것이 만들어지면 간편해서 운반이 가능하므로 곧

---

268) 종교가, 평론가(1861~1930).

'확대지향'으로 이어진다. 쥘부채는 접으면 작아진다. 그것 자체는 축소인데, 이 기능 때문에 옛날 쥘부채 장수처럼 온 세계를 상대로 장사를 할 수 있었다. 그러므로 '축소 문화'가 '상품'의 기능을 갖는 경우, 필연적으로 확대 문화로 옮겨 간다.

축소와 확대의 이 모순 속에서 발생된 것이 일본의 외구外寇 문화라는 것이다. 섬세하고 아름다운 쥘부채를 만든 일본인이 그것을 들고 바다 건너로 팔러 나가는 상인이 되면 악명 높은 '왜구倭寇'가 된다. 일본의 역사는 '줄어드니까 퍼진다'는 역설에서 여러 가지 문제가 일어나는 것을 발견할 수 있다.

사무라이 상인

기형의 난쟁이, 세계를 가다

일본인은 축소지향의 발상에 따라 트랜지스터를 만들고 반도체半導體도 만들었다. 그리고 그것을 가지고 세계 시장에 진출하는 확대 문화로 옮겨 갔다. 이 역설에서 생긴 것이 무역 마찰이란 심각한 문제이다. 그래서 일본인은 지금까지 어느 나라보다 자유무역의 국제적 개방 정책 덕을 보고 있는 나라이면서도 실은 그 어느 나라보다도 비국제적인, 소위 '우치'와 '소토'의 두터운 의식의 벽 안에서 살고 있는 민족이다. 경제의 힘은 국제적으로 성장했는데, 그 의식은 아직도 옛날 그대로다. 이러한 일본인은 꼭 손발만 커지고 머리는 그대로인 기형의 잇슨보시[一寸法師] 같다.

과연 일본인은 일본이라는 마을이 아닌 국제 사회 시민으로서의 책임 의식을 가지고 있는 것인가. 일본의 문화는 자국의 이익을 초월해 보다 인류를 위해 공헌하는 문화를 창조하고 있는가. 온 세계 사람들에게 보내는 오리지널한 메시지를 가지고 있는가.

이런 문제를 놓고 구미의 여러 나라나 아시아로부터 의심을 사고 있지만 그들은 아무런 대답도 하지 못하고 있다. 여기에서 생긴 말이 '이코노믹 애니멀'이나 '일본주식회사日本株式會社'라는 유행어이다.

이제 '우치' 의식과 그 논리만으로는 더 이상 뻗어갈 수 없는 한계가 온 것 같다. 축소지향적 문화는 일본을 오늘날 경제 대국으로 끌어올렸으나, 동시에 그것이 바로 중대한 시련의 도전을 받게 하는 요인이 된다. 밝은 빛이 있으면 그 때문에 반드시 그만큼 어두운 그림자가 생기게 마련이다.

일본은 선진국 중에서 군사비가 GNP의 1퍼센트를 넘지 않는 유일한 나라이다. GHQ(연합국군 총사령부) 치하治下의 일본을 에도기[江戶期]의 쇄국 시대와 마찬가지로 축소 문화의 시기로 보는 외국 평론가가 있는 것도 당연하다. 에도 시대의 쇄국주의가 유신 근대화의 기초를 만들어낸 것처럼, GHQ의 일본도 모든 나라가 이념 전쟁의 냉전 중에도 혼자 미국의 등 뒤에 숨어 지금의 경제 대국의 기초를 이룩해놓았던 것이다.

유신 이후 군국주의의 이빨로 한국을 비롯해 아시아의 세계를 물어뜯던 왜구 문화의 확대지향에서 일본이 다시 그 전통적인 축소지향으로 돌아오게 된 것은 일본인 자신이 원해서가 아니었다. 패전과 GHQ 치하에서 어쩔 수 없이 축소 문화를 지향할 수밖에 없었던 것이다. 오히려 그렇게 되었기 때문에 일본은 뜻하지 않게 고도성장을 하게 된다. 그것을 의식하지 않고 지금 다시 확대 지향으로 나가려 함으로써 일본인은 지금 또다시 낭떠러지에 서 있는 것이다.

일본의 축소지향은 안에서는 미덕이 되지만, 세계 무대의 입장에서 보면, 근면은 '일벌働き蜂'이 되며, '잇쇼켄메이[一生懸命]'는 세계 시장 정복의 야심이 되고 또 '이치자콘류[一座建立]'는 배타주의로 비치는 것이다.

혼다를 탄 사무라이

구미의 신문에는, 중세 때의 투구를 쓰고 일본도를 허리에 찬 사무라이가 혼다 오토바이를 타고 폭주하는 만화가 실리기도 하고 혹은 신문 1면을 새까맣게 칠하고 "일본인 때문에 이렇게 됐다"라는 선전 구호와 함께 자동차값 인하의 광고가 실리기도 한다. 《타임》지는 일본의 해외 세일즈맨을 14세기 무장 상인(왜구)이라 부르고, "다만 한 가지 다른 점은 현대의 왜구倭寇들이 도조 히데키[東條英機]²⁶⁹⁾ 시대의 군복과 총검으로 예장禮裝하지 않고, 주판을 무기로 하고 있다는 점이다"라고 혹평하기도 했다. 그것은 1970년대의 옛날 기사이므로, 자동차나 반도체의 새로운 무역

---

269) 육군 대장, 정치가. 1941년 대동아 전쟁을 일으켰을 때의 수상(1884~1948).

마찰이 일어난 1980년대의 만화에는 아마 주판은 전자계산기로, 혼다의 오토바이는 도요타의 자동차로 바뀌어야 할 것이다.

관세법을 토의하는 고색창연한 영국 하원 의회 회의장에서 백발의 의원議員은 실크해트와 우산을 손에 들고 연설했다.

"여러분, 지금 대영 제국에 남아 있는 것은, 우리 영국의 오랜 영예를 상징하는 이 실크해트와 검은 우산밖에 없소. 그러나 여러분, 잘 보십시오. 이것마저도 뒤집어 보면 메이드 인 재팬입니다."

미국에서도 같은 일이 일어나고 있다. 미국을 방문한 일본의 황태자가 카우보이 모자와 모조 피스톨을 선물로 받았는데, 뒤늦게 알고 보니 미국의 상징인 그 물건들도 메이드 인 재팬이었다. 그렇다고 그것이 일본의 잘못이겠는가? 그들은 말할 것이다. "자유 무역인 국제 경쟁에서 이긴 것뿐이다."

먼 곳의 예를 들 필요 없이 내가 이 글을 쓰고 있는 순간에 일어난 일들을 적어보기로 하자.

1981년 5월 서독의 세계적 카메라 제조사인 롤라이사가 법원에 회사 청산을 신청했을 때 현지 매스컴은 "우리가 고생해 길러 온 명문 기업이 일본의 공격 앞에 쓰러졌다"라고 보도했다. 영국에서도 서독 편을 들어서 "롤라이 사건은 유럽 기업이 일본의 도전에 패배한 극적인 예"라고 논평했다. 그렇다고 그것이 어찌 일본인의 잘못이겠는가. 그들은 말할 것이다. "국제 경쟁에서 이긴 것뿐이다."

같은 해 6월, 오메가 시계 제조 회사인 스위스의 명문 SSIH사가 터무니없는 적자를 내고 회사 간부 전원이 회사를 그만두는 일이 벌어졌다. 1975년까지만 해도 연간 6900만 개의 시계를 생산하고 세계 제1위의 왕좌王座를 누리던 회사가 일본의 디지털시계 태풍이 불어닥친 뒤 몰락의 길을 걷게 된다. 스위스의 상징이 사라진 것이다.

만엔[萬延] 원년 일본 사절단이 미국을 방문했을 때 선물 받은 회중懷中 시계며, 또 일본 최초의 철도 시계로 채용된 상표로도 유명한 도시, 월섬도 결국은 일본 수중에 들어가고 말았다. 이제 스위스 사람들이 일본인에게 그 자리를 빼앗기지 않을까 걱정하지 않아도 될 것은 아마 알프스 산뿐일 것 같다.

미국에서 유일하게 남은 오토바이 제조사 데이비드슨이 일본의 도전에 패배해 AUF에서 분리 독립했다는 기사가 나왔고, 재봉틀의 대명사였던 싱어가 일본의 전자 미싱에 밀려 스코틀랜드 공장을 그리고 1백 년의 역사를 가진 엘리자베스 공장이 일부 조립을 중단했다는 눈물겨운 모습이 보도되었다. 1백 가지 예보다도 디트로이트에 가보면 알 것이다. 마치 폭격당한 도시처럼 미국의 자동차 공장 지대는 폐허로 바뀌어가고 있는 것이다.

일본인은 구미에서 쇠퇴기에 들어간 업종을 겨냥해 '집중호우식' 수출을 함으로써 상대국의 산업을 쓰러뜨리는 진주만 공격 정책을 쓰고 있다고 비난받고 있다. 그래서 요즘 "소련(러시아)과 일본이 없다면 이 세상은 얼마나 살기 좋을까"라는 말이 구미에 널리 퍼져 있다고 한다. 소련(러시아)을 군사적 위협자, 일본을 경제적 교란자로 보고 있는 것이다.

그렇다고 그것이 일본의 잘못이라 할 수 있겠는가. 그들은 말할 것이다. "자유 무역인 개방 원칙의 경쟁에서 이긴 것뿐이다", "구미인은 자기들이 일하지 않고 게으른 잘못을 얼토당토않게 일본에게 전가한다"라고. 어떤 비난을 받아도 그것은 일본의 잘못이 아니다. 왜냐하면 일본인들은 그것이 자기네의 번영을 시기하는 질투일 뿐이라고 믿고 있기 때문이다.

그러나 클라크 교수는 일日·호주[濠] 무역에서 일본의 쇠고기 수입 방법에 대해 탄식한다. 1974년, 쇠고기 부족 소동이 일어났을 때 일본에서는 호주에 통상 사절을 급파해 쇠고기 수출량을 늘려달라고 애원했다. 호주는 국내의 수급 계획이 무너지면 인플레가 생기기 때문에 일본의 요구를 거부했으나, 끝내는 새로운 협정을 체결한다. 그래서 호주에서는 손해를 무릅쓰고 일본에게 쇠고기 수출을 늘려주었으며, 협정에 따라 생산 규모를 크게 늘리게 되었다. 그러나 일본은 쇠고기 파동이 지나고 공급 부족이 거꾸로 과잉으로 바뀌어 농민 단체의 수입 반대가 일자, 그것을 구실로 해 협정에도 불구하고 일방적으로 수입량을 줄여버렸다. 호주 쇠고기가 일본 피리에 놀아난 것은 물론이다.

이것이 바로 일본인의 '가즈노코 상법'이라는 것이다. 미국의 어부들에게서 일본인들은 비싼 값으로 가즈노코(말린 청어알)를 사 간다. 그것을 믿고 어획량을 늘리면, 곧 수입량을 줄여버리는 것이다. 결국 값이 떨어진 가즈노코는 거저 가지고 갈 정도다. 가즈노코는 일본인들밖에 먹지 않는 생선이기 때문에 팔 곳이 없다는 것을 계산에 넣은 상법이다.

한국인들 또한 예외이겠는가? 일본은 한국과의 무역에서 연간 30억 달러의 막대한 흑자를 내고 있다. 그러나 한국의 어민은 호주의 농민이나 미국의 어부들처럼 일본의 수입량을 믿고 김을 만들 수는 없는 것이다. 그래서 "일본이여, 이래도 페어플레이인가"라는 소리가 세계 도처에서 들리는 것이다.

"…… 제2차 세계 대전 후 미국은 일본에서 밀려오는 비즈니스맨들에게 매우 공개적으로 기업을 견학시켰고, 여러 가지 노하우를 제공해 왔습니다. 그런데 일본의 기업은 외국인에 대해 좀 폐쇄적인 것 같습니다. 이것은 페어플레이가 아니라는 인상을 우리에게 줍니다. 자동차 문제에 대한 미국인의 감정적인 반응도 그런 데 원인이 있는 것이 아닐까요. 국제 관계 가운데 살아가기 위해서는 '페어'한 것이 가장 중요하다고 우리는 믿고 있습니다. 그 점은 금후 일본의 커다란 문제가 될 것입니다."(T. 파스칼)

어떻든 간에 자유 무역인데 '페어'이든 '언페어'이든 일본인에게 무슨 죄가 있겠는가? 일본인들은 말할 것이다. "이기면 관군官軍이고 지면 도둑[賊]이다." 결국 일본은 실업자를 수출하고 있는 것이다. 무역 마찰은 경제가 아니라 정치 문제로 바뀔 수밖에 없다. EC의 무역 적자는 100억 달러를 넘어 폭풍 전야인데도, 일본 측은 자발적으로 자제하려는 기미가 보이지 않는다. 일본인이 하는 짓은 언제나 폭풍 다음의 '대책'이라는 비판에 대해서 일본의 통산성通産省 관리는 느긋한 태도로 대답한다.

"유럽은 어느 날 잠에서 깨어보니 지금까지 자기들의 기지였던 대유럽 공영권共榮圈 여기저기에 히노마루(일본기)가 꽂혀 있는 것을 발견하게 된 것이다. 그에 비하면 일본의 경쟁력은 절대적絶大的이다. 골프에 비긴다면 일본이 싱글이라면 유럽은 핸디 25나 26 정도일까?"(윌킨슨의 『오해』 참조)

그러나 절대적인 경쟁력을 가지고 있다고 하는 일본이 무슨 까닭으로 중진국中進國의 성장을 견제하고 있다고 다른 선진국으로부터 비난을 받고 있는가? 일본 외상外相은 한국에 중화학 부문의 기술 원조를 해선 안 된다고 공언하고 있으며, 학자들은 그것을 뒷받침하는 '부메랑 효과'라는 신용어까지 만들어내고 있다. 중진국에 기술을 제공하면 그 기술로 만들어진 상품이 부메랑처럼 다시 돌아와 일본 제품을 위협한다는 설이다.

일본이 일찍이 중진국이었을 때 미국이나 유럽에서 '부메랑 효과'란 학술어를 만들어냈었는지 과문의 탓인가, 기억에 없다.

그렇다고 일본에 무슨 죄가 있겠는가! 기술은 일본 것이니까, 주고 안 주고 그것은 일본의 자유니까!

'이 길은 언젠가 왔던 길'

근면에서 얻은 보물이므로 일본에게 죄가 있을 리가 없다. 그러나 정말 죄가 없는 것일까? 자유 무역이란 서로 대문을 열고 공존공영을 한다는 원리에서 생겨난 것이다. 그러나 일본에게는, 자기 대문은 닫아놓고 상대방 대문을 열으라는 것이 '자유 무역'의 원리인 셈이다. 그 증거로 일본 시장은 폐쇄적이어서 외국 상품은 고사하고 자기네들끼리도 자사의 물건 이외는 들어가기 힘든 유통 구조를 갖고 있다.

이솝 우화의 여우처럼 황새를 초대해 접시에 요리를 담아 내놓는 것 같은 일이 도처에서 벌어지고 있다. 그것이 이른바 비관세 장벽이라는 시장의 폐쇄성이며 일본 특유의 잔재간이다.

일본이 지금 하고 있는 것을 보면 어쩐지 옛날에 유행했던 노래의 한 구절처럼 "이 길은 언젠가 왔던 길"이라는 느낌이 든다. 1930년대에 일본 상품이 구미로 쏟아져 들어갔다. 한국을 삼켜버리고 대국 러시아를 쳐서 이기고 중국과 싸워 승리한 일본은, 대국 의식을 갖고 '축소지향'으로부터 '확대지향'의 거대주의로 옮겨 갔다. 그리고 명실공히 군사 대국의 대일본제국이 되어갔다.

그러나 확대지향은 구미 문화와의 마찰에서 제동이 걸리게 된다. 일본 상품은 보이콧당하고 관세 장벽이 높아졌다. 그래서 일본은 드디어 '참고 참던 인내심이 폭발하여' 전쟁을 일으킨다는 이른바 진주만 공격을 한다. 상대방의 빈틈을 노려 일격으로 해치우는 '진주만 공격'이야말로 '축소지향'의 나라가 확대지향으로 나갈 때 쓰는 상징적인 전략이라 할 수 있다. 그리고 싱가포르에, 말레이시아에, 카다르카나르에 일장기를 꽂으며 넓혀가면서 망해가는 것이 또한 '축소'가 '확대'로 변했을 때의 모습이다.

나는 지금 무역 문제나 지난 군국의 역사를 말하려는 게 아니다. '축소 문화'가 '확대 문화'로 옮겨 가고, 일본이 대국주의에 사로잡혀 거대화를 기도할 때 그것이 구미에 또 일본 자신에게 어떻게 나타나는가 그 문화 현상에 대해 얘기하고 있는 것이다.

넓은 공간에 대한 공포

대지에 옮겨놓은 분재

일본인이 '확대'에 약하다는 것, 즉 '우치'에서 '소토'로 나갈 경우 어떻게 되는가. 그 좋은 예로 일본인론에 자주 인용되는 미시마(三島) 부인의 자서전 『나의 좁은 섬나라(Mishima, Sumie Seo, My Narrow Isle)』의 한 구절을 읽어둘 필요가 있다. 웰즐리대학에 입학해 학생도 친구도 모두 친절하게 대해주지만 미시마의 마음은 괴롭다.

"일본인이라면 누구나가 그렇게 생각하듯이 나도 나 자신의 행동거지는 완벽하다고 생각해 왔으나 그 긍지는 무참하게도 무너져버렸다. 이 나라에서 도대체 어떻게 행동해야 좋을지 짐작도 못 하는 나 자신에 대해서 또 내가 지금까지 교육받아 온 예의범절을 비웃는 것 같은 환경에 대해서 참을 수 없는 분노를 느꼈다. 불타오르는, 그러면서도 또한 뿌리 깊은 노여움의 감정 외에는 이미 어떠한 감정도 내 안에 남아 있지 않았다"라고 그녀는 고백하고 있다.

일본인이 '우치'에서 '소토'의 공간으로, 즉 '축소'에서 '확대'의 공간으로 나가면 이 인용문처럼 '일본인이라면 누구나가 다 그렇듯이' 모두 '어떻게 행동해야 좋을지 짐작이 가지 않는다.' 그리고 '비웃는 것처럼 보이는 환경'에의 묘한 심리 상태가 되는 것이다.

그러나 "같은 동양인이라도 중국 여학생들은 대부분의 일본 여성들에게서 전혀 찾아볼 수 없는 침착성과 사회성을 가지고 있다는 것이다. 이들 상류층의 중국 여성들은 거의 공주와 같은 우아함을 지니고 세계의 참다운 지배자와 같은 품격이 있어서 나에게는 세상에서 가장 세련된 사람처럼 생각되었다. (…) 그녀들의 겁 없는 태도와 당당한 행동은, 일본 여성들의 늘 주뼛거리는 태도라든가 공연히 신경 쓰는 모습과는 너무나도 다른 대조를 보였다"라는 말도 매우 암시적이다. 중국인과의 비교를 통해서 볼 때 확대 공간에 약한 일본인의 특성이 더욱 분명히 나타나 있기 때문이다. 중국인뿐만 아니라 태국인도 그랬다고 미시마는 말하고 있는데, 그녀가 한국인을 보았더라면 더욱더 자신에게 실망했을는지 모른다.

베네딕트는 미시마의 이 문장에 대해서 "다른 많은 일본인과 마찬가지로 마치 테니스의 명수가 크로케 시합에 나간 듯한 느낌"이라고 평하면서, 그것이 일본인이 지니고 있는 덕德의 딜레마 경험이라고 분석했다. 그러나 그것은 덕과는 아무 관계도 없는 현상이다. 중국인의 덕은 일본의 그것과 조금도 다르지 않다. 미시마가 고백한 것처럼 '작은 분재' 소나무가 좁은 정원에 놓였을 때는 아름다운 예술품이 되지만, 그것을 넓은 대지에 옮겨놓으면 그 미와 특색을 상실하고 말 것이라는 그 비유에 문제의 핵심이 있다(베네딕트의 『국화와 칼』 참조).

도요토미 히데요시는 왜 실패했나

도요토미 히데요시[豊臣秀吉]가 임진왜란 때 실패한 원인도 '소토(外)'로의 확대에 대한 일본 문화의 약점을 그대로 드러낸 것이다. 고바야시 히데오[小林秀雄][270] 씨의 분석과 같이 히데요시는 기개와 도량이 장대한 영웅이었으며 결코 공상가는 아니었다. 미천한 하인 신분으로 성공하여 천하를 쥔 인물이 공상가였을 리가 없다. 그는 꼭 명明을 정복할 수 있다고 확신했고, 북경 점령을 기정사실로 보아 주도면밀한 사후 계획까지 세웠다.

히데쓰쿠[秀次][271]를 대당大唐의 간파쿠[關白][272]로 삼겠다느니, 고

---

270) 일본의 문예 평론가.

271) 도요토미 히데쓰쿠[豊臣秀次](1568~1595). 도요토미 히데요시 누이의 아들로 나중에 히데요시의 양자가 되었다.

272) 중고 시대 천황을 보좌하던 중직.

요제이 덴노[後陽成天皇][273]에게 북경에의 행차를 약속하고 황실에서도 그 의식에 대해 여러 가지 조사를 명했다는 웃지 못할 일화도 있다.

그런데 왜 졌는가? 그 전술, 그 실전 경험 그리고 탁월한 외교에 성공하여 천하 통일을 이룩한 히데요시[秀吉]는 왜 북경은 고사하고 부산에조차 발을 들여놓지 못했는가. 고바야시 씨는 한국에 건너간 당시의 일본 군대가 한반도 땅의 넓음에 놀라 간이 떨어진 것을 들어 다이코[太閤]의 착각을 설명하고 있다. 모리 데루모토[毛利輝元]가 성주星州 진영에서 자기 고향에 보낸 편지 속에는 "하여간 일언폐지하고, 이 나라의 넓고 크기란 일본보다 더한 줄로 아옵니다"라는 말이 적혀 있다. 한국 땅이 일본 땅보다 넓을 리 없다. 그러나 '우치'에서 '소토'로 나와 미지의 공간에 놓인 일본 군대에게는 곧 '넓다'는 생각이 든다. 그렇게 되면 이미 패한 거나 마찬가지다.

'넓다'는 것은 앞의 미시마[三島] 씨처럼 '어떻게 행동거지를 취해야 할지 짐작이 안 가는' 상태를 의미하는 것이다. 미시마가 아니라 에도의 인형극에 나오는 고쿠센야갓센[國性爺合戰]의 와토나이[和藤內]가 중국 땅에 첫발을 디디고 한 소리 역시 가도가도 넓은 땅, "방향을 모르는 일본인!"이라는 것이었다.

273) 제107대 천황(1571~1617).

‘1년 내에……’ 하고 시작한 전쟁이 7년이나 계속되었다. 히데요시는 전략에 패했을 뿐만 아니라 명明과의 외교에도 실패했다고 고바야시 씨는 지적하고 있다. 이에야스[家康] 상대의 국내 외교에서는 능수능란했던 히데요시도 명왕明王과의 외교전에서는 오히려 "그대를 일본 국왕에 특별히 봉하노라[特封爾爲日本國王]"라는 모욕적인 책봉을 받고 끝내게 된다.

미천한 하인 신분에서 자라 천하를 손아귀에 넣기까지 히데요시는 '축소지향'의 방법으로 나갔었다. 용의주도하고 섬세한 데까지 신경을 쓰는 것으로, 이를테면 오다 노부나가의 짚신을 품어 따스하게 한 그런 전략으로 나갈 때는 강했었다. 그러나 천하를 통일한 히데요시가 자신을 갖기 시작해 '확대지향'으로 몸을 돌리는 순간 판단력을 상실하게 되고, 대륙 침공의 황당무계한 발상을 하게 된다. 한국의 추위도 몰랐던 도요토미의 전략은 병사들에게 조리(일본 짚신)를 신겨 맨발로 싸우게 함으로써 모두 동상에 걸리게 했다. 일본군이 서울쯤에 이르면 또 칼날이 무디어져서, 사람을 쳐도 베이지 않게 되는 난센스를 범하기도 했다. 대륙 침공만이 아니라 '축소지향'의 스승이라 할 수 있는 리큐[利休]를 죽이고 와비차ゎび茶를 버린 끝에 호화로운 금은金銀 기명器皿으로 다구茶具를 바꾼다.

이렇게 '축소'의 천재와 영웅은 '확대'의 바보와 망상자가 되어 버린다. 그가 친 조선조는 그 뒤에도 300년 가까이 끄떡없이 지속해 갔지만, 히데요시의 천하는 몇 년도 못 가 망해버린다. '확대'를 지향하게 되면 그 섬세성이나 집중력을 잃고 비참한 결과를 초래하고 마는 것이 지금까지 역사 위에 나타난 일본 문화의 패턴이었다. 한국은 물론 일본인에게도 히데요시 자신에게도, 아무런 이익을 주지 못하고 깊은 상처만으로 끝난 임진왜란은 다시 되풀이되어 한국을 침략하고 중국 대륙을 공략해 끝내는 '대동아전쟁'의 세계 침공으로 파멸하게 된다. 단지 동상에 걸린 것이 원폭으로 확대된 것만 다를 뿐이다.

일본의 역사를 보면 축소지향 때는 번영하지만, 그것이 성공해 너무 순조로워지면 그것을 버리고 히데요시처럼 거대주의로 나가게 된다. 그리고 확대지향으로 향하면 지금까지의 일본인과는 전연 다른 사람이 되어 그 섬세함은 파괴되고, 판단력은 궤도를 벗어나며, 미적 감수성은 잔인성으로 바뀌어버리고 만다. 말하자면 다다미 4조[疊] 반의 다실 속에 있던 '화和·경敬·청淸·적寂'이 넓은 바다 너머로 가면, '화'는 '불화'가 되고 '경'은 '폭력'이 되고, '청'은 '탁濁'이 되고 '적'은 '소란'이 된다. 확대지향에 익숙지 않아 부정적 가치만이 드러나게 된다.

태평양 전쟁에 진 이유

히데요시와 같은 짓을 현대 역사에서 반복한 것이 태평양 전쟁이다. 일로日露 전쟁과 만주 사변滿洲事變에서 승리를 거둔 일본은 히데요시의 자신自信과 확대지향에 몸을 맡긴다. 한국은 언제나 일본의 확대지향의 첫 번째 희생자가 되어 그때도 역시 일본의 식민지 침략에 주권을 빼앗기고 만다.

메이지 유신 때는 소수 집단이 움직였는데, 그것이 성공하자 계속 확대 정책을 취해 1930년대에 들어서면 이미 옛날 군벌은 비대한 조직체가 되어버린다. 옛날 같은 판단력 결여로, 옛날 거대 공간에의 패배로, 즉 임진왜란의 복사판이 반복되었고 또한 태평양 전쟁은 원폭의 재로써 종말을 고하게 되었다. 일본 열도를 위태롭게 하는 것은 지진地震이 아니라 지나친 그 '자신自信'이다(일본어에서는 지진도 자신도 그 음이 다 같은 '지신'이다).

한국의 겨울 추위를 몰랐던 히데요시의 군대는 조리(일본 짚신)를 신고 싸웠기 때문에 몇만 명이나 되는 젊은이들이 동상으로 발이 썩어갔다. 그래도 일본 군대는 여전히 조리를 신고 싸웠다. 마찬가지로 태평양 전쟁 초기의 일본군은 포위 전법으로 연승한다. 그러나 그 전법이 탄로나서 연합군의 새로운 전략에 패하는데도, 일본군은 여전히 같은 포위 전법을 반복했다. 그래서 연패하게 된다.

이와 같이 확대를 지향할 때는 그 유연하고 기민한 '가마에(태도를 취하는 것)'의 천재들도 외곬으로 치닫는 우자愚者가 되어버리고 만다. 심한 예로는 연합군에게 암호暗號 해독이 탄로났는데도 그것을 그대로 쓰는 일까지 있었다.

피부로 느끼는 것은 잘해 나간다. 진주만 기습이나 가미카제[神風]와 같은 육탄 전법은 잘해 나간다. 그러나 그것은 씨름[相撲]에서 말하는 한순간의 '밀어내기'와 같은 기술로 레슬링처럼 아무리 넘어져도 양 어깨만 땅에 닿지 않으면 되는 시합에서는 별로 쓸모가 없다. 막연하고 추상적인 상황에 이르면 어찌할 도리가 없다. 태평양 전쟁에 진 원인은 백을 세건, 천을 세건 결과적으로 요약된 것은 '확대'에 약한 일본적 특성이었다.

진주만 공격 그 자체의 발상은 빈틈을 찔러 일순 일격一擊으로 이긴다는 일본의 검술과 씨름에서 나온 것이다. 그러나 그 씨름판[土俵]은 너무나 넓었다. 이렇게 분재의 모요기[模樣木]를 지평선이 보이는 평원에 심으려 할 때 일본은 언제나 커다란 과오를 저지르게 된다. 그런데도 일본인들은 그 사실을 잘 모르고 있나 보다. 제2차 세계 대전의 전범戰犯이 처형된 형무소 땅에 일본인들은 '선샤인 시티'라는 거대한 빌딩을 지어 그들의 부를 자랑하고 있는 것이다. 살 만해지니까 또다시 확대지향으로 발걸음을 옮기기 시작한 것이다.

탈출과 회귀의 일본적 조건

아쿠타가와[芥川]의 소설「도롯코」

일본 문화를 논할 때 언제나 머리에 떠오르는 작품이 하나 있다. 역시 이것도 축소 문화라 할 수 있는 아쿠타가와 류노스케[芥川龍之介][274]의 소품「도롯코トロッコ」[275]이다. 다른 나라에서는 이렇게 짧은 소설이 이같이 널리 읽혀지고 사랑받은 예가 드물 것이다. 그 작품이 어째서 그렇게도 일본인들에게 사랑을 받았는가. 나는 거기에서 일본인의 감출 수 없는 의식의 한 단면을 보게 된다.

여덟 살 먹은 소년 료헤이[良平]는 어느 날 마을 밖 공사장에서 흙을 운반하는 '도롯코'를 보러 간다. 그저 호기심에 간 것인데 우연히 도롯코에 타게 된다. 소년이 한낮이 지난 공사장에 우두

---

274) 소설가(1892~1927).

275) 사람들이 밀고 다니는 탄광차 같은 작업용 선로차.

커니 서 있다가 젊은 두 남자가 도롯코를 밀고 있는 것을 본다. "아저씨 밀어줄까요?" 한다. 그래서 료헤이가 힘껏 밀기 시작하자 두 사나이는 꼬마가 제법 힘이 세다고 칭찬해준다. 료헤이는 신이 나서 도롯코 위에 올라타고, 하오리(일본 웃옷) 자락을 바람에 펄럭이고 귤 냄새를 맡으면서 기분 좋게 노선을 달린다. 대나무숲, 잡목 숲 그리고 약간 썰렁한 넓은 바다가 열린다. 그것을 보고 너무 멀리 떠나온 것을 갑자기 느끼게 된다.

도롯코가 멈추고 사나이들은 저희끼리만 가게로 들어간다. 료헤이는 혼자의 힘으로는 움직이지 않는 차 바퀴를 발로 차보기도 하고 밀어보기도 하다가 날이 저무는 것을 느낀다. 그런데 사나이들은, 자기들은 돌아가지 않을 테니까 빨리 혼자 집으로 가고 말한다.

료헤이는 겁이 나서 급히 집으로 가려고 한다. 주머니 속의 과자도 내버리고 만다. 눈물이 솟는다. 왼편에 바다를 느끼면서 언덕길을 따라 기를 쓰고 뛴다. 하오리도 길바닥에 벗어 던지고 겨우 마을에 당도하니, 집들은 전등불이 켜지고 우물에서 물 긷는 여인들과 밭에서 돌아오는 남자들이 보인다.

료헤이는 집 대문으로 들어서는 순간 소리 내어 울고 만다. 그먼 길을 마음 졸이면서 뛰어온 일을 생각하니 아무리 소리 질러 울어도 마음이 풀릴 것 같지 않다. 료헤이는 식구들이 달래도 계속 울기만 한다.

이것이 「도롯코」의 줄거리다.

도롯코를 타고 낯선 사람들과 마을 밖으로 나간다. 그것은 료헤이의 '확대지향'을 나타내고 있다. 도롯코 노선가에 펼쳐지는 묘사를 보아도 자기 마을, 공사장, 귤밭, 바다 순으로 점점 그 공간의 이미지가 넓어진다. 처음에는 도롯코와 낯선 사람과 또 처음 보는 경치에, 바람에 부풀어 오른 하오리 자락처럼 마음이 팽창한다.

그러나 그 남자들과 떨어져 혼자가 되어 저녁녘에 집으로 돌아오는 료헤이는 정반대의 모습을 하고 있다. 불안해하고 마음을 죄면서 죽을 힘을 다해 집으로 돌아온다. '확대'의 실패다. 밖에서 안(집)으로 돌아오는 것은 '축소지향'의 본래적 모습이다. 아쿠타가와[芥川]는 전형적인 일본 사람이었다. 그리고 당연히 이것을 좋아하는 독자들도 역시 전형적인 일본인이라 할 수 있을 것이다.

미국 문화와 허클베리 핀의 모험

이와는 달리 미국인의 정신을 논할 때 사람들이 자주 인용하는 소설은 『허클베리 핀의 모험』이다. 「도롯코」와 비교해보면 우선 양적으로도 그렇지만 여러 가지 대조적인 상징을 발견할 수 있다. 허클베리는 어른들을 따라가지 않았으며 도망친 노예 소년과

짐, 도롯코가 아닌 뗏목을 타고 미시시피 강을 내려갔다. 허클베리는 딱딱하고 틀에 박힌 생활이 싫어서 마을을 도망친 것이다.

료헤이[良平]와 허클베리를 비교해보자. 료헤이가 아무리 확대지향성을 보였어도 그것은 그날로 돌아올 수 있는 마을 밖이다. 도롯코 그 자체가 사방에 칸이 막혀 있는 상자이며, 또 노선 위를 달리는 차다. 그러나 허클베리의 뗏목은 도시락통처럼 좁은 울타리가 있는 게 아니다. 널찍한 개방 형태이다. 또 레일 위를 달리는 게 아니라 거친 물살의 대하와 함께 한없이 흘러 내려가는 모험이다. 허클베리는 뗏목이 부숴지기도 하고 붙잡히기도 하면서 갖가지 위험을 만나지만 집으로 돌아가려 하지 않는다. 료헤이는 울면서 집으로 돌아오지만, 허클베리는 울지 않았고 또다시 탈출과 모험을 생각한다.

료헤이는 '축소지향적 문화'의 어린이이며, 허클베리는 '확대지향적 문화'의 어린이다. 동시에 도롯코의 세계에서 우리는 일본의 '확대지향'의 한계를 보게 된다. 료헤이는 마치 개화기에서 현재까지의 일본 역사를 나타내는 상징같이 보인다.

가령 젊은 두 사나이를 유럽과 미국이라고 생각해보자. 료헤이는 도롯코를 밀면서 마을로부터 확대의 '소토(外)'로 나간다. 처음에는 두 사나이에게 칭찬을 들었다. "꼬마가 제법 힘이 센데."

러시아를 물리치고 중국에게 이겼을 때 구미인은 그렇게 말했다. 그러나 두 사나이에게 버림받고 혼자서는 움직이지도 않는 도롯코를 발로 차고 밀고 할 때의 료헤이는 어쩐지 신경질적이고 고독하게 보인다. 1930년대 일본의 모습 같기도 하고, 구미와의 심한 무역 마찰에 의해 국제적 고립에 빠질지도 모르는 미래의 일본 모습일는지도 모른다. 료헤이는 어린아이였기 때문에 과자를 버리고 하오리도 벗어 버린다. 그리고 계속 우는 것으로 마음 졸이는 먼 길의 귀환을 끝마치지만, 현실의 역사는 그렇게 손쉽지만은 않을 것이다.

축소 문화로의 회귀는 가능한가

일본은 근대화 이후 서구 문화의 접촉 과정에서 확대지향성을 본받게 된다. 구미歐美에의 동경은 다름 아닌 확대지향의 꿈이었던 것이다. 태평양 전쟁에 패함으로써 일본은 다시 축소지향으로 돌아오게 되고, 거기에서 경제 성장의 기적을 이룩했지만, 아직도 자신들이 지니고 있는 문화의 본질을 깊이 깨닫지 못하고 있는 것 같다. 축소지향적인 전통을 왜소한 것, 빈약한 것쯤으로만 생각하고 그 속에 담겨진 적극적 가치를 잊고 있는 것이다. 군국주의 때의 일본 엘리트의 요람이었던 일고一高 학생들을 비롯해, 대부분의 젊은이들이 불렀던 은어, 료가(기숙사에서 불리는 노래), 유행가 등을 분석해보면 확대와 거대주의의 야망이 나타난다. "청년이여, 대망을 품어라"라는 삿포로대학 클라크 교수의 그 평범한

말이 셰익스피어의 말보다도 더 인구에 오르내리게 된 것은 그것
이 확대지향으로 치닫는 당시의 일본인들에게 적시타의 감동을
주었기 때문이라고밖에 해석할 수 없다.

"히말라야 산에 올라가서 소변을 보면 고비 사막에 무지개가
생긴다"라는 잡가도 마찬가지이고, 데카르트와 칸트, 쇼펜하우
어를 '데칸쇼'라고 한 묶음으로 해서 불렀던 유행가들도 모두 거
대주의 신봉에서 나온 것들이다.

료헤이처럼 확대지향이 무너졌을 때 일본인들은 본래의 '4조
[疊] 반', 꽃꽂이가 있고 분재가 있는 조용한 '다다미' 방으로 돌아
오려고 하지만, 거대주의에 대한 꿈이 저질렀던 자신의 문화에
대한 철저한 반성 없이는 그 귀환이 어려워진다. 그러한 자기 분
석이 없었기 때문에 한국을, 아시아를 짓밟았던 과거의 죄악에
대해서 진실로 뉘우치는 영화 한 편, 시 한 편, 소설 한 편이 제대
로 없다.

서구의 식민주의자들이 제2차 세계 대전 후에 자기네들의 잘
못을 스스로 고발하고 심판하고 참회한 것과는 너무나 대조적이
다. 일본인들은 '료헤이'처럼 울 줄은 알아도 참회할 줄은 모른
다. 그래서 '고백'은 있어도 '참회'는 없는 것이 일본 문화의 특성
이라는 말도 있다. 그러한 참회 없이 다시 일본이 밖으로 나가고
있기 때문에 군국주의 때 부르던 그 군가가 다시 지금 도쿄 거리
로 울려 퍼지고, '야스쿠니진쟈'의 벚꽃은 화약 냄새를 풍기면서

해마다 그 핏빛을 더해가는 것이다.

진정한 확대주의자라면, 이를테면 허클베리 핀 같은 의미에 있어서의 확대지향성이라면 '칼'이나 '주판'의 힘에 의존하려고 하지는 않을 것이다. 칼로 영토를 넓히고 주판으로 시장을 넓히는 확대주의는 진정한 확대일 수 없다. '사랑'이나 '예술'이나 '진리'의 발견이야말로 인류의 구석구석에까지 번지는 확대의 힘이다.

제2차 세계 대전 후에 울고 돌아온 '료헤이'는 그것을 깊이 깨달았어야만 했다. 그러지 못했기 때문에, 그릇된 확대지향의 역사를 깨끗이 청소하지 못했기 때문에, 일본은 다시 만주 침공 때와 같이 전 세계로부터 비난을 받고 있는 것이다. '고립하는 대국'이라는 유행어가 바로 그러한 일본의 입장을 웅변 이상으로 잘 나타내주고 있다.

명예 백인名譽白人의 탄식

백인이 되는 일본인들의 꿈

"던힐의 라이터를 가져도, 구찌의 구두를 신어도 일본인은 백인(혹은 흑인)이 될 수 없다." 와타나베 쇼이치[渡部昇一] 씨는 「레토릭의 시대」에서 이렇게 썼다. 와타나베 씨의 레토릭이 어떤 것인지는 모르나 케네스버크의 레토릭 이론에 따르면 모든 주장主張은 동시에 반대의 진술을 내포한다. "미는 진실이며, 진실은 미다"라는 키츠의 시구는, 미는 진실이 아니고, 진실은 미가 아니라는 일반적인 진술을 나타내는 말이기도 하다. 그것이 틀림없는 사실이라면 아무도 그런 주장은 하지 않을 것이다. 한국의 어느 지식인이라 할지라도 한국인들에게 "우리는 백인이 아니다. 황색 인종이다"라고 당연한 사실을 주장한 사람은 없다. 일본인은 백인이 될 수 없다고 주장하는 와타나베 씨는 동시에 지금까지 일본인은 백인이 될 수 있다고 믿고 있었다는 것을 반증하고 있는 셈이다.

일본인이 백인이 될 수 있다고 믿어온 것도 그리고 그것이 하나의 망상에 지나지 않음을 깨닫게 된 것도, 일본인 자신의 생각이라기보다는 백인의 생각에 따른 경우가 많다.

서구인이 일본을 아시아권圈에서 빼내어 유럽권의 일원으로 대우하려고 한 생각은 일찍이 1815년 바타비아학예협회에서 연설한 래플스의 말 가운데서도 알 수 있다. 래플스에 의하면 일본인은 매우 활기에 찬 국민이며, 그 육체나 정신의 힘은 일반 아시아인과 같은 계열이 아니고 훨씬 유럽인에 가깝다는 것이다. 그리고 일본인과 중국인은 작고 긴 몽골족의 눈만이 유일하게 닮은 특징인데, 그것을 제외하면 일본인의 용모는 남성적이고 완전히 유럽적이라고 했다.

이 지적이 사실이라면 태평양 전쟁 당시 미국인이 적군인 일본인과 자기네 편인 중국인을 외관상으로 어떻게 식별할 것인가를 연구하려고 고심했다는 난센스도 없었을 일이다.

그런데도 일본 여성의 얼굴은 유럽 귀부인의 피부색처럼 희다고 한 래플스의 말은 그대로 통용되고 있을 뿐 아니라, 지금도 이미지상의 문제만이 아니라 현실에서도 그렇게 통하고 있는 것이다.

인종 차별로 유명한 남아프리카 연방에서는 일본인은 '명예 백인名譽白人'으로 분류되어 있다. 그들은 같은 황인종이면서도 백인 곁에 앉아 백인과 같은 대우를 받고 있다. 그래서 일본인은 자기네들이 황인종이라는 사실을 가끔 잊어버리고 만다. 그러나 구미에서는 일본인을 명예 백인으로 대우하다가도 그들이 너무 자기들 사회에 깊숙이 들어와 경쟁자로서 행세하면, 래플스가 말한 흰 피부색은 점점 노랗게 변해버린다.

그리고 백인과 같다고 한 래플스의 일본인 얼굴은 일본 제품을 받아들이지 말라고 외치는 에피모프(『일본인을 스톱시켜라』의 저자)의 시대에 오면, 갑자기 노예로서의 가치조차 없는 '눈이 찢어져 올라간 빈상貧相'으로 변하고 만다. 서구 제국이 아시아와 아프리카를 약탈하고 성스러운 석관石棺이 도굴되며, 사람은 노예로 끌려갈 때, 유독 일본 열도의 황인종만이 머리카락 한 올조차 다치지 않았던 이유는 무엇인가? 그것은 서구인들이 일본에서 약탈할 만한 자원이 없다는 것을 알았고, 뿐만 아니라 일본인의 그 빈약한 생김새를 보면 노예로 잡아다 쓸 만한 값어치조차 없다고 생각했기 때문이라고 에피모프는 말하고 있다.

박쥐의 영광과 비극

구미인으로부터 '명예'를 거절당하면 문득 자신은 진짜 백인이 아니고 어디까지나 일본인이라는 것, 즉 일본인은 백인이 될 수 없다는 것을 깨닫는 쓸쓸한 순간이 오는 것이다.

그때 자기 자신을 되찾으려는 노력이 시작된다. 그리고 탈아시아주의가 아시아주의로 돌아와 '동양인으로의 복귀'가 시작된다.

그러나 돌아오는 것도 그리 간단한 문제가 아니다. 명예 백인으로 살아온 일본인은 순수한 백인이 될 수 없는 것처럼 순수한 황인종도 될 수 없다. 바꿔 말하면 어느 쪽에서도 동질성同質性을 발견하기가 어려운 것이다. 와타나베 씨는 "일본인은 백인이 될 수 없다"라고 했는데, 일본인에게 있어 참으로 중요한 것은 '일본인은 황인종도 될 수 없다'는 현실이다.

'새'도 아니고 '짐승'도 아닌 우화 속의 박쥐와 비슷하다. 처음에는 그래도 승자의 영광에 잠길 수 있지만, 마지막에는 어느 편에서도 끼워주지 않는 고립감을 맛볼 수밖에 없는 것이다. 그것이 일본이라는 '박쥐 문화'의 영광과 비극이다.

영어를 배우고 던힐 라이터를 갖고, 구찌의 구두를 신으면 일본인이 백인이 될 수 있다는 것이 안이한 생각이라면, 일본인이 일본론과 일본인론을 쓰고 다실에서 정원을 바라보면 잃어버린 자아를 재발견하고, 수상이 아시아를 순방하면 황색 인종 측에 낄 수 있다는 것도 또한 안이한 생각에 지나지 않는다. 오디세우스의 고난은 트로이로 출정할 때만 있었던 게 아니라, 고향으로 개선할 때도 어려웠었다는 것을 생각하지 않으면 안 된다.

일본 문화는 지나치게 잘될 때 바로 파멸의 씨앗이 들어 있는 경우가 많다. 잘되어가면 대국 의식이 싹트고 '축소'에서 '확대'로 전환하려 한다. 축소지향을 초라하고 빈약한 것으로 알고 내뱉는다. 축소로 가면 커지고, 커지려고 확대로 가면 거꾸로 작아지는 것이 일본 문화의 양식이어서 거대주의에로 전향할 때는 일본은 물론 이웃 나라까지 시끄러워진다. 히데요시의 한반도 침략, 한국과 만주의 식민지화, 태평양 전쟁이 그 대표적인 예이다.

군국주의 시대에 가장 애창된 국가 '기미가요(일본 국가)'의 한 구절에도 "조약돌이 바위가 될 때까지"라는 거대주의, 팽창주의의 싹이 배태되어 있다.

지금의 초등학교 학생들은 점점 평균 체위가 커져서 일본의 문부성은 지금까지의 표준 책상의 사이즈를 더 크게 했다 한다. 그것이 몸집이 커지고 책상이 확대되는 얘기라면 불안해할 것은 없다. 그러나 경제의 고도성장과 함께 점차 거대화되는 일본인의 '의식의 책상'에 대해서는 좀 더 냉철하게 생각해봐야 할 것이다.

지금 일본에서는 '경제 대국'이라는 말이 빈번히 사용되고 있다. 일본에서는 '국國' 자 앞에 '대大' 자가 붙으면 반드시 좋지 않은 일이 생겼었다. 제2차 세계 대전 때의 일본 군국주의자들의 꿈은 거함거포주의巨艦巨砲主義였다. 『재팬 이즈 넘버원』, 『초대국 일본』 또는 『일본의 시대가 온다-경제 대국에서 정치 대국으로의 길』 등 수상한 제목의 책들이 국내외에서 빈번히 나타나기 시작하는 것은 일본인에게는 그리 반가운 일이 못 된다.

무엇을 위한 대국이며, 무엇을 위한 세계 제일인가. 왜 그다지도 성급하게 구는가? 종래의 '축소 문화'로 따라가서 '확대 문화'로 추월하자는 것이 일본인의 전략인가.

일본인은 큰 것을 오니(귀신, 도깨비)라고 생각했던 것을 잊어서는 안 된다. 일본의 국제교통안전학회國際交通安全學會가 발표한 「사회적 속도의 지표화[社會的速度の指標化]」(1979)에는 길을 걷는 보행 속도가 세계에서 제일 빠른 국민이 일본인으로 되어 있다. 초속 1.67미터의 속도로 걷는 오사카[大阪] 시민이 세계 제1위고, 1.56미터로 걷는 도쿄 시민이 제2위, 그것에 비해 파리 시민은 1.46미터밖에 안 되는 거북이 걸음이다. 일본에서 제일 늦은 가고시마[鹿兒島] 시민의 1.33미터도 마닐라 사람보다 빠르다고 한다.

이는 그저 보행 속도만의 얘기가 아닌 것 같다. 도대체 이렇게 성급하게 걷는 목적지는 어딜까. '쫓아가서 앞지르자'가 실현되어 가는 1980년대의 일본이 바라보고 걷는 지평은 어디에 있는가?

파랑새의 행복을 찾는 해답이 추녀 끝에 있듯, '축소'와 '확대'의 문화에 대한 답도 미래에 있지 않고 지나간 옛날의 시간에 있다고 생각한다. 『고지키[古事記]』에 나오는 가라노[枯野]의 배 이야기다. 겸허함도 섬세함도 다 잊어가고 있는 듯한 일본, 부드러운 옷 속에 숨겼던 무쇠의 투구가 조금씩 조금씩 그 정체를 드러내고 있는 이때 일본이 선택하는 길은 '축소'인가 '확대'인가!

우리는 그 가라노의 배를 통해서 축소지향의 일본 문화가 지니고 있는 여러 문제를 명쾌하게 풀 수 있는 황금의 열쇠를 얻을 수 있을 것이다. 그러면 마지막으로 그 신화를 읽어보기로 하자.

도깨비가 되지 말고 난쟁이가 되라

"이 세상에 도노키[兎寸] 강 서쪽에 높은 나무가 있었습니다. 그 나무 그림자는 아침 해가 비치면 아와지[淡路] 섬까지 이르고, 석양이 비치면 가와치[河內]의 다카야스[高安] 산을 넘었습니다. 그런데 이 나무를 잘라 배를 만들었더니 매우 빠른 배가 되었습니다. 그 배 이름을 가라노[枯野]라고 했습니다. 그래서 이 배로 아침저녁, 아와지 섬의 맑은 물을 길어 귀인의 식수食水로 썼습니다. 이 배가 부서진 다음, 그 재목으로 소금을 굽고, 그 타다 남은 나무로 고토[琴](거문고와 비슷한 일본 현악기)를 만들었더니 그 소리가 온 나라[七鄕]로 퍼져 울렸습니다."

큰 나무를 잘라 배를 만든다는 것은 거대한 수목이 축소된 것을 의미하나, 반대로 그 축소에 의해서 거목은 가동적인 물건이 되어 더 넓은 바다를 달릴 수 있게 되었다. 그 배는 태워져 더 작은 고토가 된다. 그러나 그 고토 소리는 배가 달린 바다보다 더 넓은 온 누리[七鄕]에 울려 퍼진다.

거대한 나무가 배가 되고 그것이 다시 고토가 되어 점점 축소 되어 가면서 그와는 반대로 보다 넓은 세계에 그 힘이 미치게 된 다. 여기에 또 무슨 말을 더 붙일 필요가 있겠는가?

일본의 축소 문화는 타다 남은 나무로 고토를 만드는 것에 의 해 더 넓어질 수가 있을 것이다.

원래 일본 문화는 도노키의 거목처럼 거대한 문화였다. 고분에 서 출토된 하니와[埴輪][276], 도다이지[東大寺][277]의 대불상, 또 36장 丈이나 되는 이즈모타이샤[出雲大社][278]나 세계에서 제일 크다는 닌 토쿠료[仁德陵][279] 등을 보더라도 모두 다 거대하다. 그것이 헤이안 [平安] 시대부터 무로마치[室町]로 들어서면서 깎이고 축소되어 대 륙 문화와는 구별되는 일본 문화를 만든 것이다. 그러므로 지금 의 일본 문화는 거목을 축소해 배를 만든 제1단계의 축소 문화에 지나지 않는다.

'구니[國]'라면 자기의 고향을 뜻하는데, 그것은 넓은 의미에서 는 일본의 나라[國]가 된다. 구니가 이처럼 두 가지 의미로 사용되 고 있는 것과 같이 봉건 국가에서 근대 국가까지 일본은 교묘하

---

276) 일본에서 옛날 무덤 주위에 묻어두던 찰흙으로 만든 인형. 동물 따위의 상像.

277) 나라[奈良]에 있는 큰 절.

278) 시마네 현[島根縣]에 있는 유명한 신사神社.

279) 제16대 닌토쿠 덴노[仁德天皇]의 묘라고 전해지는 능陵. 거대한 전방후원분前方後円墳의 전형.

게 그 단계를 넘어선 것이다.

축소하기 위해서는 우선 그 테두리가 넓어지지 않으면 안 된다. 그러나 일본의 의식은 세토나이카이[瀬戸内海]의 바다에 둘러싸여 태평양 등 일곱 바다로 퍼지지 못하고 있다. 일본인에게 있어 세계는 언제나 '소토'에 있는 것으로 생각되는 것 같다. 국제적인 시민 의식도 빈약하다. 배가 맑은 물을 길어 귀인의 식수로 바치는 단계다. 달러를 길어 오는 배…… 그것이 현대 상업주의 문화와 맞붙게 된 축소 문화, 즉 트랜지스터, 탁상 전자계산기, 비디오, 디지털시계 등이며, 드디어는 반도체의 마이컴 문화이다.

그러나 더 확대하기 위해서는 그 상업주의적 확대인 배의 문화를 부숴서 태우지 않으면 안 된다. 그리하여 물건의 차원, 그 상품 자체가 달라지는 새로운 축소 문화를 만들어가야 한다. 그것이 '가라노의 소금과 고토[琴]'이다.

과연 그것이 무엇인지 우리는 잘 모른다. 그것은 우리 세대가 한 번도 경험하지 못한 것 그리고 미래의 우리 아이들의 것이기 때문이다. 그러나 분명히 말할 수 있는 것은, 우리가 타고 있는 이 문명의 배가 부서져 해체되고 그것을 태운 재에서 다시 탄생하는 그 어떤 것, '죽음의 재'가 아니라 고목枯木의 가지에 꽃을 피우는 하나사카지지[花咲爺]280)의 재와 같은 것, 거친 바닷물이 생명

---

280) 고목에 재를 뿌려 꽃을 피웠다는 옛날이야기.

의 소금으로 결정結晶되어 번쩍이는 것, 또 물질문명의 배가 타버린 자리에서 만들어진 작은 고토 그러나 그 소리가 사람의 마음을 흔들고 온 누리에 7대양七大洋의 구석구석에까지 울려 퍼지는 것, 그렇게 아름다운 것이 되리라는 것이다.

일본은 지금 세계 시장에 상품을 내놓고 있는데, 세계를 정신의 시장으로 생각하고 사랑이라는 상품, 생명이라는 상품, 살아가는 진정한 행복의 상품을 만들어내지는 못하고 있다.

그래서 『일본 침몰日本沈沒』[281)이 베스트셀러가 되는 나라다. 그것은 인류의 종언이 아니라 일본인만의 위기를 나타낸 것이다. 말하자면 한 지방의 방언으로 씌어진 작품이다. 번영도 일본인만의 번영이었기 때문에 침몰도 일본인만의 것이 되는 셈이다. 인류와 함께 공존하는 번영의 국제 감각이 아직 일본 문화에서는 찾아보기 힘들다.

일본인의 '우치'라는 의식이 7대양까지 퍼져 그것을 하나하나의 마음에 축소해 넣으려면 상품만으로는 불가능하다. 그것은 한때 일본인이 '군사 대국軍事大國'의 칼로 하려 했던 일을 이제 '경제 대국經濟大國'의 주판으로 수행하려 함에 불과하다. 그것은 칼도 주판도 아닌, 고토[琴]와 같은 악기, 만인에게 공감을 줄 수 있는 생명의 울림이어야 한다. 그것이 지금껏 한 번도 일본이 시도

281) 고마쓰 사쿄[小松左京]의 공상 과학 소설.

해본 적 없는 문화주의의 힘인 것이다.

같은 쇠를 가지고 일본이 세계에서 제일 잘 드는 일본도日本刀를 만들고 있을 때, 한국인들은 세계에서 제일 크고 잘 울리는 에밀레종을 만들었다.

칼로 쌓아 올린 역사의 그늘에는 반드시 누군가 그 칼에 찔려 피를 흘려야만 한다. '주판'으로 돈을 버는 역사에는 반드시 빼앗기고 손해를 본 사람의 눈물과 배고픔이 넘치게 마련이다. 그러나 '종'은 아무것도 빼앗지 않는다. 그 울림은 오직 생명 같은 감동을 줄 뿐이다. 그러므로 종이나 고토로 얻은 승리와 영광은 만인의 것이다. 아무도 그것 때문에 피를 흘리거나 눈물을 흘리지 않을 것이다. 아니 그 고토를 타는 사람이나 듣는 사람이나 그것에는 함께 어울려 융합하게 된다. 이 희열의 공감, 칼이나 주판과 달리 나눌수록 오히려 그 공감이 풍부하고 강하게 되는 힘 위에 나라의 번영을 쌓아야 한다.

에도 막부 말기에 가와이 게이노스케[河井繼之助]²⁸²⁾가 사이고 다카모리[西鄉隆盛]²⁸³⁾에게 말했다. "이제부터 자네들은 사무라이[武士]가 되지 말고 상인이 되거라." 그 충고 때문인지 지금의 일본인은 모두 조금씩 상인이 된 것 같다. 문화인도 정치가도, 과학자도······.

---

282) 에도 시대 말기 나가오카 한[長岡藩](지금의 니가타 현 중부)의 중신重臣.

283) 메이지 유신의 공신(1827~1877).

그리고 '해 돋는 나라'는 '엔円이 솟아오르는 나라'가 되었다.

그러나 테레사 수녀의 말이 생각난다. 이 지구상에는 기아 지대飢餓地帶가 두 군데 있다. 하나는 아프리카, 또 하나는 일본이다. 전자는 물질적인 기아이고, 후자는 정신적인 기아이다.

온 세계 사람들에게 공감을 주는 것은 사무라이의 칼이 아니라, 료안지와 같은 아름다운 세키테이[石庭]다. 그런 정원을 만들고 맑고 고요한 다실 문화를 낳은 일본인, 설사 역사를 피로 씻은 사무라이 사회의 살육이 있었다 해도 그것을 속죄하기에 충분한 아름다운 꽃의 문화를 만들어낸 일본인……. 그러한 일본인들은, 일본의 역사 속에서 한 번도 그 주인이 되지 못했다. 칼을 가진 자와 주판을 가진 자만이 역사를 지배했던 것이 일본의 비극이었다. 이제부터 '군사 대국', '경제 대국'이 아니라 '문화 대국'의 새 차원으로 역사를 이끌어가야만 확대지향성도 제 빛을 차지할 수가 있을 것이다. 일본인의 축소지향력은 정원을 만들고 다도茶道와 화도華道를 만들었다. 그다음에는 트랜지스터를, 탁상 전자계산기를 만들었다.

앞으로는 그 고토와 같은 생명의 울림을 만들어가야 할 것이다. 더 커지고 싶으면, 참다운 대국이 되고 싶으면, 더 작아지지 않으면 안 된다.

도깨비[鬼]가 되지 말고 난쟁이[一寸法師]가 되라. 배를 태워 고토를 만들라. 그 소리가 7대양에 울리도록…….

『축소지향의 일본인』이 나오기까지

이 책을 쓰려고 계획한 것은 내가 1973년 프랑스에 머물고 있을 때의 일이다. 그러니까 의식 비평意識批評의 한 방법으로 일본 문화의 텍스트를 읽어보려고 한 것은 일본보다도 프랑스에서 시작된 착상이다. 롤랑 바르트의 『일본론』과 조르주 플레의 『플로베르론』 등을 읽으면서 내 머리에 문득 떠오른 것이 '축소지향'이라는 개념이었다. 그것으로 일본 문화를 조명해보면 한국과 분명히 다른 일본의 나상裸像을 볼 수 있을 것이라는 막연한 자신감이 들었던 것이다.

당시 『문학사상文學思想』 잡지 관계로 자주 대하던 삼성출판사 김봉규金奉圭 사장이 그 말을 듣고 그 책을 일본에서 한번 출간해보자고 제의를 해왔다. 배 안에 있는 아이를 놓고 혼담을 나누는 격이었지만, 무엇인가 가슴속에서 뜨거운 것이 끓어오르는 것을 느꼈다. 분노와도 같은 것, 한恨과도 같은 것 그리고 무슨 도전과도 같은 긴장……. 그것은 아주 복합적인 감정이었다.

나는 초등학교에 들어가던 그날부터 제 나라의 모국어를 말하지도 쓰지도 못하는 언어의 수인囚人으로 자라야 했다. 해방이 되고 난 뒤에 비로소 '가나다'를 배운 세대였다. 내가 문필 생활을 하게 되면서부터 줄곧 이 모욕받은 역사의 빚을 어떤 형태로든 청산해야 된다는 생각이 따라다녔다. 그래서 나는 그때 김 사장에게 이렇게 말했다.

"좋습니다. 단 한 번만이라도 좋습니다. 내가 쓴 책을 일본 사람들이 전차 안에서 읽고 있는 모습을 볼 수 있다면 내 평생의 소원 하나가 풀리는 것입니다."

물론 유치한 복수심만은 아니었다. 무엇인가 그들에게 '나'를, '한국인'을 증명해 보이지 않으면 안 된다는 강박 관념 같은 것이 있었기 때문이다.

그러나 그 뒤 분주한 나날로 모든 것을 깨끗이 잊어버렸고, 김 사장의 소개로 우연히 알게 된 일본 가쿠세이샤[學生社]의 쓰루오카[鶴岡] 사장으로부터 책을 내자는 권고를 받게 되었다. 계약을 맺고 난 뒤 거의 8년 동안 나는 틈만 있으면 일본 문화론을 읽고 자료를 수집하고 그 준비를 해왔었지만, 감히 한 권의 책으로 완성할 엄두를 내지 못하고 있었다.

그러나 그중에서 한 부분만을 일본어 잡지 『아세아공론亞細亞公論』에 발표할 기회가 있었고, 그것이 계기가 되어 일본의 '국제문화교류기금'의 초청을 받아 1년간 동경대학에서 연구 생활을 하게 된 것이다.

읽고 또 읽었다. 반년 만에 1천 매가 넘는 원고를 그것도 서툰 일본어로 쓰고 또 썼다. 밤과 낮이 없었다. 세모도 새해도 없었다. 내 일본어 문장을 고쳐 쓰기 위해서 재일 한국인인 번역가 이은택李銀澤 씨가 내 셋방으로 찾아오는 경우 외에는 초인종을 누르는 소리도 전화벨 소리도 울리지 않았다.

탈고하는 날 나는 처음으로 겸허하게 무릎을 꿇었다. "감사합니다. 내가 다시 글을 쓸 수 있게 해주신 것을 감사드립니다. 나는 아무것도 원치 않습니다. 다만 소원이 있다면 보잘것없는 이 하얀 원고지 위에서 숨을 거두게 하소서."

그러나 집으로 장거리 전화를 걸었을 때 한 말은 단 한마디 "나 글 다 썼어……"였다. 감격도 기대도 열정도, 아무것도 남아 있지 않았다. 그것은 다 사위어버린 숯덩어리와도 같은 것이었다.

이 책이 일본에서 베스트셀러가 된 뒤, 한국어판을 찾는 독자들이 늘고, 출판사에서 독촉이 심했지만 이미 쓴 글씨에 다시 개칠을 하는 것 같아 차일피일 미루어오기만 했다. 뿐만 아니라 한국과 일본의 차이점만을 적어간 것이라서 한국어로 번역될 수 없는 부분이 반이 넘을 정도였다. 제목부터가 실은 번역이 불가능한 책이다. '축소'라고 번역되어 있지만, 일본의 원말로는 '지지미'이다. 그 어감은 '죄다', '줄이다', '오그라뜨리다' 등의 개념을 담고 있어 꼭 꼬집어 우리말로 옮길 수 없는 말이다. 그리고 이

글은 일본 문화를 잘 아는 사람을 전제로 해서 쓴 것이기 때문에, 잘 모르는 사람이 읽으면 실감 못 하는 대목도 많을 것이다.

그런데도 몇 번을 망설이다 뒤늦게 서둘러 한국어판을 내게 된 이유는 단 한 가지이다. 이미 이 글에서 그러한 경향을 지적한 대로 교과서 왜곡 문제가 일어났기 때문이다. 일본을 알아야 한다는 당위론이 일고 있었지만, 우리 주변에는 일본 문화를 알 만한 책이 너무나도 부족하다. 그러므로 불가능한 줄 알면서도 감히 이 책을 한국말로 복원하는 작업에 착수하게 된 것이다. 원래 문화론이기 때문에 직접적으로 정치나 경제 문제는 깊이 언급하지 않았지만, 그것의 뿌리를 알아보는 데는 작은 도움이 될 것으로 믿는다.

진현숙, 문애용 두 분이 한국말로 옮기는 데 수고를 해주셨고, 거기에 다시 손질을 해서 여러분 앞에 내놓는다. 부족한 것은 앞으로 고치고 또 보완해 갈 것이다.

이어령

축소지향의 일본인과 생명의 울림

—『축소지향의 일본인』

최동호崔東鎬 | 시인, 문학평론가

1. 바람이 불어오는 곳

고등학교 도서실에서 『흙 속에 저 바람 속에』를 1965년에 처음 보았다. 정독할 수는 없었지만 새로운 바람을 느낄 수 있는 이한 권의 산문집이 세찬 바람을 불러일으킬 것이라 예감했다. 첫평론집 『저항의 문학』(1959)은 우상 파괴의 싸움이고 기성 권위에의 도전이었다. 특히 황무지를 일구는 화전민 의식은 필자의 눈길을 끌었다. 지금의 시각에서 보자면 한 장소에 정착하지 않는 유목민적 사유가 그가 지닌 독특한 개성임을 직감했다.

1982년 일본에서 출간되어 세인을 놀라게 한 역서 『축소지향의 일본인』이 간행되었을 때 그는 반세기 전부터 한국인이 일본인에 대해 지니고 있던 지적 열등감을 타파하는 통쾌한 역전의 주인공이 되었다. 일어로 저술된 이 책이 처음 한국어로 번역되어 출간되었을 때 한국인들 또한 그동안 막연히 알고 있던 일본의 특성과 그 문화적 유전인자를 명료하게 알게 되었다.

책을 펼치면 먼저 눈에 들어오는 것은 바람처럼 스쳐 오는 감각적인 서술이 아니라 수많은 예증을 바탕으로 전개되는 종횡무진의 논리가 펼쳐내는 마력적인 설득력이다. 뿐만 아니라 일본의 제국주의 교육을 받은 초등학생의 눈으로 일본 문화의 표면이 아니라 그 이면을 독자적으로 파헤쳐 종전의 일본인 자신은 물론 다른 서구의 학자들도 설파하지 못한 논지를 전개했다는 점도 주목된다. 일본이 세계 제2의 경제대국이 되어 신흥강국으로 부상하던 시절에 발간되었지만 30여 년이 지난 오늘날에도 그 생명력을 잃지 않고 있다는 점도 지적되어야 할 것이다. 문학을 전공한 필자로서는 이 책의 장처를 다 기술할 수 없으나 그중에서 필자가 유난히 주목한 두 가지 점에서 개략적으로 서술해보겠다.

그 하나는 일본 시가의 측면에서 바라본 일본인의 축소지향성이며 다른 하나는 디지털 글로벌 문화의 측면에서 바라본 일본 문화의 축소지향성이다. 요약하면 문학의 측면 워크맨 시대의 일본과 오늘의 일본을 대비해보고자 하는 것이다. 이렇게 하는 것이 21세기에도 통용될 수 있는 이 책의 유효한 독법 중의 하나일 것이다.

2. 일본의 시가와 축소지향성

만약 일본인의 유전인자 속에 축소지향성이 있다면 그 지향

성은 분명 그들의 대표적인 시가 형식에 나타나 있을 것이다. 1970년대 중반에 스즈키의『선과 정신분석』을 읽었다. 이 책에서 스즈키가 바쇼와 테니슨의 시를 인용하여 동서의 차이를 비교하면서 일본의 선에 대해 논한 것을 인상적으로 보았는데 이어령은『축소지향의 일본인』(이 글에서 사용한 인용은 모두 2002년《문학사상》에서 간행한 판본이다)에서 한 걸음 나아가 동서는 물론 일본과 한국의 차이를 선명하게 보여주었다. 바쇼의 구는 "자세히 보니 냉이꽃 핀 울타리인가(よく見れば薺花さく垣根かな)"라는 것이다. 여기서 이어령은 '화자의 바라보는 시선'을 지적했다. 바쇼와 달리 테니슨은 「갈라진 벽(Crannied wall)」에서 다음과 같이 썼다.

> 벽이 금이 간 틈바귀에서 꽃이 피었다.
> 틈바귀에서 너를 뽑아서
> 나는 여기서, 너의 뿌리까지 송두리째
> 내 손에 쥔다.
> 오오 작은 꽃이여,
> 만일 나, 네가 무엇인가를
> 온통 뿌리까지 송두리째 모든 것을
> 알 수 있다면 비로소
> 나, 신과 사람이 무엇인가를 알리라
>
> ―「갈라진 벽」 전문

스즈키는 꽃을 그대로 두지 않고 뿌리채 뽑아서 보는 서양인과 꽃을 뽑지 않고 바라보는 일본인을 비교하여 일본 선불교의 특성을 논했다. 저자는 스즈키의 논지에서 한 걸음 더 나아가 사물을 바라보는 일본의 마음이나 정신 속에 무엇이 들어 있는가를 살피면서 일본인의 꽃꽂이 문화를 설파했다. 그리고 일본과 한국의 차이를 윤선도의 시조를 들어 설명했는데 이는 새로운 발견이다.

앞개에 안개가 걷고 뒷메에 해 비친다.
밤물은 거의 지고 낮물이 밀어온다.
강촌 온갖 꽃이 먼빛이 더욱 좋다.

바쇼는 물론 테니슨과도 다른 윤선도의 시조에서 우리는 일본인이 사물을 바라보는 방법의 차이를 더욱 명료하게 알 수 있다. 잘 들여다보는 일본인의 시선이 강조되면 끝내는 "테니슨처럼 꽃을 뿌리째 뽑게 된다"(129쪽)라는 저자의 지적은 날카롭다. 필자는 처음 스즈키의 설명을 보았을 때 그가 말하고 있는 시선 이상으로 나아가지 못했다. 이어령의 『축소지향의 일본인』을 읽고 나서야 일본인의 특성을 그리고 한국의 특성을 파악하게 되었다. 이어령의 논지는 여기서 끝나지 않는다. 그는 시의 언어학적 접근을 시도하며 이시카와 다쿠보쿠의 단가를 인용했다.

동해의 작은 섬 갯벌 흰 모래밭에

내 눈물에 젖어 게(蟹)와 노닐다.

[東海の小島の磯の白沙に / われ泣きぬれて / 蟹とたはむる]

  여기서 저자가 주목한 것은 '노の'의 연용이다. '노'가 연속해
서 세 번이나 사용되었는데 이 언어적 용법은 '바다에서 게로 수
축'하는 상상력을 보여준다. 한국어는 물론 불어에서도 찾아보기
힘든 이 '축소의 문법'(49~51쪽)이야말로 일본의 언어적 특성은 물
론 그들이 본질적으로 가지고 있는 축소지향 의식을 나타낸다는
것이다. 일본의 옛 사서 『고지키(古事記)』에서도 '수직적 축소 현
상'(55쪽)을 찾아내고 이를 입증한 것은 시의 표층 구조가 아니라
심층 구조를 투시하는 저자의 독자적 감각이라고 할 수 있다. "다
쿠보쿠의 시적 본질은 표층적 의미로 나타난 눈물이나 혹은 게와
놀고 있는 마음이 아니라 '동해'를 '게'와 '한 방울 눈물'로 수축
시켜 간 그 축소지향의 의식구조에서 찾아야 할 것이다. 또한 그
점이 바로 그 시가를 만들어 내는 의식의 문법이기도 하다"(53쪽)
라고 기술할 때 일본인의 축소지향의 의식을 통찰한 저자의 시각
은 매우 본질적인 것을 지적하고 있다.
  일본의 시가에 대한 저자의 통찰은 여기서 더 나아가 『하이쿠
의 시학』(한국어 초판은 1986년에 간행되었고 2009년 재간행되었다)으로 집약되
는데 이는 하이쿠에 대해 종전의 일본인 연구자 그 누구도 접근

하지 못한 새로운 이론의 정립이었다. 특히 하이쿠의 특징을 '시간, 장소, 사물'의 세 가지로 파악하고 이를 하이쿠의 삼각형으로 정립시킨 것은 그동안 수많은 일본의 학자들이 2백 년 동안 하이쿠를 연구하면서도 미처 논파하지 못한 학적 성과라고 높이 평가되고 있다. 초판 이후 24년이 지난 2008년 '마사오카 시키 국제 하이쿠상'을 이 책이 수상했다는 것은 그냥 간과할 수 없다. 필자 또한 하이쿠의 삼각형 이론을 발전시켜 '서정시의 삼각형' 이론을 발표했는데(졸저 『디지털 코드와 극서정시』, 서정시학, 2012 참조) 이는 '주체, 대상, 매개물'이라는 개념을 적용시켜 서정시의 본질적 측면을 고찰한 것이다. 예를 들어 김소월의 「진달래꽃」을 가지고 말한다면 주체(화자), 떠나가는 님(대상), 그리고 매개물(진달래꽃) 등이 삼각형 구조를 이루어 서정시가 성립된다는 것이다. 분명한 것은 서정시에도 갈등이 내포되어 있으며 주체(또는 화자)와 대상이 갈등하고 분열하며 다시 이를 통합하는 매개물을 통해 극적 반전의 구조가 이루어져야 서정시가 독자에게 감동을 줄 수 있다는 것이 필자의 소견이었다. 이는 하이쿠의 삼각형 이론을 숙독하고 이를 확대 응용한 것이다.

3. 워크맨 시대의 경제대국 일본

엄밀히 말해서 『축소지향의 일본인』은 문학 이론서라고 할 수는 없다. 크게 보아 일본 문화론을 발판으로 서술한 일본의 문명론이다. 이 책의 발간 시점이 그 증거라고 할 수 있다. 일본어 초판이 출간된 1982년, 이때 일본은 경제대국의 전성기를 구가하고 있었다. 바야흐로 워크맨 시절, 세계 제2의 경제대국이 되었던 시기이다. 과연 일본의 저력은 어디로부터 나온 것일까 하는 의문을 가지고 모두가 일본을 주목하고 있을 때 어설픈 일본 안내서가 아니라 한국인의 눈으로 일본인의 근원적 특성을 논파한 것이 이 책이다.

메이지 유신에서 일본인은 서양 문명에 '따라가서 앞지르라(追いつき追い越せ)'의 정신으로 여기까지 왔다. 점령이 끝나고 독립국가가 된 1951년에는 저개발국가인 칠레나 말레이시아보다도 GNP가 낮은 나라였다. 그러나 불과 15년 뒤에는 대로마의 후예들인 이탈리아를 추월하고, 그 이듬해에는 유신 당시 일본의 선생이었던 영국을 그리고 또 이듬해인 1968년에는 지식인의 꿈의 나라 프랑스를 앞지른 것이다. 드디어 일본은 1970년대에 들어서며 라인 강의 기적을 낳은 유럽의 모범생인 서독을 앞서고 만다. 그래서 문자 그대로 일본은 GNP 면에서 미국 다음의 '니반테' 나라가 된 것이다. (366쪽)

'따라가서 앞지르라' 하는 명제가 휴지가 된 시점에서 과연 일본은 어떤 길로 나아가야 할 것인가 하는 방향이 이 책에서 저자가 제시해야 할 과제기도 했다. 축소지향의 길을 달려 세계 최상 위 국가가 된 일본이 가야 할 길은 어떤 것일까. 그리고 저자가 제시한 그 방향성이 30여 년이 지난 오늘날에도 유효성을 가진다 면 이 책의 성과는 더 높이 평가되어야 할 것이다. 1994년 일본의 시사평론지 《프레지던트》에서 기획한 '지난 백 년 동안 출간된 일본·일본인론 명저 10선'에 이 책이 선정되었다는 것은 특기할 만한 일이다. 그것은 아직도 이 책의 유효성이 높이 평가되고 있 을 뿐만 아니라 귀 기울일 가치가 있다는 뜻으로 해석된다. 이어 령은 축소와 확대의 변증법을 다음과 같이 전개한다.

일본의 역사를 보면 '축소지향' 때는 번영하지만, 그것이 성공해 너 무 순조로워지면 그것을 버리고 히데요시처럼 거대주의로 나가게 된 다. 그리고 확대지향으로 향하면 지금까지의 일본인과 전연 다른 사람 이 되어 그 섬세함은 파괴되고, 판단력은 궤도를 벗어나며, 미적 감수 성은 잔인성으로 바뀌어버리고 만다. (398쪽)

히데요시만이 아니다. 러일전쟁은 물론 청일전쟁에서 승리한 일본은 대동아전쟁에 이어 태평양전쟁을 일으켜 결국 파멸에 이 르게 되었다. 축소의 천재는 하루아침에 확대의 바보가 된 것이 다. 이런 역사적 과정을 통관하면서 이어령은 다시 일본의 고전 『고지키』로 돌아가서 그 해법을 제시한다. 그는 '가라노(枯野)의 배 이야기'에서 실마리를 찾는다. 이 세상 도노키 강의 서쪽에 있는 높은 나무를 잘라 배를 만들고 이 배가 부서진 다음 그 재목으로 소금을 굽고 그 타다 남은 나무로 고토(琴)를 만들었더니 그 소리가 온 나라에 울려 퍼졌다는 것이 '가라노의 배' 이야기이다. 저자는 이 이야기를 빌려 군사대국이나 경제대국이 아니라 문화대국을 지향해야 일본의 확대지향성이 제 빛을 발휘한다고 말하고 있다.

이 방향성에 대한 지적이 근대 백 년을 어떻게 극복해야 할 것인가를 고민하는 일본의 지식인들에게 큰 반향을 불러일으켰을 것이다. 미래의 일본에서 생명의 울림이 퍼져 나갈 때 일본은 확대지향성에서 성공할 수 있다는 저자의 진단은 정확한 것인지 모른다. 그러나 오늘의 일본은 저자의 예언적 진단과 달리 국제적 고립의 수렁에 점점 더 깊이 빠져드는 것 같다.

서구의 식민주의자들이 제2차 세계 대전 후에 자기네들의 잘못을 스스로 고발하고 심판하고 참회한 것과는 너무나 대조적이다. 일본인들은 '료헤이'처럼 울 줄은 알아도 참회할 줄은 모른다. 그래서 '고백'은 있어도 '참회'는 없는 것이 일본 문화의 특성이라는 말도 있다. 그러한 참회 없이 다시 일본이 밖으로 나가고 있기 때문에 군국주의 때 부르던 그 군가가 지금 도쿄 거리로 울려 퍼지고, '야스쿠니진쟈'의 벚꽃은 화약 냄새를 풍기면서 해마다 그 핏빛을 더해가는 것이다. (405~406쪽)

일본인의 특징을 지적한 이 문장이 30여 년이 지난 오늘에도 그대로 유효성을 지닌다면, 아니 더 심하게 굴절되어 역사적 진실을 부정하고 있다면 과연 일본인들은 그들의 미래를 어떻게 생각하고 있는 것일까. 주변국을 돌아보지 않고 분쟁을 일으키면 일으킬수록 국제적으로 고립될 것이 분명한데도 그들이 선택할 수 있는 길은 오직 축소지향뿐일 것인가. '고립하는 대국'이라는 유행어가 오늘의 일본을 말해주는 것이라면 그들은 더 깊이 생명의 울림에 귀를 기울여야 한다. 이것이 저자가 일본을 위해 그리고 동아시아는 물론 세계 평화를 위해서 제시한 새로운 비전일 것이다.

4. 한일의 정원 문화와 생명의 울림

1991년 여름 필자는 세계의 삼대 정원의 하나라는 일본 교토에 있는 료안지의 '세키테이[石庭]'를 바라보고 있었다. 한낮의 열기가 하얀 모래를 백색으로 더욱 빛나게 하는 이 순간 엄습해 오는 알 수 없는 이 충격의 정체는 무엇인가 속으로 질문해보았다. 생명의 물기라고 하나도 없는 이 메마른 정원에서 필자가 느낀 것은 생명이 아니라 돌들이 서로 잡아당기는 것 같은 팽팽한 긴장이었다. 시가 나오야는 "정원에 나무 한 그루, 풀 한 포기 심지 않은 것이 기발하다거나 우연한 착상이라는 느낌이 들지 않는다"(178쪽)라고 말하고 있다. 필자의 느낌과는 아주 다른 지적이다. 이와 달리 한국의 비원을 보고 요시무라 데이지는 "나는 서울의 비원을 보고 있다. 낮은 구릉에 신록의 잡목이 알맞게 무성했다. 나는 이 명원을 걸어 다니면서 뜰을 걷고 있음을 잊었다. 너무나도 구릉 그대로이며 자연림 그대로이다. 나에게는 정원 이전의 모습을 생각나게 했다. 산 그 자체는 아무리 경관이 좋아도 정원은 아니다. 그것이 일본인의 감각이다"(156쪽)라고 했다. 정원에 대해 말할 때 자연 그대로이기를 원하는 한국인들과 돌과 모래로 자연을 축소시킨 일본인과의 차이가 여기서 약여하게 드러난다. 다시 저자가 인용한 윤선도의 시조로 돌아가 보자. 윤선도가 노래한 자연은 자연 그대로의 자연을 보여주려고 한다. 인공을 가미하거나 축소하려는 의지는 어디에도 보이지 않는다. 저자의 지적대로 "인간의 관점을 될 수 있는 대로 배제할 때 자연은 그대로의 모습을 나타낸다. 이것이야말로 서구인의 시선과는 다른 동양적 관조觀照의 태도인 것이다."(130쪽)

자연의 아름다움을 인간의 손길을 최대한 배제하고 바라본다는 것은 자연의 아름다움을 훼손시키지 않고 그대로 향유하려는 한국인 특유의 기질이다. 서구인과 다른 그리고 일본인과도 다른 한국인 고유의 특성인 것이다. 여기서 강조하고 싶은 것은 한국인의 거울을 통해 일본인을 바라보는 일이다. 저자는 어린 학생의 시선으로 일본을 바라보려 한다고 했다. 아시아의 눈으로 일본을 바라보아야 한다고도 했다. 한국인의 눈으로 일본의 정원을 바라볼 때 일본의 그것은 독자적인 것이기는 하지만 생명을 배제한 것이다. 자연과 사물을 아무리 축소한다고 하더라도 거기에 생명이 숨 쉬지 않는다면 그 아름다움이 인간에게 무슨 의미가 있을 것인가. 축소지향의 궁극은 생명의 배제이다. 과연 축소지향의 미학에 생명의 울림이 퍼져 나올 수 있을 것인가 하는 것이 마지막에 던지고 싶은 질문이다. 축소지향의 미학을 헤이안 시대부터 가져온 일본인들에게 그것을 요구하는 것은 희망 사항일지 모른다. 어쩌면 그것은 일본의 미래를 위해 매우 불행한 결과를 초래할 수도 있다. 오늘의 일본이 주변국들의 목소리에 귀 기울이지 않고 참회 없이 일방적 외침을 계속한다면 그것은 생명의 울림이 아니라 생명을 죽이는 울림으로 퍼져 나갈 것이다. 한국과 일본의 전자산업이 역전되는 일이 인간적 생명의 요구가 증폭된 시점에서 발생했다는 것은 이런 점에서 매우 상징적이다.

마지막으로 말해두고 싶은 것은 『축소지향의 일본인』이후에도 이어령의 창조적 작업은 계속되어 반세기를 넘어서고 있다는 점이다. 황무지 화전민의 불길에서 점화된 그의 창조적 혁신의 바람은 현해탄을 넘어서 '디지로그'로 나아가고 다시 생명에 영성을 불어넣는 작업으로 심화되었다. 이러한 그의 지적 편력의 도정은 갱신을 거듭하며 지금도 신선한 빛으로 타오르고 있

다는 점에서 한국 지성사를 선도해 온 큰 생명의 울림이라 말할
수 있다.

최동호

1948년 경기도 수원에서 태어나 고려대 국어국문학과를 졸업하고 동 대학원에서 박
사학위를 받았다. 1979년 《중앙일보》 신춘문예 평론 부문에 당선되어 등단했다. 시
집 『황사바람』 『아침 책상』 『딱따구리는 어디에 숨어 있는가』 『공놀이하는 달마』
『불꽃 비단벌레』 『얼음 얼굴』 『수원 남문 언덕』 등이 있고, 저서로 『불확정시대의 문
학』 『시의 해석』 『현대시의 정신사』 『한국 현대사와 물의 상상력』 『정지용 시와 비
평의 고고학』 외 다수가 있다. 현대불교문학상·고산 윤선도문학상·박두진문학상·
유심작품상 등의 시 부문 문학상을 수상했다.

왜 지금 '축소지향의 일본인'인가

다카노 하지메[高野孟]

1. 이웃이기에 보이는 것

10여 년 전에 서점가에 수없이 넘쳐나던 일본인론 책들에 대해 필자는 '시시하다, 별 볼 일 없다'고 생각하면서도 관심이 가는 것은 어쩔 수가 없어 대표적인 것, 몇 권을 읽곤 했다. 그래서 이어령 교수의 『축소지향의 일본인』(學生社, 講談社 刊)이 출판되었을 때도, 늘 그렇고 그런 일본인론이 나왔구나 하는 기분으로 별다른 기대 없이 접하게 되었다. 그러나 몇 페이지를 대강 읽어본 순간, 뒤통수를 얻어맞은 듯한 기분이 되어 자신도 모르는 사이에 자세를 고치고 다음 날 아침이 될 때까지 단숨에 읽어내렸던 것을 지금도 기억하고 있다. 그 책에는 수많은 기존의 일본인론이 왜 재미없고 별 감흥을 주지 못했는가에 대한 이유가 단칼로 금을 긋듯, 분명하게 지적되어 있었기 때문이다.

그 이후, 나는 특별한 경우가 아닌 한, 일본인론에 관한 책을 읽는 일을 그만둬버리고 말았다. 이번에 다시 새롭게 읽고서, 결국 최근 10년 동안에 참으로 수확이었던 일본인론은 이 교수의 바로 이 책, 『축소지향의 일본인』과 지난해 출판된 구영한 씨의 『중국인과 일본인』 정도가 아닐까 하는 것을 새삼 확인하게 되었다.

서구인들이 일본인에 대해 논할 때는 이그조틱한 관심에 편중되기 쉬워, 결국 '일본론=이질론'의 확인에 그치고 마는 경우가 적지 않다. 우리 일본인이 자기 자신의 모습을 그릴 때조차도 서구를 거울 삼아 일본의 특수성을 마름질하려는 탓에 서구인들이 그리는 모습과 비슷한, 잘못된 상像밖에는 떠오르지 않는다.

사실은 아시아를 거울로 하지 않으면 안 됨에도 불구하고 '꼭 그렇게 해야만 한다'라고 생각하는 일본인은 그다지 많지 않고 또한 그렇게 하려 한다 해도 아시아를 그 정도로 잘 알고 있는 일본인은 적다.

그러므로 역으로, 일본을 잘 알고 있는 아시아의 지식인이 묘사하는 일본인상이 일본인 자신이 묘사하는 것보다도 진실에 육박하는 것이 된다. 그곳에 일본인에 의한 일본인론의 모순이 있다는 것을 이 교수는 도이 다케오의 『아마에甘え의 구조』를 예로 설명하고 있다.

유명한 일본인론의 하나인 그 책은 '甘え(아마에)'라는 말이 영어에는 없는 독특한 어휘라고 하는 확신으로 출발해서 일본인 심리의 특이성을 해명하고자 한 것이지만 이 교수는 그러나 과연 '甘

え’가 일본인만이 갖고 있는 독특한 어휘인가에 대하여 추궁하고 있다. "매우 죄송한 말씀입니다만, (…) ‘甘え’라고 하는 어휘는 (…) 바로 이웃 나라에서도 길가의 자갈처럼 굴러다니고 있습니다.

한국어에는 ‘甘え’보다도 쓰임새가 더욱 세분화되어 ‘어리광’이나 ‘응석’이라는 어휘가 있고 그것이 더욱 빈번히 일상생활에서 사용되고 있습니다. (…) ‘甘え’는 일본보다도 한국의 정신 구조와 더욱 깊은 관련이 있다고 해도 좋을 듯싶습니다. 요란스럽게 아파하거나 고통을 과장되게 호소하며 타인에게 의지하는 ‘엄살’이라는 어휘 등은 단순한 ‘甘え’보다 훨씬 더 복잡합니다."

결국 도이 다케오는 중국은 어떤지 모르겠으나, 적어도 일본과 한국의 공통된 정신 구조의 특징을 일본만의 것이라고 생각해 책한 권을 낭비하는 어리석음을 행한 것이다. 왜 훌륭한 학자가 이런 초보적인 실수를 범하는 것인가? 그것은 바로 메이지 유신 이후 일본인들이 탈아시아, 서구 숭배의 사고방식에 젖어 ‘서구의 여러 나라들보다 우선 일본어와 가장 유사성이 많은 한국어부터 조사해보는 (…) 정상적인 사고’가 결여되어 있기 때문이다.

이런 문제는 좁은 의미의 일본인론의 차원을 넘어 오늘날의 일본이 21세기에 어떻게 살아남을 것인가라는 관점에서 볼 때 참으로 중대하다고 할 수 있다.

2. 근대 100년을 재고할 때

일본이 안고 있는 문제는, 무슨 일이든 '100년째의 대전환'에 달려 있다는 것이 내가 최근 수년간 부르짖어 왔던 지론이다. 예를 들면 호소카와 연립 정권의 성립도 단순히 자민당 단독 정권 38년간의 마감만이 아니고 메이지의 파벌 정치, 쇼와[昭和]의 군부 정치, 전후 과도기의 요시다 정치를 거쳐 최후의 3분의 1이 자민당 정치였던 100년, 정확하게는 메이지 헌법 반포에서부터 105년간의 역사에 종지부를 찍었다는 의미를 지닌 대전환이었다.

또 지방 분권이라는 것도 하이한치켄(번을 폐지하고 현을 단위로 전국을 나누는 일)의 결과였을 뿐이다. 즉 메이지 헌법과 함께 현재의 도도부현都道府縣 제도가 만들어져서, 모든 자원과 인재가 지방에서 중앙을 향해 총동원되어 '서구를 쫓아가서 따라잡는' 산업 국가를 만들어온 105년간이었다고 할 수 있다.

따라서 '하이켄치한'이라고 불러야만 하는 대전환을 이루지 않는 한 일본이 발전해 간다고 말할 수는 없다.

현재의 불황도 단기적인 순환이나 중기적인 버블 붕괴의 후유증이라는 요인만으로는 그 대책을 세울 수 없다. 그것이야말로 메이지 이후 세계 속에서 원재료를 사모아 단정丹精을 넣어 물건을 만들어 다시 세계에 내다 팔아 외화를 벌고, 풍요로움을 실현하려고 해왔던 그 100년의 제조업 중심의 무역 입국 노선이 더 이상 성립되지 않을지도 모른다는 문제의식을 빼고는 근본적인 타개책이 있을 수 없다.

뜨겁게 논의되고 있는 세제의 문제도 그렇다. 일본이 과거 농업 국가였던 시대의 지세, 산업 국가에나 걸맞은 개인 소득세, 법인세 등 직접세 중심의 체제에서 정보 사회, 서비스 사회에 적합한 간접세 체제로의 전환이 필연적이라는 부분에서부터 이야기를 시작해야만 한다. 그렇지 않고 경기 부양을 위해서는 감세 정책을 펴야 하고, 그 때문에 발생하는 세수의 부족분을 메우기 위해 간접세의 비중을 높여야 한다고 목청을 높이면 국민들은 결코 납득하지 못한다.

엉뚱하게 들릴지도 모르나, 작년 홀연히 등장해 한 번에 2000억 엔대의 시장을 형성한 'J 리그'를 보자. 학교, 기업, 국가라고 하는 일본적인 산업 사회의 질서에 짜 넣어졌던 극기 단련의 현장에 불과한 '체육'밖에는 사실상 갖지 못했던 이 나라에 지역 주민이 주체가 되어 자유와 개성을 발휘하는 현장으로서 '스포츠'를 확립하려는 가치관의 대전환을 마음속으로 품고 있었기에 그러한 성공을 거둘 수 있었던 것이다.

3. 황인종도 될 수 없는 일본인

결국 요약하면, 메이지 국가가 추구하던 근대 산업 사회를 건

설하고자 하는 노력이 일단 이 정도에서 완수되고 그를 위해 필요한 여러 가지 국가적 제도나 사회적 장치가 재건되는 것을 지향한다.

이런 경우 당연히, 일본 100년의 국가 운영에 전제가 되어왔던 탈아시아 지향도 새로운 입장에서 분석되어야 할 것이며, 게다가 서구가 EC의 통합을 북유럽과 구(舊)동유럽에까지 확장하도록 강요하고, 미국 또한 북미자유무역지역을 무대로 중남미까지 묶으려 하는 와중에서, 일본은 아시아 사람들에게 머리를 숙여 재입아시아[再入亞]—아시아에 다시 포함해주기를 인정받는 길—이외에는 아마도 생존의 방법은 없으리라 생각한다.

그러나 그것이 가능한 것인가?

이 교수의 책 결론 부근에서 "던힐 라이터를 가지려 하는 것, 구찌의 구두를 신으려 하는 것으로 일본인이 백인(또는 흑인)이 되는 것은 아니다. 엄연한 황색 인종인 것이다"라는 와타나베 쇼이치의 지적을 인용하면서 분명하게 다음과 같이 언급하고 있다. "와타나베 쇼이치 씨 주장은 동시에 지금까지 일본인은 백인이 될 수 있다고 믿고 있었다는 사실을 뒤집어 이야기하고 있는 것과 같다. (…) 일본인에게 있어서, 참으로 중요한 것은 일본인은 황색 인종도 될 수 없다는 현실을 인식하는 일이다. (…) 박쥐 문화의 영광과 비극이다."

그렇다면 어찌하면 좋을 것인가.

인류와 함께 그리고 누구보다도 먼저 아시아와 동반하여 살아 가고자 하는 국제 감각이 몸에 배어 있지 않은 까닭에, 번영도 침 몰도 일본인만의 몫이 되어버리고 있다.

상품을 만들어 세계에 파는 것이 번영을 공유하는 것이 되지 못하고, 다만 과거의 일본인이 군사대국의 칼로써 이루려 했던 것을 상품으로 대치하여 경제대국이라는 이름으로 수행하고자 하는 것에 지나지 않는다.

그것은 칼도 주판도 아닌, 고토[琴]와도 같은 악기, 만인에게 공감을 줄 수 있는 생명의 울림이어야 한다.

정치도 세제稅制도 그 어떤 것도 개혁, 개혁이라고 부르짖고 있 는 우리들에게, 개혁의 모든 것들이 무엇을 위한 것인가를 조용 히 이야기하는 이웃 나라 철인의 음성이 거기에 있다.

4. 축소지향의 6가지 형태

여기까지는 일본인론을 펼치는 경우의 방법적인 전제에 관한 문제였다. "일본이 (…) 한국을 잘 알지 못한다는 것은 한국을 위 해 불행이 아니요, 일본인 스스로에 대한 불리함"이라고 하는 관 점에 서서 이 교수가 어린 시절 일본 식민지 교육을 받은 체험을 바탕으로 선별한 키워드가 이 책의 타이틀인 '축소지향'인 것이다. '축소지향'이라고 하는 표현에 대해서는 본서의 전체에 있어 호의적인 비평가로부터도 일본어의 어감으로서 '줄어든다'라는 마이너스의 이미지가 강해 책의 내용을 오해하게 할 수 있다는 지적이 있었음을 이 교수는 초판 후 2년 뒤에 쓴 추보追補에서 적고 있다. 분명히 나도 그 어휘가 갖는 뉘앙스에 저항감을 느꼈던 기억이 있다.

그러나 그것을 모를 리가 없는 이 교수는 수축收縮, 축소縮小 등과 달리 '축소'는 정신적인 것과 물질적인 것에 구별 없이 사용되는 것이라고 반론하고 있다. 그것에 맞추어 한자 숙어를 사용한다면 '응축'이라고 하는 언저리에 저자의 의도가 있음을 독자들은 책을 읽어가는 동안에 간파하게 될 것이다.

'축소'라는 것은 우선 일본의 옛날이야기에 등장하는 잇슨보시나 모모타로, 긴타로 등의 작은 거인들이며, 그런 주인공들은 한국 설화에서는 절대로 만날 수 없는 부류라고 한다.

또한 밥공기, 술잔, 부채 등 일상생활 용품의 크기가 한국과 비교해 모두 3분의 1 정도의 비율로 축소되어 있다. 참으로 일본의 특성은 사물을 확대하는 것보다 축소하는 것에 있는 것이 아닐까……

그런 입장에서 보면, '하이쿠(일본의 단시)라는 세계에서 가장 짧은 시 형식을 창출한 것도 일본인이요, 중국에도 한국에도 없는,

전 우주를 철저히 단순하게 압축한 석정石庭이라는 조경법을 창출한 것도 일본인인 것이다. 그것이 현대에 이르러 트랜지스터에서 시작해 마이크로 컴퓨터의 세계에서 으뜸의 기술을 이룬 것은 아닐까'라고 이 교수는 생각한다.

그러면 그 축소지향을 여섯 개의 형태로 나누어 예를 열거하며 좀 더 자세히 분석해보기로 하자.

이런 부분들은 우리 일본인들이 '아하, 그랬던 거로구나' 하며 하나하나 납득하며 빠져들다 보면 결국 다 읽게 되는 놀랄 만큼 훌륭하게 전개되고 있다.

먼저, 제1의 형태는 '고메루(쑤셔 넣기에 가까운 말)' 형식이다. "동해의 작은 섬의 모래사장 흰 모래에……"를 이시카와 다쿠보쿠가 노래할 때, 'の(의)'라는 조사를 중복해 사용함으로써 광대한 동해가 그 안의 작은 섬으로, 다시 모래사장과 그 속의 극히 작은 흰 모래에까지 연결되는, 세계를 급격히 응축해 가는 수법을 취하고 있는 것이 일례이다. 큰 그릇 안에 점점 작은 것을 끼워넣어 가는 이레코 형식과 상통된 것이다.

제2의 형태인 '오리타타무(꺾어 접기)'는 어느 나라에나 있는 부채가 일본에 전해져서 꺾어 접히는 형식의 쥘부채가 되어, 헤이안 시대 말기부터는 이미 세계적인 수출 산업이 된 것이 이를 입증한다.

제3의 형태는 '도루, 게즈루(빼버림과 삭제함에 가까운 말)'이다. 팔다리를 생략한 아네사마 인형이나, 고케시 인형이 그 예에 해당된다.

제4의 형태는 '쓰메루(다져 넣기에 가까운 말)'이다. 밥상을 작은 상자 안에 채운 '벤토', 그 밖에도 문고판이나 콘사이스 등이 '쓰메루'의 예에 해당한다.

제5의 형태는 '가마에루(응축적인 자세 잡기)'로서 우키요에나 검도, 궁도의 응축된 자세 등 모든 동작이 그것으로 시작되어 그것으로 끝나는 것과도 같은 응축된 '일순간의 움직임' 또는 '움직이고 있는 정지'이며 '응축된 마음가짐'과도 연결된다.

제6의 형태는 '고고라세루(응결시키기)'로서 가문의 문장, 노래, 명사 등에 나타나는 상징주의이다. 이 교수는 이러한 방식으로 '축소'의 유형을 일단 분류한 후에, 그것들이 실제로 어떻게 조합되어, 미학과 인식과 기능이 하나의 구조로서 일본 문화에 나타나는가를 조원造園, 꽃꽂이, 다도 등을 통하여 분석해 간다.

그 연장선상에서, 일본에서는 사회의 인간관계 또한 '예능의 자[座]', '마쓰리(축제)'와도 같이 '축소'지향성을 띠고 있다고 지적한다. 현대 기업의 QC 서클 같은 사내 조직도 결국은 회사와 그곳에서 근무하는 인간과 인간 사이에 만들어진 '자'에 해당하며 이를 통하여 예를 들면 폭스바겐 같은 단순한 소형차가 아닌 대형차의 축소판으로서 일본적인 소형차가 생산된다.

5. '내內'와 '외外'를 준별峻別하는 의미

그렇다면 도대체 이런 '축소지향'에는 장점만 있는 것인가? 실은 그런 가설이 성립되기 위한 일본 특유의 '內'와 '外'를 준별하는 관념이 전제되어 있다. '內'는 축소의 공간으로서 손으로 만져 경험하고 확인하는 것이 가능한 작은 세계인 반면, '外'는 확대 공간으로 추상적이고 안을 깨끗이 정리하기 위해서는 밖에 쓰레기를 내다놓아도 상관하지 않는 것처럼 느껴지는 공간인 셈이다.

그와 같이 '內'와 '外'의 의식이 일본인을 세계의 누구보다도 비국제인으로 만들고 있다고 이 교수는 관찰한다. 보통은 '內'에서 축소지향에 만족하고 있는 일본인이 그것만으로는 만족되지 않아 밖을 향한 확대지향에 맞서 나올 때는 대체로 변변한 것이 되지 않는다.

이런 상황에서 앞에 소개했듯이 일본은 군대로써도 상품으로써도 아닌, 깨끗하고 조용한 다실이나 석정을 탄생시킨 잇슨보시의 문화로써 세계인의 마음을 윤택하게 해야만 한다는 전제와 연결되는 이유가 있는 것이다.

아시아는 일본의 거울이 되어, 우리들이 일본적인 것이라고 보통 생각하고 있는 것 중에서 무엇과 무엇이 아시아와 유라시아 대륙의 어디에서부터 왔는가를 아는 일이 일본을 보다 잘 알게 한다는 지적은 사실이다.

이 교수는 어느 좌담회에서, 일본인은 쇠고기를 먹는 문화를 서구에서 수입했다고 생각하고 있는 듯하나, 야키니쿠를 보아도 알 수 있듯이 그것은 훨씬 전부터 한국에서 전해진 것이요, 그 이전에는 몽골에서 알타이에까지 이르는 초원의 유목 문화에서 연유되었다고 언급하고 있다.

왜 일본인은 그 정도로 아시아와의 근원적인 교류 관계를 인정하지 않은 채 무엇이든 선진적인 것은 구미에서 전해져 왔다고 생각하곤 하는 것일까. 그 이유야말로 '內'와 '外'의 의식에 의한 것으로 일본인들은 자신의 나라를 다른 나라와 격리되어 있는 '섬나라'라고 생각하는 관점이 너무 강한 탓이다. 때문에 이웃 한국에 대해서조차 가깝고도 먼 나라라고 느끼며, 그보다도 하늘에서 내려온 듯한 구미의 문화 쪽을 오히려 가깝게 받아들이고 있는지도 모른다.

6. 일본인의 '내측'을 정시하면

이 교수는 "일본은 섬나라다"라고 하는 상투적인 풍토론을 지나치게 제기할 것은 아니라고 말한다.

일본인의 의식 속에 자신들이 살고 있는 환경을 섬나라로서 파악하는 인식이 싹트기 시작한 것은 근대적인 지도가 만들어져 서구 문명과 접촉한 이후인 것이다. 일본인의 특성을 '섬나라 근성'이라고 표현한 최초의 사람은 유럽을 순회하고 돌아온 메이지 유신 후의 구메 구니타케라고 한다. 사실상 일본은 좁은 나라, 바다에 둘러싸인 섬나라로서 감각적으로 이야기될 만큼 국토가 작은 것은 아니다.

일본인의 의식 밑에 있는 '축소지향'이 지나치게 그런 근성을 갖게 하는 것이라고 말한다.

같은 부분을 역사가 쓰나노 요시히코가 '일본인의 시야'에서 언급하고 있다. "일본이 섬나라이기 때문에, 그와 같은 지리적 조건에 의해 일본인의 균실성, 폐쇄성이 운명지어져 있는가"와 같은 논의는 재검토되지 않으면 안 된다고 그는 말하고 있다.

대저 일본이 현재의 섬들로 성립되어진 것은 패전 후의 일로서 예를 들어 '대일본제국'의 시대에는, 좋고 나쁜 것은 별개의 문제로 치고, 그와 같지는 않았다.

또한 그 이전에는 일본의 영토가 혼슈, 시코쿠, 규슈를 중심으로 하는 섬들로 한정되어 홋카이도나 오키나와를 제외하고 얘기되는 경우가 많아서, 일본 열도의 인간 사회의 역사 속에 아이누 등의 문제가 정확하게 규정되지 않은 채 '섬나라'를 논하는 것이 되기 쉽다.

무엇보다도 이상한 것은 '일본론=섬나라론'이 현재의 일본 국내의 섬들 간의 바다는 사람과 사람을 묶어주는 매개체라고 하면서 그 이외의 모든 바다는 사람과 사람을 격리하는 것이라고 생각하는 점이다.

사실은 그것과는 판이해서, 규슈와 대마도, 조선 반도 사이에는 조몬 시대부터 교류가 있었고, 마찬가지로 미나미큐슈와 오키나와와 대만 사이에서도, 홋카이도와 사할린과 현 러시아 연해주 사이에서도 오래전부터 왕래가 있었다. 일본은 주위로부터 고립된 섬나라가 아니고 오히려 아시아 대륙의 북과 남을 연결하는 가교였음에도, 그와 같이 보지 않는 것은 메이지 국가가 열도를 요새화하여 국경을 신성시하고, 급하게 국민 국가 의식을 성립시키려 했던 이데올로기가 골수까지 침투된 것이라고 할 수 있다.

7. 아시아야말로 일본을 묘사하는 거울

실제로 이 나라는 오호츠크 해권과 시베리아의 북방 문화, 중앙아시아의 대초원부터 몽골, 만주, 조선 반도를 거쳐 파급된 기마 민족 문화, 중국 문화, 동남아시아와 태평양의 남방 문화에 이르기까지 유라시아 대륙과 그 남북 바다의 존재와 모든 요소가 최후에 흘러 들어오는 파친코의 접시 같은 위치에 있고, 그리하여 여러 가지 것의 중층으로서 민족과 문화를 형성해 왔다는 것이다.

따라서 쇠고기 문화가 대초원을 거쳐 알타이까지 연결되는 것이 사실이고 또한 벼농사의 근원을 더듬으면 화남부터 더욱더 동쪽, 지금의 운남성 근처의 타이족에 귀착한다.

소주 문화는 가시고마에서 유구, 대만, 실크 로드를 거쳐 중근동에 이어지는 것 같고 감자의 시발점은 폴리네시아라고 전하고 있다.

그와 같이 보면, 아시아가 일본의 원래 모습을 반영하는 거울이라는 것은 바른 해석이며 그 거울은 결코 어딘가 밖에 있는 것이 아니고 사실은 우리들 자신 속에 있다고 말할 수 있을 것 같다. 일본 민족의 그릇과 문화 그 자체가 광대한 유라시아의 그릇과 문화의 무한한 다양성의 '응축체'였지만, 메이지 이후의 일본은 그 심연을 깊숙이 들여다보고 또 보는 노력으로 무언가 다른 것으로 변화하고자 해왔던 것은 아닐까.

그것이 잘못되었다고 딱 잘라 말할 수 있을까. 이제부터 국민 국가를 조직하고 무리를 해서라도 민족의 정체성을 확립해 서구와 함께 나아가는 방편으로서, 자신의 내부가 되는 아시아에 눈을 감는 선택은 그것대로 의미가 없었다고는 말할 수 없다.

그러나 그 대가로 일본인은 자신이 무엇인가를 보지 못하고 또한 그 결과로 외부에 해당하는 아시아의 이웃 나라에게 큰 피해를 끼쳐 마음의 친구를 얻지 못했다.

지금 산업 국가 만들기의 단계가 끝나고 100년째의 대전환을 맞이하는 우리들이 갖지 않으면 안 되는 것은 저 밑에서부터 끓어 올라오는 심연을 정면으로 들여다보는 용기일지도 모른다.

이어령 교수의 책이 10년 전보다도 오히려 지금 읽혀져야 하는
이유도 바로 그 때문인 것이다.

—《프레지던트》(1994)

---

* 앞 글은 일본의 저명한 시사 정론지인 《프레지던트》지가 1994년에 특집으로 기획한, 지난
100년 동안 출간된 일본·일본인론 명저 10선 중 『축소지향의 일본인』에 대한 리뷰로서 쓰여진
글이다. 이어령 선생의 『축소지향의 일본인』과 함께 일본·일본인론을 다룬 명저 10선에 뽑힌 책
으로 루스 베네딕트 여사의 『국화와 칼』, 대만 경제 전문가 구영한의 『중국인과 일본인』, 니토베
이나조의 『무사도』 등이 있다.

다카노 하지메[高野孟]

1949년 3월 19일 도쿄에서 태어나 와세다대학 문학부를 졸업하였다. TV 아사히 선
데이 프로젝트 코멘테이터로 활약하면서 정치권의 흑막을 취재하여 명성을 얻었고,
고급 시사 정론지 《인사이더》의 편집장으로 15년간 활동하였다. 저서로는 『세계 지
도를 읽는 방법』 『21세기 세계 시계』 등이 있다.

일본의 반응

역문譯文 柳呈

당당한 일본론

일본인은 커다란 물건을 무엇이건 조그맣게 축소하고 만다. 하이쿠[俳句], 나무 도시락, 세키테이[石庭], 분재盆栽, 트랜지스터, 탁상 전자계산기……. 일본 문화의 특질인 이 '축소지향'이 바로 일본을 공업 사회의 거인으로 밀어올렸다.

조간朝刊의 뉴스 처리가 끝나고 아무도 없는 새벽녘 외신부의 의자에서, 한국 학자 이어령 교수의 『축소지향의 일본인』(學生社刊)을, 어느 틈에 킬킬 웃어가면서 단숨에 읽었다. 우리 일본인 자신도 미처 알지 못했던 일본 문화의 구조를 '축소'라는 관점에서 연신 풀어 밝혀 보이는, 참으로 유니크하고도 당당한 일본론이다.

실은 이 책의 출판에 앞서서 1월 25일자 본지 '세계의 눈' 특집에서 이 교수의 '축소 문화론'의 개략을 소개했었다. 어떤 외국인을 어떤 각도에서 터치할까 하고 노상 신경을 쓰며 안테나를 펼치고 있는 이 특집 담당 데스크이기도 한 내 귀에, 동경대학에서 연구 중인 이 교수의 소식이 처음 들려온 건 지난해 가을이었다. 방대한 자료들 속에서 읽기 좋은 기사를 잘 쓰는 K 기자한테 터치시키기로 했다.

"될 것 같네요."

K 기자의 보고로 기획 채용이 결정됐다. 질문의 대강 방향만을 지시하고 나머지는 내맡겼다. 전엔 자칫 지나치게 세세한 지시를 주기가 일쑤였다. 그러나 '이런 식의 공략 방법도 있었던가' 하고 그만 무릎을 치고 싶을 젊은 기자들의 신선한 감각에 넘친 원고를 접하고 있는 동안에, 내맡기는 게 상책이라는 걸 깨닫게 되었다.

아니나 다를까, K 기자는 이 교수한테 몇 번인가 다녀오더니, 몇 해에 걸친 방대한 연구 성과를 불과 200행의 인터뷰 기사로 요령 있게 마무리해주었다.

독자에게서 이내 반응이 있었다. "신문에 등장하는 일본론은 번번이 백인의 것뿐이어서 식상할 지경이었습니다. 그러니만큼 이번 기획은 좋았습니다."

그 반면에 "이 교수의 발언은 추상적, 감정적이다"라는 비판도 있었다. 이번에 책으로 발간된 것을 읽고 새삼스레 느꼈는데, 이 교수의 연구는 결코 '감정적 반일론反日論'은 아니다. 하지만 신문의 지면이 좁아서 그런 인상을 준 것이라면 반성해야겠다고 생각했다. 어쨌든 찬부贊否 어느 쪽이든, 독자로부터의 반응이 있을 때는 기쁘다.

최근엔 미국 여성의 「텔레비전 드라마에서 보는 일본인론」, 호주 작가 브래든의 「일본이여, 그렇게 서둘러서 어디로 가나」 등이 호평이었다.

전 세계의 다양하고 복잡한 '눈'을 흥미 깊고 그러면서도 '축소하여' 소개하는 것, 이것은 데스크에 맡겨진, 어떤 의미에선 단순하면서도 때론 위장이 아파오도록 어려운 일이기도 하다.

《마이니치[每日] 신문》1982년 3월 9일자 '데스크의 눈'

다카자와 소이치(외신부 기자)

학문적인 깊이를 지닌 일본론

일본인은 커다란 것을 차츰차츰 작게 만들어버린다. 『만요슈[萬葉集]』의 장가長歌가 단가短歌의 31자가 되고, 다시 하이쿠[俳句]의 17자가 되곤 한다. 밥상을 줄여서 정거장에서 파는 도시락으로 만들었다. 우산을 꺾어 접는 것을 발명했다가 다시 3단으로 접어 놓게끔 하였다. 라디오를 정교한 트랜지스터로 만들어서 세계를 깜짝 놀라게 했다.

이런 예는 얼마든지 들 수 있다. 한국 이화여자대학의 이어령 교수는 이것이 일본 문화의 특질임을 간파하고, 『축소지향의 일본인』을 썼다.

국내외를 막론하고 무수한 일본인론, 일본 문화론이 쓰여졌다. 『국화와 칼』 이후로 『풍토론風土論』, 『아마에甘ぇ의 구조』, 『종적 사회』 등등. 일세를 풍미한 명론名論도 있었으나, 유감되나마 즉흥적 발상에 불과하며 주관적인 독백에 불과했다. 이 교수는 그 정체가 근거 없는 것이었음을 여지없이 폭로한다. 한국이라는, 지극히 일본에 가까이 이웃해 있어, 관찰하기에 가장 좋은 지리를 얻었으며, 그러면서도 그 안으로 빠져들지 않음으로 해서 객관적일 수 있는 입장이, 축소의 문화론에 절묘하게 살아 있는 것이다.

여기엔 일본인 자신이 미처 깨닫지 못했던 일, 미처 생각지 못했던 의미를 속속 폭로당하는 놀라움이 있다. 우리의 우수한 점을 지적받는가 하면, 곧 결점을 찌르는 칼날이 되기도 하는 논지에, 당혹감을 느끼게 될 것이다.

그리고 읽어나감에 따라, 이 교수의 글이 민족의 원한을 풀기 위한 것도 아니고, 심취해서 칭찬 일변도로 기울어진 것도 아님을 알 수 있다. 구미 쪽에서 얼굴을 뗄 수 없는, 이른바 해바라기형도 아니며, 심하게 말하면 쇼비니즘이나 나치즘 같은 것에 빠진 저술도 아님이 분명해질 게다.

지극히 평이하고 명료하며 재치에 넘친 어조인데도, 목적은 학술적인 일본 문화론이어서, 오직 문화의 본질을 정확히 포착하려 하고 있는 것이다. 학술적이라고 하면 가까이하기 어렵고 이해하기 어려운 대명사로밖엔 모르는 이 나라(일본)의 기풍인지라, 오해를 피하기 위해 말해두지만, 학문적인 깊이를 가진 이 저서는 또한 좀 더 '알기 쉽고 재미나게'라는 힘든 방법을 취하고 있다. 내용이 없는 것을 논리의 난삽으로 얼버무리는 것이 유감스럽게도 이 나라 선학先學들의 처세술이었는데, 이어령 교수는 일본의 학계가 실현하지 못했던 수법으로써, 누구나를 그 교묘한 화술에 끌어넣고, 종횡으로 논하여 정체함이 없다.

이어령 교수는 우리나라엔 아직 잘 알려져 있지 않다. 『한恨의 문화론』이라는 한국 문화론이 일본어로 소개된 것뿐이다. 정치를 넘어선 내용이며 남이 따를 수 없는 분석의 정확성과 이야기 솜씨로, 드물게 보는 명저名著이며 영역英譯과 중국어역도 나와 있는데, 한국인의 마음 밑바닥까지 살펴낸 전적인 명저라는 평을 받고 있다. 그러나 일본에선 그 내용의 훌륭함에도 불구하고 극히 반응이 적었었다.

하지만 이번에는 일본인의 마음 구석구석까지 밝게 조명한 저서라 사정이 다르다. 지금껏 볼 수 없었던 자기 모습을 거울에 비추어내는 놀라움이 있다.

그리고 이어령 학설이 우리에게 주고 있는 그 경고에도, 유감스러운 일이지만 귀를 잘 기울이지 않을 수 없다. 조그맣게, 보다 더 순수하게, 보다 더 본질적으로 심화되어 가는 민족성이 세계시장에 웅비하는 뛰어난 소질을 이루고 있다고 했다. 그러나 축소로 향할 때는 독특한 강력함을 발휘하지만, 축소가 극진해 확대로 향하게 되면, 의외로 졸렬성과 취약성을 드러낸다고 했다.

그래서 도요토미 히데요시는 국내 통일에 천재적인 수완을 보이면서도, 외국에 군대를 보내면 좌절한다. 태평양 전쟁도 희한한 전과를 거두어, 인도네시아로부터 뉴기니아, 버마로까지 뻗어 나갔다. 그러나 그 전과를 확보할 수가 없었다. 한번 승리를 거두면서 전법이 적에게 알려져, 의표를 찔려 패배하게 되어도, 그 전법을 바꾸지 못했다. 일본의 위기는, 축소로 성공을 거두고는 막상 확대로 향해야 할 때는 패배하는 운명을 되풀이해 왔던 것이다.

그러고도 오늘의 일본은 지극히 졸렬한 방법으로 영광의 고갯마루 턱을 오르려 하고 있다. 한국 동란에서나, 월남 전쟁에서나 청년을 죽이지 않은 나라는 일본이었다. 그리고 그 전쟁 덕으로 제일 많이 돈벌이를 한 것도 일본이었다. 그런데도 피난민을 받아들이지 않고 난민의 입국을 금지하고 있는 것도 일본이란 말이다.

자동차, 시계, 카메라…… 그 생산의 질에 있어서나 양에 있어서나 세계에 자랑하던 나라가, 메이드 인 재팬 때문에 망가지거나 무너진다. 그러나 일본인은 "이제까지의 최고품보다 질이 좋고 값싼 물품을 만들었다. 그러니까 자유 경쟁의 세계에 거리낄 게 뭐냐"라고 주장하고 있지만, 그건 축소로 향하는 국내만의 생각이다. 밖에서는 실직과 빈곤화로 원한을 품고 울고 있다.

일본인은 무엇 때문에 돈을 버는가. 인정도 용서도 없는 민족인가. 무역 마찰이 더욱더 격심해지는데, 그 해결은 현재의 일본 논법 속에는 없다. 그런 의미에서도 나는 이 책이 되도록 많은 사람들에게 읽힐 것을 희망한다.

《선데이 마이니치》1982년 2월 21일자 '스코프' 칼럼
요시무라 데이지(평론가)

'축소'에서 '확대'로의 전환기에 일본 역사의 실패가 되풀이된다

저자 이어령 씨는 현재 한국 최고의 문예 평론가로 알려져 있다. 이 저서는 그러한 이 씨가 한국 문화와의 비교를 통해, 일본인 내지는 일본 문화의 특징을 날카롭게 묘사해낸 수작秀作이다.

일본인론이나 일본 문화론은 어느 문화를 거울(비교축)로 하면, 거기에 비치는 일본인 혹은 일본 문화의 모습을 포착할 수 있을까—결국은 이 점에 귀착하는 것이라고, 나는 평소에 생각해 왔다.

가령 도이 다케로[土居健郎] 씨의 명저名著『아마에[甘え]의 구조』를 예로 들면, '아마에'는 주로 구미 문화와의 비교를 통해서 찾아볼 수 있었던 사례였다. '아마에'에 해당하는 말은 영어엔 없다는 발

견이, 이 이론의 착상이 돼 있었던 것이다.

그런데 이웃인 한국어엔 그것이 많이 있었던 것이다. 한국 문화라는 거울에 비추어 보면, '아마에'는 뭐 꼭 일본인에게만 특유한 정신 구조를 의미하는 건 아니라는 것이다. 이 씨가 거기에서 발견한 모습은, 오히려 '축소지향'의 일본인이었던 것이다.

이 씨와 일본 문화와의 만남은, '식민지의 교실'이라는 불행한 근대사近代史의 과정에서 시작되었다. 그리고 이 씨는 이미 여덟 살 때 초등학교 수업 시간을 통해, 이상스러운 일본인들과 만났던 것이다. 그것은 일본의 옛이야기에 나타나는 '축소된 인간'들이었다. 곧 저 잇슨보시[一寸法師]가 그것이요, 모모타로[挑太郎], 긴타로[金太郎]이며 우시와카마루[牛若丸]가 그것이었던 것이다.

한국어에는 확대를 의미하는 접두어(왕벌, 왕대포 따위 말의 '왕' 등)는 있어도, 축소를 나타내는 접두어는 없다. 반대로 일본어에는 확대의 접두어보다는 '마메[豆]'며 '히나' 등 축소를 나타내는 것이 보다 더 일반적이다. 일본인의 의식 밑바닥에는 이 '축소지향성'이 깔려 있는 것은 아닐까.

문학을 전공한 이 씨는 『보바리 부인』을 비평한 조르주 플레로부터 '확산'과 '수축'이라는 분석 개념을 알아냈다. 다시 『마쿠라노소시[枕草子]』의 다음과 같은 대목을 접하고 나서, 더욱 자신의 착상에 확신을 품게 된 것 같다.

"무엇이든 무엇이든 작은 것은 모두 다 아름답다."

하이쿠[俳句], 분재, 세키테이[石庭], 다실 등 이 씨에 따르면 이들은 모두가 '축소지향성'에서 탄생한 문화였다. 나무 도시락은 밥상을 한층 작은 형태의 상자로 축소한 것일 따름이다.

더구나 부채를 줄여놓은 쥘부채의 발명은 일본 상품의 백미白眉요, 이를테면 일본 최고最高의 트랜지스터 제품이었다.

나무 도시락이나 쥘부채는 그것 자체가 분명 '축소'된 물건이다. 그러나 기능 면으로 말하면, 이러한 물건들은 휴대하기에 편리하다. 간편해서 어디든 가지고 갈 수 있기 때문에, 그것은 이윽고 '확대지향'으로 연결돼 간다. 줄어듦으로 해서 퍼져 나간다는 역설, 그 원형原型을 이 씨는 잇슨보시[一寸法師]로 보는 것이다.

일본인은 축소지향에 의해 트랜지스터를 만들어, 이제는 세계시장에 진출하고 있다. 이 역설에서 생겨난 것이 무역 마찰이라는 심각한 문제다. 이 씨는 그것을 "기형畸形의 잇슨보시가 탄생하는 위험"이라고 표현한다.

일본의 역사는 '축소'에서 '확대'로 전환하려고 할 때, 언제나 실패를 되풀이해 온 것이 아니었던가. '경제 대국'에 도취해 있는 일본인들이여. 오니[鬼](도깨비, 귀신)가 되지 말라, 잇슨보시가 되라. 조그마한 거인巨人이 되라.

이 저서의 재미는, 저자의 유니크한 착상 말고도 풍부한 사례와 교묘한 변설辨舌에 있다. 나는 흡사 훌륭한 그림책을 보는 듯한 기분을 번번이 느꼈다. 어느 때는 쓱 지나쳐버리는가 하면, 또 어느 때는 물끄러미 들여다보고는 사색에 빠지곤 했다. 이 책은 단숨에 읽힌다. 그러나 단숨에 읽어선 안 될 책이다.

저자의 명석한 필치는, 특히 문학을 소재로 한 대목이나 문학적인 표현에 두드러진 것 같다. 그러니만큼 나는 꼭 한 가지 의문을 끝내 금하지 못했다.

'지지미縮み'라는 용어는 이 씨가 분석을 위해 만들어낸 개념이다. 일반적으로 분석 개념의 어감語感의 가치는, 되도록 뉴트럴함이 바람직하다. 그러나 일본어의 '지지미'라는 어감은 결코 중립은 아닌 것이다.

'지지무縮む(줄다·오므리다)' 또는 '지지미아가루縮みあがる(무서워서 움츠러지다)'란 말을 듣고, 우리 일본인이 우선 연상할 수 있는 것은, 일일이 예를 들 것까지도 없이, 마이너스의 가치밖에 없을 것이다.

저자의 의도는 어디까지나 '축소지향縮み志向'의 일본인을 재평가하는 일이지 않았을까. 하지만 '지지미縮み 지향志向'이라는 어감으로부터는, 우리 일본인에게 한때의 반성을 촉구할 수 있었다 하더라도, 자신과 활력을 가지게 하는 건 어렵다. 좀 더 뉴트럴한 용어가 선택되었더라면 하는 점이 아쉽다.

《아사히[朝日] 저널》1982년 4월 23일호 '비평과 소개'
이노우에 다다시(평론가·고난대학[甲南大學] 문학부 교수)

일본 문화론의 사각死角

이어령의 『축소지향의 일본인』은, 잠재적인 베스트셀러의 하나가 되어 있는 듯, 발간 2개월 만에 벌써 10판을 넘는 판매 부수를 보이고 있다.

확실히 이 책에는 기성의 일본인론의 테두리를 넘을 만한 기폭력이 있다. 이시카와 다쿠보쿠[石川啄木]의 '동해의 작은 섬의 갯벌의 흰 모래밭[東海小島磯白砂]……'이라는 단가短歌의 'の'가, '동해東海-작은 섬[小島]-갯벌[磯]-백사장[白砂]'이라는 이미지의 축소 과정을 표현하며, 이것이 분재·다실·하이쿠 등 조그마한 것의 세련을 낳았고, 나아가선 트랜지스터 문화를 낳았다고 하는 지적이 재미나다. 나가이 다쓰오[永井龍男](소설가)의 단편 작품의 매력 같은 것도 '축소지향'의 극지極地에 있는 세련이라고나 할까.

그러나 이 문화론이 그 이상으로 생각하게 하는 것은, 일본인이 '일본적'인 줄로 생각하고 있는 것들의 대부분이, 실은 한국 문화의 이식移植에 불과하다는 것을 당당히 단언한 점에 있을 것이다. 쌀밥을 젓가락으로 먹는 것은 한국인에게 있어서도 공통된 일이며, 일본 문화의 특성은 밥공기에 한 공기씩 담는 점밖에 없다고 했다. 도이 다케로[土居健郎]가 『아마에甘え의 구조』에서 말하는 '아마에'의 특성도 일본과 구미와의 비교에 있어서만 성립됨에 불과하며, 일본어의 '아마에'에 해당하는 어휘가 한국어 속에 얼마나 흔히 보이는가를 실증하고 있다.

그런데 이러한 사실을 앞에 놓고, 서구 선진국에 대한 '재퍼네스크' 따위를 주장해본들 무슨 의미가 있겠는가. 일본의 비교문학이나 비교문화학이 일본과 구미와의 대비에만 그쳤다는 사실 속에, 일본인의 어떤 거만이 숨겨져 있었는가를 알게 되는 것만 해도, 이 책은 일독一讀의 가치가 있다.

《도쿄[東京] 신문》1982년 4월 9일자 '大波小波' 칼럼

미테랑 대통령 부인에게 이 책을

외국으로부터 높으신 내외분이 동반으로 오셨을 때 30, 40년 전에 '저분들은 어떤 포즈로 사랑을 속삭였을까' 하고 생각하면 갑자기 우스워지곤 한다. 텔레비전은 무섭다. 신문이 몇백만 마디 말을 주워섬겨도 표현하지 못하는 것을 일순간에 보여준다. 그것은 말만이 인간의 의사소통의 수단은 아니기 때문이다.

일본 의사회의 새 회장이 된 하나오카[花岡] 씨를 브라운관에서 처음 본 감상은, 시골 의사 선생님이시구나 하는 것이었다. 가진 바탕 그대로 거동을 하면 그 나름으로 시골 맛이 나서 좋은데, 일본 의사회의 '회장님'이 굉장히 높으시다고 착각해서 포즈를 취하기 때문에, 여간 민망스럽지 않은 분위기가 된다.

평론가인 다와라 소이치로[田原總一郎]가 "익숙하지 못하셔서 그

렁지" 했는데, 바로 그래서 그런 것이다. 사가 현[佐賀縣]에서 의사를 하고 있는 친구가 "이 다음에 나도 회장 선거에 입후보할래" 하고 말하기에, "좋지. 하나오카 씨보단 자네 편이 오히려 회장다운 풍모야" 하고 격려해주었다.

일본 의사회의 회장이 훌륭한 것이 아니라 다케미 다로[武見太郎]가 훌륭했을 뿐이다. 중앙에 있어서 정재계政財界의 높으신 분의 진맥을 여러 해 동안 봐온 자신과 긍지가 '관록'이 돼 있다. 그래서 하나오카 씨가 소인물小人物이라는 건 아니다. 벚꽃은 어디에 피어도 꽃이다. 의사는, 어디서 누구를 보나 의사다. '회장님'이란 명함을 의식할 필요는 없는 것이다. 포즈를 취하지 않고 그냥 있는 그대로를 보이는 '작자'가 참으로 훌륭하단 말이다.

브라운관에 나온 프랑스 미테랑 대통령의 부인을 보고 '저거 웬일이니' 하는 게 솔직한 감상이었다. '대통령도 힘들겠다' 하는 하카타[博多] 사투리를 '웬일이니'로 내가 표현해본 것이다.

미테랑이 새 대통령으로 뽑혔을 때, 일본의 매스컴은 '붉은 정권'이란 표제를 달았었다. 도비시마 덴[飛鳥田] 사회당 위원장이, 프랑스가 행한 핵 실험에 대해 "이후로도 할 작정이오?" 하고 질문해서, "프랑스를 지키기 위해서 핵은 필요하다"라고 명백히 대답하자, "반핵反核이다, 반핵!" 하고 외치던 사람들은 아연했을 것이다.

예전에 이케다[池田] 수상이 프랑스를 방문했을 때, 드골 대통령은 '트랜지스터의 세일즈맨'이라고 이케다를 야유했다. 내가 외무성外務省 의전과장이라면, 미테랑 대통령 부인에게 쥘부채와 함께『축소지향의 일본인』이라는 책을 증정했을 것이다.

이 책의 저자는 이어령이라고 하는 한국의 이화여자대학 교수로, 일본 문화는 '지지미縮'의 문화라는 유니크한 평론을 전개하고 있다. 일본인이 처음으로 수출한 것은 쥘부채다. 중국으로부터 전래한 부채를 줄여 한 개의 막대기로 만들어서 가지고 다니기 쉽게끔 했다. 하이쿠, 세키테이, 분재, 다실 모두가 그렇다. 트랜지스터를 비롯해서 소형차, 카메라, 로봇에 이르기까지 모두가 '축소하는 산업'이 아닌가.

드골 대통령의 야유는 바로 일본의 가장 중요한 점을 짚었었다. 쥘부채를 펴고, 일본에의 대응책을 생각함이 좋겠다.

《니시닛폰[西日本] 신문》 1982년 4월 20일자 'くるま座' 칼럼

머리가 계발되는 '축소'의 논리

최근에 내가 근무하는 동대東大의 교양학과에서는 학과 창설 30주년 기념으로 시작한 공개 강좌의 두 번째 강사로 이 책의 저자인 이 교수에게 강의를 부탁한 일이 있다.

이 책이 간행된 직후의 일이어서, 이 교수의 이름이 아직 일본

매스컴에 폭발적으로 알려지기 이전이었기 때문에, 솔직히 말해서 청중이 과연 얼마나 모일지 주최자로서 염려가 되지 않을 수 없는 상황이었다.

그런데 막상 그날이 되니 예상치 못한 놀라운 현상이 벌어졌다. 고마바에 있는 캠퍼스에서는 비교적 넓은 장소를 택했는데도 학생뿐 아니라 외래의 청중까지 몰려들어 시간도 되기 전에 강연 회장은 입추의 여지도 없는 성황을 이룬 것이다.

'일본인에게는 보이지 않는 일본'이라는 제목으로 행해진 그날의 이 교수의 강연이, 놀랄 만큼 빠른 그의 일본어와 열기를 띤 명쾌한 논지와 재치에 의해서 만장의 청중을 흥분시키고 매료시킨 것은 더 말할 필요도 없다.

그 후로 이 교수의 강연은 일본 국내의 여기저기에서, 그 재기가 넘치는 달변으로 일본인에게 일본 문화를 이야기하고, 그것을 통하여 한국의 지성의 눈부신 광휘光輝를 수많은 일본인에게 감명 깊게 새겨주고 있다. 일한 혹은 한일의원연맹도, 이제부터는 양국 간의 문화 교류를 촉진하기 위해 노력한다고 하고 있지만, 그 '의원'이 몇 년 동안 해야 할 일을, 이 교수는 혼자서 이 책과 몇 번의 강연을 통하여 거뜬히 해치운 감이 없지 않다. 국제교류기금은 정말로 좋은 분을 초빙해 왔다. 그의 내일來日은 기금의 클린 히트라 할 수 있다.

"무엇이든 무엇이든 작은 것은 모두 다 아름답다"고 말한 세이쇼 나곤[清少納言] 이래의 일본 문화의 기본적인 흐름을 '축소'라는 한마디로 수렴해 포착한 것이 이 한 권의 책이다. 아닌 게 아니라 부채는 중국이나 한국에서 고대의 일본으로 전래되었다. 하지만 그것을 '개키고 접어서', 다시 말하자면 축소하여 쥘부채로 만들어 대륙에 역수출한 것은 일본인의 재주였다. 그와 같은 일을 현대 일본의 트랜지스터를 위시한 첨단 기술 산업이 하고 있는 것이 아니냐는 의미가 된다. 그렇게 생각하고 보면 그 두 개 사이에서 전개되어 온 일본식 문화는 정원이건 분재건 꽃꽂이건 다실, 와카[和歌], 하이쿠, 인형, 도시락이건 간에 모두 같은 '축소지향'의 발현發現 이외에 다른 것이 아니지 않은가.

자유자재로 고금의 예를 인용하여 유머와 아이러니를 적재적소에 섞으면서 일관적으로 '축소'의 양상을 분석해 가는 이 교수의 이론은 그의 강연처럼 선명하다.

일본과의 대비를 위해 한국과 중국의 예가 끊임없이 인용되는 건 더 말할 필요도 없을 뿐 아니라, 이 교수는 서구 문화에도 조예가 깊기 때문에 여지껏 있어본 일이 없는 세 다리의 정형鼎型의 비교 일본 문화론이 훌륭하게 성립되었다. 이 교수는 프랑스 최신의 방법론인 현상학적 문학 비평의 방법을 자기화하여 그 이론으로 일본인의 '축소지향'의 상상력을 분류하고 있는 것이다. 따라서 부채를 위시한 개개의 문화의 소산을 논하는 것뿐 아니라, 그런 것들을 산출한 근본의 동사, '축소한다' 및 그 바리에이션('고메루', '요세루', '게즈루', '쓰메루', '가마에루')에 주목하여 교묘하게 그것을 분석하는 것이 이 책의 요점이라고 할 수 있다.

'머리가 좋아지는 책'은 이런 책이 아닐까. 이것을 읽지 않고는 일본인의 자기 인식의 혁신은 있을 수 없다. 그건 그렇다 치고 일본인이 한국에서 한국말로 이처럼 능란하게 한국 문화를 논할 날은 대체 언제쯤이면 올 것인가. 그걸 생각해보면 이 교수가 얼마나 비범한 학재學才를 지닌 분인지 미루어 알 수 있다. 이런 종류의 문화 교류에서의 '확대'라면 이 교수도 앞으로의 일본에 크게 기대를 걸고 있는 것이다.

《가쿠신[革新]》 1982년 5월호

하가 도루[芳賀徹](동경대 교수)

한국의 반응

일본 지식인 사회에 파문 던진 이어령의 「축소지향의 일본인」

　일본의 지식인 사회에서 '이오룡'은 이제 꽤 많이 알려진 이름
이다. 얼핏 음音만 들으면 쿵후의 이소룡李小龍 같은 인상을 주지
만 실은 이어령의 일본식 표기가 그렇게밖에 안 되기 때문이다.
어쨌든 일본의 신문 기자, 대학 교수들 간에는 '이오룡'의 이름으
로 '아, 그 『축소지향의 일본인』을 쓴 이 교수님'을 상기하는 사
람이 많다. 저자인 이 교수는 8년이나 준비하고 별렀다가 내놓은
역작이라 하지만, 일본의 독서계에서는 작금에 갑자기 일어난 조
용한 붐으로 이 붐은 상당 기간 동안 지속될 것 같다.

　지난 1월 30일 발매된 『축소지향의 일본인』은 7주 동안 7판을
거듭, 4만 부 가까이 팔리고 있다. 이 책은 독서계뿐만 아니라 지
식인 동아리, 기업, 공공 기관 등의 관심을 불러일으켜 이 교수는
지난 수개월 동안 10여 차례에 걸쳐 일본 전국을 순회 강연하느
라 바쁘다. 가장 최근의 것으로는 지난 6일 일본 외무성 외곽 단

체인 국제문제연구소 주최의 한일간 커뮤니케이션에 관한 세미나와 12, 13일 산토리문화재단이 오사카에서 주최한 국제 심포지엄인데, 참석자들은 모두 이 교수의 독특한 변설과 해학적 표현에 무릎을 치고 감탄 또는 박장대소하곤 했다.

이것은 그의 저서가 불러일으킨 부차적 효과지만, 일본 지식인 사회에 관심을 모으게 한 이 저서의 압권은 이레코[入籠]형 문화론이다. 그것은 마치 바이올린 케이스를 열면 바이올린 대신 보다 작은 케이스만이 한없이 나오는 소극笑劇의 한 장면처럼, 일본 사람들은 사물을 줄이고 오므리는 데 능하다는 것. 미국에서 개발된 트랜지스터를 한층 더 오므려 만들어내어 세계 시장을 석권한 것은 일본인이라고 그는 말한다.

한국의 온돌은 페치카처럼 방 전체를 덥히지만, 일본의 고타쓰는 줄이고 오므려 앉아 있는 방의 한 부분만을 따뜻하게 해준다. 따라서 가까이 있는 것, 손에 잡히는 것, 살에 닿는 것을 잘하는 '오므림 지향'의 일본인은 일단 자기 나라 밖의 넓은 공간에 나가면 의식 구조도 행동 양태도 돌변한다. 즉 섬세하고 아름다운 것을 즐기며, 예의 바른 일본인이 넓은 바다로 나가면 왜구倭寇로 변한다고 그는 설명한다. 이에 "과연 그렇군" 하며 무릎을 치는 많은 일본의 지식인들은, 평소 일본인들이 느끼지 못했던 점, 즉 의표를 찌르고 있다면서 이 교수의 소론은 일본과 일본어를 너무도 잘 알면서 한국의 주장을 떳떳이 하기에 매력이 있다고 한다.

사실 일본 말을 하고, 일본을 잘 아는 것으로 착각하는 많은 한국인은 지금까지 일본을 이 교수처럼 탐구하며 논한 적이 별로 없었다.

또 하나, 그의 '일본에서의 성공' 비결은 일본인 또는 서양인의 일본론 가운데 툭하면 '일본 특유'라고 지적되어 온 수많은 것들이 실은 한국에 먼저 있었던 것들이라는 지적, 즉 일본을 서양과만 비교해 오던 것을 유사 문화권의 한국과 비교했다는 것에도 있었다.

영어에 없다 하여 '일본 특유'라고 자랑해 오던 많은 일본론을 납작하게 만든 것이다. 일본론의 고전『국화와 칼』에서 루스 베네딕트는 일본만이 '수치심의 문화', '의리와 인정의 문화'를 갖고 있는 것처럼 경탄했지만, 그것들의 기원은 유교를 숭상하는 한국이 아닌가 하고 말하는 이 교수에게 수긍하는 사람이 많았다.

물론 그의 소론에 대해 전적인 찬동을 보류하는 사람도 있긴 하다. 이를테면 이 교수의 소론에는 "순발적인 발상이 많다", "그의 일본 비판은 어쩐지 기분 나쁘다"는 반응 등이 그것이다. 그러나 이런 부정적인 반응은 극히 소수였다. 동경대학의 하가 도루[芳賀徹], 쓰지무라 아키라[辻村明] 교수 등은 "베네딕트의 일본론은 일본의 문화와 문학 또는 일본인의 마음을 모르고 쓴 데 비해, 이 교수는 서양인이 미치지 못하는 해박한 지식을 바탕으로 일본론을 썼다"라고 극찬한다.

　말하자면 이 교수의 '축소지향의 일본인'론은 일본 지식인 사회의 지대한 관심을 한국으로 쏠리게 하는 데 성공한 것이다. 때마침 한일의원연맹에서는 양국의 문화 교류를 위한 기금을 모금 중이다. 명문 동경대에서는 새 학기(4월)부터 한국어 강좌를 개설하고, 지난 8년 동안 동경여대에서 '한국 근대 사상'을 강의한 지명관池明觀 교수, 평론가 이건李建 씨 등을 강사로 맞아들이기도 했다. 다시 말해 일본 사회에서의 한국 지식인의 위치가 다소나마 재인식되려 하고 있는 것이다.

　이 밖에도 한국 태생의 일본인 작가 후루야마 고마오[古山高麗雄] 씨는 선우 휘鮮于煇, 최정희崔貞熙, 김승옥金承鈺, 이병주李炳注 씨 등 한국인 작가 13인의 작품집을 일본어로 펴냈는데 읽는 사람마다 감탄과 외경심을 감추지 않고 있다. 박경리朴景利 씨의 대작 『토지』도 곧 번역 출판될 예정이며 극작가 오태석吳泰錫 씨도 특별 초빙되고 있다.

　일본 문화는 사실 동양 문화이며, 그 가운데서도 일본에 가장 큰 영향을 준 한국과 일본을 비교해야 비로소 일본의 독특성도 살아난다는 '이오룡'론은 일본인에게 설득력 있어 보인다.

　이 교수의 '축소지향론'을 발간한 학생사學生社가 히트한 후부터 소학관小學館, 집영사集英社, 강담사講談社 등 유명 출판사가 목하 한국의 출판업계 사정을 조사하는 등 일본의 학계, 언론계, 출판계가 공교롭게도 한국에 대한 관심을 전에 없이 기울이고 있다.

《조선일보》 1982년 3월 12일자
도쿄-이도형 특파원

한국은 일본을 가장 예리하게 본다

근래 많은 한국인들이 일본을 왕래 또는 장기 체류하면서 정치, 경제, 예술, 체육, 학술 등 각 분야에서 활발한 활동을 벌이고 있다. 문학 평론가 이어령 교수(이화여대)도 동경대학 비교문학연구실의 객원 연구원으로 지난해 6월 도일渡日, 1년 예정으로 체류하고 있는데 그간 일본에서 집필해 출판한 『축소지향의 일본인』(學生社刊)이 일본 독서계의 화제에 오르면서 금세 베스트셀러 랭킹에 올랐다. 한국인의 저서로는 처음 있는 일이다.

이 교수만큼 짧은 시간에 일본 매스컴에 많이 오르내리고 또 일본인 청중을 대상으로 많은 강연에 초빙된 외국인도 근래에 드물 것이다. 또한 외국인이 쓴 '일본인론'으로 이만큼 파문을 일으킨 것도 베네딕트의 『국화와 칼』 이래 처음 있는 일이다.

국내 독서계에도 잘 알려진 그의 유니크한 문장과 독특한 시점이 한국인이 본 일본인론이라는 흥미 있는 테마를 통해 일본인들에게 시기적절한 자극을 준 것 같다. 그는 지난 1일 동경 한국연구원(원장 崔書勉)에서의 '축소문화론' 강연에서도 날카로운 일본어 강연으로 일본인 청중들에게 흥미와 열띤 관심과 때로는 폭소를 자아냈다.

모처럼 일본을 무대로 활발한 활동을 벌이고 있는 한 '한국인의 행동 반경'과 자신의 감회를 들어보기 위해, 동경의 일본 프레스 센터 8층《동아일보》동경 지사에서 이 교수와 자리를 같이했다.

─우선 일본인론을 구상하고 이를 책으로 발간하게 된 동기에 대해서 말씀해주시지요.

"서양인들이 쓴 일본인론은 말이 일본인론이지 한국인론이라 해도 통할 수 있는 것들입니다. 왜냐하면 한국을 모르고 일본을 논하면 한국적 특성도 일본적이라고 오해할 수 있기 때문입니다. 일본을 가장 잘 알 수 있는 입장과 일본을 가장 자세히 볼 수 있는 눈을 가진 것은 한국인입니다. 8년 전 프랑스에 가는 길에 일본을 거쳐 가면서 일본인이 쓴 일본론을 읽으니 주로 빵과 밥을 비교하는 일본론이더군요. 나는 빵과 밥을 비교해서는 안 된다, 밥과 밥을 비교해보아야 한일의 특성이 드러난다고 했더니 옆에서 듣고 있던 학생사學生社의 전부터 잘 아는 쓰루오카 사장이 "책한 권 냅시다"라고 말하더군요. 그때부터 준비한 것을 3년 전 일본에 와서 고이시카와 로터리클럽에서 강연했고, 거기에서 호평을 받아《아시아공론》에 3회에 걸쳐 발표한 적이 있습니다. 이번에 일본에 와서 그것을 정리한 것입니다."

─작가 자신이 요약해서 말한다면 '축소지향적 일본인론' 또는 '일본 문화론'은 한마디로 어떤 것인가요.

　"우선 밥 먹는 습관에서 한일 양국의 비교가 가능합니다. 한국에서는 밥그릇을 밥상 위에 놓고 먹는데, 일본에서는 작은 공기에 떠서 들고 먹는 등, 다 같은 밥이지만 먹는 방식이 다릅니다. 한국은 놓는 문화, 일본은 들고 다니는 문화, 곧 포터블 문화라는 가설이 생길 수 있지요. 사발밥은 묵직하고 장중한 맛이 있는데, 공깃밥이나 1,800여 종이 있다는 벤토는 들고 다니면서 먹는 것입니다. 트랜지스터처럼, 일본 사람들은 큰 것을 작게 줄여 간단하게 손에 들고 다니려는 지향성을 갖고 있습니다. 이러한 축소지향은 곳곳에 나타나 있습니다. 일본 국기는 단순함에 특징이 있고, 일본 인형은 손발이 생략돼 있으며, 일본 정형시인 하이쿠[俳句]는 17자의 가장 짧은 시형을 갖고 있지요. 한국, 중국의 등燈과 일본의 등이 다른 점은 일본 등은 접으면 한 장이 된다는 것입니다. 우산도 독일에서 수입해다가 접는 우산으로 만들어 세계에 역수출한 것이 일본, 쥘부채도 이를 개발해서 중국과 유럽에 내다 판 것도 일본입니다."

　그의 축소지향적 일본인론은 오늘날 경제 대국을 이룬 일본 경제 발전의 이론적 바탕으로 발전한다. 트랜지스터를 발명한 것은 미국이나 이를 개발, 상품화한 것은 일본이며, 또 큰 컴퓨터를 개발한 것도 미국이나 이를 작게 줄여 전자계산기 등 개인용으로 만든 것도 일본이 처음이라는 것, 테이프 리코더나 비디오도 모두 마찬가지. 발명은 미국이 많이 하고 상품으로 개발해 세계 시장을 휩쓴 것은 일본인이라는 것. 안보에만 무임으로 승차한 것이 아니라 상품 개발에 있어서도 그와 같은 일을 했다는 것이다. "일본이 조경造景 솜씨를 자랑하는 정원도 자연의 축경縮景이고, 신神까지도 안방으로 들여와 가미다나[神棚 : 일본 신사를 축소해 집 안에서 참배할 수 있게 한 짓]를 만들었습니다."

이 말은 강연 중에도 있었는데 청중들의 폭소를 자아냈다. 그의 분석이 신에까지 이르자 흥미를 느낀 것일까.

이 교수는 결론에서 일본인들의 축소지향적 특성이 확대지향으로 변할 때 위험이 따른다고 경고한다.

"일본이 이렇게 큰 것을 작은 것으로 만들어 축소지향적 예술이나 상품으로 만들었을 때는 일본적 특성이 강해지나 '잔모래가 바위 되도록'이라는 일본 국가 기미가요처럼 거대주의를 지향할 때는 판단력을 읽고 도요토미 히데요시의 대륙 침략이나 한일 병합, 제2차 세계 대전 때의 만주 침략이나 오늘날의 세계 시장 정복 등과 같은 경제 마찰로 나타나는 것입니다. 이 책의 결론은 그러므로 일본은 축소지향으로 나가야지 확대 거대주의로 나갈 때는 일본은 물론 이웃 나라인 한국까지도 시끄러워진다는 것입니다. '잇슨보시(동화 속에 나오는 상징적인 작은 난쟁이)가 되라, 도깨비가 되지 말라'는 것입니다."

―이 같은 일본인론에 대해 이 교수가 느낀 일본 사람들의 반
응은……

"독특한 시점에서 본 일본인론에 대해 충격과 반성, 놀라움 등
의 반응이었습니다. 이때까지 서양인들에 의해 쓰인 일본론, 예
를 들어 베네딕트의 『국화와 칼』, 『재팬 이즈 넘버원』 등과 같은
대열에 놓고 보는 경향이었습니다."

지난 1월 25일자 《마이니치신문》의 '세계의 눈' 난에서는 거의
한 면을 할애, 그와의 인터뷰를 통해 축소지향론을 소개하기도
했다. 이를 계기로 각 신문 서평 또는 칼럼에 그의 일본론이 소개
됐으며, TV에서도 취급되는 등 한국인으로서는 이례적인 반향을
일으켰다. 매스컴의 각종 반응들, 그중에서 이 교수는 《요미우리
신문》의 다음과 같은 반응을 들었다.

"축소지향이라는 키워드를 사용해서 일본의 문화 구조를 풀어
가는 솜씨는 마술을 보는 것 같다. 처음에는 의심했으나 읽어감
에 따라 눈에서 비늘이 떨어지고 근시가 안경을 썼을 때처럼 사
물이 분명하게 보였다."

그의 일본 문화론에 대해 관심을 표명하면서도 불평을 털어놓
는 반응도 있다. 9일자 《니혼케이자이[日本經濟]》는 서평에서 "곳
곳에 일본의 고전에 관한 해박한 지식이 보여 독자에게 권태감을
느끼지 않게 한다"라고 말하고 "다만 이 책은 구미의 오리지널을
축소하기 전에 왜 동양의 나라 중에서 일본만이 서양 문물의 십

취에 적극적이었나에 대한 의문에 답하지 않고 있다. 또 하나 신경 쓰이는 일은 '축소'라고 하는 한갓 수법을 그야말로 지나치게 '싸잡아 넣은' 점도 있다"라고 평하기도 했다.

―그동안 일본 곳곳에서 40여 회의 강연을 가졌는데…….

"일본의 저명한 문화 강연의 하나로 꼽히는 호텔 뉴오타니의 수요 살롱에 초빙되어 교수, 경제학자, 재계 인사 등을 상대로 강연한 것을 비롯해 대학 연구소, 심포지엄, 학술회의 등에서 강연했습니다. 중·고교 교사, 유치원 교사들을 상대로 한 강연도 있었구요. 내 강연을 많이 들으려고 한 까닭은 일본인들이 자신에 대한 비판을 수용할 만큼 커졌다는 점 때문이겠지요."

―일부에서는 짧은 시간에 일본을 논할 수 있느냐 하는 의문을 제기하는 사람들도 있는 것 같은데…….

"일본 체류 1년이다, 몇 년이다 하는 날짜가 문화론을 쓰는 평가의 기준이 된다면, 일본론은 재일 한국인이 더 잘 쓸 것이고 일본인 자신이 가장 낫겠지요. 베네딕트는 일본에 와보지도 않고 『국화와 칼』을 썼으나 현대의 고전이 되지 않았습니까."

"내가 여기 와서 활동하고 관심을 끌고 있는 것은 개인의 일만은 아닙니다. 일본 지식인들에 대해서 우리가 옛날에만 문화를 전한 것이 아니라 오늘에 있어서도 생각하는 한국인들이 결코 그들의 책이나 해적판으로 만들고 있는 수준이 아니라는 것을 보여준 것입니다. 우리 책을 그들의 지하철에서 읽게 한다는 것, 그것은 나뿐 아니고 우리나라 모든 지식인들의 소원일 것입니다."

도쿄 신주쿠[新宿] 근처의 민가에 방 하나를 빌려 혼자 자취하고 있다는 이 교수는, 라면 끓여 먹고 책 읽고 집필하고 하다 보니 너무 외로울 때는 독백을 하기도 했다고 객지 생활의 애로를 말하고, 그러는 가운데 한국이 보이고 자신이 보이고 이웃들이 보인다고 말한다. 어쩌다 일본론을 썼지만 이를 통해 정작 발견한 것은 일본이 아니고 한국이었다는 것.

원고 집필 등 힘든 작업 탓인지 눈이 많이 나빠져서 요즘은 병원에 다니고 있다며, 5월경 귀국하면 당분간 책 읽고 공부하면서 쉬고 싶다고 말했다.

—일본 활동 중 느낀 앞으로의 한국 문화의 일본 진출 가능성은······.

"당장 경제나 문화가 앞서게 된다는 것은 어렵겠지만, 우리가 일본인들에게 뒤지지 않는다는 것을 보여준 것에 내 일본 생활 1년의 보람이 있다고 할까요. 특히 재일 한국인들에게 내 책이나 수많은 강연을 통해서 큰 가능성을 보여준 점에 있다고 봅니다. 당장 한국인에게 법적 지위나 차별 문제를 해결해주기는 어렵지만, 내 책이 무언가 그들에게 가능성을 보여주는 흐뭇한 격려가 됐다는 얘기를 많이 들었습니다."

이 교수는 단 1년 남짓의 일본 체류를 통해 저명한 출판사에 의해 일본 지식인 사회에 충격을 준 책을 출판했고, 수많은 강연을 통해서 일본인들에게 많은 자문을 던지게 했다. 외교관 몇 명이 가서 까다로운 일본인 사회에 이만큼 침투할 수 있을까. 일본 사회에서 보면 그는 확실히 자랑스러운 한국의 지식인임에 틀림없다.

《동아일보》 1982년 3월 19일자
도쿄 – 정구종 특파원

일본인을 축소로 자르라

문학 평론가 이어령 씨(50·이대 교수)가 일본에서 '축소지향 문화' 바람을 일으켜놓고 귀국했다. 재팬 파운데이션 초청으로 지난해 봄 일본에 건너가 한일 문학 비교 연구를 하고 있던 이 교수는 지난 1월 『축소지향의 일본인』(學生社 刊)이란 책을 출간, 일본 독서계에 파문을 일으켰다. 이 책은 불과 5개월 사이에 16판 10만 이상이 나가고, 영국에서 번역을 준비하고 있을 정도로 일본인들의 관심을 끌고 있다. 1963년 『흙 속에 저 바람 속에』로 한국 독서계를 뒤흔든 지 약 20년 만에 일본을 뒤집어놓은 것이다. 그의 소식을 접한 국내의 문화계 인사들은 "역시 이어령이다"라며 그의 예지가 나이와 상관없이 살아 있음을 기뻐했다.

"『흙 속에…』나 『축소지향』이나 양국인의 의식 구조를 분석한 점은 마찬가지지만 그 접근법은 달랐지요. 『흙 속에……』는 우리의 일상을 관찰한 것이고, 『축소……』는 일본의 고문학古文學을 분석한 것입니다. 전자가 뚜렷한 방법론이 없는 통찰이라면, 후자는 조르주 플레의 '상상력의 축소와 확대'의 이론에 입각한 엄격한 방법론을 택한 분석이었습니다." 31일 돌아온 뒤 바쁜 일정을 보내고 있는 그는 엄격한 방법론 때문에 더러는 '논리의 비약'이라는 평도 없지 않았지만, 일본인들 자신도 모르는 모습을 일깨워주었다는 점에서 보람을 느낀다고 말했다.

일본의 학생사가 출판한 『축소지향의 일본인』은 모든 문화를 수축하고 오므라뜨려서 수용하는 일본인들의 성품을 파헤친 책.

한국인들이 묵직한 밥그릇으로 밥을 먹는 것과 달리, 공기를 개발하여 상 위에 놓고 먹는 것이 아니라 들고 먹는 것이나, 구미에서 개발한 라디오에서 한 걸음 더 나아가 트랜지스터를 개발해들고 다니는 것 등. 컴퓨터를 개발한 것은 미국이지만, 일본인들은 이를 줄여 수첩같이 주머니에 넣고 다닐 수 있게 했다. 그것은 테이프 리코더, 비디오, TV 등도 마찬가지다.

이 교수의 눈에 비친 일본인들의 축소지향은 이런 일용품에서 그치지 않는다. 그들은 자연마저 축소해 그들 특유의 정원을 가꾸었으며, 신神까지도 미니화하여 신사神社를 축소한 가미다나[神棚]를 집 안에 만들어놓고 편리하게 참배하고 있다.

그는 일본인들의 축소지향을 분석할 뿐 아니라 이것을 지켜나갈 것을 제시하고 있다. 그들이 축소지향을 버리고 확대지향으로 나가는 것은 일단 자기 부정이며, 결국은 이웃 나라들을 괴롭히고 스스로를 파멸시키게 된다고. "잔모래가 바위가 되도록"이라는 일본 국가 가미가요의 한 구절같이 그들이 대국주의를 지향하면 도요토미 히데요시의 한국 침략이나 한일 합병 및 태평양 전쟁 같은 것을 일으킨다는 것이다. 그는 일본인의 확대지향이 제2차 세계 대전으로 끝난 것이 아니라 일본 상품으로 세계 시장을 정복하려는 이들의 경제 대국주의 속에 남아 있음도 지적하고 있다.

이 책에 대한 일본인들의 관심은 거의 폭발적이었다. 지금까지 다른 외국인들이 쓴 일본론에 관한 책보다 훨씬 많이 팔려 나간 것이 그 좋은 예. 일본의 경제가 팽창하면서부터 외국인들의 일본론은 무수히 나왔다. 처음에는 외국인의 눈을 빌려 스스로를 본다는 데서 호기심을 끌었지만, 그 흥미는 그들의 콧대에 반비례해 지금은 싸구려 기행문 취급이나 받고 있었다.

"구미인들의 일본론은 피상적일 수밖에 없지요. 밥과 빵을 비교하는 식의 분석이니, 그 일본론은 한국론도 될 수 있고 중국론도 될 수 있는 동양론 정도가 아니겠습니까?"

이에 비해 이 교수는 '밥(공깃밥)'과 '밥(사발밥)'을 비교했다. 일본 체류 기간 1년이 못 됐지만, 그는 일제 치하에서 교육을 받기도 했다. 여기에 그의 천부적인 예지가 가미돼 날카로운 일본론을 쓰게 된 듯하다.

이 책에 대한 일본 지식인들의 반향은 10만 부라는 판매 부수만으로는 설명할 수 없었다. 그 내용을 승복하건 거부하건 '축소지향'이라는 단어는 그들의 뇌리에 깊숙이 박혔다.

5월 26일 《마이니치신문》은 전면 특집 '기자의 눈'을 싣고 있는데, 여기서 사회부의 도리 다카아키[取遠孝昭] 기자는 이 교수의 저술과는 상관없는 도시 계획 기사에서 축소지향의 이론을 도입하고 있다. 그는 동경의 비대화에 바탕을 둔 동경 도시 계획을 위한 장기 구상을 반박, '거대화 지향은 멸망의 길'이라는 큰 제목 밑에 이 교수의 저술을 자세히 설명하고 있다.

이에 앞서 《니시닛폰신문》은 미테랑 프랑스 대통령이 방일 중이던 4월 19일자에서 "미테랑 대통령이 일본이란 나라는 불가사의한 나라라고 했는데, 그가 『축소지향의 일본인』을 읽었더라면 불가사의한 나라라고만 하지는 않았을 것이다"라고 했다. 이 칼럼을 담당한 논설위원은 또 다음 날 같은 난에서 "내가 외무성의 전과장이라면 미테랑 대통령 부인에게 쥘부채와 함께 『축소지향의 일본인』을 증정했을 것"이라고 쓰기도 했다.

사회 심리학자인 이노우에 다다시[井上忠司] 교수(京都大)는 《주간 아사히 저널》에서 "이 책은 단숨에 읽히는 책이다. 그러나 그래서는 안 되는 글이다"라고 썼다. 그는 이 교수가 문학에서 적절히 소재를 찾아낸 데 감탄했다.

이 밖에도 일본의 간행물들이 『축소지향……』을 다룬 기사는 헤아릴 수 없이 많다. 갑작스레 유명 인사가 된 그는 각종 강연회에 불려 다니면서 특유의 화술로 청중들을 사로잡았다. 자타가 공인하는 일본 최고의 엘리트 양성 기관 마쓰시타 정경숙政經塾도 그를 초청해 강연을 듣더니, "앞으로 다른 한국인 교수들도 일본에 오거든 여기서 강연하게 해달라"고 부탁하기도 했다.

따라서 이 책은 한일 문화 교류에 새로운 장을 연 셈이다. 열등감에 젖어 있는 재일 한국인들의 눈에 한국의 존재는 권투와 축구의 차원을 벗어나지 못했다.

그러던 중에 이 교수가 일본의 매스컴을 화려하게 탄 것은 새로이 한국인의 존재를 부각시킨 계기가 됐다. 한국인이라는 신분을 속이고 우동 가게를 운영하던 한 재일 한국인은 이 교수가 TV에 나와 연설하자 흥분한 바람에 한국인임이 폭로됐는데, "한국인을 얕잡아 보던 일본에서 그의 등장은 가장 감격스러웠다"라고 말했다.

『축소지향……』의 인기는 그가 3년 전 일본서 내놓은 『한恨의 문화론』으로도 파급되어 재판再版을 내놓기도 했다. 이 책은 『흙 속에 저 바람 속에』를 수정해 번역한 것으로 역시 학생사에서 내놓은 것이다.

이 교수는 내년 1월 중 일본 특유의 단시短詩 하이쿠[俳句]에 관한 연구서를 내놓을 예정이며, 또 한일의 의식 구조를 비교하는 책 『춘향전과 추신구라[忠臣藏]』의 출판 계약도 체결했다.

"문화는 공기와 같은 것입니다. 아무리 막으려 해도 그것은 이웃으로 흘러가고 흘러오게 마련이지요. 한일 문화 교류도 그런 측면에서 생각해야 할 것입니다. 일본인들에 대한 우리의 평가를 떳떳이 발표하는 것이야말로 건전한 한일 관계 정립을 돕는 길이라 생각합니다."

《한국일보》1982년 6월 3일자
양평 기자

일본에서 만난 「축소지향의 일본인」

일본에 있는 동안 나는 20권쯤 문고판 『축소지향의 일본인』을 샀었다. 일본인들에게 주기 위해서였다. 일본어로 된 일본책을 사서 일본인에게 주는…… 좀 난해한 일을 했던 셈이다.

그때 덧붙였던 말은 대개 두 가지였다. 남자일 때는 이렇게 말했다. "당신이 누구인지를 우리 한국인은 이렇게 봅니다."

여자의 경우에는 조금 달랐다.

"아니 이 책을 모르셨다니…… 꼭 읽어주셨으면 좋겠습니다."

『축소지향의 일본인』은 이미 검증이 끝난 일본론의 고전이 되어 있다. 일본의 서점, 문고본 서가에 꽂혀 있는 이 책을 만난다는 것은 신선함도 감동도 아니다. 상식이며 당연함이다.

그러나 『외국인이 쓴 일본론의 명저 10』 같은 데에 들어 있는 이 책에 대한 장황한 해설과 분석을 만날 때의 느낌은 다르다. 북적대는 기노쿠니야 서점이나 산세이도 서점의 일본론 코너에서 『세계의 일본인관』 같은 책을 펴들었다고 하자.

『고독한 군중』으로 우리에게도 잘 알려진 데이비드 리스먼의 『재팬 다이어리』나 『국화와 칼』, 『타임지가 본 일본』과 같은 책들과 나란히, 일본과 일본인이 세계에 어떻게 보여지고 있는가 하는 의문에 대한 명저로 소개되어 있는 『축소지향의 일본인』을 만난다는 것은 기쁨을 넘어 자긍심이 된다.

"아시아인이 쓴 많지 않은 일본인론의 대표작인 이 책은……"으로 시작해 "그 수많은 일본인론 가운데서도 더욱 계발성이 있는 책의 하나라는 것은 분명하다"로 끝나는 해제를 읽었다고 하자. 서가 앞에 서서 그 글을 읽고 밖으로 나설 때, 간다[神田]의 헌책방 거리를 지나 지하철을 타러 계단을 내려갈 때, 나는 그랬다. 어떤 커다란 손 하나가 내 어깨를 부축하는 느낌이었다.

보고, 욕하고, 감격하다가 돌아가면 되는 여행객과는 다르다. 그곳에 살면서, 일본을 겪으면서, 일본과 함께 자기 자신마저 이겨내지 않으면 안 되는 '나'에게 있어 그것이 얼마나 눈물겨운 힘이 되는지를, 나는 오래도록 잊지 못할 것이다.

「내 안에 있는 네 사람」(『만남의 방식』, 김영사, 1993)

한수산(소설가)

이어령 작품 연보

문단 : 등단 이전 활동

「이상론-순수의식의 뇌성(牢城)과 그 파벽(破壁)」	서울대《문리대 학보》3권, 2호	1955.9.
「우상의 파괴」	《한국일보》	1956.5.6.

데뷔작

「현대시의 UMGEBUNG(環圍)와 UMWELT(環界) -시비평방법론서설」	《문학예술》10월호	1956.10.
「비유법논고」	《문학예술》11,12월호	1956.11.
* 백철 추천을 받아 평론가로 등단		

논문

평론·논문

1.	「이상론-순수의식의 뇌성(牢城)과 그 파벽(破壁)」	서울대《문리대 학보》3권, 2호	1955.9.
2.	「현대시의 UMGEBUNG와 UMWELT-시비평방 법론서설」	《문학예술》10월호	1956
3.	「비유법논고」	《문학예술》11,12월호	1956
4.	「카타르시스문학론」	《문학예술》8~12월호	1957
5.	「소설의 아펠레이션 연구」	《문학예술》8~12월호	1957

6. 「해학(諧謔)의 미적 범주」 《사상계》 11월호 1958

7. 「작가와 저항-Hop Frog의 암시」 《知性》 3호 1958.12.

8. 「이상의 시의와 기교」 《문예》 10월호 1959

9. 「프랑스의 앙티-로망과 소설양식」 《새벽》 10월호 1960

10. 「원형의 전설과 후송(後送)의 소설방법론」 《사상계》 2월호 1963

11. 「소설론(구조와 분석)-현대소설에 있어서의 이미지 《세대》 6~12월호 1963
    의 문제」

12. 「20세기 문학에 있어서의 지적 모험」 서울법대 《FIDES》 10권, 2호 1963.8.

13. 「플로베르-걸인(乞人)의 소리」 《문학춘추》 4월호 1964

14. 「한국비평 50년사」 《사상계》 11월호 1965

15. 「Randomness와 문학이론」 《문학》 11월호 1968

16. 「최남선의 「해에게서 소년에게」 분석」 《문학사상》 2월호 1974

17. 「춘원 초기단편소설의 분석」 《문학사상》 3월호 1974

18. 「문학텍스트의 공간 읽기-「早春」을 모델로」 《한국학보》 10월호 1986

19. 「鄭夢周의 '丹心歌'와 李芳遠의 '何如歌'의 비교론」 《문학사상》 6월호 1987

20. 「'處容歌'의 공간분석」 《문학사상》 8월호 1987

21. 「서정주론-피의 의미론적 고찰」 《문학사상》 10월호 1987

22. 「정지용-창(窓)의 공간기호론」 《문학사상》 3~4월호 1988

학위논문

1. 「문학공간의 기호론적 연구-청마의 시를 중심으로」 단국대학교 1986

단평

국내신문

1. 「동양의 하늘-현대문학의 위기와 그 출구」 《한국일보》 1956.1.19.~20.

2. 「아이커러스의 귀화-휴머니즘의 의미」 《서울신문》 1956.11.10.

3. 「화전민지대 – 신세대의 문학을 위한 각서」　　　《경향신문》　　　　1957.1.11.~12.

4. 「현실초극점으로만 탄생 – 시의 '오부제'에 대하여」《평화신문》　　　1957.1.18.

5. 「겨울의 축제」　　　　　　　　　　　　　　　《서울신문》　　　　1957.1.21.

6. 「우리 문화의 반성 – 신화 없는 민족」　　　　《경향신문》　　　　1957.3.13.~15.

7. 「묘비 없는 무덤 앞에서 – 추도 이상 20주기」　《경향신문》　　　　1957.4.17.

8. 「이상의 문학 – 그의 20주기에」　　　　　　　《연합신문》　　　　1957.4.18.~19.

9. 「시인을 위한 아포리즘」　　　　　　　　　　《자유신문》　　　　1957.7.1.

10. 「토인과 생맥주 – 전통의 터너미놀로지」　　　《연합신문》　　　　1958.1.10.~12.

11. 「금년문단에 바란다 – 장미밭의 전쟁을 지양」　《한국일보》　　　　1958.1.21.

12. 「주어 없는 비극 – 이 시대의 어둠을 향하여」　《조선일보》　　　　1958.2.10.~11.

13. 「모래의 성을 밟지 마십시오 – 문단후배들에게 말　《서울신문》　　　1958.3.13.
    한다」

14. 「현대의 신라인들 – 외국 문학에 대한 우리 자세」《경향신문》　　　1958.4.22.~23.

15. 「새장을 여시오 – 시인 서정주 선생에게」　　　《경향신문》　　　　1958.10.15.

16. 「바람과 구름과의 대화 – 왜 문학논평이 불가능한가」《문화시보》　　1958.10.

17. 「대화정신의 상실 – 최근의 필전을 보고」　　　《연합신문》　　　　1958.12.10.

18. 「새 세계와 문학신념 – 폭발해야 할 우리들의 언어」《국제신보》　　1959.1.

19. *「영원한 모순 – 김동리 씨에게 묻는다」　　　《경향신문》　　　　1959.2.9.~10.

20. *「못 박힌 기독은 대답 없다 – 다시 김동리 씨에게」《경향신문》　　1959.2.20.~21.

21. *「논쟁과 초점 – 다시 김동리 씨에게」　　　　《경향신문》　　　　1959.2.25.~28.

22. *「희극을 원하는가」　　　　　　　　　　　《경향신문》　　　　1959.3.12.~14.

　　 * 김동리와의 논쟁

23. 「자유문학상을 위하여」　　　　　　　　　　《문학논평》　　　　1959.3.

24. 「상상문학의 진의 – 펜의 논제를 말한다」　　《동아일보》　　　　1959.8.~9.

25. 「프로이트 이후의 문학 – 그의 20주기에」　　《조선일보》　　　　1959.9.24.~25.

26. 「비평활동과 비교문학의 한계」　　　　　　《국제신보》　　　　1959.11.15.~16.

27. 「20세기의 문학사조 – 현대사조와 동향」　　《세계일보》　　　　1960.3.

28. 「제삼세대(문학) – 새 차원의 음악을 듣자」　《중앙일보》　　　　1966.1.5.

29. 「'에비'가 지배하는 문화 – 한국문화의 반문화성」《조선일보》　　　1967.12.28.

56. 「半島性의 상실과 회복의 역사」 《한국일보》 광복50년 신년특집 1995.1.4.
   특별기고
57. 「한국언론의 새로운 도전」 《조선일보》 75주년 기념특집 1995.3.5.
58. 「대고려전시회의 의미」 《중앙일보》 1995.7.
59. 「이인화의 역사소설」 《동아일보》 1995.7.
60. 「한국문화 50년」 《조선일보》 광복50년 특집 1995.8.1.
   외 다수

외국신문

1. 「通商から通信へ」 《朝日新聞》 교토포럼 主題論文抄 1992.9.
2. 「亞細亞の歌をうたう時代」 《朝日新聞》 1994.2.13.
   외 다수

국내잡지

1. 「마호가니의 계절」 《예술집단》 2호 1955.2.
2. 「사반나의 풍경」 《문학》 1호 1956.7.
3. 「나르시스의 학살–이상의 시와 그 난해성」 《신세계》 1956.10.
4. 「비평과 푸로파간다」 영남대 《嶺文》 14호 1956.10.
5. 「기초문학함수론–비평문학의 방법과 그 기준」 《사상계》 1957.9.~10.
6. 「무엇에 대하여 저항하는가–오늘의 문학과 그 근거」 《신군상》 1958.1.
7. 「실존주의 문학의 길」 《자유공론》 1958.4.
8. 「현대작가의 책임」 《자유문학》 1958.4.
9. 「한국소설의 현재의 장래–주로 해방후의 세 작가 《지성》 1호 1958.6.
   를 중심으로」
10. 「시와 속박」 《현대시》 2집 1958.9.
11. 「작가의 현실참여」 《문학평론》 1호 1959.1.
12. 「방황하는 오늘의 작가들에게–작가적 사명」 《문학논평》 2호 1959.2.
13. 「자유문학상을 향하여」 《문학논평》 1959.3.
14. 「고독한 오솔길–소월시를 말한다」 《신문예》 1959.8.~9.

43. 「이상문학의 출발점」	《문학사상》	1975.9.
44. 「분단기의 문학」	《정경문화》	1979.6.
45. 「미와 자유와 희망의 시인 – 일리리스의 문학세계」	《충청문장》 32호	1979.10.
46. 「말 속의 한국문화」	《삶과꿈》 연재	1994.9~1995.6.

외 다수

외국잡지

1. 「亞細亞人の共生」	《Forsight》新潮社	1992.10.

외 다수

대담

1. 「일본인론 – 대담:金容雲」	《경향신문》	1982.8.19.~26.
2. 「가부도 논쟁도 없는 무관심 속의 '방황' – 대담:金 璟東」	《조선일보》	1983.10.1.
3. 「해방 40년, 한국여성의 삶 – "지금이 한국여성사의 터닝포인트" – 특집대담:정용석」	《여성동아》	1985.8.
4. 「21세기 아시아의 문화 – 신년석학대담:梅原猛」	《문학사상》 1월호, MBC TV 1일 방영	1996.1.

외 다수

세미나 주제발표

1. 「神奈川 사이언스파크 국제심포지움」	KSP 주최(일본)	1994.2.13.
2. 「新潟 아시아 문화제」	新潟縣 주최(일본)	1994.7.10.
3. 「순수문학과 참여문학」(한국문학인대회)	한국일보사 주최	1994.5.24.
4. 「카오스 이론과 한국 정보문화」(한·중·일 아시아 포럼)	한백연구소 주최	1995.1.29.
5. 「멀티미디어 시대의 출판」	출판협회	1995.6.28.
6. 「21세기의 메디아론」	중앙일보사 주최	1995.7.7.
7. 「도자기와 총의 문화」(한일문화공동심포지움)	한국관광공사 주최(후쿠오카)	1995.7.9.

8. 「역사의 대전환」(한일국제심포지움)	중앙일보 역사연구소	1995.8.10.
9. 「한일의 미래」	동아일보, 아사히신문 공동주최	1995.9.10.
10. 「춘향전'과 '忠臣藏'의 비교연구」(한일국제심포지엄)	한림대·일본문화연구소 주최	1995.10.
외 다수		

기조강연

1. 「로스엔젤러스 한미박물관 건립」	(L.A.)	1995.1.28.
2. 「하와이 50년 한국문화」	우먼스클럽 주최(하와이)	1995.7.5.
외 다수		

저서(단행본)

평론·논문

1. 『저항의 문학』	경지사	1959
2. 『지성의 오솔길』	동양출판사	1960
3. 『전후문학의 새 물결』	신구문화사	1962
4. 『통금시대의 문학』	삼중당	1966
* 『축소지향의 일본인』	갑인출판사	1982
* '縮み志向の日本人'의 한국어판		
5. 『縮み志向の日本人』(원문: 일어판)	学生社	1982
6. 『俳句で日本を讀む』(원문: 일어판)	PHP	1983
7. 『고전을 읽는 법』	갑인출판사	1985
8. 『세계문학에의 길』	갑인출판사	1985
9. 『신화속의 한국인』	갑인출판사	1985
10. 『지성채집』	나남	1986
11. 『장미밭의 전쟁』	기린원	1986

12. 『신한국인』	문학사상	1986
13. 『ふろしき文化のポスト・モダン』(원문: 일어판)	中央公論社	1989
14. 『蛙はなぜ古池に飛びこんだのか』(원문: 일어판)	学生社	1993
15. 『축소지향의 일본인-그 이후』	기린원	1994
16. 『시 다시 읽기』	문학사상사	1995
17. 『한국인의 신화』	서문당	1996
18. 『공간의 기호학』	민음사(학위논문)	2000
19. 『진리는 나그네』	문학사상사	2003
20. 『ジャンケン文明論』(원문: 일어판)	新潮社	2005
21. 『디지로그』	생각의나무	2006
22. 『이어령의 삼국유사 이야기1』	서정시학	2006
* 『하이쿠의 시학』	서정시학	2009
* '俳句で日本を讀む'의 한국어판		
* 『젊은이여 한국을 이야기하자』	문학사상사	2009
* '신한국인'의 개정판		
23. 『어머니를 위한 여섯 가지 은유』	열림원	2010
24. 『이어령의 삼국유사 이야기2』	서정시학	2011
25. 『생명이 자본이다』	마로니에북스	2013
* 『가위바위보 문명론』	마로니에북스	2015
* 'ジャンケン文明論'의 한국어판		
26. 『보자기 인문학』	마로니에북스	2015
27. 『너 어디에서 왔니(한국인 이야기1)』	파람북	2020
28. 『너 누구니(한국인 이야기2)』	파람북	2022
29. 『너 어떻게 살래(한국인 이야기3)』	파람북	2022
30. 『너 어디로 가니(한국인 이야기4)』	파람북	2022

에세이

1. 『흙 속에 저 바람 속에』	현암사	1963
2. 『오늘을 사는 세대』	신태양사출판국	1963

540

| 『다시 한번 날게 하소서』 | 성안당 | 2022 |
| 『눈물 한 방울』 | 김영사 | 2022 |

칼럼집

| 1. 『차 한 잔의 사상』 | 삼중당 | 1967 |
| 2. 『오늘보다 긴 이야기』 | 기린원 | 1986 |

편저

1. 『한국작가전기연구』	동화출판공사	1975
2. 『이상 소설 전작집 1,2』	갑인출판사	1977
3. 『이상 수필 전작집』	갑인출판사	1977
4. 『이상 시 전작집』	갑인출판사	1978
5. 『현대세계수필문학 63선』	문학사상사	1978
6. 『이어령 대표 에세이집 상,하』	고려원	1980
7. 『문장백과대사전』	금성출판사	1988
8. 『뉴에이스 문장사전』	금성출판사	1988
9. 『한국문학연구사전』	우석	1990
10. 『에센스 한국단편문학』	한양출판	1993
11. 『한국 단편 문학 1-9』	모음사	1993
12. 『한국의 명문』	월간조선	2001
13. 『뜻으로 읽는 한국어 사전』	문학사상사	2002
14. 『매화』	생각의나무	2003
15. 『사군자와 세한삼우』	종이나라(전5권)	2006

   1. 매화
   2. 난초
   3. 국화
   4. 대나무
   5. 소나무

| 16. 『십이지신 호랑이』 | 생각의나무 | 2009 |

8.	『느껴야 움직인다』	시공미디어	2013
9.	『지우개 달린 연필』	시공미디어	2013
10.	『길을 묻다』	시공미디어	2013

일본어 저서

*	『縮み志向の日本人』(원문: 일어판)	学生社	1982
*	『俳句で日本を讀む』(원문: 일어판)	PHP	1983
*	『ふろしき文化のポスト・モダン』(원문: 일어판)	中央公論社	1989
*	『蛙はなぜ古池に飛びこんだのか』(원문: 일어판)	学生社	1993
*	『ジャンケン文明論』(원문: 일어판)	新潮社	2005
*	『東と西』(대담집, 공저:司馬遼太郎 編, 원문: 일어판)	朝日新聞社	1994. 9

번역서

『흙 속에 저 바람 속에』의 외국어판

<table>
<tr><td>1.</td><td>＊『In This Earth and In That Wind』
(David I. Steinberg 역) 영어판</td><td>RAS-KB</td><td>1967</td></tr>
<tr><td>2.</td><td>＊『斯土斯風』(陳寧寧 역) 대만판</td><td>源成文化圖書供應社</td><td>1976</td></tr>
<tr><td>3.</td><td>＊『恨の文化論』(裵康煥 역) 일본어판</td><td>学生社</td><td>1978</td></tr>
<tr><td>4.</td><td>＊『韓國人的心』 중국어판</td><td>山佈人民出版社</td><td>2007</td></tr>
<tr><td>5.</td><td>＊『В ТЕХ КРАЯХ НА ТЕХ ВЕТРАХ』
(이리나 카사트키나, 정인순 역) 러시아어판</td><td>나탈리스출판사</td><td>2011</td></tr>
</table>

『縮み志向の日本人』의 외국어판

<table>
<tr><td>6.</td><td>＊『Smaller is Better』(Robert N. Huey 역) 영어판</td><td>Kodansha</td><td>1984</td></tr>
<tr><td>7.</td><td>＊『Miniaturisation et Productivité Japonaise』
불어판</td><td>Masson</td><td>1984</td></tr>
<tr><td>8.</td><td>＊『日本人的縮小意识』 중국어판</td><td>山佈人民出版社</td><td>2003</td></tr>
<tr><td>9.</td><td>＊『환각의 다리』『Blessures D'Avril』 불어판</td><td>ACTES SUD</td><td>1994</td></tr>
<tr><td>10.</td><td>＊「장군의 수염」『The General's Beard』(Brother
Anthony of Taizé 역) 영어판</td><td>Homa & Sekey Books</td><td>2002</td></tr>
<tr><td>11.</td><td>＊『디지로그』『デヅログ』(宮本尙寬 역) 일본어판</td><td>サンマーク出版</td><td>2007</td></tr>
<tr><td>12.</td><td>＊『우리문화 박물지』『KOREA STYLE』 영어판</td><td>디자인하우스</td><td>2009</td></tr>
</table>

공저

<table>
<tr><td>1.</td><td>『종합국문연구』</td><td>선진문화사</td><td>1955</td></tr>
<tr><td>2.</td><td>『고전의 바다』(정병욱과 공저)</td><td>현암사</td><td>1977</td></tr>
<tr><td>3.</td><td>『멋과 미』</td><td>삼성출판사</td><td>1992</td></tr>
<tr><td>4.</td><td>『김치 천년의 맛』</td><td>디자인하우스</td><td>1996</td></tr>
<tr><td>5.</td><td>『나를 매혹시킨 한 편의 시1』</td><td>문학사상사</td><td>1999</td></tr>
<tr><td>6.</td><td>『당신의 아이는 행복한가요』</td><td>디자인하우스</td><td>2001</td></tr>
<tr><td>7.</td><td>『휴일의 에세이』</td><td>문학사상사</td><td>2003</td></tr>
<tr><td>8.</td><td>『논술만점 GUIDE』</td><td>월간조선사</td><td>2005</td></tr>
<tr><td>9.</td><td>『글로벌 시대의 한국과 한국인』</td><td>아카넷</td><td>2007</td></tr>
</table>

전집

5. 나그네의 세계문학

6. 신화속의 한국인

7. 고전을 어떻게 읽을 것인가

8. 기적을 파는 백화점

9. 한국인의 생활과 마음

10. 가난한 시인에게 주는 엽서

3. 『이어령 전집』　　　　　　　　삼성출판사(전20권)　　　　1986

1. 흙 속에 저 바람 속에

2. 노래여 천년의 노래여

3. 푸는 문화, 신바람의 문화

4. 내 마음의 뿌리

5. 한국과 일본과의 거리

6. 여성이여, 창을 열어라

7. 차 한잔의 사상

8. 거부하는 몸짓으로 이 젊음을

9. 누군가에 이 편지를

10. 하나의 나뭇잎이 흔들릴 때

11. 서양으로 가는 길

12. 축소지향의 일본인

13. 현대인이 잃어버린 것들

14. 문학으로 읽는 세계

15. 벽을 허무는 지성

16. 장군의 수염

17. 둥지 속의 날개(상)

18. 둥지 속의 날개(하)

19. 기적을 파는 백화점

20. 시와 사색이 있는 달력

4. 『이어령 라이브러리』　　　　　문학사상사(전30권)　　　　2003

1. 말로 찾는 열두 달

548

지성의 숲을 걷기 위한 길 안내

34종 24권 5개 컬렉션으로 분류, 10년 만에 완간

이어령이라는 지성의 숲은 넓고 깊어서 그 시작과 끝을 가늠하기 어렵다. 자칫 길을 잃을 수도 있어서 길 안내가 필요한 이유다. '이어령 전집'의 기획과 구성의 과정, 그리고 작품들의 의미 등을 독자들께 간략하게나마 소개하고자 한다. (편집자 주)

북이십일이 이어령 선생님과 전집을 출간하기로 하고 정식으로 계약을 맺은 것은 2014년 3월 17일이었다. 2023년 2월에 '이어령 전집'이 34종 24권으로 완간된 것은 10년 만의 성과였다. 자료조사를 거쳐 1차로 선정한 작품은 50권이었다. 2000년 이전에 출간한 단행본들을 전집으로 묶으며 가려 뽑은 작품들을 5개의 컬렉션으로 분류했고, 내용의 성격이 비슷한 경우에는 한데 묶어서 합본 호를 만든다는 원칙을 세웠다. 이어령 선생님께서 독자들의 부담을 고려하여 직접 최종적으로 압축한 리스트는 34권이었다.

평론집 『저항의 문학』이 베스트셀러 컬렉션(16종 10권)의 출발이다. 이어령 선생님의 첫 책이자 혁명적 언어 혁신과 문학관을 담은 책으로

1950년대 한국 문단에 일대 파란을 일으킨 명저였다. 두 번째 책은 국내 최초로 한국 문화론의 기치를 들었다고 평가받은 『말로 찾는 열두 달』과 『오늘을 사는 세대』를 뼈대로 편집한 세대론 『거부하는 몸짓으로 이 젊음을』으로, 이 두 권을 합본 호로 묶었다. 베스트셀러 컬렉션의 세 번째 책은 박정희 독재를 비판하는 우화를 담은 액자소설 「장군의 수염」, 보카치오의 『데카메론』 형식을 빌려온 「전쟁 데카메론」, 스탕달의 단편 「바니나 바니니」를 해석하여 다시 쓴 한국 최초의 포스트모던 소설 「환각의 다리」 등 중·단편소설들을 한데 묶었다. 한국 출판 최초의 대형 베스트셀러 에세이 『흙 속에 저 바람 속에』와 긍정과 희망의 한국인상에 대해서 설파한 『오늘보다 긴 이야기』는 합본하여 네 번째로 묶었으며, 일본 문화비평사에 큰 획을 그은 기념비적 작품으로 일본문화론 100년의 10대 고전으로 선정된 『축소지향의 일본인』은 베스트셀러 컬렉션의 다섯 번째 책이다.

여섯 번째는 한국어로 쓰인 가장 아름다운 자전 에세이에 속하는 『하나의 나뭇잎이 흔들릴 때』와 1970년대에 신문 연재 에세이로 쓴 글들을 모아 엮은 문화·문명 비평 에세이 『현대인이 잃어버린 것들』을 함께 묶었다. 일곱 번째는 문학 저널리즘의 월평 및 신문·잡지에 실렸던 평문들로 구성된 『지성의 오솔길』인데 1956년 5월 6일 《한국일보》에 실려 문단에 충격을 준 「우상의 파괴」가 수록되어 있다.

한국어 뜻풀이와 단군신화를 분석한 『뜻으로 읽는 한국어사전』과 『신화 속의 한국정신』은 베스트셀러 컬렉션의 여덟 번째로, 20대의 젊

일본 지식인들의 대담 모음집 『세계 지성과의 대화』와 이화여대 교수직
을 내려놓으면서 각계각층 인사들과 나눈 대담집 『나, 너 그리고 나눔』
이 이 컬렉션의 대미를 장식한다.

2022년 2월 26일, 편집과 고증의 과정을 거치는 중에 이어령 선생님
이 돌아가신 것은 출간 작업의 커다란 난관이었다. 최신판 '저자의 말'
을 수록할 수 없게 된 데다가 적잖은 원고 내용의 저자 확인이 필요한 부
분이 있었으니 난관이 아닐 수 없었다. 다행히 유족 측에서는 이어령 선
생님의 부인이신 영인문학관 강인숙 관장님이 마지막 교정과 확인을 맡
아주셨다. 밤샘도 마다하지 않으면서 꼼꼼하게 오류를 점검해주신 강인
숙 관장님에게 이 지면을 빌려 감사의 말씀을 드린다.

KI신서 10642
이어령 전집 05
축소지향의 일본인

1판 1쇄 인쇄 2023년 2월 17일
1판 1쇄 발행 2023년 2월 26일

지은이 이어령
펴낸이 김영곤
펴낸곳 (주)북이십일 21세기북스

TF팀 이사 신승철
TF팀 이종배
출판마케팅영업본부장 민안기
마케팅1팀 배상현 한경화 김신우 강효원
출판영업팀 최명열 김다운
제작팀 이영민 권경민
진행·디자인 다함미디어 | 함성주 유예지 권성희
교정교열 구경미 김도언 김문숙 박은경 송복란 이진규 이충미 임수현 정미용 최아림

출판등록 2000년 5월 6일 제406-2003-061호
주소 (10881) 경기도 파주시 회동길 201(문발동)
대표전화 031-955-2100 **팩스** 031-955-2151 **이메일** book21@book21.co.kr

© 이어령, 2023

ISBN 978-89-509-3826-0 04810